顾南西 / 著

罐装江先生

· 上 ·

图书在版编目（CIP）数据

罐装江先生 / 顾南西著 .—重庆：重庆出版社，2022.9
ISBN 978-7-229-16877-3

Ⅰ.①罐… Ⅱ.①顾… Ⅲ.①幻想小说—中国—当代 Ⅳ.① I247.5

中国版本图书馆 CIP 数据核字（2022）第 094297 号

罐装江先生
GUANZHUANG JIANGXIANSHENG

顾南西　著

责任编辑：李　雯
责任校对：郑　葱
封面设计：费　且

重庆出版集团
重庆出版社 出版

重庆市南岸区南滨路 162 号 1 幢　邮政编码：400061　http://www.cqph.com
重庆天旭印务有限责任公司印刷
重庆出版集团图书发行有限公司发行
E-MAIL:fxchu@cqph.com　邮购电话：023—61520646
全国新华书店经销

开本：880 mm×1230 mm　1/32　印张：27.25　字数：1063 千
2022 年 9 月第 1 版　2022 年 9 月第 1 次印刷
ISBN 978-7-229-16877-3

定价：85.00 元

如有印装质量问题，请向本集团图书发行有限公司调换：023—61520678

版权所有　　侵权必究

第一章	我是怪物	001
第二章	那个群众演员贪图您美色	028
第三章	江导今天又给群演加戏了	057
第四章	你必须贪图我的美色	086
第五章	没关系,只是动心了	114
第六章	一亲就高烧呀	142
第七章	周徐纺,我喜欢你	172
第八章	捉到一只醉酒的小可爱	201
第九章	我们做不了朋友,因为我太喜欢你了	229
第十章	江织,我喜欢你	256

◆第一章◆
我是怪物

　　华国，位于特尔纳星球中南部，一个发展飞速的科技大国，不同于其他国家，华国有自成一体的司法体系和科研技术。近几年，华国出现了一种合法的新兴职业——职业跑腿人。雇主支付一定报酬，跑腿人帮其达成目的，因为任务多样、涉及领域广、机密性高，即便有司法机关管制，仍然有不少接任务完全没有底线的业内毒瘤。

　　十月金秋，小区里的银松落了一地枯枝，秋意萧瑟，唯有稀稀朗朗的红叶石楠添了几分生动的嫣红。

　　两位老太太一前一后，手提购物袋，朝小区楼栋走去。

　　她们一路有说有笑，待拐进了绿化带的小径里，前头小卷发的老太太忽然想起了什么："走后面吧。"

　　同伴纳闷："怎么了？"

　　卷发老太太挽着她折返绕道，说起了小区里的那些闲言："我听说十七栋里住了个怪人。"

　　"怎么怪人了？"

　　老太太嗓门不小："一小姑娘，成天把自己包得严严实实的，就露一双眼睛，上次老王说，看见那姑娘的眼睛居然是红色的，还冒着光，吓死人了。"

　　"不是吧，那谁还敢住这一栋？"

　　老太太回头瞧了一眼，觉着后背阴风阵阵，赶紧拢了拢身上的外套："还真没人住，这一栋除了那个小姑娘，没别人。"

　　"还有这怪事？那姑娘难不成一个人租了一整栋楼？总不是买的吧。"

　　"谁知道。"

　　声音渐远，夕阳将落，鹅卵碎石铺的小路上人影斜长，路尽头，十七栋十七层楼高耸入云，晚霞将一大片秋的金光洒下来。

　　外卖小哥提着袋子，脚步匆匆，抬头几番确认了楼栋上面的数字图标，才掏出手机拨了电话："喂。"

　　"你好。"

　　年轻女孩的声音，带着些慵懒的漫不经心，音色稍稍偏冷。

　　外卖小哥心想真是一把好嗓子。

"外卖。"小哥态度很好，礼貌地说，"我在十七栋下面，你住哪一楼？"

"请稍等，我下去拿。"

电话那边有窸窸窣窣的声音，随后是关门声。

外卖小哥正想说他可以送上去，十七栋楼梯口的门忽然被推开了，小哥抬头就瞧见了一只手。

手指长而细，白皙如瓷，指甲修整得干干净净。

一张脸，皮肤白得过分，像是常年不见阳光，剔透里带着三分病态，鼻梁高却秀气，覆舟唇，微抿着，不笑时冷而疏离。

他瞧第一眼，只觉得这人真是漂亮。

第二眼，便能撞进那双丹凤眼里，眼尾细长，略微上挑，眼中三分深邃，三分薄凉，余下的是沧桑的冷，像沙漠里夏天的星，夺目得让人挪不开眼，却又不敢再看。

这样年轻，如何满眼都是久经风霜后沉淀下来的颓与空。

小哥愣住了，盯着那张脸。

啪嗒。门被推开了大半，女孩迈出了一只脚，纤细修长，九分的黑色铅笔裤下露出一截白皙的脚踝。她穿着黑白相间的过膝长衬衫，里头是一件灰色卫衣，帽子随意扣在头上，锁骨若隐若现，两缕短发从卫衣的帽子里钻出来，微微凌乱地翘着，全身上下没有一点暖色，唯独女孩穿了一双粉色的兔头毛绒拖鞋。

"云记面馆？"她说，声音一如方才电话里，清澈微凉。

外卖小哥这才回了神，赶忙把袋子递上去："你的外卖。"

"谢谢。"

她接过去，又把迈出来的腿收回去，转身关上了门。

手好冰啊。小哥后知后觉，被女孩指腹略微擦过的地方，还带着几分残余的凉意，他走了一段路又忍不住回头瞧了一眼，天色已暗，原本昏黑的窗户亮了，感应灯的光破窗而出，一到七楼几乎是同时亮起。

风一吹，外卖小哥起了一身鸡皮疙瘩，赶紧掉头走了。

咣！门被甩上，两只粉色的兔子拖鞋被踢在了玄关，她拉下卫衣的帽子，提着外卖盒往里走。

她叫周徐纺，独居。

十七栋只住了她一个人，不是租的，整栋楼的房产都是她的。因为她异于常人，只能独居。

她住七层，两户打通，两百多平的空间，一眼看去很冷清，玄关左侧是衣帽间，衣服种类很多，只是一眼望去基本全黑。玄关右侧是浴室，同样是用玻璃隔断，单向可视，只能从门缝看见超大浴缸的一角。

再往里走，上三阶楼梯，右边是床，全黑色的床单，没有一点鲜活气，床尾的地板上零散地扔了几件衣服。左边一侧摆了四台电脑，一侧是黑色漆木的梳妆台，中间一张懒人沙发，一张玻璃茶桌，桌上一角放着投影仪，旁边，有个精致的玻璃盒子，里面装着五颜六色的棉花糖。

白色的墙，黑色的地板，除了玄关那双粉色的兔子拖鞋，再找不到一处暖色，毫无人气与烟火气息。

她把外卖放下，赤着脚站在黑色毛绒的地毯上，从玻璃盒里挑了一颗粉色的棉花糖含在嘴里，刚咬开一次性筷子的外包装袋，桌上的电脑启动了。

屏幕上，明黄色的海绵宝宝跳出来，铺了整整一屏幕。

她是周徐纺的搭档，代号霜降，真名不详，年龄不详，身份背景、家庭住址全部不详，周徐纺没有听过她的声音，也没有见过她的长相，只知道她是个女孩儿。霜降从来不用自己的真声，是为了隐瞒还是不会说话，周徐纺并不清楚。

"起了吗？"

屏幕的下方弹出三个字，是红色加粗的宋体。

周徐纺拆开了外卖的袋子："嗯。"

"接了新活儿。"

"我休假。"

周徐纺没抬头，头发刚过耳，刘海有些遮眼，她安静地吃面，慢条斯理小口小口地吃着。

"这单很好做。"隔了片刻，屏幕里的字又滚动出来，"是女顾客，让我们掳个人，说是她心上人，想装美女救英雄，雇佣金，五十万。"

周徐纺筷子停了一下，长长的睫毛垂着，低着头轮廓显得柔和了不少。

过了会儿，屏幕上的海绵宝宝跳了两下，霜降问："接吗？"

她吃了一口面："接。"

不伤天害理，不杀人放火，其他的，只要能赚钱的，她都接。

翌日刚巧十五，月亮很圆，将整座城市镀了一层淡淡柔和的光，华灯初上，喧嚣又热闹。

装修风雅的会所里，古画绘墙，雕镂空花，沿路的科林斯罗马柱上，摆放着各色花卉，走廊里，有淡淡花香萦绕。本是应景的花儿，奈何，不逢时。

会所的大堂经理急急忙忙地一路小跑，一一吩咐侍应生："赶紧的，把玫瑰都给收起来。"

领班闻声过来，不解："经理，好端端的干吗突然要把花都收了？"

经理急得眉头直皱，用口袋里的方巾擦了擦脖子上的汗："有个小祖宗要过来，人家闻不得玫瑰花香。"

高级会所里，往来都是贵人，领班不知是哪位，询问经理："谁啊？"

经理蹲下，将地上掉落的玫瑰花瓣拾起："江家那个祖宗。"

这下领班知晓了，敢在帝都江家称祖宗的，就只有一位了，无人不知无人不晓的江家老幺，说起那位美人……

经理催促："快点，人已经快到了，手脚都利索点，一朵都不要落下了。"

约摸过了十多分钟，经理接了个电话，赶忙带了几位副经理跑去电梯口迎人。

叮——电梯门开，不见其人，先闻其咳嗽声，一阵接一阵，稍稍压抑着。

等电梯门完全打开，修长的人影被走廊的琉璃灯打亮，那人便背光靠着左边的电梯侧壁，黑色长款风衣过了膝盖，脚下是一双高定皮鞋，内搭白衬衫与休闲裤，没有打领带，领口松了一颗扣子，脖颈修长，因为咳嗽，喉结都染了微微绯色，轻轻滚动着。

他低着头，依旧在咳嗽，修长的手按在锁骨处，因为咳得厉害，连指甲都泛着浅浅的红。

经理侧身相迎，恭恭敬敬地喊："江少。"

江家那么多位少爷，就只有这位被称江少，其余的自然都得冠上名字。

电梯里的男人这才抬起头来，头发修剪得随意，更衬轮廓流畅，骨相极美，他皮肤白皙，刚刚咳嗽完，微抿的唇添一抹嫣红，两颊亦染了薄薄一层绯色，三分病态，三分娇，三分媚，还有一分漫不经心的慵懒。

他还生了一双标准的桃花眼，四周略带粉晕，眼型似若桃花，水汽氤氲，眼尾微翘，瞳孔里的黑白并不分明，给人一种似醉非醉的朦胧感。如此一副模样，一颦一笑，处处是精致，美得教人心惊。

这便是江家的老幺，江织，帝都的第一美人，三步一喘，五步一咳，着实是位身娇肉贵的病美人。他偏偏，美得没有一丝女气，那双桃花眼，一抬一敛，懒散淡漠里全是桀骜，并不凌厉，是富贵人家养出来的疏离与贵气。

经理是个男人，四十不惑了，也不是第一次瞧见这位美人，硬是给看愣了，许久才找回声音："我、我领您过去。"

经理结巴紧张，对这位大少爷，是又敬又怕，哪个都知道，他脾气不是很好，惹他不悦了，少不得要倒霉。

江织淡淡嗯了一声，掀了掀眼皮，懒洋洋的模样，跟没睡醒似的，他迈开修长极了的腿，可却走得很慢。

"咳咳咳。"他稍稍弓着背，遮着口鼻轻咳，眉宇轻蹙，额前的发乱了，再添一分病态。

前头，领路的经理脚步是缓了又缓，一小段路，走得十分慢，硬是莫名其妙地走出了一身冷汗。

推开包厢的门，率先映入眼帘的便是剑眉星目的一张脸，经理规规矩矩地喊："薛少。"薛宝怡，薛家老二。

他母亲给他生了一张硬汉脸，偏偏取了个闺秀的名儿，说是做了胎梦，要生个小千金，谁想生了个儿子。这会儿，薛宝怡正坐牌桌上，灯光昏沉的包厢里就数他一头蓝紫挑染的头发扎眼，轮廓硬朗，嘴里叼着一根烟喊："织哥儿来了。"

江织的祖母是大家闺秀，家里还有些旧时的习惯，男孩称哥儿，女孩称姐儿，相熟的公子哥儿们，就喜欢织哥儿、织哥儿地调侃。薛宝怡与江织是发小，两家有生意往来，穿开裆裤的时候就认识了。

今天这局便是薛宝怡组的，帝都的圈子说大不大，却也分了三六九等，江织便是这贵中之贵，若非薛宝怡与今儿个的寿星公是至交好友，自然也请不来这位小祖宗。

一屋子的二世祖见了人，纷纷喊江少，多少都带了巴结讨好之意。

江织眼皮懒懒地抬了一下："把烟都给我掐了，乌烟瘴气的。"

薛宝怡赔笑："都听您的。"他吆喝着二世祖们都掐了烟，扔了张牌出去，"玩两把？"

包厢里烟草味没散尽，江织咳了两声，挑了个干净的地儿，病恹恹地窝着："上次还没输够？"

薛宝怡摸了张牌，笑得吊儿郎当："这不是想扳回老本嘛。"

江织没理他，懒懒散散地半靠半躺着，眯着眼无精打采，一脸病容，桃花眼似睡非睡、似醉非醉的，总像没睡醒般。薛宝怡知道他的脾气，也不去闹他，给他叫了杯牛奶。

可总有不懂事的。比如邓家那小公子，竟带了个女人过来，带也就算了，还不带个安分的，那女人打从江织一进来，眼睛便黏江织身上了。

江织端着杯子，慢条斯理地喝牛奶。

女人拿了瓶红酒过去，坐在对面的沙发上，笑得风情万种："我给江少倒一杯？"

他眼皮都没抬，恹恹欲睡地扔了句："体弱，不喝酒。"

帝都江家的老幺身体不好是众所周知的。

这样的病美人，女人便是被拂了面子，又怎会生气，她放下酒，又拿了飞镖来："江少要试试吗？我听邓少说，这里数您飞镖玩得最好。"

"体弱，抬不起手。"他掩嘴咳了两声，唇红齿白，两颊晕红。

美人如画，往那一躺，一蹙眉，真教人肝肠寸断，这般娇弱的人儿……女人赶紧上前去，要给江织顺气，可刚伸出去的纤纤玉手，被装着牛奶的杯子挡住了。

窝在沙发里的人忽然抬了眉眼，一身懒倦消失不见，满眼寒星，冷若冰霜："我对玫瑰过敏。"

女人的手僵在了半空，她今日喷的便是玫瑰气味的香水。

他嫌恶得很，将杯子都扔了："自己离远点。"

女人尴尬地收回手，退开了。

薛宝怡从牌桌上下来，给了那邓小公子一个眼神，那小子这才长记性，赶紧把女人领出去。

薛宝怡知道江织有点洁癖，换了个杯子又给他倒了杯牛奶，觍着脸过去哄他，他不怎么喝酒，挺爱喝牛奶。

江织冷着一双桃花眼："滚开，一股子女人的味儿。"

他下午是碰了女人，可他洗了澡才来的啊。江织一双眼很漂亮，就这么稍稍一睐，又冷得煞人，像是兜头射来一阵桃花冰雨。

薛宝怡知道他生气了，也不敢再凑过去讨他烦了。没办法，江织长得太美，又病恹恹的，搁古代就是一祸国殃民的红颜祸水。他们这群发小都是血气方刚的正常男人，对美人哪有抵抗力，心知江织不是什么弱柳扶风的人，可还是架不住被他那副皮囊所迷惑，莫名其妙就想宠着他惯着他。

他们这群发小都知道，江织平生最讨厌玫瑰花和女人。是以，薛宝怡组局的时候特地打过招呼了，谁都不准带女人。

薛宝怡赔笑，说爷错了。

江织从沙发上起来："走了。"

"这么快就走？"薛宝怡试图拉他衣角阻止他，"寿星公都还没来呢。"

他一撂衣服，冷着一张漂亮的脸："体弱，不能熬夜。"八点就叫熬夜？

江织直接走人了，余光都没给那群战战兢兢的二世祖一个，边走边咳，低着头，脸颊有淡淡病态的红晕。

薛宝怡心疼了一下，随他去吧，体弱的美人总是要格外宠着的，不禁感叹："这小祖宗，也不知道将来哪个人能收了他。"

江织十八岁成年礼上对着一群貌美如花试图勾引他的名媛小姐说，他不喜欢女人。不过是真是假就不知道了。

那之后，帝都圈里，最热门的话题就是江织了。可不就是个祸水！

会所顶楼今晚被薛宝怡包下来了，包厢外面的走廊里，是一个人都没有，隔音好，安静得只余脚步声，还有断断续续的咳嗽声。

灯光忽然一闪。江织停下了脚，地上拉了长长的影子，他缓缓回头，一道黑影猝不及防地撞来，快得瞧不清楚是何物，只觉得黑色的暗影铺天盖地地卷过来。他后退，才迈出脚，后颈一麻，被一个手刀给劈晕了。

黑影一跃，上了墙。

咣当。监控的摄像头应声砸下来，那黑影落下，高速带起的风里走出来一个人，身形高挑纤细，穿一身黑，卫衣的帽子外面还戴了鸭舌帽，短发长到锁骨，全黑的口罩遮住了大半张脸，只露出一双眼睛，丹凤眼，眼尾细长，深邃的眸，像冬季的星辰，像深海，冷而神秘。

一双腿修长又细直，鞋码很小，应该是女孩子。

她走过去，伸出戴了黑色手套的手，一只手提起地上的人，扛到肩上，抬脚，几乎瞬间消失在了走廊里。

整座城市笼在霓虹与月光里，璀璨又迷离。海风吹过，有淡淡的咸涩，带着秋夜的萧瑟。

耳边海浪声声拍打着礁石，溅起的水花浸湿了靠躺石旁的那人衣摆，他长睫颤了颤，缓缓睁开眼，有一个模糊的轮廓倒映出来。

一个背影，单薄又纤长。

江织骤然抬手，抓住了一片衣角，指尖碰到的皮肤冰凉。

"你是什么人？"他声音沙哑，被海风吹得支离破碎。

那模糊的身影转过来："职业跑腿人。"

年轻女孩的声音，被风吹得有些失真，清灵干净，却冷漠无痕。

月光昏暗，海水的潮湿在眼里覆了一层水汽，任他怎么看，也看不清那人轮廓，黑色口罩与黑夜融为一体，她抽了手，纵身一跃，跳下了大海。

江织怔愣在原地，这女人不要命了……

翌日黎明，天刚蒙蒙亮，太阳露出一角红光。

渔夫刚收了渔网，背着背篓在捡被海水拍打上岸的鱼虾，弯腰蹲下，一路捡过去，忽然，他定住，瞧见远处有只湿淋淋的手抓住了岸边的石头，然后，一个脑袋从水里冒出来，是个人！

渔夫赶紧跑过去，想援一把手。那人忽然站起来，抬起了头，黑色短发，白色的脸，红色的眼睛……

渔夫腿一软，坐地上了，张口大叫："鬼、鬼啊！"

那人影靠近，渔夫两眼一翻，吓晕过去了。

天边第一抹阳光落在了那人脸上，一双丹凤眼漂亮又苍凉，灼灼发着红光，冷白的唇轻轻掀动："我不是鬼。"

她低头，看着掌心被礁石割破的伤口，正以肉眼可见的速度在愈合。

她不是鬼，是怪物。

她是基因突变的异能者，体温只有二十多度，速度和力量是正常人类的三十三倍，听力和视力是二十八倍，咬合力十三倍，自愈能力多年前是八十四倍，目前……好像更快了，她甚至在水里可以呼吸。

第五人民医院占地千平，地处帝都最热闹的繁华地带，是江氏旗下的医疗产业之一。六栋六楼，仅对江家人开放。

敲门声缓缓响了三下，细听，带着小心翼翼。

"老板。"

病房里，男人的声音有些病恹恹的，又冷又不耐烦："滚。"

门外敲门的男人叫阿晚，是江织的保镖兼助理，约摸三十上下，长得憨头憨脑，皮肤黝黑，肌肉发达，另外，智商不是很高。正是阿晚不够机灵，致使他家雇主昨夜在海边受尽了冷风才被寻到，不过，所幸比那派人掳人的罪魁祸首早了一步，不然这后果……不敢想。

"哦。"阿晚默默地退后，不敢再惹着雇主。

因着受了冷风，里面那位又身娇肉贵的，正病着呢，咳嗽声一阵一阵传出来，小少爷脾气不好，尤其是身子抱恙的时候，更是没人敢去招惹。

当然，除了薛家的二少爷。

"织哥儿。"

病房门被推开，咣的一声，一个杯子砸在了薛宝怡脚底下，嗯，美人儿正恼着呢。

"哟，脾气这么大呀。"

脾气很大的江小少爷正穿着医院的病号服，分明土到掉渣的格子款式，被他松垮垮地套着，皮肤着实白，唇色浅淡，病若西子，十分美里掺着两分娇贵。他大抵是气着了，捂着嘴正咳得厉害。

"咳咳咳……"

江织一咳，一双桃花眼的眼圈四周就泛红，透着股羸弱的媚。这模样，看把薛二爷心疼的。

"别气、别气。"薛宝怡好声好气地哄着，"你这娇滴滴的身子，要是给气坏了，可不得心疼死小爷我。"

帝都薛家的小二爷，也没别的毛病，就是喜欢美人儿，江织这脸他是真觉着太美了。

他赶紧上前，抬手欲给美人顺气。

江织嫌弃地推开："查了？"

薛宝怡嘿嘿一笑，拉了把椅子坐下："爷一晚上没睡呢。"敢掳他兄弟，当他薛小二爷断气了吗？

"谁？"

"明家老四，听说是想英雄救美，才让人把你掳了。"薛宝怡贱兮兮地笑，"你这张脸啊，真是招人惦记。"

明家的底蕴虽不如江家，但在帝都也是有头有脸的富贵人家，这明家的四小姐长得也美，就是脑子不好使，管不住眼睛，惦记江织许久了。

"这事跟明家也没什么关系，就是那明老四，癞蛤蟆想吃天鹅肉。"他挑了个眉，问江美人，"怎么搞？"

江织病恹恹地窝着："丢进沧海。"

沧海在帝都郊外，江织昨晚就是被掳到了那里。薛宝怡刚想说他是良民，门就被推开了。

"法制社会呢，别乱来。"

一双修长的腿先迈进来，然后是一张长相看似风流的脸，眼窝很深，鼻梁高，薄唇，俊里透着点不解风情的坏，又有点厌世的颓。他是乔家的四公子，乔南楚。

四大家族，除了陆家深居简出，剩余的江家、薛家、乔家素来交好，三家的小辈往来也最多。

江织懒洋洋地又扔了后半句："别弄死了。"

薛宝怡明白他的意思了，给点苦头嘛，这事儿他在行，笑着应下了："得嘞，我祖宗！"

"怎么回事？"乔南楚进来，靠着柜子问了句。

江织咳着，脸颊又晕开一层淡淡的绯红。

乔南楚倒了杯温水递给他："我调了会所的监控，就拍到了个影子，后面就故障了，掳你的人，还有没有印象？"

"没看清。"江织耷拉着漂亮的眸子，想了会儿，"一米七左右，挺瘦，力气很大，眼睛好看。"

那人戴着帽子口罩，海风潮湿，当时水汽重，他也就模模糊糊看了个轮廓，声音被吹得失真，只记得好听，但很冷。

乔南楚抱着手："矮了点。"一米七，也不知道哪来的力气，把人扛那么远。

"是个女人。"

江织语气里，说不出的别扭，三分不甘，七分不爽。

江家最尊贵的小公子，可是被人搁在心头养大的娇贵人儿，哪里受过这样的罪，何况，对方还是个女人。

平时，织哥儿最讨厌的就是女人了。

薛宝怡没个正形："女人啊，还夸人家眼睛好看，怎么，不讨厌了？"

江织懒得搭理薛宝怡，因为头晕，本就矜贵清冷的眸越发没了那股含着桃花的媚，冷冰冰的。

"她说她是职业跑腿人。"

乔南楚手随意搁在柜子上，有意无意地敲了几下："我知道是谁了。"

江织抬了下眼皮，瞧他。

"我追了半年，代号Z，性别女，年龄不详，住址不详，国籍不详，业务能力顶尖。"

职业跑腿人这个称呼也是近来才兴起的，只要给钱，给得够多，职业跑腿人就能给你办妥了，至于会不会杀人、放火、奸淫、掳掠，还尚且不清楚。

"国际刑警跟了她很久了，一点影都没捕到，一年前才来帝都，被委托的次数不多，不过价格高，目前为止，失误率为零。"

乔南楚是警察，在刑事情报科干了几年，这个案子他倒有兴致。

薛宝怡是个商人，这些伤脑筋的事儿，他懒得掺和，瞧见病床旁的柜子上放了盒颜色好看的糖，连玻璃罐都镶了碎钻，一瞧就知道是谁的。那罐子看着就精致，他直接上手。

江织敲了敲桌面："别动。"

薛宝怡哼了声："你一个大老爷们，吃什么棉花糖，娘们唧唧的。"

江织挑了颗粉色的，扔进嘴里，只给了他一个冷眼。

说实话，江家的织哥儿毛病挺多的，性子不好，不喜欢玫瑰，厌恶女人，不喜欢喝酒，闻不得烟味，对谁都一副祖宗样。

他还喜欢棉花糖，吃得也不多，但床头、办公室、休息室里，都得摆着，用最金贵的盒子装着，谁也不准碰。

御泉湾外面有个二十四小时营业的小超市，这个时间，暮日西沉，店里没什么人。

一眼望去，就最里头的货架前蹲了个人，黑卫衣，帽子扣在头上，九分的铅笔裤往上缩了点，露出一截白皙的脚踝。

"粉色外包装，上面画着一只兔子。"蹲着的人回头，问身后的女孩，"那个棉花糖没有了吗？"

丹凤眼，覆舟唇，她似乎不爱笑，嘴角抿着，是周徐纺。

她每隔三四天会来店里买一次那种粉色外包装的棉花糖。

后面的女孩摇头："已经卖完了。"

周徐纺在货架前站了一会儿，拿了几包包装类似的棉花糖，始终低着头，帽子底下的脸很小，安静得过分。

女孩扫了码："三十六块。"

周徐纺递过去一张红色的纸币，卫衣的袖子很长，遮着她手背，露出的手指细长，冷白色，指甲修剪得整整齐齐。

女孩接过去，找了零。

"谢谢。"周徐纺把零钱塞进了装棉花糖的透明袋子里，下意识拉了拉帽子，低头离开。

回到家，她换上那双粉色的毛绒兔头拖鞋。

"嘀——嘀——嘀——"

电脑突然发出尖锐的响声，周徐纺刚拆开棉花糖的包装袋，抬头看向屏幕，先是骷髅头，然后海绵宝宝出来了。

最后，屏幕下方滚出来一行字："那个男人在查你。"

"嗯。"周徐纺继续拆棉花糖的包装袋。

"监控我已经黑掉了。"

"谢谢。"

新买的棉花糖也是五颜六色的，她一袋一袋拆开，倒进电脑桌旁的玻璃盒子里，铺满一盒子后，她尝了一颗，有点硬，不够甜。

嗯，没有那个粉色包装的好吃。她只吃了一颗，便盖上了盒子。

电脑屏幕上，霜降发了个微笑的表情过来，后面还有三个字："不用谢。"

霜降跟她合作了快三年，两人一同脱离组织，然后回国单干，原因是组织霸王条款。周徐纺对霜降的了解并不多，霜降不露面，也不说话，一般都是打字，有时候，她也会用特殊的语音软件合成声音，或者收录声音转换为文字，她想，霜降应该是很厉害的黑客。

"我查了一下他，资料发给你了。"霜降又打字过来了，电脑下方还弹出来一封邮件。

"好。"

周徐纺点开邮件，里面是那个男人的资料，他好像盯上她了，因为她掳了他。

他叫江织，帝都江家的老幺。周徐纺只注意到了他的那张照片。

他长得真好看。

"我要去打工了。"

霜降问她："你很缺钱吗？"

委托人的雇佣金，她与周徐纺三七分，是很大的一笔收入。

"不缺，可我需要更多的钱。"

等天边暗去,她起身去了车库,里头有两辆摩托、一辆小轿车、一辆越野,还有一辆脚蹬的小三轮,三轮车的车厢装了防雨棚,棚里放了一个小凳子、一个折叠的便携桌子,以及一个四四方方的木箱子。

她蹬着小三轮出了小区。

七点不到,八一大桥下,摊贩就摆了一路,有卖吃的,也有卖玩的,像周徐纺一样贴膜的,就有三个。她挑了个空地,把木箱子搬下来,再摊开里面的手机壳和手机膜。

旁边摆摊的大妈是卖烤红薯的,热情地跟周徐纺打招呼:"来了。"

周徐纺点头,她今天来早了半个小时,摊位比以前更好。可惜,她今天的生意不好,很不好,半个小时了,只来了一个客人,还没有贴膜,就看了看她的手机壳,然后便走了。

天气闷热,像要下雨,江边不远处有个广场,往日这个时候会很热闹,今天却没什么人,不知是谁家的小孩,与大人走散了,在哭。因为天气不好,很多人在收摊换地,没人管那小孩,他哭得很可怜。

周徐纺走过去:"别哭。"

她不会哄小孩。

那小孩四五岁,眼睛泪汪汪的,打了个嗝:"我的帽子,被风吹到江里去了。"

周徐纺看向江面,桥下有风,帽子被吹到了江对面,那边有几个垂钓的老人家,她盯着看了许久,脱鞋,下水。

风一阵一阵地刮,水面波光粼粼,月亮躲在了云里,只有路灯的光,斑驳地倒映在水中央。

"老钱,要下雨了,今天就到这里吧。"钓鱼的老人家戴了顶渔夫帽。

旁边,老钱说:"行。"他收了鱼线,吆喝着几个同伴,"走,喝酒去!"

"好嘞。"

戴渔夫帽的老人家刚起身,水里就冒出个头,吓了他一大跳:"你、你、你是人是鬼啊?"

路灯不够亮,就能看个大概,是个脑袋,就露了脑门,眼睛还没露出来。水里那个头没有回答。

几个老人家面面相觑之后,鱼竿都没要,拔腿就跑了。

湿漉漉的脑袋这才从水里整个冒出来,露出水面的那双瞳孔显得尤其透亮,是血红色。她在水里待久了眼睛会变红,生气了也会,所以,她不喜欢生气。

她把卫衣口袋里随身带着的墨镜戴上,上岸,将捞起来的帽子还给了那小孩,他就不哭了,吸了吸鼻涕:"姐姐,你是美人鱼吗?"

周徐纺摇头,她听不懂鱼说话,她可以跟鱼一起在水里睡觉。

这时，对面广场上，女人焦急地在喊宁宁。

男孩把湿哒哒的帽子戴上，对周徐纺笑了笑，便朝女人跑过去，也不看路，莽莽撞撞，直接冲进了车道。

右边驶来一辆大红色的跑车，猛踩刹车。

"呲——"

车刹住了，那小孩已经吓傻了，被周徐纺抱在了手里，她下意识抬头，四周并没有人，才松了一口气。

"姐姐，你跑得好快，你是不是仙女姐姐？"

周徐纺说不是，把他放下。他妈妈赶过来了，连连道谢。驾驶跑车的人也下了车，先是查看了路面上，然后才看向周徐纺："你……碰瓷的？"

周徐纺还戴着墨镜："先生，贴膜吗？二十块一张。"

对方是个长得很俊朗的青年，理着板寸头，红色机车服，搭配了蓝色的裤子。正是薛宝怡。

薛宝怡盯着大晚上戴墨镜、浑身湿漉漉的姑娘看了又看，果断拒绝了："不贴！"还好刹车快，差点吓死他了。

周徐纺拧了拧袖子上的水，回了摊位上，往身上套了一件长衬衫。

薛宝怡瞅了她半天才回车里，向后座的人抱怨："见鬼了，那姑娘嗖的一下就出现了，都不知道哪儿冒出来的。"

后座的人抬了抬眼皮："薛宝怡。"

"干、干吗呀？"江织这么连名带姓地喊他，他慌啊。

"滚下去。"

薛宝怡硬气地拒绝："不滚。"

一个不明物朝他砸过来，他眼明手快，赶紧接住了，一瞧，是江织的手机："嘿，怎么爆屏了？"

江织窝在后座上，腿上盖了条毯子："砸的，就在你刚才踩刹车的时候。"

罪过了，把江织的手机摔着了。

"屏幕没碎，就膜碎了，等着，爷去给你换张膜。"

薛宝怡下了车，去了贴膜的摊位。

周徐纺抬头。

"有这个手机的膜没？"

她看了一眼手机型号："有。"她在箱子里头找出了三种不同款式的。

薛宝怡认真挑了个："要这个最闪的。"薛二爷就喜欢闪闪的东西。

周徐纺把台灯的光调亮了一些，低着头在贴膜。

薛宝怡瞧着她，嗯，长得不错，漂亮的小姑娘在外打拼也不容易，他就说："那粉色的手机壳也来一个。"

周徐纺很快就贴好了，把粉色手机壳一并安上："一共五十。"

薛宝怡掏了钱，回车上。

江织在闭目养神，呼吸微微有些急，两颊透着点病态的潮红，一颦一蹙间，漫不经心的娇媚。

"那贴膜的姑娘长得真不错，就是古古怪怪的，大晚上的还戴个墨镜。"

后座的江织掀了掀眼皮。

薛宝怡立马献宝似的，晃了晃手机："给你挑了个手机壳，这粉色，跟你很配啊。"

那粉色的手机壳上，还画了只大头的兔子。

江织接过手机，指如削葱，摩挲了两下屏幕，然后慢条斯理地把手机壳取下来，扔在了薛宝怡头上："眼睛不会用，可以捐了。"

薛宝怡被手机壳砸了个眼冒金星。

江织的手机响了。

"喂。"江织冷冰冰的。

电话那头是个女人："江导。"

江织蹙了蹙眉，似乎想咳嗽，压着没出声，脖颈的青筋隐约约："谁？"

"是我。"

听着派头不小，江织可没耐心："谁？"

女人这才自报家门："我是杨绪。"

杨绪，薛宝怡有点印象，最近的一个流量小花。

"昨天在片场迟到那个？"

很显然，她在大导演这存在感过低。

"对不起江导，昨天是我——"

江织捂嘴咳了一声，因为气不顺，耳尖红了两分，身子不舒坦，脾气也更大了："你已经被换了，没有必要再跟我解释。"

然后，江织挂了电话。

薛宝怡也听了个七七八八，大概知道来龙去脉了："那个片子都拍一半了，你现在换人？"

要是没记错的话，杨绪的戏份还不少。

后座的江织累了，按了按太阳穴："她坏了我的规矩。"

江织十八岁导了个片子，一炮而红了，用江织的话来说，反正也是闲着，玩玩呗，就这么玩出了个鬼才导演的头衔。他低调，媒体也不敢乱写，圈外人知道的不多,可圈子里的人都知道,江织那规矩多,他的剧组里,进了得听话,不听的,就麻利地滚蛋。

"行,你是祖宗。"

薛宝怡打了方向盘,送江织回江家。

雨淅淅沥沥地下,行人三两,江边的摊贩都收了摊,纷纷散了,从八一大桥到御泉湾,蹬小三轮要四十分钟。

周徐纺身上穿着黑色的雨衣,里面的卫衣差不多捂干了,她把还滴着水的雨衣脱下,扣上卫衣的帽子,戴着墨镜走进了小区外的超市,买了一包猫罐头和一瓶水。结完账,她走到三轮车旁,把雨衣套上,大大的黑色兜帽盖下来,遮住了小半张脸,因为低着头,转身时,被迎面走过来的人撞在肩膀上,手里的猫罐头掉在地上。

她抬头,是十六栋的卷发老太太。

老太太与她对视了一眼,立马错开视线:"对不起呀。"

她摇头,不言,弯腰去捡掉在地上的猫罐头。这时,卷发老太太刚好也伸了手,碰在她手背上,停留了不到几秒,立马把手缩回去,还哆嗦了一下,随后拽着同伴钻进了小区超市。

雨下得密,雨声滴滴答答,打在她雨衣上,身后的小超市里,卷发老太太在买盐,说话的声音很小。

"是不是她?十七栋那个小姑娘。"

"就是她。"

"挺正常的,也没老王说的那么恐怖啊。"

"我刚刚摸到她的手了。"

"她手咋了?"

"跟冰块似的,怪吓人的。"

周徐纺摸了摸自己的手,是挺冰的,她体温比常人要低许多。如果那个卷发的老太太的声音再小点就好了,她听力很好,大概是正常人的二十多倍。卷发的老太太住她隔壁一栋,喜欢打麻将,昨晚零点了,卷发老太太和了一把杠上开花,兴奋地嚎了一嗓子,她戴着消音的耳机都被吵醒了。

她把三轮车停在车库里,没有走电梯,去了一楼的楼梯间。她看了一眼外头,没人,就喵了一声。

楼梯底下废弃的家具后面钻出来一只灰色的猫,怯怯地看她:"喵。"

周徐纺把猫罐头拆开,又往旧家具旁的碗里倒了一些水,那灰猫软绵绵地叫了两声,吃得欢快。她顺着猫毛摸它的小脑袋,它乖巧地不动。

"喵。"

她学了一声:"喵。"

那灰猫也跟着叫了一声:"喵。"

她蹲了一会儿,等小猫吃完,她起身,往楼上走。外头月亮出来了,路灯冷白,只见十七栋一楼到七楼的感应灯数秒之间全部亮了。

嘀,微信来了消息。

周徐纺点开,除了微信支付、微信团队与几个公众号之外,只有一个对话框,名为群头。

群里:嘉纳影视城通告:《无野》剧组,明天十号拍摄,需要群众演员男十个、女十二个(20到35周岁),男身高170+,女身高160+,费用150(下午三点结束),明早八点影视城c1地铁口集合。

群里:微信报名,先来先得!

周徐纺报了名,然后打开外卖软件,叫了一份面。

帝都江家坐落在郊外的别墅区,独立院落,四层的仿古建筑,外观大气,这是江老夫人许九如的住处,平日里,江家人都忙,忙于政事,忙于商务,多数时间不在这处,许九如便定了规矩,每月的初一、十五,不论是不是要事缠身,都要聚上一聚。

许九如膝下四个儿女,加上旁支,孙辈十几人,都到了,除了老幺江织还没露面,也就他敢迟到。

"奶奶。"

许九如身边坐着的是四房的姑娘,父母早些年都没了,自小养在膝下,她母亲在家中排行老四,是最得许九如喜爱的一个女儿。

这姑娘随了母姓,认许九如为祖母,许九如替她取名,扶汐。

"已经八点了,您胃不好,先喝些汤垫垫。"

她模样生得古韵,性子也温婉贤淑。许九如一向疼爱她,板着的脸也柔和了几分:"等织哥儿一起。"

江扶汐称是。

席间,二房的儿媳挑了话头:"母亲,明家的事您可听说了?"

许九如的二子江维礼从政,娶的是骆家老爷子的三女儿骆常芳,得一女江扶离。

许九如七十有三,祖上是京官,百年世家的底蕴留了下来,是大家出身的闺秀,这般年纪了,头发依旧盘得一丝不苟,身穿绛紫的旗袍,眉眼凌厉,看得出精明与教养。

"哪件事?"

骆常芳愁着脸说道:"明家那四丫头,叫织哥儿扔到海里去了,喝了不少水,这会儿还在医院躺着。"

这是告状呢。三房没人了,只留了江织这一根独苗,最得许九如疼爱,其他几房怎会不眼红。

许九如低头饮茶:"听说了。"

"织哥儿未免过分了些,小辈们玩闹归玩闹,动了真格就——"

"玩闹?"许九如将手里的杯盖放下,"织哥儿那身子,是她明家四丫头玩闹得起的?"

骆常芳无话可说了,许九如对这小孙子实在溺爱得过分。这状也没人敢再告了,两桌子人都安安静静地等着,不再吭声。

"林哥儿,"许九如吩咐,"和明家合作的那个项目,暂且停了。"

林哥儿是江家的长孙,许九如长子江维开所出的独子,江家的孙辈不多,除了江织,江孝林便是最得许九如喜欢的。

他点头,应了许九如的命令。

这时,老管家江川进来:"老夫人,小少爷到了。"

人还没进来,就先听见了咳嗽声,江织终于来了。

许九如脸上这才有了笑意,吩咐身边的姑娘:"扶汐,去屋里给织哥儿拿件衣服。"

江扶汐起身,去屋里拿衣服了。江织身子弱,深秋的晚上凉意重,生怕冻着他。

许九如又问管家:"织哥儿的汤炖好了?"

江川回:"在厨房温着呢。"

江织今天出院,养身的补汤从中午就开始炖上了,整个江家也就这位有这般待遇。

许九如笑道:"快端来。"

"是。"

"奶奶。"江织慢悠悠进来,走得慢,轻轻喘着,偶尔隐忍不住咳出声来。

许九如立马拄着拐杖站起来:"织哥儿,快到奶奶这来坐。"

两桌江家人这下全部站起来了,再不乐意,也得捧着这位身娇肉贵的小少爷。江家老幺啊,是老太太的心,老太太的肝,老太太的宝贝甜蜜饯儿,恨不得给他宠上天去。

江织就是这么被惯成了小祖宗。

翌日,江织又在片场发难了,手里的剧本一扔,不轻不重地扔了个字:"停。"

月出皎兮,佼人僚兮。

这诗经里用来形容美人的诗句,赵副导演倒觉着江大导演担得起这八个字,这么一比,那电影女主演都显得黯然失色了。可美是真美,脾气也是真大,赵副导演战战兢兢上前:"导、导演,怎么了?"

江织窝在一把垫了厚厚毛毯的躺椅上,这两天降了温,他更没了劲儿,病怏怏得厉害:"把妆卸了。"

他指的是女主演,余然。

余然是大热的一线影视艺人,江织这部片子要求所有演员素颜出镜,她却怎么也不愿意素颜。

她的经纪人赶紧上前去打圆场:"只是化了点底妆,导演能不能——"

"你说呢?"

他一双眼睛是桃花眼,生得漂亮,可这么微微一敛,里头透着的全是危险的讯息。

"快去把然然的妆卸了。"

化妆师听了经纪人的话,赶紧去给余然卸妆。

天有点阴,有风,深秋又冷了几度。躺椅上的江织咳红了脸,模样真是我见犹怜。

阿晚赶紧把温好的牛奶递过去,又拿了件毯子给娇弱的雇主盖上,顺道通传一声:"老板,杨绪的经纪人约您。"

杨绪就是那个因迟到被换掉的流量小花。

牛奶是罐装的,纯黑色的包装,江织两根葱白的手指捏着罐儿:"没空。"

旁边赵副导演弱弱地问上一句:"那杨绪的戏份?"

杨绪是这部电影的女二,镜头不少,最主要的是流量高啊!说真的,赵副导演真舍不得换人,可是他不敢。

江大导演半合着眼,捏着那罐牛奶,手指一下没一下地敲着,默了会儿,眼睫毛往上掀起来,满眼桃花开在里头。

他抬抬手,指了一处:"你过来。"

众人顺着方向瞧过去。

布景对面,二十几个群众演员扎堆站着,最外头的姑娘往前了一步,眼睛瞪得大大的,十分不可思议地指着自己:"我?"

那姑娘看上去年纪不大,个头也不高,长相看不清,脸上都是人造血浆,穿着群众演员统一发放的戏服,看得出来,她饰演的是路人甲,城中遭敌军轰炸,百姓受难,她是个露了脸的路人甲。

被大导演点名的姑娘一愣一愣的。

"嗯。"大导演用没睡醒的语调问她,"叫什么?"

姑娘挠挠头:"我叫方理想。"

"演过几年戏?"

姑娘可能有点觉悟了,眼神一下子亮了:"我当过四年群特演员。"

"杨绪的戏份能演?"

啊,天上掉馅饼了!姑娘被馅饼砸得热血沸腾啊,圆溜溜的眼睛一弯,一轮月牙儿亮晶晶的。

"能!导演我能,我能把死人都演得活灵活现!"

说完,她直接倒下去,哆嗦了几下,四肢一瘫,白眼一翻,手伸出,朝着远方,慢慢、慢慢地垂下,当众表演了一幕中枪身亡。

还别说,真死出了层次感。

江织换了个姿势躺着:"就她了。"

赵副导演目瞪口呆,这么草率?

方理想咸鱼翻身了!

她蹦蹦跶跶,恨不得跳到天上去跟太阳肩并肩:"徐纺、徐纺!"

周徐纺站在一群群演里头:"嗯。"

她俩认识三个月了,一个是群演,一个是群特,经常在剧组碰到,以前也不怎么熟的,就是上个月,周徐纺被拖欠工钱,方理想仗义出头,虽然结果不尽如人意,但两人成为了朋友。

方理想蹦到她面前去,咧着嘴角,露出两个小梨涡:"你掐我一下。"

周徐纺在她手臂上戳了一下,轻轻地。

方理想觉着不痛,一把掐住自己大腿的软肉,用力一扭,顿时痛得龇牙咧嘴:"不是做梦,徐纺,我真成织女郎了,祖宗开眼啊!"

周徐纺没给反应。

方理想伸手在她眼前晃了两下:"你看什么呢?"她顺着周徐纺的视线看过去,"你在看江导演?"

"他长得真好看。"

方理想瞧了好几眼,哪止好看啊,祸国殃民好吗?

江大导演这样的长相,搁古代,绝对是红颜祸水。这不,红颜祸水柔柔弱弱地往那一躺,就有人为了美人"大打出手"了。

隔壁剧组的女主演过来了,冷嘲暗讽地透露了余然半夜去敲导演的门。被戳了丑事,余然气得直接去拽隔壁女主角的头发,两边的经纪人赶紧去拉,推推搡搡间,也不知道是谁绊倒了地上的立式摄像机。

方理想本来也在看好戏的,瞧见那摄像机的倒向,瞪大眼了:"徐纺,快闪开!"

方理想喊她的时候,她正在看江织的脸,而江织,坐在导演专用的躺椅上喝牛奶。

牛奶罐上的字，是英文，周徐纺视力太好，隔着几百米，她都看得一清二楚，怪不得她的委托人要她掳他，他长得真好看，比她装棉花糖的玻璃盒子还要好看。

"徐纺！"方理想想伸手拉她，可来不及了。

"咣！"

摄像机砸在了周徐纺身上，她整个人往后栽，手打在摄像机的支架上，划开了一道很长的口子。

她立马用手捂住伤口，血从指缝里渗出来。

出事故的时候是休息时间，江织一罐牛奶已经喝完了，隔得远，他听不清动静，没什么精神，在闭目养神。

赵副导演过来："江导。"

江织掀了一下眼皮，刚从云后出来的太阳不烈，却还是有些刺眼，他抬手，挡了一下眼前的光。

阿晚立马站过去，用健壮的身躯给雇主挡光遮阳。

赵副导演说："明四小姐和余然吵起来了。"

明四小姐明赛英就是劫了江织玩美女救英雄的那个，她看上了江导演的美貌，余然也有那么点心思，这两人算是情敌相见。

江织兴致缺缺："打起来了？"

"那倒没，就是一个群演被推倒了，受了点伤。"但怎么说也是这位美人的桃花债啊。

美人可能累了，捏了捏眉心，颜色有几分不悦："把人送去医院。"

"那明四小姐和余然呢？"

两朵桃花都不是一般的花，是圈子里的流量花啊，尤其是那个明四小姐，还是个霸王花，一个没搞好，微博都能瘫痪。

"合同第八页，第九条。"

江大导演完全公事公办。

合同第八页，第九条：拍摄现场，非不可抗力误工，乙方以十倍赔偿误工费。

赵副导演明白了。

因为女主角与隔壁剧组女主角闹了这么一场，拍摄暂停了，方理想已经卸了妆了，素颜的一张小脸很明媚，因为荣升为织女郎了，化妆师姐姐特地让她去独立的更衣室换衣服，等换完出来，就没看见周徐纺了，不知道被场务带去哪了。

方理想拉了个群演小姐妹问："看到徐纺没？"

群演小姐妹反过来问:"谁是徐纺?"

周徐纺不是一般的慢热,面相又冷,还有点轻微的社交障碍,除了方理想,她基本不跟任何人说话。

跟周徐纺认得好几个月了,方理想也没她电话。她很少带手机出来,也基本不用微信,跟个山顶洞人似的。

方理想跟群演小姐妹形容周徐纺:"头发这么长,很白很漂亮,经常戴着个帽子,气质有点颓那个。"

小姐妹一脸蒙。

好吧,周徐纺在剧组的存在感完全为零,方理想说:"就是刚刚受伤的那个。"

"哦,她去休息室包扎去了。"

剧组的休息室只有四间,男女主演各一间,一间公用,一间导演专用,场务见周徐纺受伤,又不肯去医院,就放她进了休息室,还特地嘱咐她,去公用的休息室。

这个时间,休息室里都是人,只有一间空着。

走廊里,偶尔有咳嗽声回荡。江织推开休息室的门,这个时间,外头已经黑了,休息室里昏暗不可视物,他摸到灯的开关,刚按下去,一张脸毫无预兆地闯进了眼里。

"咔哒。"

门被风刮上了。

江织瞳孔微微一滞:"你是谁?"

这双眼睛……似曾见过。

眼睛的主人没有回答他的问题。

他目光扫过她,视线刚落在她血淋淋的手臂上,猝不及防地,眼前被一只还沾着血的掌心覆住了。

他愣住,耳边,女孩的声音淡得像一缕烟:"别看。"

她的手在愈合,速度快得肉眼能看出古怪,她避着所有人才躲到了这里。

肌肤相贴,他刚咳过,温度微烫,她不同,手冷得像冰块,指间都是血,淡淡的血腥味,一丝一缕地钻进他呼吸里。

按理来说,他该嫌脏的,却忘了反应,愣了许久才张嘴,可还没出声,那烟一样缥缈的音色又缠缠绕绕地绕进了他耳朵里。

"也别叫,我不伤害你。"

她沾着血的掌心还覆在他眼睛上,只有指缝里漏进一缕光,像被蒙了一层血色,微微泛着鲜红。好重的血腥气。

江织后退,几乎同时,抬手抓住了她的手腕,刚欲推开,肩膀被手肘抵住,他整个人被她按在了墙上。

他一口气没上来:"咳咳咳咳咳……"

周徐纺听他咳得厉害,立马松了力道,一只手挡着他的眼睛,一只手按在他肩上,手臂的伤早就结痂,却弄得他身上、脸上都是血。

她看得出来,他生着病,力气轻了又轻:"我包扎完就走,别叫别看,行吗?"

"不行。"

她关了灯,几乎同时,也松了手。

江织扶着墙站直,没了灯光,他在昏暗里找那双眼睛:"你要干什——"

话没有说完,他的下巴被捏住了,怔愣间,有人靠近,甘冽的薄荷香混着血腥气铺天盖地地笼罩下来。

"别说话,我要是用了力,你会很疼。"

她的力气比正常人大很多,轻轻捏一下,他就会很疼,可能还会把他捏坏,周徐纺想,她要轻轻地,不能让他大叫。

江织喉结滚了一下。

从来没有哪个异性,离他这么近,这样强的侵略感,令他极度不适,下巴还被捏着,冰冷的温度从手指渗到他皮肤里,一冷一热,冲撞得他浑身都发麻。

"离远一点。"

对方沉默了一会儿:"好。"

她离远了一点,想了想,还是松开手,从口袋里摸出场务给的绷带,用牙齿叼着一头,单手去缠手臂上已经恢复得差不多的伤口。

江织的呼吸声很重,他缓了很久,不动声色地摸到了灯的开关,刚要按下去,周徐纺听到声音,立马捏住了他的手,然后,她就听见骨头嘎吱一声响。

江织倒抽一口气,疼得脸都白了。

她愣了一下:"好像脱臼了。"

她真没怎么用力,只是她力气是常人的三十多倍,这下好了,他被她捏坏了。

"疼吗?"她松手了,可能因为这个人长得太好看,她一时忘了要戒备。

江织手腕僵硬着:"你说呢?"三个字,是从他牙缝里挤出来的。

应该很疼,毕竟,她力气那么大。她把手臂包好,然后开灯,往后退,尽量离受害人远点:"对不起。"

江织被气笑了:"对不起有用,要警察干什么。"

他说得有道理,周徐纺没有反驳。

然后，江织报了警。

周徐纺坐警车去了警局，江织先去医院处理伤，手骨脱臼了，好在没有撕裂，复位后就没什么大碍了。

江织从急诊出来，跟在后面的阿晚吱声了："老板。"

江织抬了个眼皮。

阿晚大块头挡住了一大片光，表情很忠厚："那个女孩就是今天在片场受伤的那个群演。"

忠言逆耳啊，但是阿晚觉得必须说。

斟酌了一番，阿晚继续："说来还是因为您，她才受伤的。"

江织冷不丁问了句："我手脱臼的时候，你在哪？"

他去了厕所，今天有点拉肚子，中午不该吃龙虾。

"我去方便了。"

江织简明扼要："滚。"

"是。"

当自身难保的时候，忠言就没有那么重要了，阿晚果断闭嘴了，远远地跟着雇主去了警局。

薛小二爷也来凑热闹了。

"那姑娘我见过，八一大桥下贴膜的。"薛宝怡进来，把江织面前没动过的那杯水一口喝了。

江织抬眼看他。

"你那手机膜还是她给你贴的。"薛宝怡笑得不大正经，"织哥儿，得饶人处且饶人呗。"

乔南楚也在，瞧了一眼江织的手机膜，踢了踢薛宝怡的凳子："关你什么事儿？"

"人姑娘挺可怜的，年纪轻轻又要贴膜又要跑群演，一看就是生活不容易的，再说了，不都是织哥儿的桃花债惹的祸嘛。"

他装什么慈善家！这要不是个漂亮姑娘，薛宝怡铁定帮着弄死人家。

乔南楚懒得理薛宝怡，问江织："要怎么着？你说。"

江织眉宇一会儿蹙，一会儿松，倒少有这般纠结不定的时候，老半晌他才给了回复。

"算了吧。"

说完，他轻咳，本来困意惺忪的眸因为气不顺微微潮红了。已是深秋，他畏寒，懒懒垂在身侧的手指泛着冷白色。

"头一回呢。"乔南楚冲薛宝怡抛了个眼神，"他怜香惜玉。"

江织哼："怜个屁！"

外头大办公室里，周徐纺在办民事纠纷调解手续。

"在这里签个字就可以走了。"圆脸的警官说。

她签了字，刚好，江织从会客室出来，目光没有停留，神色漫不经心，疏离得很。

周徐纺想了想，还是走上前："谢谢。"

这个人不仅人美，还心善，她很感激他。

谢道得很诚恳，江织瞧了一眼她的眼睛，狠狠拧了一下眉头，转身就走了。他看见这人就恼得很，心里头窝着火，就是莫名其妙地发不出来。

他也不是什么善人，怎么就这么放了她？

走在后面的阿晚驻足，盯着周徐纺看了好几眼。

"我们见过。"阿晚觉得他和这姑娘有缘，"在沧海南岸。"那晚雇主被掳到了沧海，他寻人的时候见过这姑娘。

周徐纺低着头，习惯性地隔着距离，把卫衣的帽子戴上，不与人对视："我在那里贴膜。"

委托人说不伤天害理，就英雄救美，她不放心，在那里守了一个小时，确认了人不会有事才走。

阿晚不疑有他，就是觉着这姑娘有点孤僻。

警局外面，咳嗽声一阵一阵的，被夜里的风吹进来。阿晚感叹：娇弱的雇主啊。

"还不过来开车！"

雇主在外面发脾气，不知道哪来那么大火气，阿晚想，可能血气方刚吧，再怎么娇弱也是有八块腹肌的男人。

那八块腹肌，阿晚不小心看到过，被雇主勒令不准说出去，阿晚表示难以理解，觉得雇主每天都好奇怪，分明弱不禁风的，看着也瘦，居然还有腹肌，自个儿天天做两个小时的运动，也才八块。唉，好不公平。

阿晚赶紧出去给雇主开车。

周徐纺回到家，已经十点多了，她洗了澡，穿了件黑色的家居卫衣，把电脑搬到床上，联系了她的搭档霜降。

霜降打字过来："来任务了吗？"

"没有。"她起来，把棉花糖的盒子抱在手里，捏着一个，小口地吃着，"我把一个人弄受伤了，想赔礼，我能送什么？"

"伤到哪里了？"

"手脱臼了。"

这件事是她不对,要赔礼道歉的,她没有朋友,只有两个同事,霜降和方理想。

霜降很快给了意见:"送只土鸡吧,有营养。"

周徐纺没有给人送礼的经验,从记事以来,她就是一个人,没有人教过她人情世故,她难得露出苦恼的表情:"我不知道他喜不喜欢吃鸡。"

"那你知道他喜欢什么吗?"

她往嘴里扔了一颗棉花糖,甜得发腻:"他喜欢喝牛奶,一下午喝了三罐。"就像她喜欢棉花糖一样。

"那你就送一只鸡和一箱牛奶。"

周徐纺觉得可以。

江织喝的那个牛奶是进口的牌子,周徐纺在官网上订了两箱,要一周才能到货,还有她喜欢的那个棉花糖的牌子,网上也没货了。随后,她去找买土鸡的途径了。

连着一周,周徐纺都没有接到群演的活儿,十月过后,寒流来袭。

周一,群头才发来消息,要二十个群演,周徐纺报了名,把买好的土鸡和牛奶装进黑色旅行包里,一早就背去了剧组。

群头通知的集合时间是早上九点,她七点就到了影视城,因为不知道江织什么时候到,她就在入口的地方等。

八点半,一辆一点都不低调的跑车开进了影视城。

阿晚开车特别慢,磨磨蹭蹭的,后视镜里,他的雇主坐在后座上似睡非睡,可能没睡够吧,看上去就不好惹。

车座后面,放了个漂亮精致的玻璃盒,里面装了棉花糖。

江织拿了颗,扔进嘴里,还没嚼,便狠狠拧了一下眉头,立刻用手绢包着,吐了出来,原本就有起床气,这下脸色更不好了。

"换了牌子?"

阿晚嗯了声:"之前那个牌子的卖完了。"

"换回来。"

完全是不由分说的口气,听着就很蛮不讲理。

"我问了很多地方,没有了。"

江织眼皮都没抬一下:"换回来。"

阿晚能说什么,养家糊口太不容易啊。他惆怅地看了一眼车窗外:"老板。"

"嗯。"江织没睡醒,精神不振。

"那个贴膜的。"阿晚不知道那个贴膜的叫什么。

江织掀了掀眼皮,睡眼惺忪,瞧见路灯旁蹲了个人,穿一身黑,背着个很大的旅行包,帽子扣在脑袋上,看不清脸,就露出个乌黑的脑袋,成天穿得跟个贼似的。

江织直起腰,换了个坐姿:"靠边停。"

阿晚停了车。

江织把车窗摇下来。

阿晚又按了一下喇叭。

周徐纺脑袋才抬起来,习惯性地把帽子往下拽了拽,有点木然,脸上总是没什么表情,眼神也空。

她站起来,看了看四周,见没人才走过去,站定在离车窗一米的地方:"你的手好了吗?"

她声音微带着凉意,什么起伏都没有。

江织嗯了声。

她又往四周看了看,然后把背包拿下来:"这个送给你。"她往前一步,递过去,"赔礼。"

江织目光不偏不倚,与她撞上,她这双眼睛,黑白分明里透着的全是冷漠,又过分的干净清澈,难怪似是相识,太像那个葬身在火海里的少年。

他失神了许久,目光才挪开,瞧了一眼她那个黑色背包,随后目光落在了她手背上,她袖子长,手背遮了大半,露出那一截,在太阳底下白得发光。

成天把自己包成这样,不见太阳,白得像只鬼。

主驾驶的阿晚咳了一声,以提醒雇主,一直盯着人家姑娘的手不好,等雇主收回视线了,才用眼神请示。然后,出乎意料地,雇主点了头。

阿晚这才下车去,接过那个背包,还挺重。

周徐纺送完礼,一句话不多说,走了。

阿晚把背包放在旁边的座位上:"老板,要不要打开看看?"

后面除了两声咳嗽声,就没声儿了。

等车开进了停车位,阿晚就听见后面那位说:"打开。"

阿晚停稳了车,把背包抱起来,放在腿上,拉开拉链——

"咯!"

阿晚目瞪口呆,腿上,一对眼珠子与他大眼瞪小眼,鸡伸长了脖子,朝他叫嚣:"咯咯咯咯咯咯……"

一股鸡屎味扑鼻而来,阿晚呆滞了一下:"是……只鸡。"

乔南楚问过他,怎么会对一个开罪过自己的人网开一面,毕竟,他的确没什么善心。他想大概因为这个人很古怪,古怪得会让所有事情都朝着匪夷所思的方向发展。

比如，这只鸡的存在，和接下来所有由一只鸡引发的事端。

九点，演员们都已经换好了戏服，化好了妆，就等导演开拍。方理想作为新晋的织女郎，服装组特别上心，她的戏服都是量身定做的，别看她长得萌，可塑性可强了，旗袍加身，捏着把舞女专用的羽毛扇，走起猫步来，那也是风情万种啊。

导演果然眼光毒辣，一挑一个准。

方理想穿着她的新戏服，在周徐纺面前转了个圈圈，嘴角荡开两个梨涡："好看不？"

周徐纺穿着麻布衣裳："嗯。"

"徐纺，你玩微博不？"

她摇头。

"带手机了没？"

她摸摸裤子口袋："今天带了。"

方理想掏出自个儿的手机："你加我微信，以后谁再拖欠你工钱，就跟我说，我给你撑腰！"

她现在可是大名鼎鼎的织女郎，周徐纺不擅长社交，也没什么朋友，孤零零的，像个被全世界抛弃了的小可怜，她得罩着她！

周徐纺点头，低着头话不多。

加完好友，方理想穿着旗袍亚洲蹲，一打开微博，惊呆了："哎呀妈呀！大公司就是强，给我买了好多僵尸粉呐。"

方理想当上《无野》的女二之后，就有不少经纪公司找她签约，方理想是个有理想的姑娘，考虑都没考虑，直接签了影视行业的龙头公司——宝光。

说起宝光，最让人津津乐道的就是宝光的老总薛宝怡了。

"我们老总和江导还是发小呢。"方理想跑了四年龙套，知悉各路小道消息。

周徐纺的目光里，有了点神采。

难得她对什么有兴趣，方理想就跟她唠起来了："薛家的小薛二爷听说过没？"

周徐纺摇头。

"你下个微博，隔三差五就能看见他了。"

周徐纺不怎么上网，不是很清楚："他也是艺人吗？"

"不是，他的枕边人都是艺人。"

周徐纺不明白了。

方理想感叹："哎，他不知道是多少女孩子的劫啊。"

周徐纺没接话，仰头看着一处，目不转睛。

方理想顺着她的视线瞧过去："你又在看江导？"

"他好看。"她喜欢看漂亮的东西，比如她的棉花糖盒子。

对于江大导演的颜值，方理想是服的，就那张脸，放眼整个演艺圈，也没谁能美得过。

"江大美人是天上的星星，养养眼可以，不能摘下来。就江美人往那一躺，不知道要惹多少人前仆后继，可也没谁能摘了他那朵美人花，而且，他可娇贵了，身体很不好，江家专门搞了个制药的实验室，就是为了给他调养，很烧钱的，我们小老百姓养不起。"

周徐纺想，她钱挺多的，可她要用来买月亮湾，不能养美人。

方理想掩嘴，小声地告诉周徐纺："圈子里有传闻，他跟小薛二爷是一对。"

周徐纺再次不明白了。

◆第二章◆
那个群众演员贪图您美色

十分钟后，赵副导演举了个喇叭，通知："马上开拍了，十分钟准备。"

聊天的群众演员们一哄而散。

赵副导演巡查了一周，机器都准备就绪了，就是在角落里瞧见了只鸡，问场务小李："这里怎么有只鸡？谁放这儿的？"

"没注意，应该是道具组的人放的。"

赵副导演环顾了一圈："那个挑担的群众演员看见没？把鸡放他担子里。"

小李抓着鸡放进了群众演员的担子里，鸡爪子上绑的带子松了他也没注意。这场戏有爆破的镜头，轰的一声之后，鸡飞狗跳。

"咯咯咯咯咯咯……"

这只大公鸡，约摸两三公斤吧，被炸得满场飞。

赵副导演汗都出来了："江导，这——"

江织扔了手里的剧本，往那张垫了厚厚一层毯子的躺椅上一靠："道具组今天都没带脑子过来？"

赵副导演不敢吭声了，气压低得他呼吸不畅。

"哪的鸡？"

阿晚回："你的。"

风声里,有江织的咳嗽声,隐忍着愠意:"还杵着做什么。"

阿晚撸起袖子,加入了抓鸡的行列。赵副导演也不敢大意,拿着个大喇叭前去指导抓鸡。

"你站一号机那边。"

"你二号机。"

"围住它!"

"快,抓住!"

赵副导演发话,几个男助手和阿晚一窝蜂围上去,将那只鸡逼到了包围圈里,阿晚逮住时机迅速使出了擒拿手,电光石火间,那鸡拔地而起,一飞冲天:"咯咯咯咯咯……"

一阵扑腾后,只见那只鸡径直朝着一个方向扑过去,阿晚定睛一看。

赵副导演一拍脑袋,完了。

那杂毛公鸡落在了卧病在榻的大导演肩上,顿时,全场噤若寒蝉,随后,只听见噗叽一声,一坨鸡屎将掉未掉。

江织彻底傻了,脸色那叫一个惨白。

四下安静,一根针落地都能听得见,阿晚憋着,不敢喘气,碎步小心地挪上前:"老板。"

跟说悄悄话一样,阿晚生怕扰了那只鸡,还有那坨快要掉下来的鸡屎。

江织躺着,浑身僵硬:"快、快弄走。"

阿晚就怕他一口气上不来会厥过去,这位小少爷娇贵得很,爱干净的毛病有多严重他很清楚。

"您别动,千万别动,鸡屎会掉。"

江织发白的脸黑了:"那你想让我怎么着?"气到俊脸扭曲。

阿晚也不知道怎么着,犹豫了许久,才往前挪了一小步,伸手,还没够到,赵副导演脸上落了一根鸡毛,他鼻子一痒。"阿嚏!"

几乎同时,那杂毛公鸡翅膀扑腾,一跃而起。

"咯咯咯咯!"

漫天鸡毛里,有一坨黑色的东西,直直朝江织的灰色毛衣上甩去,他整个人完全僵住,下意识合上眼。

"咯!"

一阵风突然刮过去,卷着鸡毛起起落落,谁都没有注意到,那个身穿麻衣的人是从哪里冒出来的,脸和头都包着,就见她整个人朝导演压上去,那坨鸡屎随即落在了她的麻布衣裳上。

"嗯!"江织被重力压得闷哼了声,蓦地睁开了眼,对上一双透亮的眸子,像一望无际的夜幕，黑沉沉的，无波无痕。

薛宝怡说的，这女孩叫周徐纺，古古怪怪的人趴在他身上，搅得他心神起了一片惊涛骇浪。他从未近身接触过异性，这人却几次三番破他的例，甚至还碰他的人，叫他无所适从。

他吞咽了一下："你、你……咳咳咳咳咳……"

周徐纺趴着，眨了眨眼睛。

他朝她吼："你起开！"

她从他身上爬起来，因为江织在拍爆破戏的时候脱了外套，灰色的毛衣被她的麻布戏服钩住，露出了一截白皙的腰，她的手指无意划过。

周徐纺看向那截腰，可惜，没看到。江织几乎用拽的，把毛衣扯下来，遮住了腰，然后掀了块毯子，牢牢盖住，动作一气呵成之后，坐起来，捂着嘴拼命地咳，咳得撕心裂肺！

周徐纺想了想："你有没有事？"

她脸包着，就露出一双丹凤眼，那眼睛分明冷冷清清的，却烫得江织心头一热，他压住喉头的痒意："你、你离我远点！"

她就后退了五步。

阿晚这时候上前询问："老板，您怎么样了？"

江织单手撑着躺椅，额头有一层薄薄的汗："你觉得呢？"

阿晚觉得吧，雇主真是身娇肉贵："你好像被压坏了，要不要我帮你叫医生过来？"

江织舔了舔牙，一把扯过外套穿上："你给我滚！"他抬眸，盯着那个包着脸的家伙："全部滚！"

方理想赶紧过来把周徐纺拉走了，赵副导演都不敢吱声，用眼神示意大家撤退。

不过，阿晚不敢真滚，跟上去了。

"我好像又闯祸了。"周徐纺看了一眼那只还在扑腾的杂毛公鸡，眉头紧紧皱着。

方理想安慰她："不怪你，都是那只鸡的错。"

"那只鸡是我送的。"

方理想："……"

怎么回事，越看越觉得周徐纺呆呆的。

导演的休息室里有浴室，江织洗了半个多小时才出来，水温开得高，他皮肤本就白，被蒸得通红。

阿晚在门口："老板。"

030

"滚进来。"

阿晚畏手畏脚地进去,低着头,默默无声地把衣服搁下,打算闪人。

"林晚晚。"

能不能别叫这个名字!他也有男子汉的尊严的!

"您吩咐。"

"去把那只鸡宰了。"

"是。"

江织用毛巾揉了一把头发:"还不出去?"

"哦。"阿晚走到门口,还是没忍住,回头,"老板,我有一个发现。"

"说。"

"我觉得那个贴膜的看上您的美色了。"

"从哪看出来的?"江织拉着浴袍嗅了嗅,总觉得还有味儿,嫌弃地用毛巾反复擦着脖子,那一片皮肤被他擦得发热。

阿晚的理由是:"她给您挡鸡屎了。"这是真爱!

江织动作停下:"别再提那个字。"

现在不能提鸡了,阿晚识趣地改口:"她给您挡屎了。"

阿晚刚说完,一个牛奶罐砸得他眼花缭乱。

阿晚揉揉脑袋,默默地退了,眼角余光扫到了桌子上,呃?不是嫌弃那箱牛奶有鸡屎味儿吗,怎么还开箱了?

晚上八点,浮生居里奏起了管弦丝竹。这帝都的娱乐场所不少,大多奢靡,不像这浮生居,雅致得很。

浮生居的壁画绘得精致,画前,依着一双男女,衣着光鲜。

女人柔若无骨地靠着墙,笑得风情万种:"小二爷。"

男人嘴角勾着,两分不悦:"二爷就二爷,什么小二爷。"

帝都的二爷不止一位,可这浮生居的常客里就一位二爷,薛家的小二爷。

薛宝怡的父亲在家中排行老二,这薛二爷是他父亲,薛宝怡在薛家孙辈里又是排行老二,他便只能是小二爷了,只是薛宝怡不喜欢这不伦不类的称呼,非让人喊他二爷。

女人识趣地换了称呼:"二爷,一起喝一杯?"

"你喷香水了?"薛宝怡后退了步,"那离我远点,里头有个人不喜欢女人的香水味。"

江织身体不好,能怎么办,宠着呗。

薛宝怡推开房门,刚迈进去一条腿,一只鸡爪子挠过去。

"卧槽!"他当即踢了一脚,"这里怎么有只鸡?!"

"咯咯咯！"

那只鸡被踢到角落里，叫个不停。

阿晚过去，把绑着鸡的绳子踩住，免得它到处扑腾："鸡是我老板的。"他特地带着，回了家就宰了，炖给雇主补身子。

薛宝怡抽了张纸，擦了擦皮鞋："织哥儿，你不拍电影，改养鸡了？"

包厢里，都是仿古的陈设，江织窝在一张软榻上，都懒得理他。

阿晚就代为回答了："这是别人送的。"

"这年头，还有人送鸡？"薛宝怡拉了把藤木椅子坐下，长腿一搭搁在茶几上，"谁啊？男的女的？"

阿晚刚要回。

江织眉目懒懒地扫了他一眼："你和那只鸡，都出去。"

阿晚抱着鸡，出去了。

"南楚呢？"江织问。

刚过深秋，他已经穿上厚毛衣了，精神头也越发不好，神色蔫儿蔫儿的。

薛宝怡给自己倒了杯酒："他又跟他爸杠上了，要晚点来。"

"我冷。"江织用脚背踢了踢薛宝怡的小腿。

他怕冷，还受不得暖气，这还没到冬天呢，就成日嚷嚷着冷。

薛宝怡好笑："你真是老子祖宗啊你！"

他把酒杯搁下，出去给江织弄毯子。没办法，谁让他是个骨灰级颜狗，受不住美色，一群大老爷们里，数他最宠江织这个娇气包。

江织把毯子盖上："药呢？"

薛宝怡从外套口袋里摸出个药瓶子，扔给江织："一周一颗，不能多吃。"

他嗯了声，拧开瓶盖，倒了一颗出来，扔在嘴里，就着温水咽下去，然后把药瓶收进兜里，伸出手，捋起袖子搁桌子上。

别看薛宝怡这个不靠谱的样，他从商之前，还是个内科医生，师承一位老中医。

他坐过去，给江织号脉。

江织五岁时，大夫给的诊断：先天不足，心肺皆虚。他是早产儿，身体自然不好，可若是调养得好，也不会有性命之忧。本来也只是虚症，在江家宝贝似的温养着，却多年不见好。后来，脏腑慢性衰竭、心衰体弱，身体越来越不济。到了冬天，他甚至需要卧床，有咳血之症，怪就怪在，分明浑身是病，却没有一个医生定义得出来，他具体得了什么病。

若非当年那少年误打误撞，没准早一命呜呼了。

江家有传闻，小少爷活不过二十五，今年他可二十四了。

"为了那帮人,不值当。"薛宝怡难得正经。

这药苦,江织便倒了小半杯酒冲了冲嘴里的味道,他也不喜欢酒,拧着眉,胃里有些不适。

"我有数。"

薛宝怡说认真的:"这药不能多吃,吃多了会不育。"

江织笑了:"你觉得我会跟别人生孩子?"

"那可说不准。"

江织哼了声:"扯淡。"

行吧,薛宝怡不扯淡了,说实话,他其实是个乱来爱玩的性子,什么都不当一回事,就江织这事儿,他上心,而且守口如瓶。

乔南楚电话过来,说来不了,江织觉着没意思,要回去。

浮生居的前身是个八进八出的院子,加了点现代化的装修和改建,分为内楼和外楼。外楼用做招待平常客人,内楼的梅兰竹菊四小苑,只对帝都的权贵们开放。

这浮生居是骆家的地盘,骆家财大气粗,只是底蕴不深。

周徐纺抬头看了一眼门匾,竟不知帝都还有这样的地方,她背着挎包进去,刚走过前厅,就被人拦住了。

穿着短旗袍的女人面容姣好,笑得也温柔:"不好意思,里面是贵宾区。"

外面下了雨,周徐纺穿着黑色的雨衣,黑色的雨鞋,帽子是配送员专用,是黄色,她戴着口罩,将自己包得严严实实。

她从口袋里掏出手机,打了个电话说:"您的外卖到了。"

她平时闲了,会在一家海鲜粥店送外卖,老板娘人很好,她以前是那里的常客,有次给她上错了粥,粥里放了鸡蛋,把她给吃醉了,是老板娘好心收留她睡了一晚,后来,她有空就帮着送外卖了。

她吃了鸡蛋会醉。

记忆里,她第一次吃鸡蛋就醉了,然后蹿到了一棵树上,唱我的祖国,别人让她下来,她不肯,又跳到另一棵树上,唱没妈的孩子像根草,唱完所有她会唱的歌,她就把树全部连根拔起,驮回家去了。

电话里的女人说:"在304,你送进来。"

"我进不去。"

那边,换了个男人接电话:"把电话给拦你的那个人。"

周徐纺便把手机给了那个拦她的人,手缩在雨衣里,小心地避开肢体接触。

对方接完电话,把手机归还:"你可以进去了。"

周徐纺捏着手机的一角,又小心地接过来,然后往内院里去,进去就有四个岔路口,边上挂了字画,绘了梅、兰、竹、菊的图,她发了短信问顾客是哪个苑,等了几分钟也没人回,只好一处一处地找。

她先去了梅苑的304,到底是风月场所,她听力甚好,歌舞管弦乐,尤其地吵,除却纸醉金迷的欢笑嬉闹,还有撕扯的男女。

"早点听话,就不用吃这么多苦头了。"男人语气轻佻。

"我要告你们,我要告你们!"

女人歇斯底里,男人们却都在笑。

有人嚣张:"去啊,去告啊。"

"滚开!"

"都滚开!别碰我!别碰我!"

女人撕心裂肺地哭喊,绝望、愤恨、不甘,还有不愿。

女人是被强迫的。

口罩上都是雨水,周徐纺把口罩摘了,扔进垃圾桶里,用手背擦了擦脸,然后走到304门前,握住门把,轻轻一拧。

"咔哒!"

门开了,屋子里乌烟瘴气,酒气刺鼻,女人衣衫不整,被两个男人按在地上,还有一个男人跨坐在她身上,中年,微胖,戴着无框的眼镜,他皮带松着:"谁让你开门的?"

周徐纺将门整个踢开:"送外卖的。"

走廊里偶尔有行人路过,男人只得从女人身上爬起来,扯了件大衣遮住裤子上的狼藉,脸色极其难看:"这里没有叫外卖,快滚。"

地上的女人趁势爬起来,有人拽住她,她疯了似的推搡,咬了人,得空就跑了。

男人急了:"快!去把她抓回来。"

门口的周徐纺被撞到了一边。

女人伤痕累累的,跌跌撞撞的跑不快,后面两个人在追她,来往的路人也只是多看了几眼,却没有人停住脚步。

周徐纺侧身,避着监控从衣服上拽了一颗扣子下来,捏在拇指与食指之间,轻轻弹了出去。

追赶的男人大叫了一声,小腿一麻,拽着前面的男人摔作了一团,这时,女人已经跑出了梅苑。

周徐纺把雨衣的帽子扣上,继续送外卖去。

身后,男人在骂骂咧咧。

"不是让你锁门吗?"

"锁了呀。"

啪嗒一声,那把锁整个掉下来了。

"这锁怎么坏了?"

"那女人卸下来的?"

"妈的,说什么屁话,她多大力?能把锁扭下来?"

"那怎么坏了?"

"行了。"男人不耐烦,"去陈经理那儿知会一声。"

半晌后,陈经理就得了消息。浮生居的陈经理四十来岁,是个略微丰满且风韵犹存的女人,穿着淡紫的旗袍,步步生莲。

"韩秘书。"

"陈经理。"说话之人西装革履,面相斯文。

陈经理走近了:"小骆总在里面吗?"

"在。"

帝都的骆家,被称作小骆总的只有一位。

陈经理推了门进去。

屋里灯光暗,木椅上,女人侧躺着,在抽烟,薄唇,单眼皮,很寡情的长相,指间一根烟,白茫茫的朦胧之后,嘴角噙一抹似有若无的笑。

骆家长孙女骆青和,除了老爷子,整个骆家,便数她权力最大,眉眼里有股子浸淫商场的精明与凌厉。

烈焰红唇,她轻吐了一缕薄烟:"合同签下了吗?"

陈经理上前:"签了。"

"那个新人呢?听话吗?"

"不怎么听话。"陈经理笑道,"说要去告我们呢。"

"这样啊。"她抖了抖烟灰,"按照老规矩来办。"

"知道了。"

抽完了一根烟,骆青和便起了身,整了整身上的职业套装,将杯中洋酒饮尽,踩着高跟鞋出了房间。

她开门,瞧见了一张熟悉的面孔。

"江织。"

对方侧目,睨了一眼,没理。

骆青和抱着手,靠在门边笑了:"你怎么不理人啊?"

她五官寡淡,一笑气场便出来了,傲气凌人。

江织没搭话。

薛宝怡停了脚,戏谑:"骆大小姐可真不识趣,我家织哥儿不理你,自然是不想理，你这样问，不是打自个儿的脸吗？"

这话，可真拂人面子。

骆青和也不恼："小二爷这是护短呢。"

"你说呢？"

她眼里自信过多，盛气逼人："传闻不假啊，你那后宫三千是假的，江织才是你的心头好吧。"

这话，她也敢说。

薛宝怡脸都气红了："你——"

前头江织在催："跟她废什么话。"他脚步慢下来，压抑的咳嗽声断断续续。

薛宝怡哼了声，翻了个白眼，跟着江织走了，左拐，进了长游廊。

他才问江织："你以前是不是和骆家结过什么怨，不然怎么那么讨厌姓骆的？"反正在他的记忆里江织就没给过骆家人好脸色。

"你话太多了。"江织走快了些，"别跟着我，我自己回去。"说完，他撂下薛宝怡自己走了。

阿晚抱着鸡跟上去。

薛宝怡原地挠头，怎么还生气了呢？他想了想，对了，江织的白月光是骆家的养子。

骆家的那养子，听说智力有问题，还不会说话。这事也是怪，骆家这辈没生男孩，领养是没错，可为什么要领养一个又哑又弱智的男孩？可偏偏，就是那个又哑又弱智的，让江织记了这么多年。

这事儿薛宝怡也不敢问，骆家那个养子，谁都不敢在江织跟前提。

周徐纺敲了竹苑304的门，来开门的是个年轻的男人，模样生得凶，穿得挺正式，就是烫了个看似不太正经的锡纸烫。

周徐纺把粥递过去："你的外卖。"

对方没接，目光扫过周徐纺的脸，笑得像个小流氓："姑娘，给个微信呗。"

周徐纺面无表情："我不用微信。"

"不给微信，那我给差评咯。"

周徐纺放下东西就走，出门看见了一张漂亮的脸。

江织揉揉眉心，被这风月场所里的声响吵得头疼。

"老板，"阿晚很惊喜，"你快看！"给你挡鸡屎的那个人！

江织也看见了，只是当没看见罢了，阿晚这么一咋呼惹得那个古怪的家伙看过来了，他只好问上一句："你到底打几份工？"

周徐纺还是那副呆呆的表情："你有微信吗？"

什么跟什么？江织瞧着她，越发觉得这是个古怪人。

"有。"是阿晚代为回答的,他挺喜欢这个贴膜的,雇主需要阴阳调和一下,不然脾气太暴躁了。

他越俎代庖,惹得雇主冷了他一眼,他抱着鸡往后缩。

"可以给我你的微信吗?"她其实是想要地址的,那只鸡闯祸了,她想再送一箱牛奶赔礼。

"你不是不用微信吗?"

想来是方才与那人的话被江织听了去,周徐纺诚实道:"不想给才说不用的。"

"我也不用微信。"

周徐纺心想,他还是生气了,因为那只随地大小便的公鸡。她瞥了一眼阿晚手里的鸡,拉了拉外卖员佩戴的黄色帽子,低着头走了。

阿晚觉得贴膜的姑娘的背影看起来很失落,忍不住为她说好话了:"老板,我觉得她是个好人。"

江织没说话,站在分岔路口,瞧着那人、那黑色的雨衣。

"而且,她肯定是看上您了。"都来要微信了!

江织转了个身,走了另一条路,因为提不起劲儿,步子很缓。他问了句不相关的话:"你智商多少?"

阿晚如实回答:"差一点就一百了。"

江织露出一副果然如此的表情:"以后少说话。"

这是被鄙视了吗?

阿晚给江织打工好几年了,如果不是智商堪忧,他也不用给江织做牛做马。

两年前,阿晚的母亲尿毒症,得换肾。阿晚当时还是个不出名的拳击运动员,没钱给母亲做手术,然后他深思熟虑了三个晚上,决定去打劫。

下决定之后,阿晚在浮生居潜伏了一周,最后锁定了目标——一个钱多体弱的大少爷,过程很顺利,他成功打劫到了大少爷一块看着就很贵的手表。他第一次犯事儿,还不熟练,抢了手表骑着摩托车就开进了警局……

钱多体弱的大少爷既往不咎,不仅没起诉他,还把他赎出来,给他母亲付了高额医药费,开始他还以为遇到了救苦救难的观世音菩萨,直到接到那份长达三十年的卖身契。

那位大少爷就是江织。

"哎!"阿晚叹气,他怀里的鸡也咯了一声。

江织瞥了一眼那只鸡,那只鸡立马伸长脖子:"咯!"

真是只身强体壮的公鸡,都折腾一天了还生龙活虎,可惜就是命不好,阿晚说:"我回家就宰它,明天给您炖鸡汤喝。"

外头有风,快要入冬,一到夜里凉意就重,江织嗓子不舒服,咳弯了腰:"不想喝。"

"那这只鸡?"

"养着。"

阿晚怀疑自己听错了:"养它干吗?"一只公鸡又不能当宠物。

江织寻思着,若按照他的性子,他得活埋了这只鸡,让它还喘着气,自然不是他动了恻隐之心,善心那玩意他没有。

那养它干吗?

不知道,就像薛宝怡所说的,他阴晴不定的程度已经丧心病狂了,那只鸡的主人惹得他好奇了,这只鸡先留着,不高兴了再宰。

他拖着慢慢悠悠的步子,也拖着慢慢悠悠的调子,随口扯了个理由:"下蛋。"

"老板。"

江织嗯了声。

有钱人家的公子身娇肉贵,不认识也正常,可他还是要如实地科普一下:"这只鸡是公的,公鸡不会下蛋。"

公鸡:"咯!"

"老板,送您回哪?"

"回江家。"

周四那天,江织有夜戏要拍。

阿晚晚上七点去接雇主,在八一大桥下等红绿灯的时候看见了熟人:"老板,贴膜的!"

原本闭目养神的江织掀了掀眼皮:"她没名字?"

阿晚回忆了一下:"周、周,"他实在想不起来,"周小姐在桥下贴膜。"

车窗关着,江织隔着玻璃看桥下。

那一处摆摊的很多,也是奇怪,他一眼就看见了她,她总是穿一身黑,戴着帽子裹得严严实实的。分明这么不喜欢与人接触,还四处打工。

"她看上去跟我表妹差不多大,我表妹还在读大学。"阿晚有感而发,"她要贴膜,要跑剧组,还要送外卖,不知道还要不要打别的工?"

江织踢了踢主驾驶的座椅:"看路。"

绿灯了。"哦。"阿晚赶紧发动车。

刚过十字路口,江织懒洋洋地吩咐:"靠边停。"

今天的雇主依旧莫名其妙,阿晚把车靠边停了。

江织漫不经心地玩着他的棉花糖玻璃盒:"你的手机有没有贴膜?"

玻璃盒里的棉花糖是阿晚今早刚添上的,是雇主爱吃的那个牌子,那个牌子本来已经停产了,他废了好大劲儿才把那个破厂子收购了,以后就专门给雇主大人一个人供货。

阿晚回:"没贴。"

江织打开玻璃盒,拿了块糖出来,含在嘴里:"下去贴个膜再上来。"

"啊?"阿晚没反应过来。

"下去贴膜。"

阿晚解开安全带,刚要推开车门出去,后面又扔过来一句:"再买个手机壳,你的手机太丑。"

"哦。"

阿晚下去,贴了张膜,并且买了个炫酷的手机壳才回来,回来就看见江织若有所思地在发呆。

阿晚把新手机壳递给他看:"老板,我觉得你对周小姐挺好的。"老板有多讨厌女人他知道,周小姐是例外,老板不仅收她的礼物,还照顾她的生意。

江织把玩棉花糖盒子的手指略微停顿了一下:"开车。"

后视镜里,阿晚看见后座的人拧眉了。

晚上八点,周徐纺摆摊回去后又接到了群头招募群众演员的消息,她报了名,坐在电脑桌前吃外卖,桌子旁边还放了一罐牛奶。

电脑嘀的一声,自启了。海绵宝宝铺了一桌面,霜降的消息过来了:"有个高中生出五万,要帮忙写作业,接吗?"

这年头,还有人雇人写作业的。周徐纺摇摇头,不接。

霜降打字过来:"是雇佣金太少了吗?"

她手里的筷子顿了一下,埋头沉默了许久:"我不知道我念到了几年级。"

霜降发了个问号过来。

周徐纺把牛奶罐打开了,喝了一口:"我被送到了国外的一个疗养院,之前的事都不记得。"

疗养院的事她查过,她到那里之后被人发现基因序列不同于常人,有心人把她的血卖给了非法经营的研究院。后来研究院被查获,疗养院也被牵连,人心惶惶时,因为护工失误,她被注射了不明药物,有了常人所没有的异能,也不记得前尘。她趁乱逃出来,脖子上只有个牌子,上面写了她的名字,其余的她都不知道。

周徐纺抿了抿唇,一口干了牛奶。

霜降没有问她的私事:"我可以写作业,我接行吗?还是你七我三。"

"不用分给我。"

她又开了一罐牛奶,她以前不怎么喝牛奶,给江织买的时候,她多订了一箱,然后神奇地发现,那个牌子的牛奶特别好喝。

次日上午,周徐纺喝了三罐外国进口的牛奶。

大抵因为阿晚那番"贴膜的姑娘看上你的美色"的言论,江织便分了几个眼神给那人,他收回目光,换了个姿势躺着:"把副导演叫过来。"

阿晚去把赵副导演叫过来了。

赵副导演被点名,是有点慌的:"江导叫我来有什么事吗?"

他捏着罐牛奶在晃啊晃,没个前因后果,就提了两个字:"群演。"

"群演怎么了?"

"一天多少钱?"

江大导演居然开始关心起这种问题了,赵副导演如实回答:"一百二到两百吧,如果是群特能高点。"

她喝的那三罐牛奶就得几百了,江织觉得匪夷所思,她就算贴再多的膜、送再多的外卖,也不够她喝牛奶。

莫不是这姑娘所有打工的钱都用来买牛奶了?

怪了,他为什么要好奇一个群演的生计?他把玩着手里的牛奶罐子,最近可能真的太闲了:"今天这几个群演演得不错。"

这几个意思啊?

赵副导演挠头:"那……您看怎么着?"

江大导演抬了抬眼皮。

赵副导演就说:"酬劳翻一倍?"

大导演没说话,就瞧着赵副导演。

他汗涔涔,赶紧改口:"两倍?"

江大导演拉了环,开了牛奶,喝了一口。

赵副导演抹了一把脑门,战战兢兢又结结巴巴:"五倍?"

没吱声,人就起身了。他把外套穿好,边咳着走了,精神头不好,眼皮耷拉着,边走边把衣裳裹严,弱柳扶风得很。

搞什么呀?赵副导演一头雾水。

等人走远了,那喜怒无常的江美人才扔了句过来:"你看着办。"

赵副导演擦了把汗,满脑袋问号。

阿晚瞧了瞧时间,一点了,到雇主的午休时间了,他跟上去。

"那只鸡最近怎么样?"江织突然问道。

阿晚回:"挺好,重了二两。"

然后便没有下文了,一路上,断断续续的都是江织的咳嗽声,压抑着,听得都让人胸腔发闷。

他好像身体很不好,周徐纺想。

"徐纺。"

方理想伸手在她眼前晃,"徐纺。"

周徐纺还看着远处。

方理想蹦跶到她视线里去,"回魂了回魂了!"

她扭头:"嗯?"

眼里的好奇还来不及收,倒不像平时那样波澜不惊,有些人气儿了。

方理想拉了个姑娘到她面前:"这是我的经纪人。"

周徐纺问了个好就不说话了,她不习惯跟人交谈。

方理想签了宝光,还算受重视,经纪人是林商,算是宝光老牌的王牌经纪人,只是林商手里除了她,还有一个一线、一个二线的艺人。

十分钟后,导演休息室外。

阿晚贴在门口,轻声喊:"老板。"

里头的人睡得惺忪,声音哑哑的,还有气泡音:"睡觉,别吵。"

要是别人来,阿晚肯定不会来打扰这位起床气极其严重的祖宗:"贴膜的周小姐来了。"

刚睡醒的江织少见的有点慢半拍,声音惺忪:"门没锁。"

周徐纺进来的时候,江织刚把外套穿上,他抬手时,她刚好看见了他黑色毛衣下一丝丝皮肤,但很快被他用毛衣遮住了。

江织看了阿晚一眼:"出去,带上门。"

"哦。"

阿晚出去,关上门,守在休息室门口,把耳朵贴到门上,然后屏气凝神。

"找我什么事?"江织坐下,手里捧着杯热水在暖手,刚被叫醒,脸上被压出来两道红痕还没消。

这人睡觉一定不老实,周徐纺想。

她把黑色背包放下,搁地上:"送给你,赔礼。"那只鸡在他身上拉屎,她很过意不去。

江织目光从她脸上挪到那个包上:"又是鸡?"眉宇的嫌弃到底藏不住。

"不是,是牛奶。"她顿了一下,补充,"两箱。"

她说话的时候,总是没什么表情,可语气又总是一本正经,给人一种呆呆的感觉。另外,这个牌子贵得很,两箱牛奶,她得贴多久的膜?

江织把杯子放下,从沙发上站起来,趿着拖鞋走到离她一米的地方,看她的眼睛,这双眼睛漂亮是漂亮,深看不得,会让人心慌。

"周徐纺。"他叫她名字,第一次这么叫。

周徐纺抬头,目光定定的,心想原来他不止长得好看,声音还好听。

江织又往前一步:"我好看吗?"

周徐纺表情呆了一下。

"我问你,我好不好看?"

他为什么明知故问呢?他是她见过最好看的人,跟她的棉花糖盒子一样好看,她也不瞎,视力那么好,怎么会看不到。

她点头:"嗯,好看。"

江织嘴角弯了一下,果然,他这该死的美貌。阿晚那个智商欠费的倒说准了一次,这个家伙,是瞧上他的美色了,所以才做出一系列引起他兴趣的古怪举动。也没什么奇怪的,他见得多了去了。

他下巴一抬,心情不错,语气也算友好:"你别喜欢我,我对女人没兴趣。"

"好,我不喜欢你。"

江织被她正儿八经的回答噎了一下,一口气堵住:"咳咳咳咳咳咳咳……"

她怎么跟追他的那些人不一样?不应该他拒绝后,她死缠烂打地非要继续追他吗?

"咳咳咳咳咳……"

周徐纺脸上没什么特别表情:"你有没有事啊?"

江织拿起放在一旁的杯子,也顾不上烫嘴,灌了一大口:"你嘴硬什么?我又不会拿你怎么样。"

周徐纺表情由呆变蒙了。

她没嘴硬啊,棉花糖的盒子再漂亮,她也只是会多看看,不会怎么样。江织也一样,她喜欢他的样貌,但是她不贪图。她也喜欢粥店新买的那个吊灯,每次去送外卖都会多看几眼,但她不会偷回家的。

江织被她的表情搞得有点烦躁,背过身去解扣子:"你出去吧,我要睡觉了。"

周徐纺就走了。

江织无语,她智商是不是跟林晚晚一样?

他这午休就睡了一会儿,再躺回床上就睡不着了,浑身都不舒坦,他的自尊心被她踩得粉碎了,胜负欲和征服欲也被她激起了,他怎安睡得了。

下午,有三场戏要拍,有一位女演员状态不好,一直过不了。江导演很生气,脾气很大,直接撂了手里的剧本。

"不用拍了,去调整状态,要是明天还是这个样子就不用来了。"

那个女艺人白着脸,一直道歉。

周徐纺问方理想:"她是谁?"

"你说程妃然?"方理想在吃鸡,抽空瞄了一眼,"天星的艺人,不怎么有名气,好像是个新人,怎么了?"

周徐纺摇头,她听力太好,刚刚听见了那个女孩打电话。

"我不会放过你们!"

"那些肮脏的勾当,我会全部公开。"

"我怕什么,大不了鱼死网破。"

周徐纺在浮生居见过程妃然,那次她被几个男人欺负。

因为那个程妃然重拍次数太多,原本五点能拍完的戏拍到了七点,周徐纺当群演的那场排在最后拍,她回御泉湾的时候,已经快八点了。

她点了份外卖,蹬了鞋子坐在沙发上吃棉花糖。

霜降上线找她:"有新的委托人了。"

她起身去冰箱,并没有刻意避着电脑的摄像头,从沙发到冰箱以她的速度,只用不到两秒。

拉开冰箱门,她拿了罐牛奶出来:"委托人要我做什么?"

她不做饭,以前也没有冰箱,因为最近喜欢上了江织喝的那个牌子的牛奶,就买了冰箱,她发现冰着更好喝。

"委托人在珠峰大厦存了东西,让我们七天后把东西取出来,送去电视台,周清让收。"电脑屏幕上,霜降打字过来,"委托金两百万。"

周徐纺靠在冰箱旁,特别认真地一口一口喝牛奶:"委托人呢?"

"我调查过,没有什么特别的,叫程妃然。"

程妃然,又是她啊。

"接不接?"霜降问她。

周徐纺把最后一口牛奶喝完,捏着罐子抬手,一个抛物线,扔进了垃圾桶:"接。"

周末,薛宝怡把哥儿几个约出来,除了江织和乔南楚,还有几个公子哥,他说有大事商议,大事就是——陪他吃鸡。他最近迷上了游戏,有点瘾,偏偏笨得要死。

乔南楚一进包厢就在打电话。

"那个报案人有点古怪。"他边讲,边把领带扯掉,"都请了律师了,又中途撤了案。"

"你再去查查,先不用上报,调查清楚了再说。"

这件事说完,他又说了另一件案子,十多分钟了电话还没挂,薛宝怡用打火机扔他:"差不多得了,大周末的别开口闭口都是工作,赶紧上线,帮我干死这孙子。"

乔南楚挂了电话:"你几岁了,这么幼稚。"

二十五了,打个游戏还能上火。

薛宝怡不服:"那个孙子骂我菜,这能忍?快上游戏,帮我狠狠地虐他!"

乔南楚嗤了声,开了游戏。

江织在睡觉,薛宝怡不敢烦他,又吆喝了两个哥们儿一起开黑。

这时,阿晚推门进来。

"老板,"他上前,"您上头条了。"

乔南楚和薛宝怡都瞧过去,江织还闭着眼睡觉,没给反应。

薛宝怡就问:"这次又是什么事儿?"江织怎么说也是大导演,又长了那么张脸,上个热搜头条什么的是常有的事。

阿晚想了想:"算是花边吧。"

薛宝怡不打游戏了,兴趣来了:"哟,织哥儿居然闹绯闻了,和谁呀?哪个大明星?"

"和那个贴膜的。"阿晚说,"周小姐。"

江织悠悠睁开了眼。

阿晚又道:"周小姐进您休息室的照片被拍了,网上都在传你们的关系。"

那几张照片都不是很清楚,但眼尖的都认得出来江织。

薛宝怡问:"是哪家媒体牵头?"这么不长眼。

阿晚回:"陆家的。"

这就难怪了,大多媒体不敢惹江家这位小主子,可陆家不同,陆家也不差江家多少,两家又素来不和。在帝都敢给江织不痛快的,也就只有这陆家了。

乔南楚把平板扔给了江织:"那群狗仔动作可真快,这就找到绯闻女主了。"

屏幕上一张放大的脸,正是周徐纺。

江织敛目瞧了瞧,一群记者把周徐纺堵在了影视城的门口,她戴着鸭舌帽,手挡着脸,满眼戒备。

"你们是什么人?"她语气不同以往的淡,冷得刺骨。

"我们是华娱日报的记者。"

她始终挡着脸,紧皱的眉头看得出来她的防备与敌视:"为什么跟踪我?"

有记者说:"我们没有跟踪你。"

她还是那句:"为什么跟踪我?"

"我们想访问你一下,你和江导是什么关系?"

她沉默了很久,才反应过来江导指谁,推开摄像机:"我和他不是很熟。"

记者不依不饶:"那你为什么从他——"

她把帽子拉低："不要再跟着我。"

记者还要追上去，她抢过摄像机砸了，再走人，动作利索得让人瞠目结舌。

视频便到这里了。

江织那双桃花眸半掀半敛着，让人瞧不清颜色。

阿晚请示："老板，要不要发个声明？辟一下谣。"

江织把平板扔茶几上："辟什么谣。"他从沙发里坐起来说，"人姑娘不是说了，不熟。"

什么瞧上他的美色，扯淡。

他舔了舔唇，嗓咙有几分痒意："我明天想喝鸡汤。"

阿晚一蒙："啊？"

江织睫毛长，往上一抬，灯光就落下一片影："那只鸡，宰了吧。"

不熟？送他鸡时怎不说不熟？

阿晚懂了，雇主是生周小姐的气了，所以把气撒在一只无辜的公鸡身上。

江织把平放在茶几上的平板翻过去："今天就宰。"

夸他好看时怎不说不熟？

阿晚不知道该说什么了："好吧。"

江织又搁沙发上躺着，合上眼，不消一会儿，他又咳起来，且越咳越厉害，脸上红潮晕浓。

薛宝怡认得他二十几年了，怎会看不出来他憋着一股火，连忙给他顺气："不对劲啊，织哥儿，你好像反应有点过头了，怎么，看上贴膜的小姐姐了？"

江织微拧了一下眉。

周徐纺是那个古怪的存在，古怪得让他产生了二十几年来都没有生出过的、对异性的好奇，甚至是胜负欲。这一点，让他很烦躁，他想莫不是因为她生了一双像那少年的眸子，才这样百般让他心绪难宁。

江织越想越烦，被这么一搅和，也彻底没了玩乐的兴致，他拿了外套起身走人，刚出包厢又停下了。

阿晚赶紧上前，不知道这喜怒无常的雇主又要干什么。

"别宰了。"他说。

"啊？"阿晚是真的跟不上雇主的思维。

"那只鸡。"

说完，他脚步快了，咳嗽声也重了。

雇主好善变啊，阿晚跟上去："那我接着养？"

"先饿个几顿吧。"

阿晚无语。

江织的绯闻在热搜上待了两天，之后，热度被一条轰动娱乐圈的新闻覆盖了——知名女星自杀，留遗书揭露某娱乐公司性招待丑闻。

天星也是国内顶级的娱乐公司，与薛宝怡的宝光是死对头。

听到这消息的时候，薛宝怡正在吃饭，很是幸灾乐祸："天星这次恐怕要脱层皮了。"

饭桌上，就几个发小，说话也没顾忌。

乔南楚接话："不一定。"刑侦队那边的事，他也有涉及，"受害人前几天去警局报案，才刚立案就撤了，背后的人应该阻挠过。"

一个小艺人，怎么可能杠得过一个大公司，处处碰壁才是现实。

薛宝怡倒了一小杯红酒："这群畜生啊，非得把人逼自杀。"

这时，薛宝怡的秘书进来，把平板递给他，交代了两句就出去了，是这件事又有后续了。

"天星的手段真厉害，公关方案已经出来了。"薛宝怡把平板给江织。

程妃然自杀未遂，天星娱乐第一时间把脏水全数泼了回去，声称某女星为了热度，捏造莫须有之事，并且表示会追究到底。

江织要了一盅汤，慢条斯理地喝着："天星是谁在管事？"

"骆家是最大的股东，应该是骆青和在管。"乔南楚手搭在椅背，懒懒靠着，"你也想掺一脚？"

"差了点实锤的证据。"汤只喝了一小半，他腻了，"阿晚，去医院查查那个自杀未遂的女艺人。"

"哦。"

因为白天没有活儿，周徐纺窝在家里睡觉，早上开始睡，到黄昏才醒，一天没进食，她饿了，去冰箱里觅食，刚喝完一罐牛奶，霜降找她。

"徐纺，程妃然出状况了。"

电脑屏幕上，网页自启，调出了程妃然事件的全过程。

周徐纺看完，把牛奶罐扔进垃圾桶："救过来了吗？"

网上对程妃然就只有寥寥几笔，把她目前的情况概括成了四个字——居心不明。她应该是走投无路孤立无援吧，人没死，舆论都不站在她那边。

屏幕上都是网页，霜降不方便打字，用特殊语音软件发了合成声音过来："已经脱险了，人还在医院。"

周徐纺坐到电脑前，把手机打开，叫外卖："今天第七天了。"委托人说，七天后东西转交，"把收件人的详细信息发给我。"

一阵窸窸窣窣的声音之后，电脑旁连接的打印机里几张纸落下来，周徐纺捡起来。

人工合成的声音很机械，念着："周清让，男，新闻联播主持人，37岁。"

这个人，就是程妃然给自己留的最后一条活路。

周徐纺看着纸上的信息，一页一页翻过去："人可靠吗？"

"徐纺，你是不是要做什么？"

除了委托范畴内的事，她们从来不插手其他相关事项，她有预感，周徐纺这次要破例了。

"程妃然没有撒谎，那些人是坏人。"周徐纺只揍人，不会骂人，"他们都是牲口！"

霜降由她了："嗯，我知道了，我会帮你的。周清让的信息我已经全部发给你，他应该可靠，他和天星娱乐背后的骆家有仇，肯定会把程妃然的证据公之于众。"

程妃然委托给她们的是被迫性招待的视频，是这件事的证据，她大概也知道她会无处申冤，也定料到了天星娱乐不会放过她，才提前把证据转移。

周徐纺看着纸上的照片："他看上去很年轻。"

周清让三十七岁，快到不惑之年，不知道是不是因为肤色过白，看上去极其年轻，相貌也生得好，俊逸清雅，只是眉眼淡漠，少了几分烟火气。

"周清让在医院躺了十五年，十四岁车祸进医院，一条腿被截肢，一条腿将近残废，医生判定为植物人，到二十九岁才醒过来。"人工合成的声音在叹息，"骆家不知道又是造了什么孽。"

周清让本该风度翩翩，却不良于行，十五年，从少年到青年，一个男孩最好的年华全部葬在了医院。

周徐纺摸着照片上的眉眼："他也姓周。"

周清让，一个听起来就清雅干净的名字。

周一，微雨绵绵，冬风里夹着水雾，湿漉漉的，有些刺骨，寒流连续了几天。冬天要到了。

七点半，新闻联播结束。

八点，唐颖收拾好东西，去敲了隔壁休息室的门。

"请进。"

大概因为职业的关系，她首先注意的总是声音，整个电视台，就数他嗓音好了。

唐颖推开门，没有贸然进去，站在门口："师兄，我送您。"

她的师兄，周清让，电视台唯一一个只用了不到三年时间，就坐上新闻联播主持台的人。

他已经换下了西装，穿着厚重的大衣，坐在轮椅上："不用了。"

窗外万家灯火,他身上却总是没有一丝人间烟火气。

他生得很俊雅,像古画里的人,不着缤纷的笔墨,只是寡淡的水墨丹青,却绘得精致浓重。

他眼角有很淡的细纹,不爱笑,也不爱说话,总是独来独往。他脾气很好,很温和,但除工作之外,他与谁都不熟稔。

他腿脚不好,左腿截肢,三年前装了假肢,右腿动过手术,钢钉还没有取出来,很少会站立。

他坐轮椅,却从来不麻烦别人,在轮椅上,他放了一副拐杖,很少有人见过他拄拐杖的样子。

唐颖见过,他弯着腰,吃力地拄着拐杖,一步一步,走得很慢很慢。

"我送您吧,外面下了雨,路滑。"

他只是摇了摇头,没有说别的。

他要经历怎样的跌跌撞撞,才会这样心如止水。唐颖在门口站了许久才离开,再见到他,是在电视台的门口。

他的轮椅停在台阶上面,门卫上前问他要不要帮忙,他拒绝了,拿起了放在轮椅上的拐杖,撑着腿艰难地站起来,只拄了一根拐杖,用另一只手去抬轮椅,一阶一阶搬下台阶,因为吃力,手背的青筋隐隐凸起。

他的住处离电视台不远,他放好轮椅,坐下,缓缓推动,路程是不远,只是回家的路上有一段上坡的路,夜里下了雨,路面滑,坡面上了一半,轮椅就往后滑。

一只手从后面抵住了下滑的轮椅。

周清让回头,逆光里,看不清对方的脸,只看得清她穿着黑色的衣服。

"谢谢。"他说。

对方帮他把轮椅推上坡顶:"不用谢。"

听声音是年轻的女孩子,他又道了谢,手抓在轮环后部,推动离开。

周徐纺在原地站了许久,才把无线耳机戴上:"帮我切断海棠湾的监控。"

"你要做什么?"

周徐纺答非所问:"他腿很不好。"

隔着数十米的距离,她跟在周清让的后面,边走着,边把背包里的外套、帽子、口罩一样一样戴上。

"他腿不好,我得管到底。"

霜降没有多问:"我知道了。"

不到半分钟,周徐纺的耳机里再度传来霜降合成的人工声音:"海棠湾离电视台只有八百米,沿路的摄像头有四个,我发了干扰,你有五分钟时间。"

周徐纺压了压鸭舌帽，一跃至屋顶。

因为路滑，平时十分钟的路程，周清让用了二十分钟。

守夜的门卫老纪在小区外面抽烟，看见人后，把烟掐灭了："周先生回来了。"

周清让颔首。

老纪六十多，上半年刚从制药厂退休："保安室有您的快递，要本人过去签收。"

"谢谢。"

"我推您过去吧。"

他没有拒绝："麻烦了。"

"客气什么。"

周徐纺站在马路对面，看着轮椅进了小区。

"徐纺，有情况。"

周徐纺抬头看了看小区围栏的高度。

耳机里，霜降说："海棠湾正门以北三十米有两伙人，其中一伙是天星的人，还有一伙人身份暂时不明，九栋所有的电梯口和安全通道都有人。"

周清让就住在九栋。

她们才刚把东西送过来，就有人找上门了。

"怎么办？"霜降问周徐纺的意思。

周徐纺估计一下高度，往后退，弯腰一跃，跳过了围栏："没办法了，只能打人。"

九栋一楼楼梯口。

男人从门后出来："小骆总，周清让已经上去了。"

男人穿着黑西装，国字脸，眼窝很深。

耳机里，是女人的声音："别打草惊蛇，先确认一下东西在不在他手里。"

"明白。"眼前一道暗影闪过，男人立马回头，"什么人？！"

后面什么人都没有，也没有声音，这一层的声控灯被做了手脚，只有负一楼的光漏过来，昏昏暗暗的。

"怎么了？"

"没什——"

男人话还没说完，脖子被掐住了，他猛一抬头："你、你、是……"

对方戴着口罩，脸不过男人的巴掌大小，脚下是一双鞋码很小的帆布鞋，是个女人。

她什么时候到他面前的？

男人欲张嘴，抵在脖子上的那只手就加了一分力道，她扯掉他的无线耳机，对着里面留了一句话："不管你是谁，别再来找周清让麻烦。"

说完，耳机被她摔到地上，一脚踩碎，然后她抬头，松了手。

男人往后趔趄了两步，摸了摸脖子："你是什么人？"

她的帽子上刺了一个字母——Z。

"你是、是……"

她后退了一步，纵身一跃，左脚尖抵墙，右腿劈向男人颈侧，稍稍一压，人便倒在了地上。

他眼一翻，晕了过去。

周徐纺正了正帽子，上了二楼。

海棠湾对面的路边上，停了好几辆车，最前头是一辆黑色的宾利，车窗开着，副驾驶上的男人在接电话。

他语气很恭敬："小骆总。"

骆家老爷子这些年身子不大好，长子昏庸，次子已逝，骆家暂由长孙女骆青和掌管，旗下公司上下都称她一声小骆总。

"韩秘书。"

"您说。"

"东西若是拿不到，知道下一步怎么做吗？"

韩封是骆青和的秘书，跟了她有三年，对她的心思也琢磨得清楚："知道。"

"别再出差错了，后果很严重。"

"是。"

骆青和那边挂了电话。

韩封戴上耳机，喊了几声，半晌都没人回应，他下了车，看见地下停车场的出口跑出来一个人，神色慌张，是他派出去的人。

韩封走过去："怎么回事？"

男人满头大汗，丢魂落魄似的四处张望，口齿也不清，哆嗦着说："那个……那个女的一眨眼、一眨眼就上楼了，像、像女鬼。"

韩封冷笑，一脚踹在男人的小腿上："蠢货，这么多人都搞不定一个瘸子。"他吩咐几辆车上的人："你们几个都进去，不管用什么法子，一定要把东西弄到手。"

他话刚说完，路灯杆后面走出来个人。

"什么东西啊？"

韩封抬头，愣了一下："乔少。"

乔家的公子，乔南楚。

雨下得小,他也不撑伞,靠着路灯,眉眼生得风流:"你认得我啊。"

乔家老爷子最喜欢的一个孙子,帝都谁不认得。

"既然认得我,应该知道我是做什么的吧?"他自顾自地说完,也不等回答,拿出手机拨了个号:"程队,这里有几个人很可疑,你过来一趟。"

乔家,光是当警察的,就有很多人。

韩封依旧面不改色:"乔少这是什么意思?"

"我发小江织,认得吧。"他指着不远处的一辆车,"他刚刚被偷了一块一千二百万的手表,正抓贼呢。"

"我们没有偷。"

"那谁知道。"

刑侦队的程队十分钟后就到了,把韩封一干人等全部扣下了。

乔南楚不是刑侦队的,就在一旁看着,向程队提了一嘴:"我怀疑他们把赃物藏在车里了。"

说实话,程队到现在都没搞懂这位大少爷在搞什么,但这面子得给:"把车也拖走。"

就这么着,连人带车都进局子了,另外,程队还留了一个队的人在现场,继续排查。

乔南楚掐了烟蒂,去马路对面,敲江织的车窗。

"赃物,上交。"

江织取下腕上的手表,扔给他。

乔南楚掂了掂,在手里把玩着:"骆家人不可能亲自出面,是韩封帮着接应,小区里面程队已经让人进去查看了,如果东西到了韩封手里,警局能搜出来,要是搜不到,就还在周清让那。"

反正不到骆家人手上,目的就达成了。

江织看骆家人不顺眼,就想给他们找找事儿,这才过来,整了点乱子。

乔南楚瞧江织:"你还不回去?"

他答非所问:"周清让两条腿都不行?"

"差不多,截了一条,另一条也快没用了。"不是坐轮椅就是拄拐杖,腿和废了没什么分别。

江织下了车。

"还要干吗?"

"那病秧子搞不赢姓骆的。"

如果程妃然事件的证据还在周清让手里,只要还没公之于众,骆家不可能不来抢。

乔南楚好笑："你不也是病秧子？"

江织从车里拿了件呢料的黑大衣，披着："嗯，我进去探望病友。"

乔南楚：探个屁！

骆青和这才刚从程妃然那查到周清让，江织后脚就跟过来了，不就是想趁机要耍那姓骆的，给她点不痛快。

周清让手里那证据，怎么着也不能让姓骆的抢回去不是？

乔南楚本来要跟过去的，情报科的电话打过来，有重案，他在外面先接电话。

电梯被封了，警局的人守在各个出入口。

阿晚走在前头，声控灯坏了，暗得路都看不清，刚到一楼，就发现了地上昏倒的人，立马摆出防御姿态："老板，您别上去，有蹊跷。"

昏倒的是骆家派来的人，谁放倒的？周清让跟雇主一样，可是个病秧子啊。

江织看了一眼地上的人。

阿晚上前："老板，您在后，我来给您开路。"

这话刚说完，背后有身影一闪，阿晚即刻扭头，猝不及防，一只脚迎面就劈过来，把他的腰踹了个正着，咚的一声，他趴下了。

力气这么大？

阿晚生气了："你谁呀？偷袭是孙子！"

这个声音……周徐纺愣住。

突然，一束光打过来。

江织手里拿着手机，光束移动，一一扫过她的脸、她的手臂、她帽子上的字母。

"又是你啊。"

周徐纺抬手，挡着手机射过来的光线。

趁着她怔忡出神，阿晚突然拔地跳起来，朝她挥拳，她几乎条件反射，反擒住了阿晚的手腕，没有控制好力道，捏响了一声，阿晚痛得倒抽一口气。

她立刻松手。

阿晚趁机，一拳打在她肩上。

方理想说过，阿晚是拳击运动员出身，早年间，拿过全国青少年组的拳击冠军。如果不是当初误入了打劫的歧途，他有可能已经是世界冠军了，他力气很大，周徐纺被他一拳打得后退了好几步。

怎么办？打不打他？周徐纺拧眉。

"阿晚。"江织用手机的光晃了他一下。

阿晚会意，收手了。

"外面都是警察，"江织往前走，手机的电筒明晃晃地对着她的脸，"把你的口罩摘下，我就让他们放了你。"

她不说话，江织上前，欲伸手去摘。

"老板——"

她一把把他拽过去，摁在了墙上，咣的一声，手机摔在地上，那张薛宝怡买的、闪闪的膜碎了。

"咳咳咳咳咳……"

江织喘息瞬间重了，唇色发白，脸色发红。

阿晚大喊一声："淫贼，快放开我老板！"

这一声淫贼，很好地转移了她的注意力，阿晚就趁这个时候，出拳，攻击"淫贼"的颈部。这一招是他的必杀技，百试不爽，就是这次"淫贼"头都没回，侧踢腿，速度快得看不清，一脚踹在他腰腹上，那力道，五脏六腑都是一震。

就不能换个地方踹？

阿晚只觉得腰眼一麻，往后栽了，这个"淫贼"是个武林高手……头一歪，彻底晕过去了。

是不是踹坏了，她只用了一成力的，周徐纺眉头拧更紧了。

"又想劫持我？"江织正在盯着她。

周徐纺怕被他看出究竟，便用掌心遮住了他的眼睛，手肘抵在他肩上："我会轻点。"

"你他妈碰我一下试——"

她抬起手掌，朝他颈部劈下去，他身子一软，昏过去了，往下滑，她条件反射地抱住了他的腰。

"我不是淫贼。"

她有点难过，被误会了。

她把人放下，蹲了一会儿，站起来，转过身去，抬脚上楼……又折返回去，把阿晚的外套剥下来，给江织穿上。

他身子弱，不能冷着。

然后，她蹲在那里又看了他一会儿，听见楼下脚步声，她才走了，直接上了天台，楼下警笛鸣起，她纵身一跃，跳到了对面的楼顶。

十分钟后，九栋904的门被人敲响。

里面的人开门："请问你们是？"

程队亮出警察证："我们是警察。"

周清让拄着拐杖，因为有些吃力，借着墙靠着："有什么事吗？"

"这个小区先后遭了贼和劫匪，周先生你里有什么异常吗？"乔公子走之前这么说的,周清让这得盯紧了。

周清让说没有,他神色如常,显然不知道外头发生了这么多事。

"我们警方的人晚上会守在外面,如果有什么情况,喊一声就行了。"

"谢谢。"

"打扰了。"程队转身去部署了。

周清让关上门,推着轮椅去了卧室,将电脑上的U盘取下来,握在掌心,这东西是谁寄的?又是谁在帮他?

快十二点,薛宝怡本来在夜场玩得开心,被乔南楚一个电话叫到医院来了,说江织又晕倒了。

"织哥儿。"

"织哥儿。"

江织睫毛颤了一下,睁开了。

薛宝怡坐在病床边,剥了根香蕉在吃:"可算醒了,你这小美人,三天两头进医院,爷都要被你吓死,就怕你一口气没上来死了。"

江织撑着身子坐起来,薛宝怡赶紧扶他。

"周清让那边怎么样了?"

这事儿薛宝怡听乔南楚说了:"没什么事儿,南楚让刑侦队的人守着,放心,他手里的东西谁都抢不走。你怎么回事啊?那个职业跑腿人是你克星吧,又把你整医院来了。"

江织冷着个脸,什么也不说。

乔南楚过来了,后面还跟着肚子上绑了一圈绷带的阿晚,阿晚一副进气多出气少的样子,将近一米九、两百斤的大块头好虚弱啊。

"清醒了?"

江织恹恹地靠着病床,状态极差。

乔南楚问:"这次有没有什么新发现?那个Z身上还有什么特征吗?"

江织耷拉着眼皮若有所思了很久:"光线太暗看不清,声音也故意伪装了,不过……"

"不过什么?"

"她身上有一股味道。"她把他按在墙上的时候,他闻到了。

乔南楚怀疑自己听错了:"什么味道?"

"奶味。"

一个让警方追了几年都毫无头绪的人,一个神出鬼没、十几个练家子都搞不定的职业打手……身上有奶味?

江织咳了咳:"跟我喝的牛奶,是一个味儿。"

乔南楚无话可接了。

阿晚这时候说话了:"乔少。"他吸了吸鼻子,有点感冒了,被冻的。

"阿晚有什么发现?"

阿晚看了看他的雇主大人:"那个Z好像看上我老板了。"没准还是个淫贼。后面一句,他觉得私下说比较好。

乔南楚瞅了江织一眼,笑了:"怎么说?"

说起这事阿晚是有点生气的:"她居然把我的衣服扒了,给我老板穿了。"

这时,江织冷漠的眼神射过来,因为生着病,隐而不发的怒色晕在脸侧,一片桃花色。

"出去。"

"哦。"阿晚满腹心事地出了病房。

零点,阴云散了,月亮露了尖尖角,朦朦胧胧。

周徐纺回了御泉湾,换下衣服,擦完药去冰箱拿了两罐牛奶,电脑屏幕上,霜降的海绵宝宝头像在闪。

"肩上伤得重吗?"

周徐纺按着肩,活动了两下:"已经好了。"

不在任务中,霜降就没有再用声音软件,而是打字:"还是擦点药吧。"

"擦了。"她拉开牛奶罐的拉环,"用了两瓶药酒。"

她的恢复能力是常人的八十四倍,一般的药对她都不太管用,别人感冒药吃一粒,她得吃半碗。

"徐纺,你有弱点吗?"

她喝了一口牛奶:"目前没发现。"

她被喂了一种没有标签的药物之后,身体就发生了变异,早期在国外没有防备,被"请去"了一所实验室,那里的博士测算了她的听力、视力、力量、速度、咬合力、自愈能力等等,他们都说她是前所未见的基因变异者。当然,他们也没有能力长期困住她。

"周清让那里我安了微型监控,警察也在,天星的人应该不敢再去了,这件事情,我们暂时不用插手了,我怕不安全,刑事情报科已经盯上你了。"

周徐纺点头,一边喝牛奶一边吃棉花糖,她心情不错,腿晃啊晃,脚上的粉色兔头拖鞋被她晃到了桌子底下。

霜降突然想起来一件事:"你在现场碰到的那个人是谁?"

"他是江织。"

霜降对他有点印象,也知道周徐纺在绑了他之后还见过他:"你同他很熟吗?"

周徐纺把棉花糖的盒子放下，这个牌子的棉花糖有点腻，没有她以前吃的那个牌子好吃。

她说："不是很熟。"她又喝完一罐牛奶，"但是他长得很好看。"

霜降发了一屏幕的笑脸过来："徐纺，你以后要是有了心上人，会带他一起去月亮湾定居吗？"

孤岛上什么都没有，心上人不好养的。

周徐纺决定："我只带狗去。"

月亮湾是国外的一个荒岛，听说是最接近月亮的地方，四周都是海，周徐纺想存够了钱就买下来，一个人去那里生活，有陆地有水，很适合她，她可以双栖，人来了就躲到水里。城市里太不安全了，她的体质不适合群居。

她在岛上可以养狗，养鸡、养鸭也行，养人可能有点困难。

翌日一大早，阿晚就带了汤来病房，雇主刚睡醒，应该是没睡好，脸色不太好，精神不佳，蔫儿蔫儿的。

阿晚把保温桶放下，看见了桌上的手机。

"老板，您的手机膜碎了，我去给您换张新的？"

"放着别管。"

"哦。"

阿晚腰也很疼，昨天晚上伤到了，今早一醒过来，疼痛难忍，他拉了把椅子坐下，拧开保温桶的盖子。

江织闻着味儿，皱眉："鸡汤？"

"嗯嗯。"阿晚说，"我妈知道您住院了，特地早上起来熬的，加了很多药材，很补的，我早上也喝了，一点都不腻。"

他就喝了一点点，他妈不准他多喝。

自从两年前江织出钱给他妈做了换肾手术，他妈就把江织当亲儿子，什么好吃好喝的，都留给江织。昨天晚上知道江织住院了，他妈骂了他半个小时，说他没用，都保护不好江织，他妈还骂他是个头脑发达的傻大个。

他怀疑，他是捡来的。

"你们宰了那只鸡？"江织睡眼褪了朦胧，多了几分灼色。

"没，我妈买了老母鸡。"

江织嗯了声，轻抬他娇贵的手说："给我盛一碗，只要汤不要肉，一点肉渣都不要。"

"哦。"

◆第三章◆
江导今天又给群演加戏了

傍晚江织就出院了，阿晚来接他，可能因为昨晚的事，江织一直没给他什么好脸色。

车开到八一大桥下，后座上原本闭目养神的人睁开了眼："找个地方停车。"

阿晚停了车："您有什么事？我去给您办。"

"在车上等着。"留了一句话，江织下车了。

这个点，八一大桥下面全是摆摊的，卖什么的都有，对面的公园在放广场舞的音乐，吵得人头疼。

江织不大耐烦地转了半圈，恍然顿住，他为何要到这来？指腹摩挲着手机屏幕上的裂痕，嗯，他只是来贴张膜。

他便走到一个摊位前："周徐纺在哪摆摊？"

往常周徐纺摆摊的地儿今天被一个四十多岁的大哥占着，那大哥正在吃炒粉，抹了一把汗，抬头一看，这男的，长得真美。

大哥多看了两眼："周徐纺是谁？"

桥下路人很多，推推搡搡的，沿路不少小吃摊，空气里什么味儿都有，江织拿了块手绢，捂住口鼻咳了两声，走到人少的地方："在这贴膜的。"

"每天在这摆摊的人都不固定，我不知道你说的是哪个。"

"那个天天戴着帽子、总穿一身黑的女的。"

"哦，我知道你说谁了，她今天没来。"

"她为什么没来？"

"这我哪知道，同行是冤家，我们又不熟。"那大哥问了一嘴，"你找她做什么？"

这时，路过的小孩一头撞到江织身上，他立马拉下脸，目露嫌恶。

小孩被吓着了，拔腿就跑了。

他脸色不善："找她贴膜。"

大哥立马把炒粉放下："我也是贴膜的，什么手机都贴，贴膜吗？贴膜送手机壳。"

江织没搭理。

大哥卖力推销："她收二十，我只要十五啊！"见人转身要走，他一拍大腿，"十块！十块贴不贴？跳楼价，不能再少了！"

"不贴。"

大哥秒变脸:"神经病啊你!"

周徐纺今天没有去摆摊贴膜,她去电视台送外卖了。

新闻联播还有十五分钟开始,后台人员已经准备就绪,唐颖化好了妆,把助理支开。

"师兄,一定要这么做吗?"

周清让在看新闻稿:"嗯。"

"台长那里——"

他放下稿子,将西装的纽扣一颗一颗扣上:"你配合我就行,剩下的我会去交代。"

唐颖没有再说什么了。

助理小兴过来敲门:"周老师,有位姓骆的小姐找您。"

周清让进电视台之前,当过半年播音系的老师,台里大部分人都称呼他一声周老师。

唐颖看了一眼时间:"离直播时间还有一刻钟。"

"你先去准备。"

周清让推着轮椅出了休息室。

骆家的长孙女骆青和找来了。

"好久不见啊,"她放下茶杯,从沙发上站起来,"小叔叔。"

门口的助理错愕了一下,周老师和骆家人是亲戚?

周清让关上了门:"你以前都管我叫要饭的。"

骆青和笑意不减,端足了小辈的仪态:"那时候还小,童言无忌不懂事,要请小叔叔见谅了。"

"你很像你父亲。"周清让把手放在轮椅的扶手上,收紧,"跟他一样虚伪。"

骆青和脸上的笑,收了。

"周清让,"她坐下,细长的单眼皮略略抬起,"我敬你三分呢,怎么还敬酒不吃吃罚酒。"

周清让置若罔闻,抬手看时间:"还有十分钟,七点。"

七点,新闻直播,他这是摆明了态度,软硬不吃。

"如果我是你,我就会适可而止,以卵击石很蠢。"

周清让低着头,整理膝盖上的薄毯:"如果是以卵击石,你今天就不会来。"

骆青和自信又高傲地抬了抬下巴:"跟我们骆家死磕到底是吗?"

他不置可否。

"行,那就让我看看你周清让到底有几斤几两。"她起身,路过他时,目光扫了扫他的腿。

周清让抬头,目光与她对上:"知道你们骆家为什么会断子绝孙吗?"

她脸色瞬变。

骆家老爷子生有二子,次子留下一女早逝,长子骆常德风流成性,除正室所出女儿之外,私生女数不胜数,就是没一个男孩。

"因为你们姓骆的,做了太多禽兽不如的事情,所以,要遭报应。"

骆家与襄南周家是世交,还有远亲关系。

二十四年前,周家破产,又遭意外,只留下一子一女,女孩唤清檬,男孩唤清让。次年,姐弟两人投奔帝都骆家,骆家敞门欢迎,姐姐周清檬年方十九,弟弟周清让刚满十四岁。

骆老爷子收了周家姐弟为义子义女,可不到一年,周清檬病逝,病因不详,只是有传闻说她与人私通怀孕,诞下一子。

同年,周清让车祸截肢,在医院一躺便是多年。

至于周清檬诞下的那个孩子是真是假,人在何处……在骆家,是禁忌,一句都不得提及。

"韩秘书。"

骆青和沿着走廊,脚步慢慢悠悠:"都准备好了?"

电话那边,韩封回:"准备好了。"

"可以开始了。"

"知道了。"

骆青和挂了电话,拐个弯,与走廊另一头的人迎面撞上了。她扶着肩膀,被撞得踉跄了两步,抬头看见一双黑漆漆的瞳子。

对方也在看她。

这双眼睛,陌生是陌生,怎又觉得有几分熟悉。骆青和不由得多看了两眼,便收回了目光,抬脚离开。

周徐纺却还愣在原地,突然耳鸣,然后,耳边突然响起杂乱无章的声音,来势汹汹的不受控制。

有一个稚嫩的童音在说话。

"滚开,你把我的地都坐脏了。"

"我妈妈说了,你妈妈是狐狸精,你是狐狸精生的傻子。"

"小哑巴,滚开。"

"不准你吃我家的饭!"

"臭要饭的,你和你舅舅都是臭要饭!"

"他们都说了,你是个弱智。"

"别跟他玩,他是弱智儿。"

谁的声音？周徐纺跌跌撞撞地往后趔趄，突然头痛欲裂。

一只手扶住了她的胳膊："小心。"

她身体僵住，动作迟缓地回头，看见了一双清澈的眼睛。

"是你啊。"

他与她有过一面之缘。

她说："谢谢。"

周清让并不爱笑，只是稍稍松开紧抿的唇："不用谢。"

七点一刻，天星娱乐发文致歉，声称已调查清楚，旗下高层滥用私权，胁迫公司艺人做权色交易，录音为证，将所有涉事的高层全部公开，并且予以开除处置。另外，所有受害艺人，天星娱乐都会负责到底，绝不推脱罪责，将全力配合警方调查。

七点半，新闻直播，主持人周清让将天星娱乐非法性招待的证据公开。

一前一后，时间点踩得太精准，至于是巧合还是另有隐情，众说纷纭，有人说天星此举是让高层顶罪，使得背后的骆氏金蝉脱壳，也有人说天星有错就改善莫大焉，态度与事后处理都是娱乐圈的表率。

薛宝怡把手机往桌上一扔："这骆青和真本事啊，这样还能捞个好名声，难怪我家老爷子说，她得了骆家老爷子的真传，一肚子都是邪门歪道的诡计。"

他办公室那把真皮沙发正被江织霸占着，还在上面铺了一张干净的毯子，江织就躺那沙发上，美人醉卧似的。

本来是来谈新电影的，这家伙嫌他沙发脏，非得弄张新毯子来才肯躺，正说着骆家的事呢，江织没听见似的，用脚踢他："有烟味，去开窗。"

薛宝怡去把窗户开了："开了窗别又嫌冷。"

开完窗，薛宝怡刚坐回去。

江织又踢他小腿："再给我拿张毯子。"

他老祖宗都没这么使唤过他。

算了，看在他又美又弱、小时候还救过他的分上……薛宝怡去拿了条毯子，扔江织身上。

"天星的事你好像一点都不惊讶，料到了？"

江织怕冷，把毯子捂紧："骆家哪有那么容易垮。"

骆家在帝都，算得上财大气粗的。

但这不妨碍薛宝怡幸灾乐祸："不过也不亏，骆家这次虽然断不了胳膊断不了腿，但皮总是要脱一层的。"

这才几个小时，骆家的股份跌得一塌糊涂，天星更惨，旗下艺人全部躺枪，薛宝怡觉得，是时候去挖天星的墙脚了，怎么的也得让骆家再吐一口血。

"你说这周清让和骆家有什么仇?居然不怕死地硬刚,等骆家把这事儿平下来了,估计周清让的好日子也到了。"

江织没接话。

"跟你说话呢,怎么不理我?"

江织抬了抬眼:"你过来。"

薛宝怡被他看得浑身不对劲:"干吗?"

他换了个姿势,侧躺着,睫毛上下轻扇:"过来。"

美人的桃花眼一撩,又媚又娇的。

薛宝怡死活不为所动:"江织,你别祸害我,我还要给我家传宗接代呢。"

"祸你妹!给我死过来!"

啧,美人爆粗口就不可爱了。薛宝怡还是犹犹豫豫、扭扭捏捏地挪过去了。

江织把右手从毯子里拿出来,抬到薛宝怡跟前:"闻闻。"

薛宝怡惊恐:"你好变态啊。"

江织被一口气吊着,才忍着没骂人:"你闻不闻?"

好吧,看在他美的分上。薛宝怡凑过去,吸了吸鼻子。

"有没有奶味?"

薛宝怡又嗅了一下:"有。"

江织把手放回毯子里:"记住这个味儿,那个Z身上也有。"

"我为什么要记住?"

江织身上也有这股奶味,四舍五入就是要他记住江织的味,两个大男人……薛宝怡一阵恶寒。

"这个牌子的牛奶国内没有,因为价格与产地的关系,销售人群和渠道都有限,你去查查看,把人找出来。"

搞了半天是要他去找人?

薛宝怡不乐意了:"你这是要我去大海捞针啊。"

"你捞不捞?"

"织哥儿,你这是恃宠而骄啊。"

江织没理他,把毯子一裹,继续睡觉了。

初冬,太阳不烈,正午时还有些阴冷。骆家别墅向阳,老爷子的书房里,阳光这会儿刚好漏过窗台。

骆青和推门进来。

"爷爷。"

老爷子骆怀雨是白手起家,一开始做建材,这几年涉猎了房地产,七十多岁的老人家满头白发,依旧精神矍铄。

"都处理好了?"

骆怀雨指天星那件事。

"嗯,天星那几个人都打点过了,不会牵扯我们骆氏。"

骆家长子骆常德昏庸好色,志不在经商,骆怀雨退了之后,骆家就是长孙女骆青和在管,这几年,也没出过什么岔子。

这次的事,闹得有点大了。

骆怀雨手里执笔,写得一手好草书,最后一笔落纸:"不要留隐患,必要的时候用点手段。"

骆青和点头称是。

"这次的事,绝不能再有第二次。"

"知道了。"

出了书房,骆青和没有逗留,直接离开。

"青和,"一妇人从厨房出来,柔声喊住了她,"午饭已经好了,你要不要吃了再走?"

这妇人名唤徐韫慈,是骆怀雨次子骆常安的妻子,已经守寡十多年了,她膝下有一女骆颖和。徐韫慈四十有八,保养得很好,身材窈窕风姿绰约,是个看上去像菟丝花一样的女人。

"不吃了。"

骆青和态度很冷漠,甚至厌恶。

走到门口,骆青和止步,回头:"二婶,你脖子上的东西,别再让我看到。"

徐韫慈顿时花容失色,下意识用手盖住了脖子。

骆青和冷笑了声,转身走了。一个守寡的妇人,大门不出二门不迈,脖子上的吻痕倒是很明显。

秘书韩封的车停在别墅外面,见骆青和出来,他从主驾驶出来,打开后座的车门。

骆青和坐进去,韩封递上一份文件:"小骆总,这是那个职业跑腿人的资料。"

骆青和翻了两页:"是个女的?"

"是。"

"本事还不小。"她合上资料,"我就喜欢跟这种人玩。"

职业跑腿人是吧,她倒要看看,能不能翻了天。

初冬的天,傍晚又下了雨,雨点小,密密麻麻的,弄得空气都湿漉漉的。这雨一下就是好些天。

天星的丑闻在热搜上挂了有一周,风波才慢慢歇了。

"骆家人抓不到吗？"周徐纺喝了一口饮料，甜得她眯了眯眼睛，低头继续啃排骨。

霜降打字很快："天星的高层顶罪了，警方没有其他证据。"

周徐纺啃完一块糖醋排骨，霜降又发来一句。

"周清让被停职贬到电台做夜间节目去了。"

周徐纺用力一咬，整块排骨都粉碎了。

她的咬合力多少倍来着，不记得了，反正随随便便就能把骆家人咬死，她吐出排骨渣渣，骂姓骆的："牲口。"

"徐纺，我怕骆青和下一个要对付的就是你。"

骆青和是个极其记仇的人，惹过她的人，都不会有安生日子。

周徐纺才不怕："她要是来惹我，我会打她。"

次日，连着下了几天雨的天终于放晴了。

天都晴了，阿晚觉得雇主的心情还是非常不好，可是为什么呢？为什么雇主的心情非常不好？他不知道啊。

雇主的午饭就吃了两口，然后扔了筷子，他就问："不合您胃口吗？"

江织没说话，用手绢蘸了温水，仔细地擦手，一根手指一根手指地擦，白皙的手指一擦就红了。

"要不来罐牛奶？"

江织把擦完手的帕子扔了："去把副导演叫过来。"

阿晚去把赵副导演喊来了。

赵副导演饭吃到一半，嘴都没擦："江导您找我？"

房间里开了暖气，也开了窗。

江织脸颊病态红，不知道是冷风吹的，还是热风蒸的："今天的群演换了人？"

"没有啊，还是上次那拨。"

江织往躺椅上一躺："出去。"

赵副导演："所以，大导演找我干吗？"

阿晚偷偷跟出去，提点了一句："今天周徐纺没来？"

"周徐纺是？"

阿晚也不好说了，摸不准雇主的心思。

赵副导演饭都没心思吃了，出去问了一圈："谁知道周徐纺是谁？"

新晋织女郎方理想大声答道："副导演，我知道我知道，周徐纺是一个特别优秀的群众演员，真的，特别优秀，她能把死人都演活了！"

方理想真的很优秀，她的朋友群众演员周徐纺，一定也很优秀。

赵副导演就给群头打了个电话:"让周徐纺过来演戏,可以给她加工资,只要她来演,我给她加镜头。"没准这是下一个织女郎。

五分钟后,赵副导演收到了群头的回复:"群众演员周徐纺今天没空。"

赵副导演问:"她干吗去了?"有戏不演,玩物丧志!

群头说:"她送外卖去了。"

居然还有副业,她不是个优秀的群众演员!

赵副导演逮了个助理过来:"你去导演休息室说一声,周徐纺今天送外卖去了,不能来演戏。"

小助理原话转给了阿晚。

阿晚再告诉他雇主:"老板,周小姐今天送外卖去了。"

江织面无表情地把躺椅上的毯子往上拉了几分,盖住衬衫下隐隐露出的锁骨,并且伴随了两声咳嗽声:"我什么时候问过她?"

"去给我温牛奶,要28度的,多一度都不行。"

阿晚翻白眼,出去后,拿手机给没怎么吃东西的雇主点了个外卖。

十分钟后,"老板,我给您叫了外卖。"阿晚特别补充,"周小姐来送的。"

阿晚觉得,周小姐和雇主是天生一对,点个外卖都能碰到,哎,爱情啊。

"进来。"

声音有些哑,咳得也厉害,冬天了,他的身体好像更不好了。

周徐纺提着外卖进去的时候,江织正在穿衣服,雪白的脖子都遮住了,捂得严严实实,她听方理想说过,江织是先天不足,心肺都不好,器官慢性衰竭,无药可医。

江织瞧见她穿了一身外卖的衣裳,头上还戴着个黄色的头盔,巴掌大的脸,被外面的风吹得通红。

"你跑去送外卖,是嫌当群演钱少?"他心情不好,精神也不佳。

周徐纺摇头,如实回答:"粥店的老板娘是我认得的人,周末很忙的时候我才去帮忙的。"

她把外卖放桌子上:"你趁热吃。"

"一单外卖给你多少钱?"

周徐纺回答:"跟距离有关,这一单七块,好评就有八块。"

江织觉得他的头有点隐隐作痛,八块,送多少单,她才能买一罐进口牛奶?

周徐纺习惯性地压了压头上的帽子,把脸藏起来:"那我去送外卖了。"她转身要走。

"你怎么去?"

周徐纺回头,帽子大了一号,脑袋被盖着,显脸小眼睛大,目光总是凉的,孤冷又干净。

"我开车。"

送外卖还能买得起车？就在这时——

赵副导演拿着个喇叭在外面鬼叫，整个片场都听得到："这是谁的三轮车？这里不可以停车！"

周徐纺反应了一秒，拔腿跑出去："我的我的！"

江织第一次看见她这么生动的样子，不是死气沉沉的，终于像个那般年纪的女孩子了。他头又开始痛了，肺也痛，咳得嗓子还疼。

阿晚赶紧去倒水，还不忘给周徐纺说好话："周小姐好辛苦，老板，我们给她个好评吧。"

他是真的欣赏这个虽然贫穷，但努力奋斗的女孩子。

江织没说话，把那份外卖打开了，看了许久，动了勺。

阿晚见他没有反对，就拿了手机去好评，然后神奇地发现："呀，还可以打赏骑手，老板，我们打赏周小姐吧。"

"你要打赏就打赏，跟我说什么。"

打赏完，阿晚有点兴奋："这里还有骑手的电话，那我可以加周小姐的微信了。"

江织抬头："你加她微信干什么？"

江织桃花眼里，藏了什么剜人的戾气，气场着实强。

阿晚被看得心慌慌："我们是朋友啊。"

江织勺子一扔，抽了张纸巾擦了擦嘴角："以前倒没发现，你还挺自作多情。"

这个人真的好讨厌！阿晚偏不，偏要去加微信。

"把电话号码发给我。"冷不丁地，江织说了句。

阿晚脑子转得慢："什么电话号码？"

江织睒了睒眼，桃花眼里墨色深沉。

"哦。"阿晚把贴膜的、并且兼职送外卖的群众演员周徐纺的号码报给了雇主。

晚上，薛宝怡把江织叫出来，在浮生居的梅苑，并且保证了八点半前就结束，绝不耽误他睡觉。

江织去是去了，往那一躺，谁也不搭理。

薛宝怡和几个朋友在玩骰子："织哥儿，玩什么手机，过来玩啊。"

江织没理，睒间的光似有若无，不时掠过桌上的手机。

阿晚就搁后头站着呢，哪能不知道雇主在做什么："老板，周小姐还没同意加你啊,她同意了我的好友申请呢。"

江织蹙眉。

雇主不高兴了,阿晚就支招:"你用什么名字加的?填你本名了吗?老板,你要用你本名加她,不然周小姐不知道你是谁,会以为你是微商的。"

江织抬了一下眼皮,包厢里镭射灯的光影落在他眼里,是五彩斑斓的冷色调:"你话怎么这么多?"

江织开了罐牛奶,倒在高脚杯里,喝了几口就没兴致了,往桌上一扔,捞起沙发上的手机,把名字改了,又发了一条过去,等了十多分钟,还没通过。

他在干什么?

"咣。"他把手机扔桌子上了。

薛宝怡骰子玩完,喝了点小酒,兴奋劲儿正足:"来来来,真心话大冒险来一波。"

乔南楚朝他扔了块橘子皮:"薛宝怡,你土不土。"

"土怎么了,好玩就行了。"薛宝怡脱了西装外套,站起来呼朋唤友,"织哥儿,快来快来,别扭扭捏捏跟个娘儿们似的。"

江织没睬他,薛宝怡就吆喝别人跟他玩。

包厢里吵吵闹闹的,江织烦得很,拿了手机,走人。

阿晚去拿了大衣外套,赶紧跟上去,从后面就看见江织低着头,露出一截白皙光滑的后颈,侧脸被手机反射的光镀了一层冷白。

他又在看手机。

阿晚没忍住:"周小姐还没通过吗?"

"咳咳咳咳咳……"

江织咳得脸都涨红了,站都站不直,扶着墙按着胸口,回头怒道:"关你屁事。"

阿晚缩脖子:"您息怒,别晕过去了。"

"咳咳咳咳咳咳咳咳咳咳咳咳……"

咳得肺都要出来了,江织让阿晚滚远点。

阿晚看他这病歪歪的样子,于心不忍,他想将功补过,回忆起中午,雇主挺喜欢吃那个粥,所以就默默无闻地给雇主又点了个粥。

八点半,江织刚洗完澡,保安室的电话打过来:"江少。"

他手按着腹部,脸上没一分血色,白色的浴袍更衬得脖颈裸露在外的肌肤寸寸雪白:"什么事?"

"您点外卖了吗?有个送外卖的说是您的粥。"

"没点。"说完,江织挂了电话。

刚好，阿晚的微信过来："老板，我知道错了，给您点了宵夜，是您中午吃的那个粥，我特别备注了多加虾肉，最后祝您身体健康，寿比南山。"

江织看完把手机扔一边，去浴室拿了条毛巾，刚擦了一把头发，动作停住，又去把手机捡回来。

他拿了外套，直接套在浴袍外面，咳得厉害，他按着腹往外跑，烦躁地拨了保安室的电话。

"是我点的外卖。"

"不用了，我自己下去拿。"

三分钟后，别墅区外面，外卖小哥笑眯眯地双手递上粥："七座203吗？您好，这是您的外卖。"

隔着铁栅栏，对面大衣套浴袍的江织目光一点一点冷下去。

外卖小哥一脸蒙，视线下意识落在对方还在滴水的脖子上、喉结上，最后是那张漂亮得没有一点人间烟火气、像画里精雕细琢出来的脸，声儿抖了一下："您、您的外卖，能给个好评吗？"

一只白皙修长、骨节分明的手接过了袋子："看心情。"

外卖小哥在风中凌乱地注视着那个因为咳嗽而微微弓着的背脊，分明穿了那么多衣服，怎么还是觉得骨头的轮廓都是漂亮的人。传闻中的美人骨吗？

门摔上，江织阴着一张脸把外卖扔在了垃圾桶里。他身体疼得厉害，白天多吞了一颗药，喉咙里竟有几分血腥气上涌，入冬了，他这身子也被折腾得一塌糊涂。

他走得慢，扶着椅子坐在餐桌上，倒了杯温水。

"叮。"手机突然响了一声。

手里的杯子摔回桌上，他微微愣了一下，才点开手机。

周徐纺三个字，一下子撞到他目光里，头像是一团黑漆漆的东西，像夜幕，对话框里有一行字：我通过了你的朋友验证请求，现在我们可以开始聊天了。

然后就没有动静了。

江织盯着手机，出了会儿神，将一杯温水全部灌下去，腹中才舒服一些，方才出去了一趟，没几步路，还出了一身冷汗。他扔下手机，去浴室再洗了一次澡，回来，微信界面还是只有那一句话。

他拧了拧眉，认命地拿起手机。

"你怎么没有去送外卖？"

等了十多秒，周徐纺回复："我下班了。"她打字应该不快，又隔了数秒，"有事吗？"

有事吗？

他哪里知道，他想了一天也没想明白，他到底抽了什么风，怎么突然就对女人有耗不完的好奇心，是禁欲太久了？也是，他都多久没做那种梦了。

他回了两个字："没事。"

周徐纺发了个句号过来。

"你发句号是什么意思？"

手机上的"正在输入中"显示了很久，才发了一段不长不短的文字："我有强迫症的，一定要是我最后结束聊天，要是没话说，我就会发标点符号。"

这家伙，怎么老是给人添堵。

江织点击屏幕的指尖微微泛红："跟我没话聊？"

这次过了很久。

周徐纺才回："不是的。"

"别狡辩。"

周徐纺又发了个句号过来。

没话说就发标点符号，但她一定要是结束聊天的那个。

江织扔了手机，还是没忍住，他翻出来一盒止咳药，拨了两粒，仰头吞下，又去倒了一杯温水，喝了小半杯，舔舔唇，喉结滚了一下，真苦。棉花糖的盒子就摆在餐桌上，他往嘴里扔了一颗，拿起手机。

"周徐纺。"

"没话说就别发。"

"你真有强迫症？"

"嗯。"

"什么毛病！"

这强迫症！

不过，也有点意思，要是他想一直聊，她也睡不了，得发一晚上的句号。

江织把手机扔一边，扯了扯浴袍的领子，头发还没擦干，水滴顺着耳鬓滑到脖颈，惹得心痒，他直接用指腹抹了那水，去卧室掀了被子躺下，然后开始咳。

这一晚的睡眠质量差到了极点。

天越来越冷，江织的精神头越发不好了，一天里困着的时间很长，总是提不起劲。

浮生居的竹苑里，茶换了一壶又一壶，华娱的副总已经等得不耐烦了。

"江导怎么还没来？"

身后秘书上前："江导的助理来过电话了，说江导昨晚受了凉，身体不舒服，要晚点到。"

华娱是除薛家的宝光、骆家的天星之外，国内规模最大的娱乐公司，这位副总便是现任董事长靳磊的弟弟，靳松。

三十五岁，样貌生得算好，靳松的名头在圈子里也是如雷贯耳，一来，是他行事手腕厉害，二来，是他花名在外。

等了已有半个小时，靳松自然很不满："这个江织，架子可真大。"

他身旁，坐了个女人，极其漂亮的女人。

"靳总，"她给他斟了一杯茶，"不急，先喝杯茶。"

女人唤苏婵，华娱的艺人，她是少数民族，样貌里有三四分异域风情，却也不失柔婉。

靳松稍敛神色，手机响，他起身去外面接。

"我挑的那几个人都签下来了没？"

电话里的人回："唐音音跟方栀被宝光签走了。"

这两个人都是天星的艺人，天星自性招待丑闻之后股票就一路暴跌，旗下不少艺人与之解约。天星这下坡路还得走一段时间，解约的艺人若是实力足够，大可成立工作室，咖位不够的，只能另找东家。宝光和华娱的实力最好，自当是首选，这两家抢人也是抢得头破血流。

这里就不得不说一下宝光的老总薛宝怡，着实是个仗势欺人的，帝都大院里出来的公子哥，各行各业都让他三分面子，得了不少便利。

靳松想来就气："薛宝怡那个傻逼，老子早晚要弄死——"

"咳咳咳咳咳……"

突然有低低的咳嗽声，靳松的话戛然而止，他回头看了一眼，终止了刚才的话题："等我回去再说。"

挂了电话，靳松换了副表情，笑脸迎人："江导来了，里面谈。"

他做了个恭请的手势，目光一直落在江织脸上，未曾挪开。

江织进了包厢，将大衣脱了，递给阿晚，阿晚退到一边，用余光瞅着靳松，他总觉得这个人看雇主的眼神直勾勾的，不太对味。

"苏婵，给江导倒杯茶。"靳松拉了把椅子，在江织旁边落座。

苏婵起身，纤纤玉手执了茶盏，只是这茶水未落，啪嗒一声，江织扣上了杯盖。

他低声轻咳，肤色白，唇色却红："嗓子咳得疼，不喝茶。"

苏婵握着茶壶的手稍稍僵了一下，继而笑笑，若无其事地坐回了座位。

靳松将合同拿出来。

"合同已经拟好了，我这边没有什么问题。"他把十几页纸厚的合同推到江织那边，"江导你看看还有没有什么要补充的。"

这次约见是签约，江织的新电影，女主挑了苏婵。这个电影是大制作，奔着大奖去的，两方一拍即合，只差一纸合约，本来以为今天只是走走过场。

江织翻也没翻那份合同，原封不动地给推回去了。

靳松脸上的笑收起："你这是什么意思？"

"你不知道我跟薛宝怡是什么关系？"

刚才的话被他听到了。

靳松往椅背一靠，目光扫过江织的脸，嘴角噙笑："什么关系？"

西装革履，衣冠禽兽，圈子里，很多人用这八个字形容华娱的副总。

"你觉得呢？"调儿懒懒的，江织反问了回去。

什么关系？

圈子里都传，薛宝怡和江织有些说不清楚的关系。

也是，江织这样的容貌……靳松从烟盒里拿了根烟出来，递给江织："江导，你这个电影，应该找不到比苏婵更合适的人来演，你可要好好想想。"

他坐着未动："不抽烟。"他往后抬手，阿晚便立马递上了一张名片，"赔偿问题，请联系律师。"

说完，他把名片推到靳松面前，用帕子擦了擦手，转身离开，阿晚跟上。

不时有咳嗽声响起，靳松往门口瞧了一眼，只见江织微微弓着背，露出一小截白皙得赛过女人的皮肤。

病弱西子美三分，这帝都江家的老幺，果然和传闻中的一样，三步一喘，五步一咳，病颜无双。

"靳总。"苏婵喊了一声。

靳松视线收回："这个江织，难怪连那些公子哥儿都被他勾了魂。"

真是个比女人还漂亮的男人呢。

江织刚出竹苑，就碰到了薛宝怡，一头板寸才刚长出来，又被他染成了灰白，小老头一样的颜色，也就他那张硬朗的俊脸扛得住。

薛宝怡是来玩的，看见江织欢喜呀："织哥儿，织哥儿！"

江织看了他一眼："傻逼。"

满怀热情被一盆冷水浇下去，薛宝怡心好痛，"我招谁惹谁了？"

江织懒得理他。

阿晚看了一眼薛宝怡，他觉得雇主也不算太坏，虽然脾气不好喜怒无常、毒舌、挑剔、龟毛、傲娇，但是他很护短，看吧，他自己可以骂薛宝怡傻逼，可不准靳松骂。

阿晚又觉得虽然雇主天天骂自己，不过，他还是觉得如果有一天他跟别人打架打不过，雇主也会拖着病弱的身体来帮他的。

车停在浮生居外面,还没开动乔南楚的电话就打过来,江织接了,嗯了声。

"在哪里?"

江织说:"在外面谈事情。"

"谈完了吗?"

"崩了。"江织扔了颗棉花糖到嘴里,薛宝怡那个傻缺!

乔南楚问他:"职业跑腿人的事情,有兴趣吗?"

"我过去。"他挂了电话,吩咐阿晚:"去把薛宝怡叫过来。"

上午九点了,太阳才从云里露出一小块,江枫公馆里的四季海棠已经吐了蕊。江织和薛宝怡在江枫公馆也有房产,只是不常来住,偶尔过来也是直接在乔南楚那里落脚。

江织进门就咳嗽。

乔南楚:"冷?"

乔南楚去给他拿了条毯子,说正事:"上周发生了一起入室抢劫的案子,这周又出了一件盗窃案。"

江织坐起来,裹着毯子又躺下:"和她有什么关系?"

薛宝怡也凑过去听。

乔南楚把文件袋里的资料摊在桌子上,指着里头的照片:"现场留下了痕迹,还有她的帽子。"

帽子上有刺绣,字母 Z。这个字母江织见过,在那个职业跑腿人的帽子上。

"不是她。"江织语气很笃定。

乔南楚噙着笑,睇了他一眼:"的确不是她,我们刑侦队和情报科追了这么久都没追到一点蛛丝马迹,以她的职业水准,怎么可能会在现场留下痕迹,要么是栽赃,要么是故意跟她作对,给她找麻烦,或者引她出来都有可能。"

"她得罪过什么人?"薛宝怡抱着手,跷着二郎腿的脚尖一晃一晃,正色起来还颇像个正经人。

"这就多了,她的同行,她的委托人,她委托人的对手。"

如果只是个普通的跑腿人还好,那个 Z 业务能力太强,即便不接杀人放火、作奸犯科的委托,也还是会涉及不少善恶难定的委托,盯着她的人,也自然不在少数。

"织哥儿,"薛宝怡打趣,"你怎么对这个跑腿的这么感兴趣?"

"敲晕了我两次,得知道是谁。"

"相爱相杀呀。"

江织不跟他扯淡:"那个牛奶,查到结果了吗?"

"你交代的事,我能给办砸了?"薛宝怡摆出邀功的嘴脸,"刚刚让人发你邮箱了。"

阿晚用手机登了雇主的邮箱，调出资料递过去。就一页纸，江织一眼扫下去，目光定住了。

"老板！"猫着腰偷瞄的阿晚惊呼，"我看到周小姐的名字了，就在你的名字下面耶！"

这是什么样的神仙缘分呀！

他就说这两人是天生一对嘛，周小姐的牛奶都是买来送给雇主的，前后还一共送了三箱，像周小姐这种打很多工才能勉强糊口的穷苦人，会送这么贵的牛奶，那得多喜欢雇主啊。

"周小姐居然买了三十多箱！"阿晚震惊了！

江织抬眸，不冷不热地一瞥。阿晚退后，一个人默默地纳闷，周小姐是把所有积蓄都拿来买牛奶了吗？

"里面的人我都排查过了，红色笔圈出来的，都有可能是那个跑腿的。另外，周徐纺的背景我也查了，一清二白，没什么特别的，名下资产少得可怜，现在住的房子还是登记在他人名下的，不过，也有可能是深藏不露。"薛宝怡觉得有必要说一声，"她独居，是个孤儿。"

江织原本垂着的眼睫掀开了一下，片刻失神后又合上。

薛宝怡也看出来了，这个周徐纺对江织到底有几分不同，至于是几分，江织不说，那谁也猜不到，他的心思一向难测。

这件事先放一边，乔南楚踢了踢薛宝怡的裤腿："宝怡，你去楼下帮我拿个快递，我跟江织有事儿说。"

薛宝怡虽然不爽，还是走了："一个个都使唤我，祖宗啊你们！"

阿晚还沉浸在周小姐是孤儿的悲伤当中，听到雇主喊他，才回过神来。

"你去帮忙。"

"哦。"

等人都支开了，乔南楚才说："那个医疗项目拿下了，不过伯根医疗这次名声大噪，江家和陆家也瞧出了点名头，应该很快就会来查伯根的底细。"

上面扶持的项目，多少人都想去分一杯羹，却被伯根闷不吭声地一口吞下了，往后，这帝都商界，谁还敢小觑这匹横空出世的黑马。

江织漠不关心似的："如果遮掩不住，你就露面。"

这态度，乔南楚也摸不清他的算盘："你资本也够了，打算什么时候跟江家算算账？"

未雨绸缪了这么多年，也是时候松松筋骨了。

江织捂着嘴，咳了两声："看心情。"

江织这人，很怪。

十几年前，他们还都住大院里，那时候，他一个，薛宝怡一个，是大院里的小团伙，江织呢，药罐子一个，别说交好，就没怎么出过江家大门。

后来，薛宝怡叛逆，在外头跟人称兄道弟胡搞，也不记得是因为哪件事，和社会上的一伙小青年干起来了。他被堵在了人少的巷子里，吃了不少苦头，其中还有个不怕死的小青年掏出了把匕首，就在那匕首快要扎进薛宝怡的肚皮时，江织病恹恹地从巷子口走出来，手里还拿着根棒球棍。明明弱不禁风的他，也不知道哪来的狠劲儿，硬是把对方小头目的肋骨给打断了。打完人后，他就昏迷了三天。

就是那次之后，薛宝怡把江织当救命恩人，恨不得捧在手心里当祖宗供着。

乔南楚失笑，到底还是看不懂他："想到什么程度？给点教训，还是弄垮他们？"

"南楚，你是不是把我想得太善良了？"

乔南楚哑口无言。

江织以前养了一只猫，叫骆四，他很宠爱那只猫，还为他造了个金屋子，后来那只猫莫名其妙地死了，接着，江家二房某些人也莫名其妙地没了半条命。

江织这人，能狠到什么程度，乔南楚认识他二十多年都没摸清他的底线，还记得他埋那只猫的时候说了句话。

"杀人不好，"十六岁的少年，跪在江家老宅的那棵常青树下，徒手在地上刨土，弄脏了一双干净消瘦的手，然后把猫的尸体平平整整地放好，"要是死了，就不知道痛了。"

乔南楚现在想起来那时的江织都觉得毛骨悚然。

凌晨一点，周徐纺打完工，刚到家电脑就自动开启了，海绵宝宝图案跳得满屏都是。

"徐纺。"

霜降用了红色字体，说明事情紧急："有人打着你的旗号在犯事儿。"

周徐纺坐到电脑桌前，电脑桌后面都是牛奶，她买了三十多箱，摆了一面墙那么多，她抬头看见牛奶心情就会好，她想，下次她还要搭一面全是棉花糖的墙，坐在那上面吃。

她倾身往前，抬手就够得到，拿了一罐牛奶："犯了很大的事吗？"

"盗窃，抢劫。"

周徐纺皱眉，脸色冷冷的，她从来不盗窃、不抢劫的。她拆了两包棉花糖，倒在玻璃盒子里吃，用一根手指钩着牛奶拉环，拉掉，然后捏碎。

"最近我们没有接什么大单，得罪过的人只有江织和骆青和，但也有可能是我们的同行,这一阵子有很多人想学你当职业跑腿人。"

周徐纺把棉花糖盒子合上:"不是江织。"

"为什么?"

"他很好看。"

电脑屏幕上的海绵宝宝一动不动了半分钟,霜降才打字过来:"徐纺,不是好看的人就会善良。"

周徐纺接触的人太少,最不了解的就是人心,还有人性,不过她还是觉得江织是个人美心善的好人:"他还给我好评了。"

"什么好评?"

"外卖。"

周徐纺还不知道,那个好评——那个几百字都在称赞骑手的好评,是阿晚写的。

"徐纺,"电脑屏幕上的字体,由红变成了白,"来新委托人了。"

周徐纺直接拒绝了:"不接了,最近不太平,我们休假。"

"跟江织有关。"

周徐纺听闻,一时失神,捏瘪了手上的牛奶罐子。

"又有人想绑他。"

"绑他做什么?"

"委托人没有说,只说了时间和地点,价格开得很高。"霜降发了个数字过来,七个零,一千万。

算是业内的天价了,到底是谁,花这么多钱绑江织。

周徐纺把牛奶放下,没心情喝了:"问清楚,为什么绑他?"

她接任务有规定,必须说出目的,不违法乱纪、不违背道德,她才会接,若是委托人说谎,她也会违约。

五分钟后,霜降才回复。

"委托人不肯说目的,但是提价了,出到了两千万。"

"能查到委托人吗?"

"做了手脚,查不到。"

霜降都查不到,那就不是简单的人,出这么高价,还不说出目的,肯定有问题的,是不是贪图江织的美色……周徐纺陷入了深思。

"我们接吗?"

周徐纺:"接。"

如果她不接,就会有别人接,最后,他会被别人劫色。周徐纺不想江织被别人劫色,漂亮的东西要保护好,像她的棉花糖盒子,用了很久,还是跟新的一样。她也想江织一直跟新的一样,一直好看下去。可要是违约了,或者任务失败了,她要赔双倍的委托金额,双倍就是四千万。

周徐纺有点难过了:"要晚点买月亮湾了。"

果然,美人都是很花钱的。

不行,她要努力地赚钱,她打开手机,给群头发微信:"有没有赚钱多一点的戏?"

群头老魏三分钟后回复了她。

"什么都能演?当替身行吗?"

"可以。"

周徐纺见过别人当武替,她觉得很简单,就是要控制好力道,不能把别人打坏了,毕竟,她力气那么大。

"你把你的体重、身高、三围都报过来,再附一张全身照。"老魏觉得她也是老群演了,行内话应该都懂,就没多说,"不一定演得上,我去试试。"

"好。"

周徐纺就把信息和照片发过去了。

半个小时后,周徐纺都快睡着了,老魏发了回复过来:"余然很满意,你明天就过来给她当替身,一次镜头八千块钱。"

原来当替身这么赚钱。

周徐纺以前从来没拿过这么多,她很开心:"我明天就去。"

"你去了直接找服装组的安娜。"

"好。"

老魏发了个表情包,周徐纺回了个句号,老魏又发了个表情包,周徐纺又发了个句号。

"行了,别发了,快去睡吧。"

周徐纺发了一个句号。

这姑娘,每次都以句号结束聊天。

第二天,周徐纺套了件军大衣,戴上帽子,从头到脚都裹好,早早就去了影视城,除了工作人员,演员们都还没到,方理想也没到,她直接去了服装组。

安娜已经在那了,盯着她看了挺久:"你就是老魏找来的替身?"

周徐纺点头。

安娜上上下下打量了她一圈,衣服穿太多,包得太严实,实在看不出身段:"以前干过吗?"

"没有。"她没当过替身,怕控制不好力道会把人弄伤。

安娜就看见她露在帽子外面的小半张脸还挺镇定,例行公事地安慰了一番:"副导演到时会清场,待会也会有人来指导你动作,你不用太紧张。"

周徐纺呆着表情,她不紧张啊。

从来没当过替身的周徐纺不知道,还有一种替身,叫裸替。

旭日出来,天大亮,严冬的早晨太阳不烈,外面雾蒙蒙的。大概是起得太早了,江织没睡够,脾气不太好,窝在椅子上躺了会儿,似睡非睡的眼一掀开,里头跟冬天的暮光似的,暗影沉沉,看着阴阴凉凉的。

"还不开始?"

起床气还没消,听得出他言语里有怒气。

赵副导演怵他怵得要死:"演员那边还没有准备就绪。"

江织抬了抬腕子,看了眼手表:"八点四十七,让整个剧组等她一个人,第一天来?不知道我的规矩?"

大冬天的,赵副导演瞬间汗涔涔。

女主余然的经纪人许璐赶忙过来赔礼解释:"对不起江导,替身演员还没有准备好,已经去催了。"

"替身演员?"

江织把手里的剧本扔了,手放进被子里捂着:"我什么时候同意用替身了?"

一到冬天,他看上去就懒散无力,脸色也苍白得很。

可就是这副病恹恹的样子,让人怕得要命。许璐心肝七上八下地直跳,说:"余然她是新人演员,基础还没打牢,粉丝又大多都是男性,工作室几次商议之后,还是觉得用替身更合适。"

这片子是谍战的,女主是个情报员,里面有一场床戏,要从后颈露到腰窝,尺度不算大,可到底得脱。

"你说的这些跟我的电影有关系?"

这是半点面子都不给。

"余然她,"许璐一时情急,胡诌了一句,"她背部受过伤,拍出来也不好看。"

江织晃着手里的牛奶罐子,没说话。

许璐赶紧趁热打铁,继续游说:"我找的那个替身演员条件很好,一定能拍出更好的效果,江导,您看,先试试戏行吗?"

赵副导演也来圆场:"要不先见见那个替身演员?看看她的背再——"

话还没说完。

"老板!"

一米九的大块头阿晚咋咋呼呼跑过来,上气不接下气:"周小姐她、她,"他呛了一口冷气,说不出话来。

江织冷眼一扫,不悦:"把舌头给我捋直了。"

"周小姐她要当裸替了!"

江织从躺椅上坐起来:"你们找的替身演员是谁?"

这哪知道!赵副导演赶紧叫人:"老魏。"他急得大叫,"老魏!"

老魏是影视城最大的群头,手底下各种替身、群特、群演一大堆,是合作多年的老朋友了。

老魏从片场外头跑进来:"咋了副导演?"

"你找的替身演员叫什么名字?"

"她叫周徐纺,怎么了?"

又是这个周姓姑娘,赵副导演擦了擦汗,不敢再吭声了,瞄着眼察言观色,就瞧见江织的一双眸子,一点一点阴下来。

老魏第一次见大导演,不知道他的脾气,忍不住美言几句:"导演,周徐纺很优秀的,她虽然没当过替身,但她做了很久的群演,经验非常丰富,而且我和摄像组几个负责人都看过她的照片,身形和——"

咣当一声,牛奶罐从江织手里,滚到了地上。

所有人大气都不敢喘。

"休息二十分钟。"

江织撂下一句话,起身,目光悠悠落向姗姗来迟的余然:"不能拍露背的戏?"

她咬着唇不作声。

江织敛起了眸子,细长的手指慢条斯理地将大衣的扣子一颗一颗扣上:"不能拍,就换个能拍的来。"

许璐急了:"江导——"

余然拉住她:"我能,我能拍。"她要敢说不能,江织就敢换了她。

江织的咳嗽声被风吹开。

"人在哪?"

阿晚一愣。

江织脚步停下,眸光泼墨,裹了一丝不易察觉的愠色:"周徐纺,她在哪?"

"在更衣室。"

现下,更衣室里没人。

"徐纺!"

方理想风风火火地跑进去,没瞧见人,就见帘子拉着,她想也不想,一把拽开帘子:"徐——"

声音卡在喉咙,她盯着周徐纺露着的肩头,眼珠子快掉了,好白啊,这是第一反应。

第二反应就只剩愣了,周徐纺肩下面有一个伤疤,拇指大小,脖子上还挂了一根黑色的细绳子,上头系了一块打磨光滑的金属圆片。

她用衣服挡住。

"我在换衣服。"

然后,她一只手拉好帘子。

方理想傻站了很久,才慢慢平息眼里的震惊:"徐纺,你脖子上那个项链——"

帘子被扯开,周徐纺走出来,和往常一样,又把自己裹得严严实实。

方理想化了浓妆,穿着戏服,脸上神色不明:"那个项链很特别,在哪里买的?"

她把军大衣穿好,帽子戴上,拉链拉到最上面,脖子也遮住:"不是买的。"

"别人送给你的吗?"

"为什么一直问我的项链?"

说话间,她瞳孔泼了最浓的墨色,黑沉沉的。方理想从来没见过,眼神这样冰冷的周徐纺。

方理想先移开了视线:"因为你的项链很好看啊。"

"我的家人留给我的。"周徐纺低头,"你出汗了。"

方理想胡乱擦了一把脑袋。

"有点热。"她用手对着脸扇了几下风,又是大大咧咧的样子,"忘了正事了,徐纺,你要当裸替吗?"

"我不当。"

周徐纺也是刚知道,群头找她来是当那种替身,所以她跟安娜说,她可以赔钱,然后就把戏服换下了。

"那就好。"方理想用老母亲一般的口吻叮嘱她,"我跟你说,千万别当裸替,对你名声不好,等日后我火了,我就带你出道。"

周徐纺刚想说她不用出道。

外头有人叫她:"周徐纺。"

江织声音低低的,像压抑着怒气,还有咳嗽声。

周徐纺歪头看过去:"嗯?"

江织没有进女更衣室,用命令的语气说:"你出来一下。"

周徐纺拉了拉军大衣的帽子,出去了。

"有事吗？"

江织靠墙站着，不知道是不是来时走得太快，脸微微泛红，眼圈也晕了一层胭脂色："你很缺钱？"

"不是很缺。"就是赔了几千万，她买月亮湾更不够了。

他盯着她，看了挺久："你转过身去。"还是命令的口吻。

为什么要转过身去？周徐纺没动，把后背露给别人，很危险。

他压着喉咙的痒意，忍着咳嗽："我就看一眼。"

周徐纺觉得他很孱弱，好像一口气上不来就要晕过去的样子，跟电视里久病缠身的娇小姐一样。想了想，她还是转过去了，让后背对着他，她相信江织是个好人，不会害她。

江织伸手，指尖泛红，朝着她裹在军大衣里的后背靠近。

周徐纺突然扭头。

"你——"

他才说了一个字，手腕就被她捏住了，满眼都是防备："为什么碰我后背？"

一个二十出头的小姑娘，到底经历了什么，浑身藏着刺。这是江织第一次在她眼睛里什么都看不到，空洞洞的，像块冰冷的磁石，深不见底，能把人吸进去。

他脸色发白："松手。"

她没松，还盯着他。

他喉咙一口气上涌："周徐纺……疼。"

最后一个字，江织声音一点力气都没有。像肉肉的猫爪子，一巴掌狠狠拍下去，肉垫子吧唧一下，只剩软了。

周徐纺给愣住了，还抓着他的手，忘了动作。

江织本来就身子不舒服，她力气又大，他甩了两下，没甩开，身子反倒摇摇欲坠："老子被你捏疼了！"

周徐纺骤然松手，见江织白皙的皓腕上立马浮出了一圈红痕，他手生得漂亮，乍一看去，有点刺目。

"对不起，我弄疼你了。"

这自责的口吻，这于心不忍的愧疚……刚追上来的阿晚还以为是撞上了女恶霸强抢了良家少男。

阿晚眯着眼瞅过去，就看见自家雇主面红耳赤、呼吸急促、眼眸潮湿："你一个女人，手劲儿怎么那么大。"

怪她，力气太大了。周徐纺更自责了："我下次轻点。"

越说越像个轻薄人的浪荡子了，江织气得直咳嗽。

周徐纺伸出手去，想给他拍拍背，笨拙地不知道怎么下手，手僵在那里，老半天，又默默地收回去了。

"你还没说你为什么碰我后背。"

江织歇了会儿，终于不咳了，脖子上细细的血管清晰可见，耳尖透着红，喘着气，一副被人欺负惨了的样子。

他恼极了，语气尤其不好："试戏。"

周徐纺没听懂。

"你不是要当我电影女主的裸替吗？"他一双晕红的桃花眼在她身上上下下扫了一圈，"别想了，你不合格。"

长得美的人可能都有点脾气吧，像大宅院里被宠坏的嫡小姐，哦对了，江织也是江家嫡出的小公子，肯定是被宠坏了。

周徐纺："哦。"

没了？江织胸口很堵："你以后——"

周徐纺很久没等到后面的话，军大衣帽子下的一张小脸抬起来："什么？"

"以后别当裸替了，如果缺钱，到我这来试镜。"

好好的一句话被他说得气急败坏。

不过周徐纺知道，江织只是脾气不好了一点，人是很好的，她表情真诚，有点木讷地说："你真是个好人。"

江织一口气又没上来，咳得他嗓子火辣辣的。

好人？去他的好人，他是病得不轻！

周徐纺看他咳得厉害，纠结了很久，还是伸手，拍了一下他的背，她怕把握不好力道给他拍坏了，就特别轻，小心翼翼地拍。

江织愣了一下，扭头。

她伸着的指尖，刚好碰到他的脖子，冰凉与滚烫，两种极端的温度撞在一起，像细细的针，扎在人心窝子里，又麻又痒，还有轻微的疼。

江织脸与耳尖全部红透了："你的手怎么那么凉？"

哦，她体温比正常人要低。

周徐纺收回手，不像江织面红耳赤，她是面不改色："我冷。"

他喉结滚了一下，突然不知道说什么了，觉得渴，透不过气来。

"我也有话跟你说。"

他别开眼，嗯了一声。

"你以后千万要小心，不要一个人出门，更不要晚上出门。"有人花两千万，要劫色。

他转过头看她："什么意思？"

她看了一眼四周,往前近了一步,踮起脚,靠在他耳边,小声地、悄悄地说:"你要躲起来,不然别人会贪图你的美色。"

那年,骆家那个不会说话的少年,也是这样,踮着脚在他耳边偷偷告诉他:"你要躲起来,他们给你喝毒药,他们都是坏人。"

就是那一年,那个少年死在火海里了,此后,再也没有人跟他说,你要躲起来,有人害你。

江织愣愣地,看向周徐纺,她凝眸看他时的眼睛与那少年一模一样,难怪,难怪她会教他心不由己、叫他失魂落魄。

周徐纺不知道他发什么愣,要说的话也说完了:"那我走了。"

他依旧不说话,周徐纺就走了。

好半响,江织还一动不动地站着,阿晚叫他。

"老板。"

他老板没反应,阿晚伸手在他眼前晃了晃:"老板,你脸好红哦。"

江织目光有点呆滞,木然地抬起手,按住心脏,然后身子一趔趄,撞到墙上。

这反应,可把阿晚吓坏了:"怎么了老板?身体不舒服吗?"

江织扶着墙边咳边喘。

"完了,你耳朵也好红,是不是犯病了?"阿晚赶紧拨电话,"小二爷,我老板他不舒服。"

薛宝怡在电话里问症状,阿晚赶紧给仔细描述过去。

"咳得很厉害,没咯血。"

"应该有点发烧,脸特别红,哪都红。"

"他好像喘不过气了,看着像心肌梗死的那种症状。"

去年也是这个时候,严冬一来,雇主就咳血,阿晚好怕雇主会死啊,虽然雇主脾气不好,但他舍不得他死啊。

阿晚快哭了:"走路也不太稳,好像要晕倒了。"

江织跟跟跄跄地回了休息室,找了两颗安神的药服下,一点效果都没有,心跳得发慌,他呼吸不畅,躺在椅子上大口大口地呼吸。

阿晚红着眼寸步不离地跟着:"老板。"

江织根本没心思理他。

"您怎么样啊?要不要喝点热水?"他去倒了杯热水,双手捧给他老板,"小二爷很快就来了,您再坚持一会儿。"

江织脸上的热度还没有褪下来,唇色比往常红了许多,病态里竟添两分别样的媚。他似乎心头很不快,动作粗鲁地把躺椅上的毯子扯下来,扔到阿晚手里。

"把这个送去给周徐纺。"

阿晚傻啦吧唧的表情："啊？"

"她冷，你给送过去。"她手跟冰块似的。

都什么时候了，还惦记别人冷不冷，阿晚一只手拿着毯子，把热水递过去："您不冷吗？"

江织没接，桃花眼跟含了水似的，里头神色氤氲，模模糊糊的。

"我热。"

"您是不是发高烧了？"

江织大喘了一口气："还不快去。"

阿晚跑着去送毯子了。

屋里头，就剩江织，躺在椅子上，双眼放空，他抬起手，用手背贴了一下额头，真烫！

薛宝怡二十分钟后就到了。

"手给我。"

江织敛着眸，怔怔出神。

薛宝怡难得正经："织哥儿。"

没反应。

"江织！"

他抬起眼："嗯？"

薛宝怡看看他脸色，没阿晚形容的那么严重，脸是白了点，但眼里含春，气色还行："手给我，把脉。"

江织伸出手，搁在椅子的扶手上。

薛宝怡早年学的是中医，尤其是号脉的功夫一绝，他掐着江织的脉，探了又探："我给你的药，你一周吃几颗了？"

江织不知想着什么，心不在焉："一颗。"

那药伤肺，吃了就咳，还会咳出血，绝对吃多不得，不育是小事，搞不好命都没了。

当然，薛宝怡不知道来龙去脉，以为只是药的问题，叮嘱江织："你脉象很乱，先停药试试，这几天你就不要回江家了，我给你开点别的药缓缓。"那个药毕竟还在研发期，说不准除了不育，还有别的什么副作用。

也不知道江织听没听进去，他从头到尾拧着眉头，神不守舍的。

"问你个问题。"他从躺椅上坐起来。

薛宝怡在开药："问。"

"性取向可能会变吗？"

薛宝怡突然抬起头。

江织重复了一遍:"性取向可能会变吗?"

因为她像已亡人吗?还是因为她古怪特殊?或者是他对异性好奇了?还或者……仅仅是因为胸腔里这颗乱蹦乱跳的心脏。

他都不确定,他唯一确定的就是,她到底是不同的。

薛宝怡抱手:"一般人不会,有情况啊织哥儿,还不快从实招来。"

江织不想搭理他,叫了一声:"阿晚。"

阿晚上前。

"帮我约个心理医生。"

他得搞清楚他对周徐纺是个什么心思,因为她像那个少年?好像又不是?

这会儿片场休息时间,群演周徐纺没活,正准备回家。

方理想过去:"徐纺,你最近是不是很缺钱?"

周徐纺离得她有点远,似乎不喜欢别人近身,一张脸也缩在军大衣的帽子里:"我有个很贵的东西要买。"

方理想知道她有轻微的社交困难,就走在她后面隔开距离:"那我给你介绍个兼职。"

"我不当裸替。"

"不是裸替,我表哥是开发廊的,最近在招发型模特。"

方理想觉得吧,周徐纺身上有一股神秘的禁欲风,酷帅得不得了,不过,只要她一皱眉,又是高级厌世脸。反正,怎么看都好看,就是没见过她笑,不知道她笑起来是怎么个样子。

"我要做什么?"

"什么都不用做,让他给你搞头发就行,价钱你尽管往高了开!"

"好。"

因为裸替没有替成,周徐纺提前回家了,然后提早去了八一桥下摆摊贴膜。

整个一下午,片场气氛都有点不对,又说不上哪里不对,反正,女主演余然被江织骂哭了,说她演的是狗屎。

晚上七点,阿晚帮江织订好了位子,在胡伦茶轩,约的是帝都有名的心理医生。

"邱医生已经在里面等您了。"

傍晚下起了雨,冬天的雨天冷得厉害。

江织戴了个口罩:"你不用跟着。"

他留下阿晚,推开车门,撑了一把黑色的雨伞走进了雨里,隔着雾蒙蒙的雨,阿晚就看见他低着头一路咳着。

唉，雇主不仅身体病了，最近，心也病了。

胡伦茶轩的客位都是单独隔开的，保密性做得很好，江织推开门，里头已经有人在等了。

西装革履的中年男人见他进来，立马站起来，有些拘束地喊了一声："江少。"

江织拿下口罩，又把大衣脱了，屋里屋外一冷一热温差很大，他白皙的脸很快就泛红："坐下吧。"

江织声音没力，和传闻中的一样，是个病秧子。

邱医生抬头，就看了一眼立马又低头，这张脸也和传闻里的一样，当真是美。

江织坐下，用帕子擦了擦指尖上沾到的雨水："我找你咨询这件事，我不希望任何人知道，尤其是江家人。"

"我明白。"

江织语气很随意，倒了杯茶，润了润嫣红的唇："不用紧张，没别的事，就问你几个问题。"

"您请问。"

他似乎不知怎么开口，眉头皱了好一会儿："我有一个朋友。"他停顿三秒，强调，"这是我朋友的事情。"

邱医生被惊到忘了紧张，江家的小霸王，也玩这种假装是朋友系列？

像是怕他不信，江织还解释了一句："薛宝怡知道吧，薛家的老二，就是他的事情。"

什么都知道还要装作什么都不知道的邱医生摆出一本正经的表情："嗯，明白了，是薛小二爷的事情。"

江织抿了一口茶，动作优雅地品着："他想知道性取向会不会改变。"

邱医生紧张中还有点难以抑制的激动："这是有可能的，性取向跟所处的环境有很大关系。"

"他只是怀疑，怎么才能确定？"江织放下杯子，喉结滚了一下，坐直了一些。

从微表情来说，江织心慌了。

邱医生也跟着心慌："能说说你、你的朋友薛小二爷有什么和以前不一样的具体迹象吗？"

江织思考了许久。

"他总想着那个女的，可他见到她又不舒坦，见不到更不舒坦。"

"肢体接触呢，会排斥吗？"

这次江织回答得很快:"不会。"

"只是不排斥她,还是所有异性都不排斥?"

桃花眼里出现了类似于茫然的表情:"不清楚。"

哪有什么别的异性,谁敢像她那样,又是捏他,又是碰他。

这么一番问下来,邱医生倒被勾起了好奇,不知道是哪个奇女子竟能拿下帝都第一美人,一时嘴快:"您对那位——"

邱医生的话被厉声打断了:"我说了,是薛宝怡的事情,不是我。"

邱医生赶紧识相地改了口:"薛小二爷对那位异性好奇吗?"

他嗯了一声,算是承认了,又补充了一句:"很好奇。"

邱医生觉得这心理咨询越发像情感咨询,就大着胆子问了症结所在:"心、心动吗?我说的是小二爷。"

江织恹恹地出神了一会儿。

他就十几岁的时候,还是孩子,来不及确定是不是深爱,人就没了。心动?那玩意,他还真摸不太懂,他只知道他惦记了这么多年,就是放不下。

他别开脸,颇为不自然地端起茶杯掩饰了一下:"怎么才算?"

"心跳加速,身体发热,像,"邱医生想着对方是个病秧子,就用了个相对贴切的形容,"像心肌梗死的感觉。"

江织把杯子撂下了,这脸色是说变就变。

哪里找来的心理医生?

"今天就到这吧。"他拿了外套起身,起得猛了,急急咳了几声。

也不知道是哪句话惹他不快了,邱医生只得硬着头皮站起来,递过去一张名片:"这、这是我的名片,要是江少还有什么问题,可以随时联系我。"

江织敛目沉吟,片刻后,接了名片。

他推门,出了包厢,不知走廊里谁抽烟了,味儿冲得他烦躁,手里的名片被他捏成了一团,走到转角,迟疑了一下,还是把名片扔进了垃圾桶里,然后,转身就碰到了穿着黑色大衣的周徐纺。

"江织。"

两个字,音色偏冷,偏偏,比任何人、任何一次给他的反应都要来得强烈,像一把重锤,毫无预兆地、狠狠砸在他心窝子里。然后,他像那个心理医生说的那样,心跳加速,身体发热。

他下意识,吞咽了一口:"你、你在这里做什么?"

他的表情很奇怪。周徐纺看不懂,便不看他了:"我来送外卖。"

他眼角泛红,一直一直盯着她,呼吸有些急促。

周徐纺被看得不自在了,后退了一步,抬头看他:"你脸很红,是不舒服吗?"

是,不舒服,看到她,心脏就不舒服。

未等江织开口,走廊转角处一醉汉扶着墙趔趔趄趄靠过来,脚下一绊,就往江织身上扑。

周徐纺立马抓住他的手,用力一拽,把他甩到……很远的一面墙上,甩得他肺里翻涌,面红耳赤。

他咬着唇,像忍着咳嗽,面上却是发愣,盯着自个儿那只被周徐纺拽过的手,白皙的手背瞬间多了两个嫣红的手指印。

醉汉已经跌跌撞撞走远了。

周徐纺才察觉到刚才动作不妥:"我是不是又弄疼你了?对不起,我力气太大了。"

江织不作声,只觉得被她碰到的那一处,火辣辣的,有点麻。这个女人,总是动不动就捏他。

周徐纺很久都没等到江织说话:"那我去送外卖了。"

江织没说话。

"再见。"江织不说话,那她走了。

她就这么波澜不惊地闯到他的视线里,然后风轻云淡地走了,剩他,有病似的,还傻站着,恍恍惚惚、魂不守舍。

江织一脚踹翻了垃圾桶,然后抓了一把短发,认命地去把那张名片捡回来。

阿晚觉得雇主一路都魂不守舍。

◆第四章◆
你必须贪图我的美色

周徐纺送了六单外卖,回到家已经快十一点了,刚打开冰箱拿了两罐牛奶,霜降就启动了她的电脑。

"徐纺,委托人确定任务时间了。"

她一手拿着一罐牛奶,用牙齿叼开了拉环:"什么时候?"

"明天晚上九点,把人送到佳景园七栋101。"

周徐纺坐着喝了两罐牛奶,又吃了一会儿棉花糖,把粉色兔头拖鞋蹬到床底,在黑色床单上趴了一会儿。

四千万,江织和四千万……

江织那么美,她还是放弃四千万算了。她爬起来去拿了手机,给江织发微信。

"江织。"

他很快回复了,吝啬似的,就一个字:"嗯。"

周徐纺打字很慢:"你明天晚上能别出门吗?"

那边,睡到半夜被吵醒的江织悻悻地从床上爬起来,唯独那双灼亮的桃花眼热得发烫,彻底了无睡意。

"理由。"

不能说有人想劫他,周徐纺想了想,换一种表达:"你长得太好看了,出去很危险,外面很多色狼。"

"我危不危险跟你有关系?"

周徐纺嘴里含了一颗棉花糖,糖心化开了,甜得她弯了眼角:"没关系。"

她又发了一条,很诚恳:"但你是个好人,我不想别人害你。"

盯着手机等回复的江织:"……"

他随手一扔手机,把桌上的杯子打翻了,热水顺着玻璃平面淌到身上,没顾那么多,他先拿了手机起来。

睡到半夜被人吵醒,按道理说,他应该一肚子火,不应像个毛头小子一样,手心冒汗,跃跃欲试。

没忍住,他又戳了那个黑漆漆的头像,发了两条过去。

"周徐纺,你是不是也贪图我的美色?"

不该问的,太唐突,自己都还没理清,就贸然步步紧逼,的确不妥,可不问,他心头堵得慌。

没几秒,周徐纺就回复了,连续响了四声,她发了四条,他点开她头像的时候,手心居然冒汗。

周徐纺:"我没有。"

周徐纺:"真的没有。"

周徐纺:"你相信我。"

周徐纺:"我不贪图!"

连着四条,一条比一条急切,一条比一条诚恳,居然还用了感叹号,就差指天发誓表达她的坦荡了。这下好了,问完,江织心头更堵得慌。

这个周徐纺!

江织再次扔了手机,用力地扯了两张纸巾,不耐烦地擦掉裤子上的水渍。

周徐纺很久没收到江织回复,以为他不会再回了,正要起身去洗漱,又来了一条消息,与上一条消息隔了八分钟。

"剧组要个手替，你当不当？只拍手。"

周徐纺在思考。

江织又发过来一条："价钱两万。"

她迅速回了："当。"两万，她可以买一面墙的棉花糖了，好开心。

"那明天早上八点过来。"

她嘴角弯了弯，不经意地笑，眼里冷漠褪了。她回复："好。"

好开心，她要去吃几颗棉花糖。

微信还在响，周徐纺找不到拖鞋，不知道踢到哪里去了，赤着脚去拿手机，嘴里塞了三颗糖，甜得她直眯眼睛。

"周徐纺。"

"嗯。"

江织没说还有什么事，继续发她的名字。

"周徐纺。"

她没话说了，回了一个句号。

然后微信消停了，但也就消停了一会儿，江织又找她。

"周徐纺。"

周徐纺把漂亮的棉花糖盒子放好，最近，她觉得江织比那个盒子都还要漂亮了，既然他那么漂亮，她就不会嫌他烦的。她喜欢一切漂亮的、赏心悦目的东西。尤其是这些日子，她还想把漂亮的东西都偷来，她甚至想把粥店那个漂亮的吊灯弄回家里，摆着日日看，夜夜看。要是她不去月亮湾，也许还要把江织偷来，摆在床头的地方，睁开眼就能看到。

月亮湾就算了，她不能偷江织去，他那样娇贵，月亮湾上很冷，他会被冻死的。

周徐纺没有继续胡思乱想，回复了江织："有什么事？"

"没事。"

"你一直叫我。"

"想看看你强迫症有多严重。"

没话可聊的周徐纺："。"

"周徐纺。"

"我强迫症很严重的，你别发了，我要睡觉了。"

"睡吧。"

"。"

周徐纺赤着脚，趴到床上去，刚放下手机，微信又响了。

"周徐纺。"

她抿了一下嘴角，去摸手机："我睡了。"

"你睡你的，我发我的。"

"。"

"周徐纺。"

她腮帮子鼓着，第一次觉得这个人好不可爱，想捏哭他，她趴着，困得不愿意动了，闭着眼酝酿了一会儿睡意，不行，得起来回复。

她爬起来，烦躁地扯了扯头发，伸手去摸手机，回了个句号。

"周徐纺。"

她打了个哈欠，好困："。"

江织："周徐纺。"

江织："最后一遍，你别回了，去睡吧。"

她搁下手机，趴下。

不行，她得回复，她又爬起来，摸到手机，擦掉眼角因为困而沁出的生理眼泪，回："。"

然后，江织终于消停了。

周徐纺钻进纯黑色的被子里，把自己裹成了蚕蛹，临睡前胡思乱想着，以后江织还这么闹她怎么办？要不要拉黑他？

不好，他脾气不好，会生气的，他生气她会丢了群演的工作。

那把他打昏吧，不让他晚上玩手机。

不行，会暴露的，江织还可能报警抓她，可能会觉得她是坏人，甚至误会她是劫色的登徒子。

还是偷他的手机吧，就晚上偷，白天再还回去。

想着想着，周徐纺睡着了，很少做梦的她还做了个梦，梦里有江织，他被五花大绑在粥店那个漂亮的吊灯上，她寻了个夜黑风高的晚上，把江织和吊灯都偷回了家，江织抱着灯一直哭，说她是坏人、淫贼。

周徐纺被吓醒了，一看时间，才睡了半个小时，又倒头继续睡。

那头，江织盯着手机屏幕上的句号笑了，笑完拉下脸，眼里瞬间转阴。他在做什么？

他直接扯了条毛毯，躺在了沙发上，都已经后半夜了，他却一点睡意都没有，灯光有些刺眼，他抬手挡住头顶的光，自然，就看到了手背上那两个嫣红的指印。

那姑娘手劲儿是真大，捏了他一把，印子到现在都还没消，那只手……那只手还挺好看，很白……

江织猛地坐起来，烦躁地叹了一口气，捞起手机，按了个号码。

赵副导演睡到半夜接到江织的电话，睡意一下子就被吓没了："江导？"

赵副导演看了一下手机上的时间，凌晨两点。

"这么晚了，您有事吗？"江织什么时候开始熬夜了？不是八点就睡吗？

睡眠不足，江织嗓音是哑了，可精神亢奋："我找了个手替，准备一下，明天你亲自去片场带带她。"

"手替？"赵副导演怀疑自己在做梦，"替谁？"

"你说呢？"

这语调，居然听着还有几分睡意，赵副导演觉得像只性感慵懒的猫，就是猫爪子太利了，让人怵得慌。

"余然她——"还需要手替？

赵副导演还没问完，江织就慢慢悠悠扔了一句："人家手比她好看，替她怎么了？"

这哪来的自豪感？赵副导演怀疑大导演熬夜熬出病来了。

次日，片场，在雇主的目光连续十几分钟都盯着一处看时，阿晚觉得不对劲。

"老板。"

没反应，阿晚提声："老板？"

还是没反应，阿晚走到他前面去："您在看什么呢？"眼神跟看见了肉似的。

江织手里捏着牛奶，两道剑眉一拧，眼里几朵灿烂的桃花瞬间变成了冰花："挡我视线了。"

阿晚默默地挪开，顺着雇主的视线偷瞄，哦，是贴膜的周姑娘呀。

江织盯着周徐纺那双手，瞧了又瞧，越瞧越觉得好看。他正瞧得起劲，一个穿着旗袍的后背给一下子挡住了他的视线。

方理想穿着她的戏服，扭到周徐纺面前，笑得像朵花："徐纺，你冷吗？"

今天出了太阳，有四五度。

周徐纺摇头，她其实不太能感知冷热，只是体温低，便对人说是怕冷，正好也可以裹得严实些。

可方理想觉得她冷，把自个儿的羽绒服给她披上。

然后，她又问："徐纺，你饿吗？"

周徐纺才刚吃过早饭，吃了三屉灌汤包，喝了两罐牛奶，她摇头："不饿的。"

方理想跟没听见似的，把搁地上的两大袋零食塞给周徐纺："我给你买了好吃的，你饿了再吃。"

今天的方理想特别热情。

周徐纺接过去："谢谢。"礼尚往来，下次，她也要给方理想买两袋。

"渴不？"

不等周徐纺回答，她搬来一箱奶："我给你买奶了，你常喝的那个牌子是进口的，我还没买到，你先喝这个，这个也特别好喝。"

周徐纺没喝过这个，她放下两袋零食，愣愣地接着，有点不适应方理想的热情。

"徐纺，要是片场谁欺负你，一定要告诉我哦，我给你撑腰。"

豪气冲天的话刚说完，赵副导演一声狮吼过来。

"方理想，快过来开工！"

方理想错愕地回头："我的戏不是排在了十点吗？"现在才八点。

赵副导演给了她一个白眼："谁让你没事到处瞎晃，江导对你很不满意。"江导特别把他叫过去，让他管管这个上蹿下跳乱献殷勤的家伙。

莫名躺枪的方理想当然不爽了："我晃我的，哪里碍他的眼了？"

赵副导演把人揪过来，悄咪咪地偷看了周徐纺一眼，搪塞了一句："我哪知道。"

然后，阿晚就发现雇主拧着的眉头松开了，目不转睛地继续盯着人家姑娘的手看，嘴角还露出了可疑的笑容。

周徐纺手替的戏排在了方理想后面，只拍了一遍就过了，然后，赵副导演给她塞了两万块，是现金，厚厚一叠，周徐纺显然心情特别好，请身边的几个群众演员一人喝了一罐牛奶。

江织想，她怎么不爱笑呢，她笑起来，一定也好看。

午饭的时候，方理想又去周徐纺面前晃悠了，提着两大袋外卖，殷勤得像只采蜜的蜜蜂。

"片场的盒饭不好吃，这是我另外订的，给你吃。"塞给周徐纺后，方理想就跑了。

周徐纺挠挠头，陷入了深思。

这边，方理想的经纪人也觉得她殷勤得过分了："你怎么了？"

她看得出来，方理想看周徐纺的眼神里头有愧。

方理想咧嘴笑笑，也不知道真假，随口胡诌了句："上辈子欠了她了，这辈子周徐纺就是我们方家的心，方家的肝，方家的宝贝甜蜜饯儿。"

午饭江织只吃了几口就撂了筷子。

体贴的阿晚就询问了："老板，不合您胃口吗？要不要我再给您订点别的？"

他盯着自己的手瞧，心不在焉地说："把周徐纺叫过来。"

"您叫她来有什么事？"

江织把手机往桌子上一扔："贴膜。"

这手机膜碎了有好一阵子了，阿晚之前提了几次，江织也没说去贴，这会儿午饭都不吃，非得现在贴膜？

"周小姐来片场肯定不可能随身带着手机膜，要是您非要现在贴，我去外面给您——"

"林晚晚。"

江织点名道姓，被拖着的尾音藏了几分明显的危险讯息。

阿晚的正义感从来都会屈服于江织的心情："哦，我这就去。"

不到五分钟，阿晚就把周徐纺带进了江织专用的休息室。

"你找我。"她身上穿着方理想的白色羽绒服，显得皮肤更白，帽子也戴着，就露一张巴掌大的脸。

她还是穿黑色更好看。

江织越过她，对阿晚发话："出去。"

阿晚默不作声地出去了，关上门，然后把耳朵贴在门上，孤男寡女，不偷听他就是傻子。

周徐纺站在离江织五米外的地方，不再上前了。

"我手机膜碎了。"江织指了指桌上的手机。

周徐纺看了一眼，不知道他想说什么。

她就："哦。"

江织："……"

他站起来，靠近了她一些，也没靠得太近："你给我贴。"

江织是命令的语气，可细听，有点忸怩。

周徐纺这才明白他叫她来的目的，原来他是要照顾她生意啊，真是好人，不过："贴不了，我摆摊的东西都在家里。"

"把你手机拿出来。"

虽然不知道他做什么，周徐纺还是很配合地拿出了自己的手机。

"跟我一个型号。"

他说："把你的手机膜扒下来，贴我手机上。"

今天的方理想很奇怪，今天的江织更奇怪。周徐纺测过智商，特别高，可是她不太懂人这种复杂又矛盾的生物。

"你今天是不是病得很严重？"除了这个理由，她想不到别的理由了，毕竟江织是个娇气得要命的病秧子。

江织也不否认。

他是病得很严重，不然怎么从昨晚开始，就一直想看她的手，想摸她的手，而他江织想做的,就是捅破了天,也得干。

"价钱随你开。"这姑娘喜欢钱。

周徐纺考虑了很短的时间。

如果是别人,她肯定不会理,可是江织,他长得这么好看,身体还这么不好,周徐纺就答应他了:"一张膜二十块,我这个是旧的,算你十块。"

江织无语。这时候,他什么都没捋清,脑子正糊涂呢,她就是跟他要一个亿,他都给,她倒好,就要十块。

然后周徐纺不耽误了,蹲在茶几旁,抽了湿纸巾擦拭手机的屏幕,再把自己手机上的膜撕下来,贴到江织手机上,只是手机膜是旧的,贴得不太平整。

她手法很熟练,江织盯着她的手。

"贴好了。"她转身,与江织的目光不期而遇。

他生了一对很漂亮的桃花眼,睫毛也长,比很多女孩子都好看。周徐纺很少这样与人对视,怕他人瞧出她的端倪。她总是藏着目光,似乎这么认认真真看过的,也只有江织了。

"我没有零钱。"

周徐纺站起来,走上前,把手机递给他:"没关系,下次给。"

她的手很白,有着经久不见太阳的病态,江织看着她的手,鬼使神差地,伸手覆了上去,摸到了,她的手。

周徐纺睫毛抖了一下,呆愣愣的,任由掌心里的手机滑落。

"咣。"

手机砸在了玻璃茶几的边角上,屏幕瞬间开裂了。她表情和动作都僵了,她的速度和敏捷度超越常人几十倍不止,这个砸下去的手机,对她来说,算是重大事故。

"周徐纺。"

她还有点蒙:"嗯?"

江织比她高出许多,正垂着眼看她:"手机膜又碎了。"

他嗓音绷紧,额头上有汗,眼圈周围缓缓浮起了一层薄薄的桃花色,就这般灼灼地望着她。难怪片场的人都说,江织的眼睛勾人魂魄。

周徐纺自己都察觉到了,她的反应力在这一刻似乎慢了不止一星半点,表情也越发木讷与呆板。

她就记得说:"好像是屏幕碎了。"她甚至忘了,还覆在她手背上的、那只温度烫人的手。

江织嘴角竟勾出了一点得逞的弧度:"那你怎么赔我?"

"是你先碰到——"话到一半,周徐纺低头,才发现他掌心还贴在她手背上。

一冷，一热，极端的反差。

她条件反射似的，用力抽出手，然后摸到江织的手腕，用力一掰，像过往无数次那样，出于自保本能地防御和戒备。

随后，门外的阿晚听见了一声惨叫，他二话不说踹开门，然后就看见白家雇主抱着手，用他那双含了水的眸子瞪周徐纺。

他像个没见过世面的毛头小子一样，恼红了脸："你摔了我的手机可以算了，但你弄疼了我的手，不能算了。"

良家少男和女恶霸的既视感，令阿晚生生收回了迈出去的脚，然后忍不住，偷偷去瞄"女恶霸"。

周徐纺皱了一下眉，露出了愧疚和懊悔的表情，似乎不太会处理这般处境，纠结了许久，还是把手伸了出来："既然是我弄疼你的，那我的手也可以给你捏一下。"

阿晚明白了，是周小姐又把雇主给搞疼了。

周徐纺还诚心地说："我不怕疼，你可以捏重一点。"

毕竟，她把他捏得那么疼，得还。

江织因为手疼而拧着的眉头松开了，雾蒙蒙的桃花眼拨开氤氲，一下子亮了："你说的。"他往前了一步，"这次，别躲。"

她没躲，他握住她的手。

她没躲，原来正常人的体温会这么暖，不像她，浑身都是冰冷的。原来，江织的手这么大，可以把她的手全部包住，再把温度一点一点渡给她。

最后，还是她先缩回了手，一言不发地，走出了休息室。

"老板。"

江织在发呆。

阿晚欲言又止了一阵，还是没克制住他的好奇心："您……您是不是喜欢上周小姐了？"

难怪江织最近举动奇怪，因为爱情啊。

江织把盯着门口的目光收回来，眼里的潮热还尚未褪去，泛着那种勾人的绯红："刚刚看见了什么？"

"看见您摸她的手了。"

破天荒地，江织没生气，而是盯着自己的手，继续发呆。哦，不是做梦，他是发疯了。

半晌后，江织说："出去吧，把门带上。"阿晚出去了。

江织静坐了会儿，捡起那个碎了屏的手机，拨了一个号码。他也不知是怎么了,存了上次那个心理医生的号。

"江少。"电话里,邱医生战战兢兢的,像是受了很大惊吓似的。

江织往沙发后一躺,语气像自言自语,懒倦无力的调儿:"我现在不止想着她,我还想摸她。"

邱医生没搞清前因后果,不装是朋友系列了?

江织把手机按了免提,扔在沙发上,枕着沙发张开手,仰头看屋顶那盏吊灯:"刚刚我摸到了她的手。"

不急不缓的调儿,毛骨悚然的声儿,邱医生越听越心惊胆战。

江织眯了眯眼睛,目光有些失焦,茫然里又矛盾地透着跃跃欲试的兴奋,像即将捕食的猎犬。

"不够,我又想摸她的脸了。"

邱医生吞了一大口因为害怕而分泌的口水。

"不知道摸完脸,我还想摸哪里?"

邱医生瑟瑟发抖,这扑面而来的可怕气息是怎么回事?

描述完,江织用病恹恹的调儿结束了以上随心所欲且毫无逻辑的言辞:"你说我是不是有病?"

是啊!

邱医生颤巍巍地提出了真诚的建议:"江、江少,您什么时候有空,要、要不要来咨询室做个检查。"

那头没吭声。

邱医生可能被吓傻了吧,问了个特别蠢的问题:"不是薛小二爷摸的吗?"

说好是薛小二爷的事啊。

电话被果断地挂断了。"嘟嘟嘟嘟嘟嘟……"

邱医生从这摔电话的力度可以判断出来,病人是何等的焦躁。

江织午休失眠了,闭上眼睛,满脑子就是周徐纺的手、周徐纺的脸、周徐纺的背……

原本计划是下午一点开拍,然后一向时间观念很强的导演迟迟没有露面,两点半的时候,赵副导演接到了导演助理林晚晚的电话。

"晚哥。"

别看阿晚取了林晚晚这样的名字,但由于他长了一副强壮的体魄,大家都喊他一声晚哥。

阿晚私下里,还是很有气场的,毕竟一米九的身高近两百斤的块头:"周徐纺手替的那段戏,不用剪到正片里去。"

赵副导演就问了:"江导是不满意吗?要不要我叫替身演员来重拍?"

记得拍的时候江导还挺满意啊,不然怎么盯着替身演员的手一直看。

"不用,你把那段剪下来,送到我老板那就行。"

"那下午的戏?"

"推迟两个小时再拍。"

"江导身体不舒服?"今天天也不是很冷啊。

阿晚一本正经地胡说八道:"嗯,他心肌梗死了。"

赵副导演觉得有钱人家的少爷毛病真多。

一个小时后,江家的家庭医生过来了,是来给江织瞧病的,许九如听江织声儿不对,就立马差人来了。

"老板,秦医生来了。"

江织嗯了声,阿晚把人领进来了,然后关上门,站到一旁候着。

男人很年轻:"江少。"语气很恭敬,但不卑不亢。

秦世瑜是江家的家庭医生,三十出头,医术却了得,许九如每隔一阵子便会差他来给江织诊脉。

江织请他坐:"听说秦医生上周刚升了院长。"

秦世瑜的曾祖父是许九如娘家的大夫,后来随许九如来了江家,几代下来,都在江家的医院任职。秦世瑜是秦家这一辈里天赋最好的,当然,气度与魄力也是最好的。

"全仰仗大公子抬举,世瑜惭愧了。"

江家是百年的世家,底蕴很深,说起话来一个比一个咬文嚼字,第五医院目前由江家的长孙江孝林管着,秦世瑜在江孝林下面任职了许久,这打太极的官腔也学了个十足。

江织最讨厌了,一个一个的,都装什么君子。

"秦世瑜。"他连名带姓地喊。

秦世瑜打开药箱,取出号脉的小枕:"江少您说。"

江织懒懒伸出手,任他把脉:"要是哪天江孝林和江扶离都被车给撞了,要你来主刀,你是先给救江孝林,还是先救江扶离?"

大房的江孝林和二房的江扶离,一个长孙,一个长孙女,手里都有实权,是明着不和。

秦世瑜笑意不减:"这个假设不存在。"

"哦?怎么就不存在?"

"哪辆车这么不长眼,敢同时撞伤了江家两位尊贵的主子。"

主子?他秦世瑜又什么时候当自己是下人了。

江织似笑非笑:"那可说不准。"

没准,哪天他不高兴了,全给他撞了,反正江家也没几个人了,都是畜生。

"若真如此,世瑜自然是要听老夫人的差遣。"

这秦世瑜成精了。这种人不是藏得深,便是看得透。江织靠着沙发,目光散漫。

秦世瑜收了号脉的手:"江少最近咳得厉害?"

江织抽了张湿巾,慢条斯理地擦着手腕:"嗯,冬天了。"

一到冬天,他受不住寒,就咳得厉害,十几年了,年年如此。

"我先给江少您开几贴止咳的药,等全面检查的结果出来,再和邵医生、陈医生商量一下保守治疗的方案。"

江织嗯了一声:"你觉得我这个身体撑得过明年冬天吗?"

"实验室一直在给您研制新药,已经有些眉目,江少不必太过悲观。"

"我活不过二十五,这可是你父亲说的。"

一开始,秦世瑜的父亲秦印才是江织的主治医生,前几年秦印逝世,江织这个久病之人才由秦世瑜接手,许九如信不过外面的人,便挑了天赋最好的他。

"父亲那个时代医术还不算发达,当然不能与现在同日而语。"

"医术发达?"江织笑了,嘴角挂着抹明晃晃的嘲讽,"发达到我一个先天不足都治了二十多年。"

不仅如此,还越治越严重,越治越找不到病根。

秦世瑜依旧那副事不关己的模样,不再作声,开了处方,说回头让人把药送到江家。许九如谨慎,江织的药一向要过江家那边。

江织等人走了喊:"阿晚。"

江织躺着,无精打采,"你说秦世瑜是谁的人?"

江家高门大户,太复杂,阿晚头脑简单,哪里看得透,直摇头:"他私下和江孝林、江扶离都没有怎么接触过。"

不争不抢、无欲无求,不与任何人为伍,也不与任何人交恶,这是秦世瑜在江家给人的印象。至少,许九如是信任他的。

江织朝阿晚瞥去一眼:"就你那智商,接触了你能发现得了?"

阿晚决定用沉默来表达他的不服。

江织用看智障的眼神看了他一眼,就倒头养神不再理他了。

那个碎屏的手机这时响起,是薛宝怡打过来的,江织懒得动,抬抬手,阿晚明白了,过去接通,并按了免提。

"织哥儿,陆家搞了个商业酒会,晚上七点,你来不来?"

"不去。"

薛宝怡在电话里怂恿他:"陆声那小妮子不知道又搞什么幺蛾子,你不来看看?"

四大世家中,陆家与江家一向不对付,两家的长辈也不知是结了什么仇什么怨,明争暗斗了几十年都没消停。

陆家大公子有嗜睡症,一天当中,醒的时候不多,这一辈中,由二小姐陆声掌家。陆声才二十多,薛宝怡其实挺佩服她的,霸道女总裁啊,不是一般人。

江织兴致缺缺:"我今天不出门。"

"怎么,修身养性啊?"

陆家的局江家老宅那边肯定有人会过去,江织未免太悠闲自在了,亿万家财不争了?薛宝怡挺替他急的,虽说许九如最疼江织不假,但江织身子骨不争气啊,手底下没多少实权,都让大房二房握着呢。

江织还那副事不关己的懒散样:"晚上出门不安全,我这个短命鬼,得惜命。"

"你在说什么鬼话。"

江织翻了个身,又盯着自个儿的手看,心不在焉地搭理薛宝怡:"长得好看,出门会被劫色。"

周徐纺说了,让他今天晚上别出门。

薛宝怡无语了。

黄昏的时候,拍摄结束。

阿晚刚好外出回来,把新手机搁雇主面前:"手机已经换好了,膜也给您贴了。"

"阿晚。"

"是,老板。"

江织捏着新手机把玩,指腹在屏幕上有一下没一下地摩挲:"你脑子笨,就不要自作聪明。"

手机膜是手机店免费给贴的!怪他吗?!

江织撕掉了手机膜,扔在垃圾桶里,拿了外套起身,阿晚跟上去:"我送您回去?"

江织往外走,嘴角扬起很微小的弧度,这般淡得不易瞧见的笑,使得他那病容褪了几分,模样更明艳了。

江妖精说:"不急,还早。"

"那您去哪?"

"去八一大桥。"

阿晚这回聪明了:"您去找周小姐贴膜啊。"

江织没作回应,就淡淡问了句:"周徐纺送我的那只鸡,最近怎么样?"

"牙好胃好身体好吃嘛嘛香。"

江织嗯了一声,嘴角弧度又上去了一点。

六点不到,周徐纺就去八一桥下摆摊了,今天是周五,她生意很好,半个小时就帮人贴了八张膜。桥对面很多人在跳广场舞,音乐声开得大,很是热闹。

周徐纺旁边,有个大妈在摆摊卖臭豆腐,客人不是很多,大妈闲得无聊,便同周徐纺聊了起来。

"小周今天怎么来得这么早?"

"片场收工早。"

大妈在这摆摊也有半年了,知道周徐纺是个不爱说话的,但很讲礼貌,踏实肯干。她对周徐纺印象很不错,想着自家还有个单身汉儿子,就临时起了撮合之意。

"你可真勤快,不像我家里那个兔崽子,成天就知道打游戏。"大妈哈哈笑了一声,脸上有两分骄傲得意之色,"那臭小子不思进取,也就一张脸还能看了。"

周徐纺不擅长与人交际,便只专心听着,没有接话。

"小周你多大了?"

她不记得自己的生日,疗养院被查获的时候,她看过自己的资料,只记录了年份:"我二十二了。"

二十二就出来摆摊,大妈猜想她没读多少书:"那我儿子大你两岁,他二十四,大学毕业都两年了,也不出去找工作,女朋友没处一个,成天就知道捣鼓着创业。小周你呢,有男朋友了吗?"

这姑娘虽然文化水平不高,但模样好,性子好,大妈越看越喜欢。

周徐纺秀眉蹙了一下:"没有。"

大妈笑得眼角褶子都出来了:"阿姨看你每天独来独往的,也没个朋友,要不这样,你把微信给阿姨,回头我让我家臭小子加你,你们年轻人有话题,多交交朋友也好。"

周徐纺不想把联系方式给陌生人,正苦恼着怎么拒绝,一个声音代她回答了。

"她不用微信。"

她知道是江织,抬起头,皱着的眉舒展开了。

大妈显然对这突然冒出来的人很不满:"你是?"这小子俊得过分了!

江织把手机往周徐纺面前一扔:"我来贴膜的。"

大妈懒得理会江织,有客人过来炸臭豆腐了,她没时间聊,撕了张纸给周徐纺:"小周你写个微信给我,阿姨年纪大了,不写下来记不住。"

周徐纺纠结了一小会儿,把那张小纸退回去:"我不用微信。"

大妈悻悻而归。

"你、你好。"

买臭豆腐的那个年轻女客人,正含羞带怯地看着江织,"能给我你的微信吗?"

"不能。"

女客人扔下十块钱,臭豆腐都没要,红着脸羞窘不已地跑了。

往来的路人推推搡搡的,江织拧着眉头往周徐纺那边挪,找了个空地蹲下来,一身高定的衣裳与这市井气格格不入,他却不顾,盯着她的脸瞧:"你在这摆摊,是不是经常有人搭讪你?"

周徐纺把他放在小桌子上的手机拿过去:"你要贴哪一种手机膜?"

"最贵的。"贵的她应该能赚多一点。

周徐纺从身后的包包里找出一张钢化膜,拆开包装:"没有人搭讪。"她专注地忙着自己的事,"很多人都怕我。"

"为什么怕你?"

"说我像鬼。"

她今天又穿了一身黑,戴着渔夫帽,从头到脚裹得严严实实,只露出小半张白得剔透的小脸,脸上总是没有表情,覆舟唇抿着,显得冷清又古怪。

江织扫了她一眼,也不知是对谁不满:"谁说你像鬼?"哪有长得这么漂亮的鬼。

周徐纺抬起头,把小台灯照在自己脸上:"我不像鬼吗?"

黑色渔夫帽底下,巴掌大的小脸被电筒打得刷白。

嗯,他看清了,她眉尾处有一颗很淡的痣,藏在随意凌乱的头发里,小小的,很好看。她眼睫毛很长,密密麻麻的,翘起来像把柔软的扇子,也很好看。

他看得久了,周徐纺不自在,又把头低下去。

"你不是力气大吗,谁说你,揍就是了。"

周徐纺认真地在贴膜:"揍坏了,还要赔钱。"

"你很爱钱?"

"嗯。"她用干净的小布擦了擦手机的屏幕,"贴好了,六十块。"

最贵的居然才六十块。

江织从钱夹里掏出一张一百的,放到她手边上,想碰一下她的手,还是忍住了:"不用找了。"

周徐纺收好钱,一本正经地跟他道了谢,然后拿过来包包,在里面掏。

江织不满,扯了一下她的渔夫帽,扯歪了才放手:"我都说了,不用找了。"

她顶着个歪帽子,表情有点呆,蒙了一小会儿,从包里掏出来一罐牛奶,连同贴好膜的手机一起推到江织面前:"送给你。"

她好萌,他想摸她的脸。

江织又伸出手去,还没碰到她,她便往后躲了,眼睫毛一眨一眨。

他没收回手:"帽子歪了,别动。"

她就真不动了。

他指尖微微抖了一下,擦过她的脸,把她歪了的渔夫帽扶正:"我走了。"

"再见。"

她还是那面不改色的表情,江织脸发烫,胸口也有点堵,用力捏了捏那牛奶罐,转身走人。

"江织。"

他立马回头。

她的脸被小台灯的光笼着,轮廓变得柔和:"你今天晚上别出门。"

上一秒还揪着的眉被顺毛了,他不轻不重地嗯了声。

一个新客人过来贴膜,周徐纺又说了一声再见,就没有再管江织了,被晾在路中间的江织扭头走了。

他第一次尝到这滋味,一颗心像搁在了云霄飞车上,一会儿上,一会儿下,一刻都不得消停。

周徐纺贴完一张膜,江织已经走远了。她拧着眉心坐了会儿,拿出手机,给霜降发了一封邮件。

霜降平时都是用邮箱多。

不一会儿,陌生的号码就打过来了,周徐纺接通,里面是机械的合成音:"徐纺,你要做什么?"

她看着前面路口,已经看不见江织的车了:"我不放心。"

"不放心江织?"

"嗯,万一那个委托人做了两手准备,我不劫他,也会有别人去劫他。"

"要我怎么帮你?"

周徐纺把小台灯关了,收摊:"江织住的地方附近有很多监控,我进不去。"

"给我二十分钟。"

从八一大桥到江织住的青山公馆开车要四十多分钟,江织到家时近八点,他开了门,刚要按灯,一只手把他拽进去。

门被甩上了。

几乎同时，他被摁在了墙上，耳边是女人刻意压着的嗓音："别动。"

"又是你啊。"职业跑腿人。

她未作声，一只手桎梏在他腰上，一只手抵着他的肩，屋里没开灯，窗外月色照着的轮廓是模糊的。

他只能隐隐约约看见她镜片反射出来的幽幽蓝光。

"这次又是谁让你来劫我？"

她刻意将音色压低："我不劫你，你别动，也别出声，天亮我就走。"

离得太近，他又闻到了，她身上那股奶味。

咔哒，门突然响了一声，随即，是阿晚的声音："老板，您的剧本落我车上了。"

门缝外的灯光漏进来，刚好，打进周徐纺镜片后的眸光里。

阿晚仅愣了几秒，他一脚踹开了门："又是你这个淫贼！"

周徐纺口罩后的嘴角隐隐抽了抽，郑重其事地纠正："我不是淫贼。"

阿晚后退一步，摆出防御手，大喊："淫贼，快放开我老板！"

她才不是淫贼！

她有点生气了，很冷漠地提醒："你后面。"

阿晚凶神恶煞地瞪着"淫贼"，气势汹汹地喝道："少废话,快放开我老板！"

戴着口罩、帽子、眼镜的周徐纺悠悠地说了后面两个字："有人。"

灯突然被按亮了。

阿晚回头，当头一棒就敲过来，他一闪，棒子错开头部，打在了他肩膀上，这时七八个人高马大的男人冲进来，手里都拿了棒子，与阿晚缠斗在一起。

阿晚身手很好，但寡不敌众。

周徐纺松开按在江织肩上的手："你在这里别动。"

她压低了帽檐，回身，一脚踢开了朝阿晚后背挥过去的棒子："谁让你们来的？"

为首的男人戴着口罩，抬手示意底下的人停手："你是Z？"

"我是。"

"是先生让我们来协助你的。"

果然，委托人做了两手准备。

周徐纺扶了扶特殊材质的眼镜，正对着男人的脸："不需要。"

"我们不干涉你的任务，只要你把人送到指定的地方，我们自然会离开，不会妨碍你。"

"我接的活，不喜欢别人插手。"

这是她的规矩，单独行动，绝不接受合作。

男人似乎也早有预料，不再多说："我们也是拿人钱财，帮人办事，得罪了。"

他一声令下，手底下人便围住了周徐纺，铁棒和电棍杂乱无章地朝她招呼过去。她没有武器，赤手空拳地周旋。

阿晚觉得自个儿眼花了，那来势汹汹的棍棒怎么到了那跑腿人手里，都像打在了棉花上，软绵绵的，而且她动作极快，穿梭躲避起来毫不费力，甚至她都没有攻击，只是防守了。

阿晚目瞪口呆地观战了好一阵，才扭头问同样在观战的江织："老板，他们不是一伙的吗？怎么打起来了？"

"把嘴巴闭上。"

"哦。"

江织撑着身子站起来，拖着病恹恹的步子靠近缠斗的人群，阿晚喊他别过去。

一个拿着电棍的男人闻声，手里的棍子瞬间转了个向，朝江织挥去。阿晚跳上前，正要蹿过去，就看见江织蔫儿蔫儿地抬了手。江织捏住了那男人的手腕。

电棍咣的掉地上，男人立马痛得直翻白眼。阿晚惊得瞪大了眼，说好的病秧子呢？

"老板，你练过？"

这手劲儿不可能没练过啊，而且那接棍子的动作轻巧又精准，一般人不可能做得到。

却见江织从大衣里拿出块手绢，在擦手："没有。"

说这话的同时，他一脚踹倒了一个一米八的汉子，然后不疾不徐地用脚踩下去，脚尖碾了碾，扔了手绢，不紧不慢地活动了两下手腕："找的什么人，都这么没用。"

说着，他轻咳了两声，桃花眼里起了雾蒙蒙的水汽，将所有戾气藏在里面。

阿晚觉得，继八块腹肌之后，他又发现了雇主的另一个秘密，正想得出神——

"咣。"

茶几上的青花瓷茶杯被趔趄倒地的男人砸碎了。

江织掠去一眼，拧了拧眉，那套杯子，是他花了五百万拍卖来的，几百年前的老古董，可惜了。

这时，踢到茶几上的男人重心不稳，身体往后倒，后背扎在了碎瓷片上，瞬间痛得他脸色发白，低咒了一声，从怀里摸了一把匕首出来，猛地起身，凶狠地朝最近的江织扑过去。

阿晚惊叫："老板，小心！"

周徐纺用力推开围着她的两人，不曾多想就移步到了江织面前，她刚要伸手去截住那把匕首，胳膊被人摁住了。

她回头。江织正在看她，目光灼灼，在那匕首快要刺来时，他拽着她的胳膊用力一扯，转身之际，一脚踢在男人小腹上，致使他痛呼倒地，咣当一声，匕首掉在了地上。

"你到底是谁？"

江织盯着她镜片后的眼睛，仅愣了一秒，伸手去摘她的口罩。

几乎同时，地上的男人迅速捡起匕首，再次朝江织伸出的手砍下去。

根本没有时间思考，周徐纺一把推开了江织，匕首擦过她的右胳膊，血液瞬间染湿了袖子，她眼睛都不眨一下，一脚把那人撂倒了。

江织被掌力推得趔趄后退。

阿晚赶紧上前扶他："老板，您没事吧？"

他未动，目光望着缠斗在七八人中间的周徐纺。

她正单手按着流血的胳膊，踢起了地上的碎瓷片，一击即中，打灭了吊灯，瞬间室内昏黑，谁都瞧不见她那双骤然变红的眼睛。她已经很久没有动过气了，她一生气，瞳孔就会变红，直至变成血一样的红颜色。

昏暗中，几个男人握着棍棒，摸索着逼近。

她借着走廊外的光线纵身一跃，脚脖子钩住一人的颈部，狠狠一摔，那人当场晕厥。

根本不给那些人反应时间，她起跳，侧踢的同时，一拳打出去，这一拳，她用了三成力，随着两声惨叫，又趴下了两个人。

"再不走，我一个都不会轻饶。"她一眼扫过去，凛冽的眸子里杀气腾腾。

职业跑腿人Z的传闻在业界一直都有，传闻她力大无穷，快如闪电，甚至还有更夸张的，传闻她下水上天无所不能。

男人们面面相觑，最终还是撤出了房间，这个女人，他们这么多人联手都不是她的对手。

等人彻底走远后，周徐纺才关上门，回头。

阿晚立马机警地挡在江织面前："你别过来，我已经报警了。"

她倒没上前，站在门旁："什么都别做，你们坐在那里不要动，等警察来了我就走。"

她不是来劫色的？阿晚脑子里全是糨糊，完全搞不懂，侧头看雇主，雇主他泰然自若，目不转睛地盯着那跑腿人。

"谁雇佣你的？"

她不回答。

"目的是什么？"昏暗中，他寻着她的眸子看过去，"为什么不抓我？"

她还是一句话都不说，一只手按着胳膊的伤口，安静地守在门口。

江织闻得到血腥味，淡淡的，他思忖了许久，把茶几下的医药箱踢过去。

周徐纺的再生和自愈速度是正常人类的八十四倍，这是多年前在实验室里测的数据，到现在具体是多少，她也不清楚。

不过，那匕首刺的伤口早就结痂了，应该也要不了多久，就会脱痂，然后，恢复如初，顶多一天，连疤痕都会消失得干干净净。

她看了一眼地上的医药箱，没有动作。这时，外头的警笛响了，应该是警察到了，她瞳孔的血红也褪得差不多了。

"这几天，小心点。"

留下一句话，她打开门，迅速消失在江织的视线里。

确定人走了，阿晚才起身，去门口查看，这才一转眼呢，人影都没了，她是兔子吗？跑这么快！

"老板，我怎么觉得那个Z不是来劫色，而是来帮我们的？"

江织正敛着眸沉默，不知道在想什么，怔怔失神。

"还有，她的声音怎么有点耳熟。"

声音很耳熟，尽管刻意压着，还是听得出一两分原本的音色，还有她的眼睛，她的体温，甚至她按着他时的力道……

江织舔了舔发干的唇，眼底波澜翻涌。

几分钟后，乔南楚和刑侦队的程队带人上来了。

乔南楚仔细查看了室内，问江织："没受伤吧？"

他摇头，还在若有所思。

"知不知道谁干的？"

"想搞我的人很多，猜不过来。"

江家的人、江家的仇人，明里的、暗里的，多的是容不下他这个江家小公子的人，乔南楚略做思索："这几天你搬到我那住。"

"家里老太太刚刚来过电话，让我回老宅。"他目光扫到地板上那几滴已经风干了的血。

"也行，在老太太眼皮子底下，那帮人多少都得收敛着点。"铃声响，乔南楚接了个电话，听那边说了几分钟就挂断了，"就在刚刚，半个小时前，刑侦队接到报案，说Z又在城郊犯事了。"

这个月第四起案件了，和之前一样，现场留下了职业跑腿人Z的标记。

江织垂着的眼皮掀起来:"不是她,半个小时前,她跟我在一起。"

这话里,怎么有一丝维护之意。

乔南楚往沙发上一坐,好整以暇地瞧着江织:"你怎么确定,跟你在一起的那个就是真的?"

"她身上有奶味。"

乔南楚但笑不语。

已过九点,华娱大厦的落地窗外灯火阑珊。

门外有人敲门:"靳总。"

"进。"

秘书推门进来。

靳松敞着衬衫坐在老板椅上,手里惬意地摇着红酒杯:"人呢,弄来了吗?"

秘书摇头。

靳松搁下杯子,双手张开往后躺靠,嘴角笑意很淡,几分阴沉:"我付了两千万,就是这么办事的?"

"我已经联系跑腿人那边了。"

靳松晃着腿,沉吟不语。

"还有件事,有点蹊跷。"

靳松抬眼,示意他继续说。

"除了我们雇佣的跑腿人,还有一伙人。"

靳松略做思索,嗤了一声:"居然还做了二手准备。"他坐在老板椅上,转悠了小半圈,起身拨了个电话。

靳松开门见山:"江总,您又雇了一伙人,是信不过我吗?"

电话那边的人,解释简短,不欲多说。

这时,敲门声响,有人推门进了办公室:"靳总。"

靳松抬头瞧了一眼门口的人,继而又回了电话里的人:"这您放心,只要资金到位了,我这嘴巴肯定给您闭严实了。"

那边先挂了电话。

华娱的副总爱男色,在圈子里也不是什么秘密了。

周徐纺回御泉湾时,已经快十点了。

"你受伤了?"

电脑的摄像头连到了霜降那边,周徐纺一进门,她就看见了她胳膊上的血迹。

周徐纺把黑色连帽的外套脱下,直接扔进了金属的垃圾桶里:"不要紧。"

她的愈合能力霜降也知道一些,从摄像头里,能看清她已经结痂的伤口,确实已经没什么大碍了。

"刚刚委托人找我了,问他要的人在哪。"

周徐纺把帽子和口罩都摘了,和外套扔在一起,倒了点酒精进去,又划了根火柴丢进去,火光瞬间映进她眼里,一簇一簇的光在闪。

她语气极冷:"跟他说,任务失败,赔钱可以,但必须给个解释。我这有规矩,只要是我接了任务,就不准再有别人插手。"

"我会去谈。"

周徐纺把金属垃圾桶的盖合上,空气里全是火烧的焦味:"霜降,帮我个忙。"

"你说。"

她往嘴里扔了一颗棉花糖,把袖子卷上去,用湿巾擦拭胳膊上已经干了的血迹:"我要知道,到底是谁要动江织。"

"我帮你查。"霜降打字过来,"还有件事,又有人冒充你犯事。"

已经不是第一次了,打着她的幌子作奸犯科。

周徐纺不免生气,瞳孔染了一层很淡的血红色,她低头,将眼睫垂下:"查出来是谁了吗?"

"嗯,查到了,是那个姓骆的,前几天的盗窃抢劫也是她找人栽赃的,上次周清让的事得罪了她,故意给我们找麻烦。"

周徐纺不喜欢骆青和这个坏心眼的女人:"我去见见她。"

"徐纺,她是故意要引你出来,你别去,我怕你有危险,骆青和那种人很卑鄙,而且记仇。"

"要去。"周徐纺把沾血的湿巾扔进垃圾桶,"她记仇,我也记仇。"

这仇,她不报她就睡不着。

月光将夜幕笼了一层纱。三十六层大厦高耸入云,顶楼,是骆氏小骆总的办公室。

秘书韩封敲了门进去:"小骆总。"

骆青和坐在老板椅上,指间夹着烟,烈焰红唇间,一缕薄烟不紧不慢地散开:"什么事?"

"周清让那边有点麻烦。"

"一个瘸子你都搞不定?"

韩封脖颈有薄汗沁出来,话回得拘谨:"电台我都打点过了,原本可以把他赶出去,可今天陆家有人插手了。"

性招待事件之后,周清让便被调去了夜间电台。电视台的高层与周清让交情尚好,只要他还留在主持界,从电台回去是早晚的事。当然,骆青和并不满意这个处置结果,她要的是一劳永逸,最好让周清让这辈子都回不了新闻主播台。

"陆家哪位插手了?"

四大世家里头,江家是最不好惹的,其次,就是陆家。

韩封道:"是陆家二小姐,陆声。"

陆声啊,又是个惹不得的。陆家大公子的嗜睡症反反复复,治了许久也没个结果,并不怎么管事,陆家子嗣单薄,偌大的家产都由陆声管着。

这陆声浸淫商场多年,也并不是个有恻隐之心的善人。

骆青和思忖着:"周清让那瘸子怎么勾搭上陆声了?"

"陆二小姐是个声控,手底下人说,她最近迷上了周清让的声音,恐怕周清让在电台待不久了,要是陆声开口,就是电视台的台长也要卖陆家几分面子,不过,也或许只是贪新鲜,玩玩而已。"

骆青和冷笑,这陆声到底不过是个年轻丫头,那周清让又生得俊朗出尘,只是,一个残疾人又能得几时庇护呢,总有被厌弃的时候。

"先盯着吧。"

韩封称是,刚转身,办公室里的灯突然灭了。

骆青和神色骤变:"怎么回事?"

韩封拿出手机照明:"我去看看——"

咔哒,门开了,韩封的话戛然而止,门缝漏进来的强光晃了一下他的眼。他伸手挡了一下光,刚要出声,一阵风卷过领口,随即脖颈一麻,倒地了。

咣当,门又被关上了。

骆青和猛然站起来:"谁?"

昏暗里,只有月光将人影拉得模糊不清,封闭的空间里,骤起的嗓音冰凉入骨:"不知道我是谁?"

职业跑腿人Z。

骆青和脸色大变:"你怎么进来的?"

"我现在就告诉你,我怎么进来的。"

话落,人影转瞬移动,带起的风卷着桌上的纸飞得到处都是。就眨眼的工夫,一身黑衣的周徐纺站到了骆青和面前。

骆青和瞠目结舌:"你——"

话还未说完,她的脖子就被两指捏住了,然后整个人被拎起来。

"我只要轻轻地动一动手指,就能捏断你的脖子。"

"你、你——"

咽喉被扼住,她讲不出话来,瞳孔放大,望见一双渐渐通红的瞳孔。那瞳孔的主人仅用两根手指，掐着她的脖子，轻而易举地将她高高提起来。

"看清我的眼睛了吗？我生气的时候，它就会变红。"她用平铺直叙的语气，说着让人毛骨悚然的话，"别再惹我生气了，也别试图调查我，我要弄死你，很容易。"

骆青和张着嘴，大口喘息，脖颈的青筋暴起，四处乱蹬的腿渐渐无力。她头昏脑涨，意识开始涣散，恐惧在无穷无尽地放大，即便隔得这样近，她也看不清那人的轮廓。

"知道了吗？"她问得很轻，口罩遮面，只露出一双比窗外冬季的夜幕还要冷的眸子。

骆青和一字一字艰难地从喉咙里挤出："知、道。"

周徐纺满意了，松了手，任骆青和重重摔在了地上。

"还有周清让，不准再欺负他，不然下次我就捏断你的脖子。"留下话，她拉了拉帽檐，不紧不慢地转身离开。

"你，"骆青和坐在地上，大口呼吸，"你到底是人是鬼？"

这样的速度、力量，还有她的眼睛，都非常人所有。

门口的人只回头看了一眼，然后眨眼间消失，骆青和难以置信地瞪大了双目。

片刻后，楼下的保安才赶过来，一见顶楼的情形，顿时胆战心惊。

"小骆总。"

保安上前去搀扶，骆青和摸到烟灰缸就砸过去，对方瞬间头破血流："她怎么上来的？"

那保安头上血流得厉害，满脸都是血："监控的镜头都没有拍到，应该是从天台——"

"天台？你是想告诉我她长了翅膀，从天上飞到楼顶？"

"还、还不清楚。"

"你们这群废物！"

保安低头，不敢再作声。

"那个跑腿人，"她攥紧了手，指甲陷进掌心的肉里，"给我查。"

管她是人是鬼，让她不痛快了，她要她千百倍偿之。

次日，温度骤降，外头天寒地冻的，怕是要下雪了，这天气，江织最是不喜，他窝在车座上，恹恹无力。

阿晚车开得慢，在马路上晃晃悠悠地前进，等红绿灯的时候，不禁从后视镜里瞧雇主的脸色。

江织状态不太好啊，明明昨晚还一脚踹翻了一个大汉啊。

"老板，您昨晚是不是没睡好？"

江织似睡非睡，眼皮没动。

阿晚不由得猜测了："您是在想那个淫贼吗？您放心好了，总有一天乔少会把那个调戏您的女淫贼逮住的，到时您想把她怎么样都行。"

后视镜里，江织突然睁开眼，眸底积了一层冰："她不是淫贼。"

"啊？"

不是淫贼干吗对雇主又摸又捏，肯定是！

江织懒得搭理阿晚，睡意也没了，头有些隐隐作痛，他一晚上没睡，脑子实在昏沉，手里捏着罐牛奶，神思恍惚。

阿晚也看见那罐牛奶了，很是惊讶："呀，那罐牛奶您还没喝啊。老板，您是不是不舍得喝掉周小姐送您的牛奶？"牛奶是昨天贴膜的时候周小姐送的。

问他为什么认得那罐牛奶？因为雇主怕会弄混，在牛奶罐上边咬了个牙印，他还以为雇主喝掉了，居然还留着，继定情鸡之后，又多了定情牛奶嘞。

"开你的车。"

阿晚乖乖闭上嘴，安静如鸡。

江织的铃声响了，他懒得拿着手机，按了免提："有事？"

是乔南楚："刚刚有个男的来警局自首，说冒充了Z。"

"都认了？"

"嗯，痕检部门对他做了活体取证，那几个抢劫盗窃案确实是他做的。"

"谁指使的？"

声势浩大地栽赃嫁祸完，又跑回来自首，怎么可能没猫腻，这犯事儿的凶手不过是个拿人钱财替人消灾的替罪羊而已，幕后还藏着呢。

乔南楚和江织想到了一块儿："不肯招供，说是为了钱，怕警察查到自己头上，才打着职业跑腿人Z的名号，不过我查了一下那个家伙的底，他以前是骆氏的员工。应该是因为周清让那件事，骆青和才记恨上了Z。"

"她怎么收手了？"

这一点，倒是可疑。骆青和那人记仇又阴险，若是咬住了谁，绝不会轻易松口，当真是得了骆老爷子那只老匹夫的真传。

乔南楚心情不错，笑了声，痞里痞气地说了句："谁知道，没准是在Z手头上栽了跟头，这个Z，很不简单。"

江织没作声。

乔南楚玩味地调侃他："你跟她打了这么多次交道，除了奶味，就没点别的发现？"

"嘟嘟嘟嘟嘟嘟嘟嘟……"

电话被江织挂断了，乔南楚摩挲着下巴，失笑，不对啊。

到了片场，江织把赵副导演找过来，目光寻觅了一圈："周徐纺呢？"

一来就问周姑娘，赵副导演心里不由得生出了些揣测："她不在片场。"

江织眉头一蹙，桃花眼里飘了烟似的，漂亮却带着攻击性。

"把她叫来。"

"可是今天没有群演的戏。"

"没有不会加？"

赵副导演很识趣："我这就加。"说完他拿出手机，正要联系群头。

江织制止了他："算了。"

赵副导演蒙了，怎么又算了呢？

那厢，大导演窝在躺椅上，闭目养神了一分钟，换了三个姿势，眉头一会儿拧一会儿舒，纠结了好久，最后还是拿出了手机，摩挲了半天手机键，才拨了号。

"喂。"嗓音是万年不变的冷漠。

江织煞有其事地咳了一声："是我。"

这是江织第一次给周徐纺打电话，从外卖上找来的号码，早就背得滚瓜烂熟，却是第一次打给她，莫名其妙地，他竟有点局促。

周徐纺语气半点起伏都没有，雷打不动的冷漠："哪位？"

居然没存他的号码！居然听不出来他的声音！

江织用力咳了一声，清了清因为彻夜失眠而沙哑的声音："我是江织。"

"你好，江织。"

她生分得让他想打人。

"有事吗？"

她声音已经柔软了很多，不像刚接电话时那么冷淡疏离了，江织心头这才舒坦些，便也将声音放缓和了："临时加了一场戏，需要群众演员。"

"我现在没空。"

江织从躺椅上坐起来，腿上的毯子因为他急促的动作滑落到了地上："你在哪？"

"我在昌都路，在做兼职。"

她又在忙着赚钱，他都见不到她的影。

江织挠了挠一直攥在手里的那罐牛奶："两万，来不来？"

不就是钱，他多的是。

果然，周徐纺对赚钱的兴致特别高："两个小时后过去行吗？"她声音都轻快了，听得出来她很高兴。

她对钱，比对他，热情得多。

江织用力挠了一下牛奶罐："快点来。"

"好的。"

然后，江织就挂了电话。

周徐纺盯着号码看了几秒钟，然后存下来，开始打了江织两个字，又被她删掉，换成了天下最美的美人七个字。

这时，发廊的老板过来，三十多岁，穿得很潮，染着一头奶奶绿的头发，他是方理想的表哥，叫程锌，也是这家发廊的首席发型师。

周徐纺看了一眼程锌手里拿的药水，有一些犹豫："能不用这个颜色吗？"

程锌自然熟地喊她宝贝，笑眯眯地说："这个颜色最适合你，你相信我，染完之后绝对美炸。"

周徐纺不是很相信他，可是，他开了五千的高价，为了钱，她说："好吧。"

两个小时后，周徐纺到了片场，因为风大，她戴了口罩和帽子，就露出一双漆黑泼墨的眸子，像沙漠里的孤狼。

方理想盯着她看了十几秒，眼里露出了震惊的神色。

"理想。"周徐纺叫她。

方理想往后跳，戏特别多地抱住身体："你是谁？"

周徐纺把口罩拿下来，帽子也拿下来："是我。"

还是那张稍微木讷且十分冷若冰霜的脸，就是那一头蓬蓬松松、随意卷着的头发……方理想忍不住伸手摸了一下："这是我表哥给你染的？这个叫什么颜色？"

"雾面蓝。"冷艳色系的雾面蓝，掺一点点奶奶灰的颜色，过耳的长度，在发尾做了点中卷，很随意，有几分凌乱，冷酷里带点小俏皮，又飒又美。

是周徐纺本人没错了。

方理想吞了一口口水，不敢再看了，怕弯了，她给表哥打了个电话："表哥，我也要染雾面蓝，我也要做徐纺同款发型。"

"你当谁都能驾驭得住？等回头给你染个原谅绿。"

方理想心想，这种表哥还留着干吗，绝交算了。

"周徐纺。"

突然有人叫了一声，气微喘，伴着咳嗽声。

不知道江织什么时候过来的，也不知道站在人堆里多久了，周徐纺扭头看他的时候，他也在看她。

她答应了一句。

他看了一眼她的头发："你跟我来。"

周徐纺跟着江织去了休息室。

他把阿晚打发出去，关上门："为什么染头发？"

周徐纺与他隔着一段安全距离："我在发廊当发型模特。"

他盯着她的头发，看了半晌，继而又盯她的眼睛："周徐纺。"

她表情木木的："嗯。"

他朝她走近了几步，目光像一张网，密密麻麻地缠着她："能不能给我抱一下？"

她思考了良久，摇头了。

不能抱，她有秘密，要紧紧地藏着，所以她总是不同人亲近，总是一个人藏在不起眼的地方，总是不与人对视，不让人看她的脸，江织已经是例外了。

她认真地拒绝："不能。"

江织似乎意料到了，从容不迫地又朝她走了一步："既然你不同意，那只能用强的。"他伸手，把她拽到了怀里。

周徐纺条件反射地抬起手。

"咳咳咳咳……"他下巴搁在她肩上，咳嗽声全部灌进她耳朵里，"我身体不好，轻点揍。"

她手僵硬地悬在半空，硬是没落下去。

他这样子，好像她楼下那只被人弃养的灰猫。她心软了，都不怎么敢用力，就用一根手指推他："松手。"

她推得特别轻。

江织不松手，两只手勒住她的腰，知她力气大，他使了全力，把她整个人圈在怀里："别动，就一会儿。"

好像有点热，周徐纺体温低，已经很多年没有过这样热的感觉了，皮肤都在升温，她非常不适应，用两根手指，使力推开了江织。

她真的，只用了两分力。

江织整个人往后倒，差点撞在茶几上，胸口一堵，然后就是一阵咳，咳得他眼眶晕开一圈粉红，用一双蕴了水光的眸子瞪她："你都不轻点。"

他血气上涌，脸上逼出了一层胭脂色，湿漉漉的眼像一头凶狠却没有攻击力的幼兽，任谁见了都会生出三分怜惜。

周徐纺觉得江织特别像那种半大的猫，品种很尊贵的那种，不动气时优雅慵懒，漂亮得让人恨不得把全天下的猫粮都送给他，可是一动怒就很危险，他会用藏着的爪子慢条斯理、出其不意地挠人，还专门挠人致命的软处。

周徐纺把眼睛挪开，不看他："我已经很轻了。"

她如果用力的话，他早就死掉了。

江织捂着胸口小喘了一会儿："你这个头发，什么时候能洗掉？"

"晚上回去洗。"她染的是一次性的，洗两次就没了。

江织若有所思地瞧了一眼她的胳膊。

比起脱她衣服查看伤口，抱她要容易得多，那便明天再抱，刚才抱的时间太短，奶味没闻到，他就闻到一股子染发剂的味道，浓重又刺鼻。

周徐纺往后迈了一大步，看到他脸色瞬间冷下来，又怕他生气，往前挪回来一点点："还有事吗？"

她防贼呢！

江织磨了一下牙，一双桃花眼本生得妖媚勾人，这会儿因为情绪不善，露了三分凶光，像只将要猎食的兽。

他不出声，周徐纺等了一会儿才说："那我走了。"

她把身子缩在大衣里，脚步轻轻地转身。

"周徐纺。"

她回头。雾蓝色的中短发有些蓬松，刘海下的一双眸子特别黑，像含了冬日深井里最清澈的水。

周徐纺的眼睛刚刚好，长成了他最喜欢的模样，他也不知道叫住她要做什么，就随口问："你头发哪里做的？"

"你也想染吗？在昌都路四十三号，方理想的表哥那里，发廊的名字叫仙女下凡。"

"如果你弄一定会更好看。"她用很真诚的语气说，说完才走。

江织往沙发上一躺，直捏眉心，这姑娘似乎是真觉得他好看，也是真不贪恋他的美色，她看他时，与看道具组那个花了几百万买来的花瓶一般。

他一脚把垃圾桶踢翻了。他一定是疯了，居然还真想去染发。她送的那罐牛奶就压在沙发的枕头下，硌得他脖子疼。他捞出来，捏在手里把玩，摸了摸罐上的牙印，那个店叫什么来着？仙女下凡。

◆第五章◆
没关系，只是动心了

周徐纺回家已经快八点了，时间有点晚，就没出去摆摊贴膜。

"你染发了。"她刚进门霜降就发现了，"很好看。"

周徐纺不习惯地扒拉了一下头发："待会儿就洗掉。"她的职业特殊，出任务的时候不可以留有任何醒目的特征。

如果是江织染就好了，肯定特别漂亮，比棉花糖盒子上镶的钻石还要漂亮。

电脑屏幕的下方滚动着一行字："那笔雇佣金我们不用赔了，是那边违约在先。"

"查到是什么人了吗？"周徐纺晃着脚下的粉色兔头拖鞋。

霜降看出她心不在焉了，没有打字，用合成的声音说："已经查出来了，委托人叫靳松，他资料我发到了你邮箱。"

周徐纺用另一台电脑打开邮箱。

"昨天晚上插手我们任务的那伙人也是职业跑腿人，在业界名气不小，他们的头目是一个叫赢哥的男人，以公司的模式运营，后勤和保密做得很好，我暂时拿不到他们的客户资料，他们的委托人是不是也是这个姓靳的，我还查不出来。"

那个跑腿公司叫至一，成立不到一年便闻名业内，与周徐纺不同，至一是业内的败类，接任务的底线很低。

周徐纺跟他们抢过几次生意，有一些了解。

她问霜降："这个叫靳松的人和江织有仇吗？"

"他们本来有电影合作，但不知道因为什么谈崩了。另外，靳松喜欢男人，尤其是漂亮的男人。"

怪不得了，江织就是漂亮的男人，很漂亮的男人。

想到江织，周徐纺有点泄气了："江织已经怀疑我了。"她不想搬家。以前的话，若是露出了马脚，她都会选择逃得远远的，可江织生得那样美丽，她要是搬走了，就再也看不到他的脸了。

霜降问："你暴露什么了吗？"

"不知道。"周徐纺说，"江织他很聪明。"她故意伪装了声音，都不敢跟他对视，还是被他发现了。

"徐纺，你也很聪明。"周徐纺就是情商太低。

周徐纺垂着眼皮在沉思，要怎么样才能让江织不再怀疑她。

微信来了，她看了一眼，是粥店的老板娘，问她能不能帮忙送外卖，店里忙不过来。

大雨将至，交通拥堵，外卖员的派送效率会降低很多。

周徐纺回了老板娘："好。"

回复完，她思索了一小会儿，又找出江织的微信，发了个笑脸给他。

"。"江织学她，就发了个句号。

她一个字母一个字母地打字："你饿吗？"

那边显示正在输入，显示了很久，江织的消息却迟迟没有发过来。

嗯，肯定是她问得太奇怪了。

周徐纺组织了一下语言，再问一遍："我现在要去送外卖，你饿不饿？"

"你请我当群众演员，我要谢谢你。"

解释完，她重新问："你饿吗？"

这次，江织立马回复了："饿。"

周徐纺嘴角勾起来一点点，不太会笑，有点僵硬，但她眼里都是开心："那我给你买粥喝吧。"

她这是约他？

那头，江织手心出了汗，有点滑，差点把手机砸地上。

他拿了件外套，起身："你在哪？我过去。"

"外面在下大雨，我点了外卖，现在送过去。"

他脚步一顿。

外卖？就不能请他去好点的地方？哦，她没钱，算了，外卖就外卖吧。

他走到玄关，蹲下换鞋："不用送过来，我去粥店找你。"

"外头很冷，你身体不好，不要出门。"

江织把鞋踢了，嘴角的笑没压住："好。"

周徐纺："。"

江织："你快点。"

周徐纺："。"

江织："我饿了。"

周徐纺："。"

轰隆，一声雷后，倾盆大雨兜头砸下来。

周徐纺把手里的粥藏到大衣里捂着，拽了拽帽子，跑着过了马路，阵雨来得急，路上行人四散离开。

夜里温度低，将雨水缭绕得雾蒙蒙的，隔着厚厚的水汽，周徐纺瞧见了一把黑色的伞，雨水溅起，湿了他白色的球鞋，往上看是一条米色的休闲裤，再往上，是一双修长的手，握着伞，骨节纤细，很白，唯有修剪整齐的指甲上泛着莹润的粉色。

周徐纺认得这个手。

她跑快一点："江织。"

伞被抬起来一些，她看见他的脸了。

江织原本上扬着的唇线在看到她后绷直了："这么大雨，不知道要打伞？"

伞下，美人愠怒，冷着眉眼，用一双水润的眸子瞧她。

江织生气都好看呢。

周徐纺抹了一把脸上的雨："出门的时候没有下。"

他也不管脚下泥水，走出树下，拽住了她卫衣帽子上的带子，把人拎到伞下去："都湿透了。"他把伞往她那边推，"冷不冷？"

周徐纺低头便看见江织那双沾到了泥水的球鞋，方理想说，江织是大户人家公子，身子金贵，讲究也很多。

她挪步到旁边干净的青石上："冷。"

江织跟着她，从泥泞的草坪走到青石，手里的伞够大，只是伞下的小姑娘站得老远，一副缩头缩脑的样子，身上脸上都是雨水，一双湿漉漉的眼睛也躲着不看人。

"拿着。"

他把伞直接塞她手里，把外套脱下，给她披着，一套动作下来，很迅速，谈不上温柔。

周徐纺愣愣地抓着伞，身上哪哪都是冰凉的，只有大衣下藏着粥的地方是热乎的。

"我还是很冷，我能去你家洗澡吗？"她问得小心翼翼的，一双瞳仁像黑色的宝石，正怀着期待，目不转睛地看着他。

江织被她看得一时失神。

雨水很快打湿了他的毛衣，周徐纺担心他会被风刮晕过去："不能的话，那我走了。"她把捂在怀里的粥拿出来，挂在伞柄上，"粥你要趁热喝。"

叮嘱好，她就往伞外挪。

江织拽住她的帽子，不让她挪开："我没说不能。"他把人拖进伞里，"进来一点，都淋到了。"

"我已经湿了，没关系的，你身体弱，不能淋雨。"

江织哼了一声，偏偏要把伞歪她那边。

她却把他的呢子大衣兜头罩着，撂下他就跑进雨里了。伞给他一个人撑，她也不跑远，就在他前面一小段路。

从别墅区门口到江织住的那一栋也就几步路，可雨下得凶，周徐纺还是被淋成了落汤鸡。她今天穿了双黑色的帆布鞋，雨太大，鞋底全是泥，她盯着铺在门口的地毯看了好几眼，没跟着江织进去。

"怎么不进来？"江织蹲着，在找鞋。

"我身上都是水，会弄脏你的地毯。"他家的地毯看上去很贵的样子。

他在玄关柜子里翻了很久，翻出一双小码的男士拖鞋，蹲着到她面前，把鞋放在她脚边:"没有女孩子的鞋,你穿这个,快进来,地毯就让它脏,不然铺它干吗。"

周徐纺觉得有道理。

她换了拖鞋,踩着地毯进去了。这不是她第一次来江织家里,上次是夜里,也没看仔细,只瞧清了被她砸坏了的那盏淡紫色的琉璃吊灯。

今日已经换了一盏新的了,水晶似的,像风铃,很是好看,周徐纺觉得比粥店那盏她惦记了好久的吊灯都要精致。

她忍不住多看了好几眼,才问江织:"浴室在哪?"

她身上都是雨水,寒气重,她是不要紧的,不怕冷,可江织身子弱,不能把湿气渡给他。

"浴室在你左手边,我先去给你拿衣服。"

"你先换衣服再给我拿。"

江织倒了杯热水塞她手里,直接去了衣帽间。

周徐纺两手端着水,安安静静地在客厅等,一步都没挪动,她站着的地方积了一小摊水。

她小口抿了口热水,又忍不住抬头看顶上的吊灯,真好看,好想偷回家。

"我这里没有女孩子的衣服。"江织很快出来了,身上还是那一身湿衣服,手里攥着两件家居服,往周徐纺面前一推,"你穿我的。"

他脖子更红了,不知道是不是发烧了。

周徐纺赶快接过去:"我去洗澡了,你快去换衣服。"

他撇开头,看着别的地方,嗯了一句。

周徐纺抱着衣服去浴室,半道回了头:"江织。"

他立马把头转向她:"嗯?"

"你家的吊灯在哪里买的?我也想买个一样的。"

他看了一眼屋顶,这个吊灯多少钱来着?哦,两百来万。

"没有了,这是最后一盏。"

周徐纺露出了很遗憾的表情,她很喜欢漂漂亮亮的东西,见了就想偷偷藏着,等以后带到月亮湾上去。可惜,这个灯买不到了,她垂下脑袋,往浴室走。

江织喊住了她。

她回头:"你叫我做什么?"

"我叫人拆了这个,你带回去。"

这灯,让她买,她得送几十年的外卖。

周徐纺闻言,立马开心起来:"那我送你什么?要礼尚往来。"

她从来不白拿人东西,要不要送他一辆车,男孩子好像都喜欢车,手表也可以,她可以送他一块镶着钻石的手表,特别漂亮的那种。

"土鸡蛋吧。"

"嗯?"

"我喜欢吃鸡蛋,你就送土鸡蛋吧。"土鸡蛋便宜。

"好。"

那她就送他一车鸡蛋好了,不然,送一年也行。

"你快去换衣服,然后喝粥,不然会凉掉。"

"嗯。"江织嘴角翘起,一会儿又压下,"你要磨蹭到天亮吗?"不冷?!她赶紧去浴室了。

江织去更衣间,换了件他很少会穿的套头卫衣。

粥是温的,他喝了几口,太鲜,虾肉放很多。他起身去倒了杯冷水,一口灌了半杯,把暖气也关了,可还是热,口干舌燥的,可能吹了冷风,头也隐隐作痛。

他觉得他得去找个靠谱的医生看看脑子,不然怎么把灯送人了还不够,刚才见她目光定在那灯上挪不开的时候,他甚至想扔她一张银行卡,让她去买个十盏灯来玩。

他是有病吧?莫名其妙把人领进屋就算了,还巴不得把家底都掏出来让她打包带回去。

江织鬼使神差地按了按胸口,要是周徐纺要他心脏,挖吗?

他怎么想这种问题。他仰头把剩下的半杯冷水灌下去,才觉得燥热平息了几分,又倒了杯水,手指敲着餐桌思索了会儿,拨了薛宝怡的号。

"这个点,你怎么还没睡?"

薛宝怡那边很吵,不知道是在哪。

江织直接说他的目的:"帮我弄套衣服过来,女孩子穿的。"

"织哥儿,有情况啊。"

"别多问。"

"总得告诉我穿多大码吧。"

"一七零,偏瘦。"

"衣服送去哪?"

"我家。"

何方神圣啊,居然撬动了江织的心,还这么快就登堂入室了。薛宝怡好奇得不行,故意借着调侃旁敲侧击:"金屋藏娇,不错啊织哥儿。"

江织直接挂断了电话,将一杯冷水尽数灌下。

周徐纺洗澡很快，就十分钟，浴室里的水声就停了。

"江织。"她在里面喊。

"怎么了？"

"衣服掉地上，湿了。"

她语气很平常，可听在江织耳里，就像一只爪子在挠，挠得他心痒。

他咽了一大口冷水下去："等我一下。"

这姑娘，八成就是来折磨他的。他扯了扯卫衣的领口，长舒了一口气，起身去衣帽间，重新拿了两件衣服过来，侧身对着浴室门口，敲了一下门。

门打开一条缝，一只嫩白的手伸出来。

"江织。"

她应该是很少见太阳，身上的皮肤白得过分，对他一点防备都没有，堂而皇之地露出了半个肩膀。

非礼勿视，江家的教养一向很严，只是，江织这会儿把家教忘了个干净，目光从她指尖一路往上，然后定住了。

"江织。"

江织没应。

她晃晃手："衣服给我。"

他还盯着她伸出来的那只手，甚至身体下意识前倾，仔仔细细地看她的胳膊，瓷白剔透，哪里有半点伤痕。才一天，为什么没有伤口？

不是她吗？声音、眼睛、体型，甚至力道都那么像，这又怎么解释？巧合？

他拧着眉头在门口站了许久，毫无头绪。

"江织。"

周徐纺在里面第三遍喊他了，语气已经有一点急了，手上晃着的动作也大了一些，肩下的锁骨隐隐露出。

江织回神，捏了捏眉心。不是她也好，他很不希望她走在刀尖上，过着刀口舔血的生活。

他把衣服放在了她手上："你在别人家也这样？"

周徐纺接住了衣服，手伸回去，把门关上。

"我没有去过别人家。"一次都没有。

江织蹙着的眉因为她一句话松开了。

浴室里水气缭绕，周徐纺伸手，把镜子上的雾擦掉，里面倒影清晰了，她低头看自己的胳膊，用手指摩挲了两下。

她的自愈速度好像比以前快了。

浴室外面，时不时有江织的咳嗽声，他吹了风，不知道是不是病得更严重了。正胡乱想着，她手机响了，是霜降发了邮件过来。

"搞定了吗？"

"我手上没有伤口，他应该打消怀疑了。"

天公作美，下了一场大雨，她才找到理由来江织家里。其实她并不喜欢算计人，更加不想算计江织，只是没了法子，她不能暴露身份，至少在去月亮湾之前，她得悄无声息的。

"徐纺，你一定要去月亮湾上生活吗？"霜降第一次这么问，话外有挽留之意。

"是。"周徐纺回答得很绝对，她一定要去的，她不适合群居，必须一个人生活。

"不去行不行？你一个人在岛上，会很孤独。"

不去行不行？三年前周徐纺也这样问过自己，直到她被她那时的邻居发现，她都来不及解释一句，那个平时做了好吃的都会分她一半的邻居就晕过去了。之后她搬家了，买了一栋楼一个人住，再也不要邻居，再也不问自己不去月亮湾行不行。

"我怕。"周徐纺说。

霜降问她怕什么。

"怕有一天会被别人发现我的秘密，然后把我烧死。"

那年逃到大麦山，机缘巧合救了一对夫妇，开始，他们也对她礼遇有加的，后来，他们看见了她的眼睛，看见了她奔跑，看见了她快速愈合的伤口，他们就说她是妖怪，好多人都这么说。

她很怕，怕那些人，怕这个吃人的世界。

江织给她拿了一件卫衣，白色的，还有一条运动裤，她穿着很大，裤腿卷了三圈，很不合身。从她出来，江织就一直打量她，他躺在沙发上，脸上病容明显，神色恹恹，唯有那双眼睛有神，漫不经心地看着人。

周徐纺不自在地把卫衣的帽子戴上，想遮一遮脸。

江织却走过来把她帽子拉下去："周徐纺。"他把她挂在脖子上的干毛巾抽走，罩在她脑袋上，随后不自然地撇开头，"把头发擦干。"

"哦。"

她用毛巾蒙住脑袋，左右上下一顿乱擦，头发洗了两次，雾蓝色已经褪得不怎么明显了。

"要不要喝牛奶？"

她把头从毛巾里露出来："要。"

江织拿了两罐牛奶，去厨房给她热，她跟在后面，晃着长了一大截的袖子：

"我可以喝冷的。"

江织已经把罐装的牛奶倒到杯子里,放进微波炉:"天太凉,不要喝冷的。"

她更愧疚了,觉得自己太坏了,江织待她这样友好,她还骗他,不过……她看了一眼微波炉,再抬头看江织:"你没有按加热。"

还要按?江织哪里知道,这房子装修是薛宝怡弄的,厨房的东西也是薛宝怡添的,从住进来到现在,他就没进过厨房。

加热按哪里来着?江织盯着微波炉,拧着眉头研究。

叮!周徐纺按了加热的钮:"可以了。"

他咳了两声:"你会做饭?"

"不会,可是我会用微波炉,在粥店帮工的时候学的。"

不会用微波炉的江织不知说什么好。

"我可以教你。"周徐纺脸上是极其认真的表情。

江织对学习微波炉的使用没有一丁点的兴趣,但他却说:"嗯,教吧。"

然后,周徐纺把微波炉的按键步骤,以及各种常用的加热时间一一详细地讲解给江织听,末了,扭头看他:"学会了吗?"

她睫毛很翘,灯光从上面打下来,会落下影子,她眨一下眼,影子便会跟着扇动一下,江织突然有种冲动,想伸手去碰一碰。

"学会了吗?"她耐心地又问了一遍。

学会什么?光顾着看她去了,谁知道她说了什么,江织把目光挪开:"会了。"

刚好,牛奶热好了。周徐纺洗了两个杯子,把热好的牛奶倒出来,她一杯,江织一杯。

"我帮你端过去。"

她用卫衣的袖子包着手,捧着两杯牛奶,身手矫健地去了客厅。江织跟在她后面走,她身上是他的卫衣,与他自己身上的是同款。

周徐纺回头,看见了他嘴角浅浅上扬的弧度。

他不怎么爱笑,平时总是没睡醒似的,懒懒散散,清贵得少了点人间烟火气。

他还是笑起来好看些。

她挑了沙发最边上的位置坐下,小口小口地喝着牛奶,江织坐对面,也不说话,她不好明目张胆地欣赏他那副世间少有的好皮囊,便把目光与注意力转到别处,然后她惊奇地发现了一件事:

"你家里也有棉花糖啊?"

对面内嵌的墙面柜上,第三层的最中间,摆放了一个四四方方的玻璃盒子,盒子里装着五颜六色的棉花糖。

她少有这样大的情绪波动,江织瞧着她眉眼,嗯了一声。

"我也喜欢吃棉花糖。"

她把所有欢心雀跃都写在脸上,眼里变得亮晶晶的。

江织走去木柜前,把棉花糖的盒子拿下来,放茶几上:"吃吧。"

"谢谢。"

她眼角弯成了一轮半月的形状,拿起盒子,捧在手里,摸了摸上面镶的碎钻:"你的棉花糖盒子比我的还好看。"

她也想买一个,不过江织这个太精致,应该是定做的。

算了,她已经拿他的吊灯了,绝对不能再贪图他的棉花糖盒子,于是,就没问他哪里定做的,安静地坐在沙发上吃糖。

江织一言不发地盯着她。

那年在骆家,那个面黄肌瘦的少年也是这样,坐在小池边,晃着脚,笑着把棉花糖一颗一颗往嘴里塞。

和她一样,也是挑着粉色的先吃。

"你是不是没吃过?"当时的江织问少年。

少年点头,他瘦得脱相,脸上脏兮兮的,鼓着腮帮子嚼着糖,脚边趴着一只很肥的橘猫,伸着懒腰蹭少年的手。

"那你明天在这里等我,我给你带棉花糖来。"

少年冲他露出了一个小小的笑,那猫儿也叫了两声。

只是次日,他没有见到少年,一场大火把骆家花棚烧得只剩灰烬,别人跟他说,骆家养子的骨灰就在那堆灰烬里。

"江织。"

周徐纺叫了一句,嘴里塞了三颗糖,腮帮子微微鼓着:"这个糖好像停产了,你在哪里买的?"

这是她最喜欢的牌子,她已经很久没吃到了。

江织的思绪这才被她雀跃的声音拉了回来:"我买了他们的工厂。"

"那你能不能分我一点?我可以付钱。"

他看得出来她是真的很喜欢这个糖。她到底还只是个年轻的女孩子,喜欢甜蜜、漂亮的玩意。

"你以后到我这里来买。"

她显然很开心,嘴里含着糖,眼里都是甜的,真心实意地夸他:"你真是个好人。"

好人?为了收购棉花糖的工厂,江织把那厂都搞破产了。

门铃突然响了，江织起身去开门。

薛宝怡穿了件骚包红的大衣站在门口，调调拉得九曲十八弯："织哥儿～"

"衣服呢。"

薛宝怡一根手指钩着购物袋的带子，晃了晃："喏。"

江织接过袋子，然后转身，甩上门，动作没有丝毫停顿。

薛宝怡傻眼了。

屋里，周徐纺已经把一盒子棉花糖都吃完了："谁来了？"

"送衣服的。"

她看了一眼装衣服的袋子，爱不释手地摸了摸棉花糖的盒子才站起来："很晚了，我该回家了。"

"我送你。"

"不用了，外面很冷，你出去会着凉。"

"我说了，我送你。"

江织语气强硬，只是脸色苍白，眼角晕红，三分羸弱透在骨相里，少了许多攻击性。

周徐纺还是顾及他的身体，把棉花糖盒子放下："我自己回去。"

"换了衣服再走。"他语气很不满。

她是不是惹他生气了？周徐纺迟疑不定了会儿，拿了衣服去浴室换。薛宝怡挑的衣服是暖色的少女系，白色的针织连衣裙搭配粉色的外套。粉色是周徐纺最喜欢的颜色，她摸摸袖子，心想如果她不当职业跑腿人了，她要买一屋子粉色的衣服。

"很喜欢？"江织好笑，方才心里莫名其妙的火，见她那些满足的小动作后，又莫名其妙地偃旗息鼓了。

"嗯，我喜欢粉色。"

喜欢牛奶，喜欢棉花糖，还喜欢粉色，分明是个小女生，怎么平日里却总是一副孤僻的样子？

既然她喜欢，他去柜子里翻出一大袋棉花糖，把里面粉色包装的全部挑出来，装了一袋子放到周徐纺脚边。

"这个给你带回去吃，吃完了你再找我要。"

"好。"周徐纺很开心，当场拿出手机给他转了一万块。

她赚钱也不容易，都不知道省着点花，他没领她转的钱，往沙发上一坐，抱着手没看她："把伞带上。"

"好。"

周徐纺提着一袋子棉花糖，走到玄关了挥挥手："再见江织。"

江织坐着没动。

咔哒,门一开,江织就站起来了,跟去了玄关。

门外,周徐纺刚迈出脚,就看见了薛宝怡。

他吊儿郎当地说:"还记得我不?"

周徐纺很不擅长社交,只想把脸藏到帽子里,可惜这粉色外套没有帽子,便低头避开薛宝怡的打量。

"我给你贴过手机膜。"

她还在微博上看到过薛宝怡的照片,和一个女明星一起,方理想说他是坏男人。

"你好呀,我是江织的发小——"

"你们俩杵门口干什么?"江织抱着手靠在玄关柜上,眼里刷刷地飞着冷刀子:"不进来就滚。"

薛宝怡回了个白眼,他可不蠢,看得出来江织那护犊子的样儿。

"外面没下雨,你早点回去。"江织对门外的周徐纺说。

周徐纺说好,提着棉花糖和湿衣服走了。

薛宝怡目送了一番,回头进了屋:"织哥儿,你——"

"谁让你踩我地毯了?起开,脏死了。"江织语气嫌弃至极,拖着病弱的身子去翻找来两个一次性鞋套和一条干毛巾,"把水擦干净了再进来。"

地毯上有水渍,分明已经被人踩了,不用想也知道是谁。

薛宝怡目光凄楚地凝望着江织:"织哥儿,你不记得了吗?你大明湖畔的宝怡哥哥。"

江织瞥了他一眼:"智障。"

"织哥儿,"薛宝怡没插科打诨,"怎么回事?"

江织淋了雨的头发还没干,这会儿没精神头了,窝沙发上躺着:"什么怎么回事?"

"周徐纺啊。"

江织背过身去:"没什么事。"他不再搭理人了,伸手捞了手机,拨了阿晚的电话,"明天叫几个人过来,把客厅的吊灯拆了。"

"那灯怎么了?您不满意吗?"

"少问那么多,让你拆你就拆。"

"哦。"

电话还没挂,突然,哒的一声响。

江织懒懒地扫过去一个余光,然后猛然坐起来:"你那罐牛奶从哪拿的?"

薛宝怡小拇指上还钩着牛奶罐的环:"沙发上啊。"

"薛宝怡。"

薛宝怡眼皮一抖:"嗯?"

这点名道姓的!平日里江织只要连名带姓地喊人,就准没好事,薛宝怡被唬了一跳,刚想喝口奶压压惊,江织的脚就踹过来了。

"不准喝!"

就在薛宝怡愣神的时候,江织已经把牛奶抢过去了,一双桃花眼里凶煞无比,还掺着几分极为复杂的情绪,懊恼与气恼兼而有之。

薛宝怡被他搞蒙了,也不知怎的就惹到江织了,没事,二爷阔气:"不就是一瓶牛奶,等回头二爷给你买一车,不,买一屋!"

他就是钱多,就是会疼人。

江织忍无可忍,恼得血气上涌,捂着嘴重重咳了几声:"出、去!"

薛宝怡被他的无情无义戳得心在滴血:"我居然连一罐牛奶都不如?!"他头一甩,扬长而去以示决心,"织哥儿,我要跟你绝交!"

"咣!"江织把门摔上了。

屋里,江织扶着门,咳了许久。

手机还开着免提,阿晚在那边听了个清清楚楚,等电话里咳嗽歇了,他犹犹豫豫地问:"老板,二爷是不是开了有牙印的那一罐?"

电话被江织掐断了,阿晚顿时心如明镜。

严冬天寒,江织先前淋了雨,吸了些寒气,这会儿后知后觉地头晕脑涨。肺里咳得疼,他起身去找了几颗药,混着温水咽下去,提不起劲,连房都懒得进,直接躺在沙发上,头疼得厉害。

他恹恹地趴着,瞧了会儿那罐被薛宝怡开了环的牛奶,又爬起来,拨了个号。

已过晚上九点,邱医生声儿哆哆嗦嗦:"江、江少?"

电话里江织懒洋洋的声调幽幽地响着,因为夜深,多了几分森森冷意:"我让她到我家里来了。"

邱医生:"呃……"

江织自顾自地,一句一句说得缓缓。

"还让她用我的浴室、我的沐浴露。"他哦了一声,似乎百思不得其解,"还有,衣服也是我的。"

邱医生:"呃……"

江织捏着那开了罐的牛奶,细细端详着:"我把两百万的灯都送她了。"

他又将那吃光了糖的玻璃盒子放在手里摩挲。

"别人都不可以碰我的糖,但她可以。"

"我甚至动过念头,想把工厂都送给她。"

"我要送她回去。"

"她不让。"

江织语气突然重了:"她居然不让!"

这熟悉的、扑面而来的恐怖气息,邱医生心好慌!

江织换了个语气,无力且懒散:"说说吧,我这是什么病?"

说实话,邱医生从业多年,见过的心理变态无数,像这种看似正常实则不正常的病人,甚是少见。

"依我之见,"依他之见,"江少,您是不是单相思那位小——"

他的话被阴恻恻的笑声打断了。

"单相思?"江织舔了舔嫣红的唇,眼角眯成锋利的一道弧,"你说我单相思?"

江织这类人,按照心理学理论,一旦认定某件事、某个人,就会陷入思想极端、行为偏执。

一蹴而就不得,邱医生只能循序渐进地引导:"您的性取向,我觉得……可能已经恢复正常了。"他小心建议着,"如果您还不确定,可以试试。"

江织没出声,摸了摸牛奶罐上的牙印,仰头往嘴里灌,冰凉的液体一入腹,胃便开始抽疼。

随后,医生就开始出谋划策了。

晚上十点,江织还没睡,他给乔南楚打了个电话,然后出门。出门前,他将那个有牙印的牛奶罐随手扔进了保险箱。

薛宝怡还在气江织的无情无义,江织进包厢的时候,他哼了一声,头一甩,把酒杯摔得咣咣响。

包厢里清过场,没别人,乔南楚坐在沙发里,倒了杯最烈的酒。

"你搞什么?这么晚不睡。"

江织抬了下眼。

随行的阿晚赶紧抽了两张湿纸巾,将沙发的边边角角全部擦了一遍,最后垫上一张干净的毯子。

江织才坐下:"给我叫几个男人。"

乔南楚以为他听错了:"你说什么?"

"叫几个男人过来。"

薛宝怡一个鲤鱼打挺:"织哥儿,你没发烧吧。"

乔南楚就镇定多了,将酒杯搁下,笑得风流雅痞:"你要经验丰富的?还是要身子干净的?"

"眼睛好看就行。"

乔南楚明白了,拨了个电话,言简意赅地吩咐下去。

薛宝怡觉得有点奇怪啊:"织哥儿,你真没生病?"

他此刻的心情宛若操碎了心的老母亲,伸手去碰江织额头,却被江织一巴掌拍开:"别碰我。"

薛宝怡老老实实地坐远了,他觉得今天的织哥儿太古怪了,不过,转念一想,他就又想通了:"也好,待会儿你找几个会服侍人的。"

这时,门从外被推开,十多个男孩子排成排,鱼贯而入。

乔南楚抬了抬下巴,示意江织:"人都到了,挑吧,有看上的,一次几个也行。"

一同进来十多个男人,各有千秋。

最胆大的那个直接坐在了江织身边,且对他伸出了手。

江织不言。

男人的手便继续往上,顺着大腿内侧——

"够了。"

江织站起来:"出去。"他按着腹,额头沁出了一层薄汗,脖颈的血管若隐若现,已经忍无可忍,"都出去!"

"不满意?"瞧着江织脸白的,乔南楚觉着有意思得紧,"那要不要我给你换一批?"

江织冷着个脸,灌了一杯加冰的洋酒,起身出了包厢。

阿晚赶紧追上去。

十分钟后江织才回来,脸色又白了一个度,整个人看上去都恹恹无力。

薛宝怡坐过去:"去哪了?"

江织没做声,阿晚代为回答:"老板去吐了。"

啧啧,太不对头了。

又过了十分钟,换了一批女人进来。

红裙女郎步步生莲地上前去,柔若无骨的身子靠过去:"江少。"

玫瑰香混着脂粉气瞬间扑面而来,江织脸色霎时变了,用一根手指、包着袖子,戳着女人的肩,用力推开,桃花眼里嫌弃满溢。

"阿晚。"

阿晚赶紧过去。

女人被推到了沙发一头,另一头,江织坐在最边儿上,阴着脸把外套脱下。

"弄走。"他软绵无力地说,"全!部!弄!走!"

不是要晕过去吧?阿晚不敢耽搁了,把女人都提溜走,刚打算关上门,吓了一跳，赶紧清嗓一声咳："老板，周小姐来了——"

来不及了，薛宝怡那个大喇叭还在吆喝："织哥儿，你别泄气嘛，这几个不满意，二爷我再去给你弄个美人来。"

阿晚其实想说的是：老板，周小姐来了，快让二爷把他的女人们带到别处去玩。

这波忠心护主、天衣无缝、聪明绝顶的栽赃就这么胎死腹中了，阿晚也很无奈，他只能尴尬又不失礼貌地微笑："周小姐，好巧哦。"

下一秒，江织的咳嗽声骤停。

阿晚都不知道雇主怎么到他身边的，总之，就是一阵风似的。

"你、你怎么在这？"

江织的眼睛不知道往哪看，手也不知道往哪放，还有些结巴。

江织就那副心慌意乱的样子，杵在了门口，天寒地冻的，他却开始冒汗。

再看周徐纺，两个小时前穿的那一身粉换成了一身黑，帽子底下只露了半张万年不改的冰山脸："我要去送外卖了，再见。"

告别完，她提着两袋子猪肝蔬菜粥走了，悄无声息地，只用眼角的余光偷偷地看了一眼那八个衣服布料很少的女人。

江织只愣神了几秒，抬脚追了出去。

"周徐纺。"

她回头："有事吗？"

"不是你看到的那样。"

"哦。"

没了？这就没了？江织被她在心口塞进了一大团棉花，又堵又痒。

"那我去忙了。"说完她就走了。

送完外卖之后，她离开浮生居，小电动停在了路边，她把外卖员专用的黄色头盔戴上，推着车走了几步，突然看见了一个垃圾桶，她脚步停住了，看了一会儿，把车放下，走过去，对着垃圾桶踹了一脚。很轻的一脚，就是踹着玩的，可她力气太大了。咣的一声，巨响，垃圾桶就翻了。

她做什么要踹垃圾桶呀？好烦啊！她懊恼地拽了一把头发，蹲下，把垃圾桶扶好，然后把掉出来的垃圾一件一件捡回去。

突然，一双皮鞋停在了一堆垃圾前面，然后影子罩住了她。

"你在做什么？"

周徐纺抬头看见了江织，霓虹是逆着他的，有星星点点的彩光落在他眼里。

她仰着头看他："我在捡垃圾。"她其实也不知道自己在做什么，也不知道在说什么，反正乱七八糟的，"一个瓶子可以卖一毛钱。"

129

正好,她手里捏了个矿泉水瓶子。

江织往霓虹灯的光里走了两步。

"别捡了,脏。"他弯腰拎住她露在外面的卫衣帽子,把她拉到一边,"阿晚,你去捡。"

长这么大,真的,第一次捡垃圾,阿晚的心情说不出的微妙。

"你没有话跟我说?"江织只穿了件毛衣,站在雨后的风里,目光不偏不倚地与她对视。

周徐纺沉默了一阵。

她觉得她说不合适,可是她没忍住:"江织,你别跟那些女人玩。"

"为什么?"

"你要是嫖娼,你就不是好市民了。"

江织也不知道恼她多点,还是恼自己多点,板着一张俊俏的脸:"我没嫖。"

"真的吗?"

刚才她是有点生气的,眼睛都变红了一小会儿,她觉得嫖娼很不对,她不想江织失足误入歧途。万一他要是真的误入了歧途,她想帮助他迷途知返。

"我骗你干吗?我碰都没碰她们一下。"

他说得很硬气,语气是有一点生气的。

莫不是她误会他了?周徐纺蹙眉,在思考。

"你不信我?"

周徐纺再次思考。

耳听为虚,她觉得她不应该质疑江织的品德,这么久的相处,她觉得他就是个完美的人,他热于助人,还救苦救难。

越想周徐纺越确定,是她误会江织了,这次她没犹豫地说:"我相信你。"

江织嘴角瞬间往上拉。

"我就知道你是个品德高尚的人。"

周徐纺松了一口气,就不再逗留了:"那我去打工了。"她推着她的小电动,要回粥店。

江织抓住了电动车的尾巴,她扭头。

"别去了,这么晚,你一个女孩子不安全。"

"不要紧的,我力气很大。"

江织还抓着小电动的尾巴,没放手,穿得单薄,他的手指已经冻红了。

"天很冷,别去了,你要是缺钱,"他别开头,红红的耳尖露在她视线里,"你要是缺钱,我给你。"

周徐纺听了很是感动:"你是个好人,我怎么能占你便宜,你的钱也不是风刮来的。"

她的好人卡,搞得他想打人。

"我要走了,外面很冷,你赶紧回去吧。"周徐纺轻而易举地把电动车整个抬起来,一甩,甩开了江织的手,她坐上去:"阿晚,你捡的瓶子可以给我吗?"

她要拿去给粥店外面捡垃圾的婆婆。

被一个二十来岁小姑娘的力气惊呆了的退役运动员阿晚:"可以。"

"谢谢。"

周徐纺把塑料瓶子放在了电动车上,对江织挥了挥手,开着走了。江织站在原地,看着电动车消失在车水马龙的街道。

阿晚刚捡了垃圾,怕被洁癖雇主嫌弃,都不怎么靠近:"老板,咱回去吧?"

他置若罔闻。

等到远处的霓虹由红色变成了蓝色,最后变成了紫色,映进他眼睛里,他才垂下眼睫,转过身去,稍稍弓着背,轻轻咳嗽。

不知道为什么,阿晚觉得这样陷入单相思的雇主有点可怜兮兮。

江织回包厢后,身体发热,有点低烧。

能不烧吗?外面只有两度,薛宝怡在一旁骂他不知死活,这破身体还瞎折腾,骂完了,让阿晚去弄退烧药。

乔南楚问江织:"你到底怎么了?"

他这会儿闹腾不动了,无力地躺着,垂着眼皮咕哝了句:"我不喜欢男人,也不喜欢女人。"

"可我有点喜欢她了。"

喜欢她,最直观的表现是他对她有很强烈的独占欲,不像他喜欢某件东西,可以毫无顾忌地去抢,去夺。她不一样,他竟然对她不敢轻举妄动。

"她,"乔南楚问,"谁?"

薛宝怡代为回答了:"刚才那个,八一大桥下贴膜的周徐纺。"

这个名字,乔南楚不止一次听到,上一次是昨天,江织饭不吃,非要阿晚去点外卖,还说要备注让周徐纺送。

"有点喜欢?"乔南楚笑着戳破他,"哪止有点,江织,你反应太大了。"

江织只是眼睫抖了两下,没承认,也没否认。

是,反应太大了。

"薛宝怡。"江织突然抬眼皮。

"你别这么叫我。"薛宝怡慌啊。

"你公司是不是要搞年终活动?"

"爷,您直说。"

"员工福利就送手机壳,记得,去八一大桥那里买。"

怎么不直接说周徐纺!

刚才叫美人那事,现在秋后算账呢,薛宝怡能说什么,只能点头:"行,一人送一百个够不够?"

江织虚弱地嗯了一声。

这天晚上,江织凌晨两点才躺到床上,凌晨四点才睡着,然后做了个让他筋疲力尽的梦。

在梦里,周徐纺像个妖精一样,一直软软地叫他的名字。

窗外,雷响一声,江织猛地坐了起来,像条缺水的鱼,大口喘着气,他双颊潮红,目光呆滞,就那样缓了半分钟,掀开被子,低头一看,骂了句粗话。

多少年了,没做过这种梦。他心头像哽了一口血,实实在在的心头血,这心头血是她——周徐纺。

外头没有下雨,只有雷声,黎明的光被大片大片乌云笼着,灰蒙蒙的,十几分钟后,雨淅淅沥沥开始下,江织毫无睡意,坐起来,听着雨打窗台,思绪久久难宁。

这场雨下了三天,连着三天,周徐纺夜夜入他的梦。

连薛宝怡都看得出来,江织脸色很差,薛家寿宴还没进行到一半,就看不见他人影,找了一圈,才发现他在休息室里补眠。人也没睡着,就恹恹地躺着。

"江织。"

"嗯。"他一副有气无力的样子。

薛宝怡不放心:"手伸过来。"

他给江织把了个脉。

"脉象很乱,身体亏虚严重,你这几天都做了什么?"

江织撑着身子坐起来:"没什么事,就是喜欢个人,喜欢得病了。"

薛宝怡还是有点难以置信:"真这么喜欢她?"

江织挣扎了一秒,认了:"嗯。"

啧,来真啊!说实话,薛宝怡是有点酸的,怎么说他们这群哥们儿也把江织这小美人捧在手心里宠了这么多年,这才几天,就被别人家的猪拱走了,他是感慨万千啊。

不过,江织这万年老铁树好不容易开了次花,他当兄弟的,哪能折了他桃花,必须挺他:"别怂,多大点事儿,不就是喜欢个姑娘嘛。织哥儿,别乱琢磨,喜欢就去追,不会爷教你啊。"

怎么说,他薛小二爷也是花名在外。

"要不要我传授你点——"

江织起身,走人。

"你去哪啊?"

他去了昌都路四十三号,一家叫仙女下凡的美容美发店。

"你是,"店主兼首席发型设计师程锌,有点不太敢认,"江导?"

江织在公众场合下露面不多,但他这张脸让人过目难忘。程锌怀疑自己花眼了,这么尊大佛怎么来他的破庙了。

"嘘。"阿晚给了个要低调的眼神。

居然还真是!程锌受宠若惊,赶紧把人迎进去:"江导,您是来做头发的?"

"嗯。"他心不在焉,目光一直盯着门口的海报。

程锌有点搞不懂大佬此番纡尊降贵是几个意思,掂量着问:"那江导您想做个什么样的发型?"

江织把目光收回来:"周徐纺同款。"

"啊?"

"门口那张海报,给我染她一样的颜色。"

"您要染雾面蓝?"

江织目光扫了扫椅子,阿晚赶紧垫了块干净的手绢在上面。

江织坐下:"嗯。"

雾面蓝是最近店里大热的发色,但来染的多数是社会小青年,程锌觉得不大适合江织的身份,于是客观地建议:"江导,要不您再看看,这个颜色恐怕——"

"我赶时间,快点染。"

一个大导演,染雾面蓝这种坏男人最爱色,程锌有点捉摸不透啊。

四个小时后。

程锌由衷地被自己的作品美到了:"哇哦!"

全程闭目养神的江织这才睁开眼,不怎么精神,三分惺忪里一分慵懒:"好看?"

程锌猛点头,说实话,周徐纺之后,他再一次刷新了对雾面蓝的认知,来店里做雾面蓝的男士不少,染出来的效果好看归好看,但总有三分浪荡气。江织皮相骨相生得好,这灰蒙蒙的哑光蓝色映衬在那双会勾人的眼睛里,世家公子的气度在,显两分妖气,却半点不俗气。

这个时间,店里也没别人。

程锌毫无顾忌地说:"江导,您走出去就是这片区最靓的崽!"

一旁的阿晚与有荣焉:"那当然,我们老板的脸就是放眼整个帝都,那也是无敌的。"

江织虽然脾气不好,但脸绝对好看。

"既然好看,"江织站起来,走到镜面前,拨了拨额前的发,"可以给你店里当模特?"

"啊?"

"门口那张海报给我,价钱随你开,你也可以把我的照片贴上去当模特。"

快下午两点,周徐纺才睡醒。

纯黑色的窗帘半点不透光,房里昏黑,深色的被褥里伸出一只嫩白的手来,摸到床头柜上的手机,看了一眼时间,又把手机放下,头埋在枕头里蹭了许久,她坐起来,头发乱糟糟的,眼神放空。

"要起了吗?"

机械的合成音在偌大的房间里有回声。

"嗯。"周徐纺头顶翘着一缕呆毛,还没完全睁开眼,眯着一条缝看电脑屏幕上的海绵宝宝。

霜降问她:"你昨晚几点回来的?"

"四点多。"她昨晚接了个晚间兼职,很晚才到家。

"楼下有人来了。"

电脑里的警报声也在这时响起,周徐纺在楼下的门口安了摄像头,凡是有人靠近,就会自动触发警报和监控装置。

"是我点的面到了。"

她扒了扒头发,去更衣间换了衣服,下楼去拿午饭。

"徐纺。"

周徐纺低头在给外卖好评:"嗯?"

霜降见她忙,便没有打字,用了合成的声音:"靳松雇佣我们的事我已经透给江织了,不过他那里什么动作都没有,我猜他应该自己也查到了是谁想绑他。"

周徐纺抬起头:"靳松会不会还对他不利?"

"你不用太担心,江家那么多人都想害他,他能活到今天,就说明了他自己也很不简单。徐纺,江织这个人,远比你看到的,要藏得深。"

周徐纺知道,江织是很聪明的人,不然,也不会那么快就怀疑她的身份。

"他不是坏人。"

霜降却说:"只是对你不坏。"江织这个人深藏不露,身上有太多秘密了,那般病弱的样子只怕是掩人耳目。

"他对我很好，那个灯，"她指给霜降看，"就是他送给我的。"

那个灯昨天才刚安上，整个房间都是黑色冷调，突然多了么个看上去就很奢华精致的灯，好看是好看，总有几分格格不入，可周徐纺很喜欢，有时候她会跳起来，用手去摸那盏吊灯上的水晶坠饰。

周徐纺吃着面突然想起来一件事。她把筷子放下，找到上次购买土鸡的那个人，又定了一车蛋。

对方说，土鸡蛋三点能送到。

下午三点她要去江织的剧组当群演，时间刚刚好。

方理想也在剧组，她是织女郎，戏份很多，一看见周徐纺，就开心地扑过去。

"徐纺~"

周徐纺被她喊得有点不自在。

方理想献宝似的，捧着杯奶茶到她面前："我给你买了奶茶。"

周徐纺喜欢吃甜，钙奶和各种奶茶她都爱喝。

她接过去，吸了一口："谢谢。"她从背包里摸出四个鸡蛋来，"土鸡蛋吃吗？"鸡蛋是来的路上粥店老板娘塞的，让她带给同事吃。

方理想最近在减肥，怕被经纪人看到，她赶紧把蛋塞到大棉袄里，缩头缩脑地躲在里面吃："你不吃吗？"

不能说她吃了会醉，周徐纺就撒了谎："我对鸡蛋过敏。"

居然还有人对鸡蛋过敏？

方理想觉得自己可能是个文盲吧，居然这么无知。她一口塞了半个蛋："那你以后都不要吃片场的盒饭了，我给你带。"

"好。"

周徐纺心想，到时给方理想多转点钱好了。

"徐纺，我跟你说，我可能要走大运了，江导不知道跟华娱的靳副总闹了什么矛盾，就把苏婵给换了。我听经纪人说，电影的新女主要在宝光的艺人里头甄选，初选的名单里居然有我方理想！"

江织在圈子里也算另类，用人很随意，只要形象符合、演技过硬，至于是新是老，红还是过气，他一律不论。

今天出了太阳，周徐纺戴了顶渔夫帽，显得脸特别小，她真诚地夸方理想："你演技很好。"

方理想笑得见牙不见眼。

"徐纺，等我红了，我就捧你出道。"

周徐纺却摇头："我不喜欢在镜头前露脸，我当群众演员就好。"群众演员不怎么有特写镜头，她也不用担心会被人记住。

周徐纺性格太内向，有点社交障碍，方理想想了想："那我让群头们给你开后门。"

周徐纺咬着吸管点头。

方理想突然目光一定！

"怎么了？"

"那那那那……那是江导？他怎么染头发了？！"

周徐纺看呆了，就忘了吭声。

方理想喷了一口奶茶，嘴里的珍珠都滑出去了："我去，雾面蓝，徐纺，你同款呀。"

江织刚进来，片场一下子就噤若寒蝉了，好多双眼睛都盯着他，以及他的头发，周徐纺也在盯。

她不禁摸了摸自己的头发："我的是一次性的，已经洗没了，江织的更好看。"

方理想摸着下巴：好看是好看，但显得不端庄啊，这江织本来就长得出色，现在还染了一头雾蓝，更像小妖精了。

江织正在五米远的地方，来来回回地绕圈。

方理想挠头："他干吗？怎么一直走来走去的？"炫耀他的新发型？

周徐纺把奶茶喝完，扔进垃圾桶，走过去了。

"你染头发了。"

人比较多，她不敢离得太近。

江织嘴角往上跑："嗯。"

"很好看。"

雾蓝色让他看上去有一点点的痞，少了些柔和，整个人看上去更有攻击力，但好看。

往来的工作人员似有若无地看过去，周徐纺不自在，把头埋起来。

江织说："你跟我来。"

周徐纺把帽子拉了拉，低着个头跟过去。

等人走远了，片场一干人等才敢偷偷八卦。

制片："那个姑娘谁啊？"

场务："不知道。"裹太严实了，看不清。

制片不解："江导怎么跟一女的走这么近？"

场务猜测："难道是闺蜜？"

副导演："我儿子叛逆期，昨儿个也染了一头蓝毛。"那一头小蓝毛啊，社会气十足，跟个小流氓似的。

场务："你是说江导中二期到了？"

副导演纳闷："江导都二十四了。"

场务猜测："迟来的中二？"

副导演一巴掌呼过去："小心江导听到要你好看！"

场务摸摸头，咱也不知道怎么回事，咱也不敢问。

导演休息室外面，阿晚站定如松，靠着门聚精会神地偷听。

"你是不是怕我？"

"没有。"

江织坐着，周徐纺站着，隔了有五米不止，他忍着满肚子的念头，才没把她拽过去。

"那站那么远干什么？"他指了他对面的沙发，"你坐这里。"

周徐纺犹豫了一下，坐过去了。他去给她拿了两罐牛奶和一盒棉花糖，放到她面前。

"谢谢。"然后她捧着盒子，将棉花糖一颗一颗往嘴里放。

昨夜里她入梦，也是这个样子，不过梦里头的她更乖，听话地坐在他身上吃糖，让她抱他她就抱，让她亲他她也亲，招人稀罕得不行，惹得他想把全世界的糖都堆到她面前。

江织越想心越痒："我给你的糖吃完了吗？"

周徐纺开了罐牛奶，先给江织，然后再给自己开另一罐："没有。"

"吃完了给我打电话。"她说好。

江织嘴角的笑便没下去过，眼里的波光荡啊荡，荡漾得不行，明显没睡好的恹恹神色在看到她后如沐了春风，神采奕奕。

"你以后别去理发店当模特了，染发剂用多了不好。"江织也没打算藏着掖着，就想对她好，"缺钱了我可以给你加戏。"

他不大愿意她的照片被贴出来，也不大愿意她四处去打工摆摊，可白给她钱，她肯定不收。让她来演戏也好，总归在他眼皮子底下，能随时看着。

周徐纺全当他好意，答应了："好。"

这么乖，应该好拐吧。

"你……"

话还没说出口，江织身体就开始发热，竟有些坐立难安，沙发上的毛毯被他无意扯得乱七八糟。

周徐纺腮帮子里藏着几颗糖，茫茫然地看他："嗯？"

"咳。"他装模作样地咳了声，"你是不是觉得我好看？"

薛宝怡常说，他这张脸，若真要用美色惑人，轻而易举。

137

她虽然不好意思，但还是点了头。

江织眉梢瞬间蕴满了春色，眼神都烫人，像只饿久了的狼吃到了第一口肉，心瘾全给勾出来了，他甚至吞咽了一下："那你……想不想得到我？"

只要她说想，他就给，可周徐纺考虑都没考虑："不想。"

什么美色惑人，薛宝怡太不靠谱了。

满怀欢喜落了空，江织气恼地看她："你不是说我好看吗？"

周徐纺被他翻书一样快的情绪弄得有点蒙："不能说啊？"可大家都觉得他好看啊，她不可以夸吗？

江织所有心猿意马被一盆冷水浇透了，她是真一点都不贪图他的美色，也不识情趣。江织拧了下眉，行，是他操之过急了。

他深吸了一口气，一口喝了小半罐牛奶，把眉眼里的急不可耐藏好："我们是不是朋友？"

他知道周徐纺吃软不吃硬。

周徐纺迟疑了一下，点头。

"那明天晚上请我吃饭。"怕她不答应，江织特别指出了，"我送你吊灯了。"

"好，我请你。"

江织眉头这才舒展。

这时，她手机响了一声，看完手机，她问江织："你现在有空吗？"

"有。"

"我有东西要送给你。"

随后，周徐纺领着江织去了影视城外面，刚出去，江织就听见有人拿着大喇叭在喊他的名字。

"江织！"

"江织！"

公众场合下，这样喧哗，惹得江织很不悦，朝阿晚扔了个眼神。

阿晚立马会意，打算去瞧瞧是谁在光天化日之下拿着大喇叭对他家雇主指名道姓。

"江织！"

"哪位是江织？"

阿晚定睛一看，就见地铁口对面的路上停了一辆大货车，货车司机正扒在车窗上，拿着个大红色的喇叭在吆喝，阿晚正打算过去探探情况——

周徐纺把手举了起来，左右招了招："这里。"

路对面，货车司机用喇叭隔空对话："你是江织？"

周徐纺顶着渔夫帽点头，亦步亦趋跟在她后面的江织完全一头雾水。

只见那货车司机从货车上下来,大冬天的就穿了件T恤,外头套了棉马甲,拿着张单子走过来,打量了江织两眼,目光最后定在他头发上:"你的鸡蛋到了,一共三千四百九十六个,请签收一下。"

江织怀疑自己听错了,问周徐纺:"这是什么?"

"你喜欢的土鸡蛋。"

江织看了一眼那辆两米高的绿皮大货车,他挑了个最便宜的土鸡蛋,她倒好,送他一车。

他就问那司机:"能不能退?"他活了二十多载,一掷千金的事儿没少做,这会儿,倒替她心疼起这几个子儿了。

货车司机用看无赖的眼神看他,心想这小蓝毛肯定是个社会小青年,仗着父母给了个好相貌,搞天搞地不搞正经事,果断给了个白眼:"钱已经付了,不给退!"

"你不喜欢吗?"周徐纺再次露出了迷茫的表情,她记得江织说过他喜欢土鸡蛋,她不明白为什么她送了他这么多心头好,他怎么还不开心。

"我吃不完这么多。"

江织不是不喜欢就好。

周徐纺接了货车司机的单子过去,签了名,又同江织说:"货车下面有米糠和木屑,你把鸡蛋埋在里面,冬天可以放很久,吃不完也没关系,你可以拿去送给亲朋好友。"

江织再一次看向那车蛋:"你花了多少钱?"

"没多少钱。薛宝怡先生昨天在我这订了很多手机壳,一个手机壳的利润有八块,我赚了好一大笔,不差钱。"

江织再一次无语凝噎。

阿晚想法就不同了,觉得贴膜的周小姐是深藏功与名之人,视钱财如粪土,不像外面的人,一个个贪得无厌不知餍足。周小姐不同,她是位高风亮节的好女士,卖个手机壳就知足了,十几万就觉得自己不差钱的精神高度可不是一般人能达到的。

下午四点,薛宝怡过来了影视城一趟。

"我去!你这头发挺前卫啊。"薛宝怡摸了一把他那也相当前卫的灰白小老头短发,心想着要不要也去整个蓝色。

江织没搭理他,脑子里全是那小姑娘,才一会儿没见,他就浑身不舒坦。

"还不错,哪里染的?"

这小流氓的发色,还别说,被江织那十级病颜衬得他身上那点公子哥儿的戾气变成妖气了。这模样啊,更招人了。

江织冷漠得很:"你那张脸,染这个颜色,是要去收账?"

算了,二爷度量大,不跟江织一般见识,把带来的文件袋扔下:"你要的东西。"他脱了西装就往江织那张定做的软榻上躺。

江织拆了文件夹,随意翻了两页,眼角的余光往薛宝怡身上轻扫,里头是赤裸裸的嫌弃与警告。

江织有洁癖啊。

薛宝怡笑骂了句,从软榻上爬起来,乖乖坐回沙发了:"唐恒的融资项目是靳松弄出来的,我查过他的账户,也查了唐恒的财务,里面问题很多,我猜靳松是想背着靳磊把唐恒掏空。这账你打算怎么算?"

靳松敢雇人掳掠,这后果他就必须得受着。

江织手指滑过纸页,不经意地轻轻摩挲:"本是同根生,相煎何太急。"

薛宝怡只觉得阴嗖嗖,织哥儿这是要搞事情啊。

"你是想让他们兄弟俩狗咬狗?"

靳松是私生子,靳磊对他不薄,兄弟养成了白眼狼,这戏带劲儿了。

"不然呢?我一个病秧子得养病,没那能耐搞三搞四。"

薛宝怡被他逗笑了,五六七八都被他搞出来了,现在说不搞三搞四?

"你不脏手也好,省得江家又盯上你。"

江织还是安安逸逸地当个病秧子好,最好等江家那堆人狗咬狗完,再去关门打狗。

江织兴致缺缺,没接话。

薛宝怡突然想起了件事儿:"我听南楚说,那个职业跑腿人给你通风报信了,特地给你发了电邮,让你小心靳松。怎么回事儿啊织哥儿,你和那跑腿人难不成掳出感情来了?她居然还护上你了。"

"少多事。"

"我估摸着,你这是桃花要泛滥了,一朵又一朵啊。"

"滚吧。"

薛宝怡偏不滚,偏要往他旁边一坐,这戏说来就来:"织哥儿,你在床上可不是这么跟我说话的。"

江织想一脚踹死他。

就在这时,咚的一声,门不知是被什么重物砸响了。

江织目色瞬间阴下去:"谁?"

"我……"

弱弱的一声之后,门被一只颤颤巍巍的小手推开,然后露出来一张小脸,漾着两个小梨涡,是方家四代单传的方理想。

"编剧给我改了词儿,让我拿来给您看看。"

她贼头贼脑的像只胆怯又好奇心爆棚的老鼠。这姑娘薛宝怡见过照片,他公司新签的,演戏有几分灵气,就是没看出来,居然还有做狗仔的潜质。

"放那。"江织指了门口的柜子。

方理想把剧本放下,又瞄了两眼:"那我就不打扰了。"她默默转身,走去门口,还是没忍住,扭头,诚意无比地保证,"江导、薛总,你们的事我一定会守口如瓶的。"

她一定不会告诉别人江导和薛总的关系。

保证完,她功成身退,把地方给"有情人"腾出来,然后,她走出去,看到了蹲在角落里的周徐纺。

"徐纺,徐纺!"

周徐纺抬起脑袋:"嗯。"

方理想拔腿跑过去,一屁股坐她旁边的角落:"我跟你说,江导和我们老总在休息室里偷情。"

"偷情"这个词让周徐纺反应了足足五秒钟:"江织和薛宝怡先生?"

方理想猛点头:"我亲耳听到的,你千万别告诉别人,他们是情人。"

一旁,周徐纺蹲着,一直闷闷不吭声,手里的牛奶罐不知道什么时候拿歪了,牛奶滴了一地。

嘎嘣!牛奶罐被她捏瘪了。

方理想问她怎么了。

她把罐子里的牛奶喝光,然后一脚把罐子踩爆,扔到装垃圾的袋子里:"要开始拍了,我去换衣服。"

哪里有垃圾桶,她突然很想去踹一下。

当天傍晚,两个消息震惊了娱乐圈。

其一,鬼才导演江织担当十八线美发沙龙特约模特,同款发型一经推出广受欢迎。

其二,华娱副总靳松被曝丑闻,与旗下多位艺人长期保持不当关系,并且涉嫌一起艺人失踪案,配合调查期间,其兄长靳磊以公司发展为由,罢黜了靳磊在集团内的一切职务。

晚上八点,浮生居里纸醉金迷。屏风后,日本艺伎在弹奏琵琶,饭桌上的菜品没怎么动,酒一杯接着一杯斟满。

门推开,来人神色匆匆。

靳松抬抬手,斟酒的女侍应放下酒盏,与奏乐的日本艺伎一同退出了房间。

"靳总。"

"他说了什么?"

秘书上前道:"董事长让您先配合警方调查,暂时不用去华娱了,唐恒的融资项目也暂停了。"

靳松摇了摇杯中酒,笑了:"好一个借刀杀人。"

秘书噤若寒蝉。

哐!一桌酒宴被整个掀翻,靳松站起来,拨了个电话:"那个病秧子,给我弄死他。"

◆第六章◆
一亲就高烧呀

严冬已至,晚上落起了冰粒子。

许九如以前是高门大户的千金小姐,江家保留了许多旧时的习惯,比如这宅院外,一到夜里便会点着灯笼,远远看去,古色古香。

许九如养的那只藏獒在院子里吠着。

二房的夫人骆氏出了厅,在外头接电话,骆氏是商贾骆家的女儿,名常芳,这骆青和还要唤她一声姑姑。

"二夫人,老夫人在里头唤你呢。"

来传话的是许九如身边的桂氏,许九如未出阁前,桂氏便跟在身边伺候着,后来桂氏丧夫,便随着许九如一起留在了江宅。

骆常芳挂了电话进了屋。

许九如坐南面尊位,大房长子东向坐,二房次子西向坐,之后,是孙儿依次北向坐,旁支庶出的,就站着。江家长幼尊卑一向严谨。

不一会儿,老管家江川进来通传:"老夫人,小少爷到了。"

许九如吩咐身边的婆子:"阿桂,去拿两个暖手的小炉过来。"

"是,老夫人。"

院门开着,阵阵冬风灌进来,这时,听闻屋外下人喊小少爷。

江扶汐上前去,待人进来,接过染了寒气的外套,将擦手的帕子递过去:"小容,去织哥儿屋里拿件干爽的衣裳来。"

整个江家,最会察言观色的便是四房的姑娘扶汐,她父母双亡,随了母姓,在江家寄人篱下,自小谨言慎行,最为稳重。

小容称是。

江织用帕子擦了擦手，缓步进去。

屋里敞着门，烧了火盆，江家许多习惯都有些守旧，他畏寒，一到冬天许九如便会命人烧上火盆，再放几个暖手的小炉给他取暖。

许九如已经过了古稀之年，头发花白，盘着精致的发髻，显得人很精神，只是腿脚有些不便，走动时离不得拐杖。

"织哥儿，你这头发怎么了？"

打从江织一进屋，许九如便盯着他瞧。

江织接过用人递过来的大衣："染了。"

"好端端的，怎么染个这般不正经的颜色。"许九如瞧着那头蓝毛，哪还像个高门大户的贵公子，市井气得很。

"哪儿不正经了？"

许九如笑骂他："胡闹。"

他挑了个离火盆最近的地方坐下，还觉着冷，拢了拢身上的衣裳。

"织哥儿最近在忙什么？平日怎么也见不着人？"

开口的是许九如的长子江维开。他生了张国字脸，表情一贯的严肃。

"没忙什么，瞎混。"

这时，对面江维礼接了话："怎么就瞎混了，上半年不是还得了个什么奖嘛。"

二房江维礼常年在官场周旋，是个笑面虎，身旁的妻子骆常芳是骆氏商家女，也是个八面玲珑的性子，夫妻俩只得江扶离一女，教养得聪慧又精干。

江扶离笑笑："爸，是最佳导演奖。"

"娱乐圈水浑，玩玩就成，以后还是得收心回来。"江维开平日里忙政事，对江家这些个事过问并不多，心想江织也到了正经年纪，该是回家族的时候了。

江织拧眉："大伯，我难得回来，您就别再唠叨我了。"

江维开就没再说他了。

一旁的长房长孙江孝林从头到尾不接话，优雅斯文地品着茶。

江织这时接过用人奉上的茶，还没饮，咳意上来，边咳着，他手里那杯茶洒了。

"怎咳得这么厉害？"许九如问道，"药呢，按时喝了吗？"

他咳得嗓子哑了："喝了。"

"世瑜怎么说？"

他用帕子捂着嘴，眼圈晕了红："药已经不大管用了，算算时间，大限将至了吧。"

许九如呵斥："说的什么胡话！"她吩咐了下人："不必摆餐了，把织哥儿的汤和药膳端到他屋里去。"

"是，老夫人。"

"扶汐，过来扶织哥儿。"

江扶汐上前去搀扶，江织却避开了，三步一喘地拖着步子去了楼上，远远还能听见他的咳声。

江扶汐片刻驻足，跟着上了楼。

江织的卧室在二楼，光线最好的一间。因为他身体不好，怕冷，地面铺的都是暖玉，许九如偏疼他，什么好物都往他屋里搬，字画花瓶最多。

江织也不要人扶，自个儿躺下了，白着小脸儿喘着气儿，别提多娇弱。

许九如饭也不吃了，坐床头的椅子上陪他："好些了？"

他有气无力地："嗯。"

许九如又气又心疼，帮他顺着气："少摆出这副样子来吓唬我这老太婆，你死不了。"

"秦世瑜可是说我五脏六腑都坏了。"

"就是坏透了，你奶奶我也能用药给你吊着一口气儿。"

他哼了一声，没力气讲话。

瞧着他这样子，许九如也省了再说他："扶汐，你去厨房催催，织哥儿的汤怎么还没端来。"

"我这便去。"江扶汐出去后，合上了门。

把人支走后，许九如才同江织说道："孝林和扶离近来是越发不收敛了。"

"嗯，听说了。"

"这点祖业，你就由着他俩折腾？还不打算回来接管？"

江维开和江维礼在官场，不管家族生意，江家的产业都在江孝林和江扶离手里握着。

江织没骨头地窝着："天儿冷，我管不动。"

"你就折腾我这把老骨头吧。"许九如不由着他胡来了，"等开春，我便把你父亲那份过给你，奶奶老了，一只脚已经进了棺材，后头的路，得织哥儿你自己走。"

江家的老爷子走时立了遗嘱，祖产一分为五，四个子女与发妻一人一份，只是并未均分，也未选出当家的，这一大家子哪个都不安分。

就老幺江织，一直病着，当了甩手掌柜。

他还没个正形："我两只脚都进了棺材，照样死不了，您啊，还有得活。"

许九如笑骂他泼皮。

"别的事儿便也罢了，同陆家有关的，你可得亲为。"

说到陆家，江织来了几分兴趣："那块地儿陆家拿下了？"

"拿下了，可你这么一弄，陆家多掏了个数，正恼着呢。"许九如说着笑了，眼里有藏不住的惬意与痛快。

江家与陆家水火不容，在帝都是尽人皆知，明里暗里斗了十几年了，可到底是为什么斗、为了谁斗，就不得而知了。便是江织，也不知情。

"奶奶，您今儿个给我说句实话，"他抬着眼皮瞧着许九如，"您和陆家到底是结了什么仇？"

什么仇非报不可便算了，还要他亲为，着实奇怪啊。

"我可是听说，您呐，和那陆家已逝的老爷子相好过。"

这话，也就他敢说。

许九如瞪了他一眼："等你接管了江家，奶奶就全告诉你。"

他哼哼，不接话了。

"靳家那对兄弟可是你搞的鬼？"

"嗯。"

"行啊，织哥儿。"许九如对他这般借刀杀人的手段颇感欣慰。

陆家祖上是玉石起家，底蕴与江家一般，都是富贵了几代的人，从陆老爷子这代才开始涉足了医药业。

陆氏大厦坐落在帝都最繁荣之地，是这座城市最高的建筑，从顶楼俯瞰而下，整个城市的霓虹尽收眼底。

"二小姐。"

年轻的女孩坐在老板椅上，眯着眼在小憩，没睁眼："查到了？"

"和我们竞价的，的确是江家的小公子。"秘书上前，西装革履，头发梳得一丝不苟，"不知是从哪儿得了消息，知道了我们陆氏对那块地势在必得，就故意将拍卖价格哄抬了一倍。"

女孩睁开眼。

女孩年轻，看上去不过二十出头，眼型长，脸小，一双弯眉英气，相貌九分，气质十分。她生了一双单眼皮，漆黑的瞳孔透亮，里头一股子气场，可唇角稍稍上扬一分，便多了几分邻家女孩的灵动与干净。

她捏了捏眉心："这个江织，真是烦人得很。"她嘟囔了一句，低头看手表，"九点了。"

后半句，秘书听得一愣。

"他的节目要开始了。"然后，她把桌上的那个投资过亿的项目文件推到一边，打开平板里的电台。

"我很喜欢王小波的一段话，我把我整个灵魂都给你，连同它的怪癖，耍小脾气，忽明忽暗，一千八百种坏毛病。它真讨厌，只有一点好，爱你。"

电台里的男声，温润、低沉，像醉人的酒，像四月的风，像一把大提琴在耳边轻轻地拉。

"晚上好，我是周清让。"

完全不懂声音的秘书安静不语，二小姐最近迷上了个姓周的电台主持的声音。

夜半冷寂，冬风凛凛。

"老夫人，老夫人！"

门外，桂氏火急火燎地喊人。

许九如披了衣服起身："大晚上的，吵闹什么？"

"老夫人，小少爷他咯血。"

屋外，花白的雪花飘了起来，入冬的第一场雪，千呼万唤了几天，终于下了。

"外头怎么了？"

门外的下人回话："说是小公子痼疾犯了，咳了不少血。"

随后，骆常芳去了江扶离的屋子。

江扶离起身，披了件外套，去开门。

骆常芳命了下人守在门口，她进屋，坐下，倒了杯茶："我让人查过织哥儿的病历了，脏腑都有些问题。"

年年如此，一到冬天，三房那根独苗就要死不活，这五脏六腑没一处好的，偏偏还在苟延残喘。

"前阵子听医院的洪博士说，有些药物若是长期服用也会有心肺衰竭之症。"

墙上的灯有些年岁，光线昏暗，落在江扶离脸上，她样貌像了骆常芳三四分，唇形饱满，眼窝深，轮廓单看都很硬朗，组合在一起却也有几分雌雄难辨的风情。

在江家，最有经商头脑的，是长房的江孝林，可若论缜密与精明，江扶离比之他，不遑多让。

"你怀疑织哥儿是装病？"

"他早成精了，我不得不防，病历可以作假，而且与他交好的薛家小二爷就是中医出身。"

他要不是成精了，早该成鬼了。

"找人试过了？"

她嗯了声，没细说，转头吩咐门外的下人："去瞧瞧，探探真假。"

"是。"

凌晨三点，江织被送去了医院，秦世瑜三点半走了，薛宝怡后脚就来了。

他看了一眼垃圾桶里沾了血的纸巾就知道是怎么回事了："你吃了几颗药？"

"三颗。"

薛宝怡板起脸了："不要命了你？"

这药还在研发期，副作用很大，一颗就能让他一周都提不起劲来，他倒不怕死，一次吃三颗。

"我哪个冬天不咳几次血，死不了。"

他死不了那也得伤肝伤肺！还得不育！

薛宝怡想骂他来着，看他病弱的模样，舍不得骂了："是不是江家有人起疑了？"

他嗯了声，先前吐了几口血，现在脸白得跟纸似的："没有江家人帮衬，靳松哪有那个胆子在我头上动土。"

劫色不过是个幌子，那晚来了两伙人，前边是来掩人耳目的，后边那伙才是来探他虚实的。

所以，他就吐几口血，让那些人"放心"。

"织哥儿，"薛宝怡严肃了，"你很喜欢那个贴膜的姑娘吗？"

江织噎住，干吗突然问这个？！

"如果你真喜欢她，想跟她过一辈子，以后，你就别乱吃药了，得惜命了。"

他了解江织，江织这人没有什么三观，也没有什么底线，对别人狠，对自己更狠。江织不惜命，不怕死，来了兴趣就陪着玩玩，没了兴趣，就吃吃药装装病，不拿自己当个人，不拿别人当个事儿，这样的人，亦正亦邪、随心所欲。

江织说过一句话，薛宝怡一直记得。

"死了就死了，弄死了就弄死了。"

前者，江织说的是自己，后者，说的是所有他不当一回事儿的人。

可这次，他被薛宝怡说得愣住了。

得惜命了，他得惜命了，不能拿命游戏人间。他开始怕死了，因为周徐纺。

许久，他对薛宝怡说："以后别给我开药了。"那用来装病的药伤身。

雪下了一整夜，一早银装素裹，满世界都铺了一层干净的白，帝都的雪总是下得急，下得猛，伴着风，下出了世界末日的架势。

中午，阿晚吃了午饭就过来了，抖抖身上的雪，在门口等身上沾染的寒气散了才进病房。

江织躺着，在看窗外。

"老板，十全大补汤来一碗不？"阿晚把带来的汤放柜子上，"我妈熬了一上午了。"

真不是他自夸，他妈熬汤的本事堪比五星级大厨。这也都托了江织的福，自打换了肾之后，他妈就把江织当儿子，江织一进医院，她比谁都急，想方设法地给他补身体，这才练就了一身熬汤的技能。他妈宋女士可能忘了，肚子里那颗肾虽然是江织付的钱，可她亲儿子签了三十年的卖身契啊。

阿晚已经习惯了，没那么悲伤了，给江织盛了好大一碗汤，给端过去。

江织还是那个姿势，动也没动一下。

"去给我办出院。"

"那怎么成，您这个身体可不能乱来了，外头在下大雪，天儿冷，您还是住医院里头吧。"别出去给冻出病来了。

"让你去就去。"

他目光薄凉，跟外头初冬的雪似的。

阿晚被他冻得一个激灵："我不敢，上午老太太走的时候说了，让我看住您。您要出院是不是因为周小姐啊？"雇主也是够无耻的，用吊灯做借口，非要让贫困潦倒得四处讨生活的周小姐请他吃饭。

江织不说话，就用他那双能颠倒众生的桃花眼那样漫不经心发射冷气。

阿晚往后挪："要不这样，您告诉周小姐，说您病了去不了。"

"不行。"

语气丝毫没有商量的余地。

"老板，周小姐人那么好，她要是知道您住院了，肯定会来看您的，现在的女孩子啊，最受不住美人计和苦肉计了。"

林晚晚喜欢看电视剧，人虽然不机灵，但他懂可多了。

江织一时不说话。

"今儿个天气也不好，反正餐厅还没订，您正好可以跟周小姐约个别的时间，如果周小姐来医院看您的话，你们就可以多见一面了。"

江织略做思考后，拿出手机，给周徐纺发了一条微信。

"我病了。"

然后，三分钟过去了，十分钟过去了，二十分钟过去了……她居然还没回。

阿晚被打脸了。

江织把手机往桌上一扔，眼里似融了外头的鹅毛大雪："你不是说她会来医院看我？"

阿晚挠头，让他看起来尽量真诚无辜："可能在忙没看微信，要不您给她打个电话？"

江织一脚把压在脚下的毯子踹下去，翻了个身躺着，跟人赌气似的。

三十秒都没到，江织又是咳又是喘，撑着病弱的身子坐起来，喝了几口汤，然后恹恹无力地摸到柜子上的水杯，抿了一口，"顺手"拿了手机。

阿晚装作什么都不知道，偷偷瞄了一眼老板的手机，老板给周小姐存的名字是 a 周徐纺，排在通讯录的第一个。

电话响了很久才被接通。

"喂。"

电话里，风声比她的声音都大，应该是在外头。

江织咳了声，清了清嗓子："是我。"

"我知道是你啊。"

"你怎么不看微信？"

"我在发传单。"

她到底打了多少份工！这么大的雪都不歇着。

江织又咳几声："我住院了。"

他的声音挺无力，语气挺娇纵。他仿若在说：我都病了，你敢不对我言听计从吗？

周徐纺听完立马问了："你病了吗？很严重吗？"

他有气无力："嗯，严重。"

"那我发完传单去看你。"

为什么要等发完传单？！

江织等不了了："你——"

"领班来了，我要先挂了。"

然后，就是一串嘟嘟嘟嘟。

江织昨晚刚吐了血，现在感觉又要吐血了。这种感觉，就像被马一脚踢在了心窝窝里，疼是其次，最主要是伤自尊。

手机被江织重重扔在柜子上。

"林晚晚。"

阿晚头皮都哆嗦了，幸好，他手机适时地响了："我妈来视频了。"他背过身去，接通了他家宋女士的视频邀请，"妈！"您真是救苦救难的观世音菩萨啊！

手机屏幕里，全是宋女士圆得像圆规画出来的大脸，烫了一头洋气的泡面小卷，快六十的人，戴了个特少女的发卡。

"汤给江织喝了吗？"

宋女士开口就问江织。

阿晚眼里是来自亲生儿子的幽怨:"给了。"

宋女士虽然有少女心,但着实是个彪悍的暴脾气:"你快起开,别挡我镜头。"

阿晚默默地把脑袋从镜头里挪出去,让后面的江织入镜。

宋女士上一秒还河东狮的脸,这一秒,变作了一朵灿烂的小花:"江织啊。"

宋女士是颜控,三天换一个男神,只有江织,得宠了两年。

江织叫了声伯母。

"身体好些了吗?"宋女士眼神慈爱。

江织态度虽不亲近,但礼貌耐心:"好多了。"

"我给你炖的汤里面放了温补的药材,你要多喝点。"

就是这时,视频里传来一声鸡叫。随后,屏幕上宋女士的大圆脸挪出去了,一只鸡头露出来了。

宋女士拎着鸡:"双喜,快来给你爸爸作个揖。"

突然荣升为爸爸的江织呆了一下。

那只鸡江织都快不认识了,比周徐纺送给他的时候圆润了不止一倍,这会儿穿着粉裙子、戴着红色蝴蝶结、绿色头花,像个喜庆又滑稽的吉祥物。

阿晚在一旁解释:"我妈给老板您的宠物鸡取了名字,叫双喜,还给它做了很多小裙子。"尽管他说了很多遍,那是只公鸡,但依旧阻挡不了宋女士泛滥的母爱。

视频里的双喜很兴奋,扑腾着翅膀咯咯咯。宋女士说,双喜是在跟爸爸作揖。

极有可能不育然后当了一只公鸡的爸爸的江织无话可说。

挂了视频后,病房里气压一直很低,阿晚也感觉到了,快要呼吸不上来了,还是去上厕所吧。

就在阿晚跑第四趟厕所的时候,双喜的"妈妈"周徐纺终于来了,她戴着毛茸茸的帽子,黑色的羽绒服从头裹到了脚。

"你好点了吗?"

江织一听声音,立马转过身来,嘴角弯了一秒就被他压下去:"没有。"

她手里还提着大包小包。

阿晚主动接了东西:"周小姐,这些是什么?"

"补品。"

阿晚数了一下,足足八盒:"都是买给我老板的吗?"

他是明知故问的。

周徐纺摸了摸毛线帽子上的球,点了头。

江织从病床上坐起来了。他讲究，嫌医院的病号服不干净，身上穿的是睡衣，一头雾蓝色的短发被他压得乱七八糟的，额头还翘起了一绺。

"你是钱多吗？买这些东西干什么？"

江织训斥的语气里是有一点得意欢喜的。

"给你补身体。"

周徐纺就这么把他的毛给顺下来了，原本赌的那点气都消了，满园春色又从眼里疯跑出来："你发传单一天多少钱？"

"平时是一百五，今天下了雪，有三百。"他给她打电话的时候，她只剩几张传单了，所以才等发完了过来。

"那你买这些东西花了多少钱？"

"八千四百三十七。"

江织想把他的卡塞给她，省得天天担心她大手大脚没钱花。

"以后你人来就行了，不准买东西了。"

"好。"她想，不能真不买的，探病的话空手不礼貌。

"你站那么远干吗？坐过来。"

周徐纺没好意思坐他病床上，搬了椅子过去，放在离他不远不近的地方。

"热不热？"

屋里开了暖气，她帽子和羽绒服裹得严严实实，脸颊透着一层红，也不知道是热的，还是被外面的风吹的。

周徐纺摇头说："不热。"

江织还是把温度调低了两度，自己穿好外套："喝不喝汤？阿晚妈妈炖的，味道很好。"

"喝。"

他给她盛了一大碗，把汤里面珍贵的药材和肉全部捞给她，她说谢谢，捧着碗在喝汤、吃肉。

她没忍住，问了："薛宝怡先生没有来陪你吗？"

江织和薛宝怡先生在处朋友吗？这两天，她一直在想这个问题，打工的时候想，睡觉的时候也想，想得她睡不好。

"我为什么要他陪？"

她眉头皱更紧了，很纠结的样子："他不是你男朋友吗？"

江织被噎得血气顿时上涌："谁跟你说他是我男朋友？"

这下周徐纺不作声了，绝对不可以把方理想供出来。

他撑着身子坐直："周徐纺。"

"嗯？"

她脸上的表情看上去又愣又傻又萌又蒙。

原本恼她不开窍的,可他看着她的脸,看着看着就只想戳一戳、摸一摸了,也舍不得凶她,声音都放软了好几度:"你是不是听人说了,我是同性恋?"

她点头。

"我不是。"

周徐纺抬头看他,一副茫然不解的样子。

他心急,脱口而出:"我不喜欢别人,我——"

突然,敲门声响。

江织到了嘴边的话全部被迫卡在了喉咙里,堵得他想揍人,脾气也上来了:"什么事!"

"江少,"门外的护士长被吼得怵到了,"到、到时间了,要抽血。"

江织瞪了周徐纺一眼,她还是刚才那副表情,他烦躁地抓了一把头发:"进来。"

护士长推门进来,里头气氛不对,她是大气都不敢喘。

江少的脾气医院的医生护士都知道,最惹不得,倒不是他喜欢为难人,就是他每次冷着他那双漂亮的眸子,就像兜头砸过来一阵冰渣子,不要人命也冻人心。

这会儿,江织正板着个脸。

"左手还是右手?"

护士长抖着手把医用托盘放下:"右手。"

江织往后躺,把手伸过去,袖子捋起来。

他血管很细,但皮肤白,看得很清楚,针头扎下去的时候,他在看周徐纺,而她在看他的手。

她表情很认真:"疼吗?"

他当了二十多年的病秧子,什么疼没挨过,早麻木了,就是不适应,这还是头一回有人问他疼不疼,问得他心都痒了。

"疼啊,吹一下就不疼了。"

周徐纺恍然大悟:"护士姐姐,你能给他吹吹吗?"

护士长当然没敢给江织吹,迅速地抽了两管血,溜了。

周徐纺只坐了二十来分钟就走了,走之前和江织约好了时间,明天晚上再一起吃饭。她似乎心情很好,破天荒地主动同门口遇到的病患打了招呼,顺带还帮一位去上厕所的女病患提了输液袋。

江织没有跟薛宝怡先生处朋友,她要快点去告诉方理想,不能再让她以讹传讹。

等周徐纺走后，阿晚走到床头。

"老板，你刚才是想表白吗？"

江织没承认也没否认，盯着门口，心不在焉。

"我觉得不妥。"

江织眼皮动了动，目光转过来。

虽然雇主这人脾气坏，但食君之禄担君之忧，阿晚是个有职业道德的人，他要开始献计了。

"我听剧组那个叫方理想的女演员说过，周小姐的智商有一百三十多，很高吧，都是用情商换的。而且你看周小姐，对您根本就没开窍，你要是冒冒失失地表白了，说不准会吓跑她。"

江织他颇不自然地问："那怎么办？"

阿晚脸上是高深莫测、深藏功与名的表情："老板，您要温水煮青蛙，循序渐进，慢慢地渗入，等她习惯了您对她千万般的好，她就再也离不开您了。我前几天看了个偶像剧，男主就是这么把女主拿下的。"

"咳咳，"江织装模作样地咳了两声。

他得多病急乱投医，才会信林晚晚的鬼话，思考三秒后——

"把剧发给我。"

次日，大雪依旧，满地积雪覆了路。

江织与周徐纺约在了粥店，就是周徐纺打工的那家，是江织挑的地方，为什么不去更高档、更有格调的地方？因为他要给她省钱。

周徐纺不让江织去接，他们约了六点半在粥店门口见。

阿晚觉得雇主脑子有问题，四点就叫他开车过来了，也不进店，就在天寒地冻的大雪里干等。

车停在粥店对面，江织看了看手表："几点了？"

他怀疑他的手表坏了。

"老板，才五点，您来太早了。"

江织掀了一下眼睫毛。

阿晚立马闭嘴，撇开头，看外面大雪纷飞，突然，他看到了一个熟悉的身影，惊呼："呀！周小姐在送外卖！"

粥店门口，周徐纺刚出来，戴着顶扎眼的、配送员专用的黄色头盔。

伞都没有撑，江织就下车了，喊了一声周徐纺，之后站在漫天大雪里，隔着马路，朝她招手。

周徐纺回头就看见了他，看见了落在他肩上的雪，看见了他大衣上黑色的磨砂扣子，看见了他在笑，很浅，但很好看的笑，像个匆匆归来的少年。

他后面的车道上，一辆轿车压过了斑马线，突然加速。

周徐纺手里的袋子掉了。

"江织！"

阿晚大喊了声小心。

江织下意识转过身去，高速行驶的车毫无预兆地撞进他目光里。

"老板！"

江织只来得及挪动一步，腰就被勒住了，然后整个人朝后栽，天旋地转地滚了两圈，漫天飞雪与一顶黄色的头盔一起倒映进了瞳孔里。

耳边风在呼啸，那辆黑色的轿车几乎擦着他的后背，眨眼开出了视线。

之后，他就任由那黄色头盔的主人压着他，任由她在他思绪里，横冲直撞。

"江织。"

"江织。"

周徐纺喊了他两声。

他却置若罔闻，目不转睛地盯着她。

"你怎么了？"

周徐纺的帽子是歪的，急得小脸都皱了："你怎么不说话，是不是哪里受伤了？"

她还蹲着，很狼狈。江织坐在雪上，也很狼狈，身上都是雪。

"江织。"

他没答应，伸出手，朝她靠近，修长纤细的五指微微弯曲，遮住了她半张脸，只留一双眼睛与他对视。

周徐纺猛然后退。

江织抓住了她的手："是你？"

"什么？"她低头避开目光，头上的帽子耷拉下去，把她本就小的脸藏住了一半。

江织没说话了，拽着她一只手，用力一拉，抱住了她。

周徐纺想都没想，抬起手——

"徐纺，"他低低似呢喃的声音就在她耳边，"别打，我还病着。"

他叫她徐纺。

天寒地冻，风里都带着刺骨的寒，只有耳旁他落下的呼吸是热的："你数十下，我就松开。"

他下巴搁在她肩上，她身上有牛奶的味道，和那个职业跑腿人一模一样。

一，二，三……

周徐纺手放下了，在默数。

江织还坐在雪地,彻骨的冷意渗过了厚厚的衣服,抱着她的手轻微发抖:"那么短的时间,你是怎么到我身边来的?"

她不习惯这样靠近,整个身体都是僵的:"我跑来的。"

"只用了三秒?"

"我跑得快,你离我也近。"

"你分明在街对面。"

"雪很大,你看错了。"

"周徐纺——"

"十下数完了。"她推开他,退后去,把帽子扶端正,"从街对面跑过来,再快也要一分钟,是你看错了。"

说完了,她就摆出她平时冷淡的表情。

江织扶着路灯杆站了起来,掸去身上的雪,抬起头,目光灼灼地看她。周徐纺第一次有这种感觉,像被剥开了所有伪装,无所遁形。

"江织。"她低下头,大了一圈的黄色头盔滑溜下去,遮住了脑门,"我手疼。"

霜降说过,女孩子要会示弱。

果然,江织方寸大乱:"怎么了?哪里疼?是不是摔到了?"

周徐纺轻轻晃了下胳膊,故意晃到他跟前去:"刚刚磕到了。"

周徐纺第一次用苦肉计。

"我们去医院。"

这顿饭,还是没吃成。

江织带周徐纺去医院拍了片子,确认没伤到骨头才放心,这么一折腾,九点多了。

其实她胳膊一点都不疼,可江织执意让医生给她缠了一圈绷带,还三番五次地要医生保证她没事,才肯领着她离开骨科,对此,周徐纺更加愧疚了。

她还戴着那个配送员的头盔,垂着脑袋特别无精打采的样子:"很晚了,我要回去了。"

"我送你。"

"外面冷,你别送我了。"

江织不怎么愿意,看她可怜巴巴的,又舍不得不依着她:"那送你到门口。"

"好。"

江织把周徐纺送到了门口,五分钟的路,因为他三步一喘五步一咳弱不禁风,硬是走了十五分钟。

出了医院门口,周徐纺就不再让他送了,大雪停了,外头铺天盖地

155

全是一片茫茫白色。

周徐纺站在台阶下面，跟江织道别后，很严肃地嘱咐他："撞你的那辆车，车牌被雪覆盖住了，你要小心，这不是意外。"

江织站得高，弯着腰听她说话："我知道。"

"那我走了。"

"徐纺。"他拉住了她没缠绷带的那只手。

她歪着头看他："嗯？"

她的手还是和冰块一样冷，可也同以前不一样，她不会出于本能地推开他了。

"你对我说什么都可以。"

周徐纺看着他，目光茫然。

江织走下台阶："听得懂我的意思吗？"

她摇头。

"你和别人不一样，你可以对我做任何事。"

包括吃他的糖，打他的人。这些都可以，他想了想，好像没有什么不能容忍她做的了，隐瞒或欺骗，都可以。

江织把她外套的帽子蒙在头盔上，"回去吧，到了给我打个电话。"

"再见，江织。"

然后，她走了。

江织在医院门口站了很久，等人走远了，他才弓着腰咳得厉害。

阿晚上前："老板，外头风大，进去吧。"

江织没动，看着地上那一排脚印："监控调了吗？"

"调了，只是傍晚雪下得太大，摄像头出故障了。"

"她一开始站的位置，你看清了？"

阿晚点头，又摇头："可说不通啊。"

正常人的速度不可能有那么快。

"老板，是不是我们眼花了？"

江织不言，闷声走着。

阿晚叽叽喳喳："你说周小姐会不会是天上下凡的仙女啊？等渡完劫，就会飞升回天庭。"

夜深人静，走廊里只有咳嗽声，还有老板冷若冰霜的嫌弃："你又看了什么乱七八糟的电视剧。"

阿晚挺直腰杆："我最近在追仙侠剧。"

"如果周小姐真的是来渡劫的，那渡的一定是桃花劫，老板，您是周小姐的劫数呐。"

如果真有天庭，他就造个核弹，给它炸成渣，然后再弄个宇宙飞船，把周徐纺抢过来，管她是人是仙，他都扣下了。

江织停止了这种想法："你是智障吗？"

阿晚：你才是！

回了病房，护士过来扎针，免不了一顿小心翼翼的劝解，大概就是说江少怎么怎么身体弱，不能出去受寒之类的。

江织嫌吵，让护士闭嘴。

"去查一下靳松。"

"不是江家人吗？"阿晚觉得就是江家人撞的。

"江家人还没这么蠢。"

江织没解释，恹恹躺下了，阿晚想不明白，可也不敢问。

周徐纺到家后，快十点了，衣服都没换，她去开了电脑。

"霜降。"

霜降立马打字过来："我在。"

"监控拍到我了吗？"

江织心思缜密，一定会去查，周徐纺在医院拍片子的时候就用手机联系了霜降，亡羊补牢，不知道还来不来得及。

"拍到了，不用担心，我帮你阻截了视频。"

周徐纺这才松了一口气："谢谢。"她去冰箱里拿了一罐冰牛奶，"那辆车呢？"

"也拍到了，但雪下得太大，根本看不清，开车的人戴了口罩，男女都看不出来。"

周徐纺坐回电脑前："车型呢？"

"也查了，宝马的普通款，没什么特别的。"

车牌也被挡着，就是说，一点可用证据都没有。周徐纺低头，思忖。

"江织的事，你要管吗？"

周徐纺毫不犹豫："要管。"

她不会让别人害江织的，谁都不行。

霜降却有顾虑："可江织对你起了疑心，他人又精明，我怕他会猜出什么。"

伤口、速度，她的不寻常已经让江织察觉到了。

周徐纺默不作声。

她很怕别人知道她的秘密，很怕被当成怪物，最怕江织也会用厌恶的眼神看她，然后再也不跟她做朋友了，也不跟她说话了，不给她糖，不送她灯。

"徐纺，如果你不想暴露，要跟他保持距离。"

嘎嘣！周徐纺手里的牛奶罐被她不小心捏瘪了，牛奶流得到处都是，她懊恼地抿了抿唇："我知道了。"

她脸上有失落的表情，霜降还是第一次瞧见她这么生动的表情。

"再帮我查个东西。"周徐纺把手上的牛奶擦干净，"四方形的平安符挂件，是黄色缎面的，最下面左边的角上用青色绣线绣了图案。"

开车撞人的那人穿了一身黑，帽子压得低，手套和口罩都严实地戴着，什么特征都没有。周徐纺视力好，看到了车上的挂件，半个手掌大小。

她找了纸笔出来，想把平安符画出来，可画了好几张，都歪歪扭扭的，一点也不像。她着实没有绘画的天赋。

这时，放在旁边的手机响了，她拿起来看了一眼，是江织发来了微信。

"到家了吗？"

"到了。"

"拍张照给我。"江织又发来一条，"确认你的安全。"

周徐纺起身，拍了门口给他。

"拍你自己。"

周徐纺拍了半张脸给他。

照片里，她目光飘忽神色迷茫，似乎在找镜头，但还是没找准。

这姑娘应该从来没自拍过，应该也不怎么经常用智能手机，上次跟她视频就发现了，她找不到镜头。她那么高智商，还这么迷糊，蠢得可爱。

江织不打字了，发语音："棉花糖吃完了吗？"

周徐纺不怎么用语音，依旧慢慢打字："快吃完了。"

"你明天来片场，我给你带。"

"好。"

她立马转了一万块给江织，江织没收。

"你钱很多？"

"还好。"不能说实话，江织太精明了。

"怎么赚的？"

"打工。"

"都打什么工？"

他语气随意，听起来像是闲聊，周徐纺没有犹豫很久，开始一一回答。

"贴膜，送外卖，群众演员，当模特，发传单，代驾，搬砖……"后面还有，她罗列了十几份工种，就是没有职业跑腿人。

江织语调都拔高了："你还去搬砖？"

"去啊,搬砖钱多。"主要是她力气大,一个人可以搬三个男人的量。

这时,江织脑子里浮现出一个瘦弱的身影,戴着个红色安全帽,在一堆男人中间,穿着不合身的衣服,戴着破了好多洞的手套,脚踩一双解放鞋,弓着腰,灰头土脸、可怜兮兮地搬砖……

不能想,他要心痛死!

他几乎用吼的:"以后不准去搬砖!"

为什么不准去?搬砖轻松又赚钱啊,周徐纺想不明白,但还是答应了:"哦。"

她真乖,一直这么乖就好了。

江织:"徐纺。"

周徐纺:"。"

"去睡吧,很晚了,晚安。"

"晚安。"

最后江织发了个从薛宝怡那里保存过来的【只要你乖给你买东西】的表情包,周徐纺回了个句号。

然后聊天没有再继续,江织本来还想再聊会儿,但一想到周徐纺要打那么多份工,还去搬砖,就没舍得再耽误她睡觉的时间。

他盯着那个句号。

他聊天页面的背景图是她的照片,从美发店老板那里要来的那张,她应该很少拍照,表情很呆,眼神放空,脸上是表情包——我是谁我在哪我要干什么?

病房里没开灯,阿晚进来就看见一束手机的光打在他老板那张颠倒众生的脸上,午夜惊魂的美色啊。

不知道从什么时候开始,他老板有了熬夜的习惯。

"老板,您还不睡吗?十点多了。"

他还盯着手机:"查得怎么样了?"

"周小姐名下没查到什么不动产,房子也不是登记在她户头下的。"存款更是少得让人同情心泛滥。

江织未言,手指落在微信页面上,摩挲着周徐纺那个黑漆漆的头像。如果她真是职业跑腿人,查不到也正常。可那次她手臂上的伤口怎么解释?今天她只用了三秒从街对面跑到他面前,又怎么解释。

江织毫无头绪。

"老板,您是不是怀疑周小姐是那个掳你的淫贼啊?"阿晚很笃定,"肯定是您搞错了,周小姐那么高风亮节、正义凛然的人,怎么可能会是淫贼。"

江织抬头,手机的光照在他脸上,冷白冷白的:"别开口闭口就叫淫贼。"

还护上了呢!阿晚不跟他争。

江织放下手机,躺回病床:"去老太太那里传个话。"

"传什么话?"

"就说总有刁民想害死我。"

然后呢?让老太太去帮着搞死刁民?阿晚正要问问清楚。

江织继续交代了:"然后再提一句。"

"提一句什么?"

"提你力不从心、拳脚不如人,顺便告诉老太太,最近帝都有个厉害的职业跑腿人,身手好,执行力强,是个比你强了百倍不止的保镖。"

力不从心、拳脚不如人的阿晚郁闷了。

翌日,大雪暂歇,满地铺白。

周徐纺九点要拍戏,她七点多就出门了,穿了一件很大的羽绒服,戴了顶护耳棉帽,耳朵和下巴都给裹住,就留鼻子和眼睛在外头。地上积了厚厚的雪,踩上去咯咯地响,她穿着雪地靴,在雪上蹦跳了一下,再蹦跳一下。

"周小姐。"

后面有人喊她,周徐纺站好,不蹦蹦跳跳了。

"周小姐。"

她回头,看见了一位脸很圆、肚子也很圆的老伯:"您是叫我吗?"

老伯嘿嘿笑着,很喜庆:"是呀是呀。"他两手插在袖子里,缩着脖子,矮胖矮胖的,很可爱也很和蔼,"我是这儿新来的门卫,以后周小姐你要是遇到了什么麻烦事儿,尽管来找我哈。"

上上个门卫,还是被她变红的眼睛给吓跑的。

"好的。"周徐纺低着头,不与人对视,"谢谢。"

老伯看她的眼神很慈爱,把一双眼睛笑成了一对细缝:"那你去上班,路上小心哦。"

周徐纺埋着头,走了,走了四五米,她回头:"伯伯,您贵姓?"

老伯的鼻子被冻红了,有点小滑稽,但很可爱:"我姓方。"

哦,也姓方啊。

周徐纺觉得姓方的都是好人:"再见。"

她同老伯礼貌地道别,然后继续踩着雪去片场打工。

方老伯用慈爱的眼神目送了周徐纺,然后搓搓手,跑着回了保安室,把暖手袋揣进怀里,掏出手机拨了个电话。

"喂,闺女啊。"

"见到了见到了。"

"长得可真俊俏啊。"

"哎哟，我这记性，奶忘给她了。"

周徐纺到影视城的时候，还没有到八点半，来得早，片场人不多。

"徐纺、徐纺。"

老远就看到方理想在朝她招手，手里还捏着个咬了一口的灌汤包。周徐纺手缩在羽绒服的袖子里，左晃晃，右晃晃，回应了一下。

前面路窄，不知是哪个剧组的女演员迎面走过来，派头很足，后面跟了好几个助理，她的裙子很华丽，裙摆也长，等人快走近了，周徐纺就往角落里挪了一点，怕踩到人家漂亮的裙子。

嘶啦！那女演员的裙摆还是被刮开好大一条口子。

周徐纺就看了一眼，埋头继续走。

"喂。"

周徐纺回头。

那个女演员化了很精致的妆，尤其是眼线很迷人，不过她却板着个脸："你瞎了吗？"

大眼睛，小嘴巴，高鼻梁，尖下巴，很漂亮的长相。周徐纺觉得她好像见过这个人，哦，她想起来了，上次她电脑中毒的时候，页面上弹出来的、那个穿得很少的、一直抛媚眼的小姐姐，跟这个女演员就长得好像。

当然，不怎么上网的周徐纺还不知道有个词叫整容网红脸。

周徐纺不习惯被人注视，拉了拉头上的棉帽子："不是我踩的。"

可对方不听不信，把尖尖的下巴抬起来："不是你踩的，是它自己破的？"

可是她真的没踩啊，周徐纺不想理她了，转身要走。

女演员嗓门拔高："我让你走了吗？"

周徐纺皱皱眉，有点烦。

女演员的助理上前，叫了句颖姐。

"这个女人哪个剧组的？"她指着周徐纺问。

助理说："没见过。"

"把她赶出去。"

这条街被《无野》剧组包下来了，这个时间人很少，没什么围观的路人，女演员的助理没顾虑，就要上前去拽周徐纺。

这时，一个灌汤包砸过来，正中那个女助理的脑门，汤汁顿时滋得到处都是，随后是一声吊儿郎当的呦呵："这影视城是你家开的？"

方理想来了，嘴里还塞了一嘴的灌汤包，她看了看那个女演员。

她是骆家人!

别慌!方理想一秒镇静,然后从棉袄的口袋里摸出个口罩,给周徐纺戴上,并且偷偷摸摸地嘱咐她:"徐纺,你快把脸捂好,要是她问你是谁,你千万别说。"可不能被骆家人盯上了!

"你又是谁?"

这么趾高气昂,不是骆家小姐又是谁?

骆家这辈女孩生得多,但正经出身的就两个,骆青和与骆颖和,两人都是含着金汤匙出生的,可性子天差地别,骆青和掌家,精明聪慧是出了名的,骆颖和进了娱乐圈,嚣张跋扈也是出了名的。

方理想当然认得这张整得跟蛇精似的脸,但她是那种会向恶势力低头的人吗?当然不是!

"本姑娘行不更名坐不改姓,我就是方理想!"

方理想以前只是个跑龙套的,虽然新晋为织女郎了,但电影没播,她还没名气,骆颖和不认得她。

"你要替她出头是吧?"骆颖和抱着手,"也行,这裙子你来赔。"

方理想扭头看周徐纺,为了不暴露周徐纺的身份,她都不喊她名字了,喊了临时代号:"辉发那拉氏纺,是你踩的吗?"

周徐纺摇头。

方理想搞清楚状况了,弄了半天是个碰瓷儿的,她这个人吧,就爱路见不平拔腿相助。她撸撸袖子蹬蹬腿:"我赔你大爷。"

骆颖和当场变了脸色。

身边的女助理仗了她的势,上前帮着教训:"你——"

"我跟你说哦,我脾气很爆的,千万别对我指手画脚。"

那个女助理偏要指着她脑门:"我们颖姐让她赔,关你什么事!"

方理想露出了笑容:"都说了我脾气很爆的。"她一把揪住女助理的头发,"赔你奶奶的赔!"

时间拨回五分钟前,阿晚风风火火地跑进了休息室。

"老板!"

"老板!"

江织没睡醒似的,揉揉眼睛:"什么事?"

"外头吵起来了。"

江织昨晚没睡好,起床气空前绝后地大:"找我干什么?不会报警?"

"可带头的好像是周小姐。"

江织猛地站起来,起得急了,咳了好一阵:"跟谁?"

"骆家老二。"

骆家老二是出了名的刁蛮。

当然了，我们方理想也不是吃素的。

阿晚看着那个细胳膊细腿的小姑娘揪着一把头发的时候，目瞪口呆了。

方理想放完狠话，就要开打！

突然，啪嗒一声，是牛奶罐拉环发出的声音。

耳尖的方理想揪头发的动作硬生生僵住了，她硬着头皮扭头："导、导演。"

剧组有规矩，闹事者，滚。

这是顶风作案，方理想心虚啊："那个……误误误会啊。"

众人齐刷刷望过去，就见大导演用两根修长的手指捏着牛奶罐，没往嘴里倒，把玩着荡来荡去。他身形颀长，穿了件长及脚踝的黑色大衣，往那一站，像幅加了滤镜的精修画报，身后是白茫茫的大片积雪，他从画里走出来，唇红齿白，顾盼生姿。

那富贵人家娇养出来的从容贵气，真让人挪不开眼。

他调儿懒懒的："先把气给我喘匀了。"他目光落在那张护耳棉帽下的小脸上。

方理想看大导演没生气，想着不是来问罪的，她顿时有底气了，把腰杆挺直，调整好激荡的心情和急促的呼吸。

"说说，怎么回事？"

骆颖和只瞧了江织一眼便生了怯，目光飘忽，哪还有方才的气焰。

反观方理想，有人做主了，那叫一个义愤填膺，指着骆颖和就嗷嗷告状："她裙子破了，非说是我们辉发那拉氏纺踩的，还要我们赔，我们不赔她就不让我们走，对我言语羞辱就算了，还，"她眨巴眼，两行清泪就下来了，"还要打我们……呜呜呜呜呜……"

果然，织女郎的演技没得说啊。

江织喝了口牛奶，一个抛物线把罐子扔进了三米外的垃圾桶里，然后抬眼皮瞧着骆颖和："是这样？"

骆颖和与江织不是第一次见，两人年少时就认得。

少女怀春的时候，她也和堂姐一样，对这般好看的少年心生恋慕，直到那年，骆家大火，那个身份卑微的养子死在了火里。当时的江织还只有十六岁，拖着久病的身体，去骆家放了一把火，没人敢拦他，就眼睁睁看着目光猩红的少年将骆家老祖宗的牌位摔了个粉碎。

打那之后，江织与骆家交恶，骆颖和对他也再生不出一点旖旎的心思，除了怕就只剩怕了。

她很清楚，江织若是发起狠来，什么都敢做。

"就、就是她踩的。"

江织朝前走了两步，态度懒懒散散："她们两个都是我剧组的人，不就是条裙子，我赔就是了。"

"不是我踩的。"一直沉默的周徐纺重复了一遍，"不是我踩的。"

江织走到她前面，挡着身后众人的视线，伸手摸了摸她的棉帽子："没事儿，咱们剧组不差钱。"

周徐纺被他哄到了，就没再出声了。

江织转过身去："开价吧。"

骆颖和哪敢要江织的钱："算了，不用赔了。"

在他的地盘，欺负了他的人，能算了？

江织捂着嘴，轻咳了两声："说要赔的是你，说不赔的也是你，当我的剧组没人做主吗？"

骆颖和花容失色。

他抬起眸，依旧是病恹恹的神色，只是泼墨的瞳孔像淬了火光，杀人无形。

"开价。"

骆颖和是真慌了："八、八十万。"

"赵忠，把钱开给她。"

江织吩咐完，赵副导演当即就大手一挥，写了张八十万的支票，让人给了骆颖和的助理。

骆颖和白着小脸，没有再逗留，提着裙摆就走。

"等等。"

她背脊顿时发凉。

慢慢悠悠的语调不疾不徐地传来："钱也赔了，你这裙子，是不是归我了？"

"江织——"

"脱下来。"

当着众人的面，他毫不怜香惜玉地给人难堪。骆颖和脸色一阵白一阵红，羞窘至极："我待会儿就让人送过来。"

江织神色不改，桃花眼里融了三千积雪的寒："不行，现在就给爷脱了。"

这还是周徐纺第一次听江织这样同人说话。

他很少自称爷，脾气是不好，但江家教的是贵族礼仪，很少这样失了风度，可也到底是个世家的公子，这气势端出来了，谁敢忤逆。

骆颖和带的那几个助理哪个都不敢吭声。

江织已经没耐心了："还不脱，是要我找人动手？"

"我、我……"骆颖和满头大汗，手死死抓着裙子，"我错了，您大人不记小人过，放我一次。"

不甘心又怎么样？骆家再怎么财大气粗，比起江家，还是不够看，今天这软，她不服也得服。

江织抱着手，站在周徐纺前面："错哪了？"

"裙子是地上的石子刮破的。"她只是心情不好，想拿人撒撒气罢了，哪料到是江织剧组的人。

"既然知道错了，钱留下，还有，"江织让开一步，伸手拎着周徐纺的帽子，把她拉到自个儿跟前，"再鞠个九十度的躬，诚心地给她道个歉。"

好你个江织！

骆颖和把手心都掐破了，一步一步，走得极慢，到了周徐纺面前，弯下腰，咬破了唇："对不起，是我不对。"

周徐纺全程有点蒙，不知道说什么，歪头看江织。还是第一次，有人给她出头呢，她都不知道怎么办好。

江织勾勾嘴角，又拎着她的帽子，把她藏后面，目光扫过众人："偷拍可以，要是敢泄露给媒体……"

后果，他没有说，各自掂量。

最后，他挥了挥手，收了方才的气势，又恹恹无力了："行了，都散了吧。"

骆颖和被两个助理搀着走了，众人也抹了把冷汗，作鸟兽散。

"徐纺，"江织转过身去，"你跟我过来。"

"哦。"

周徐纺乖乖跟着他走了，徒留方理想站在原地思考人生。

"我怎么觉得，"方理想摸了摸下巴，"江导看上我们徐纺了。"

旁边的赵副导演接了句嘴："怎么可能，江导可不喜欢女人。"

"那也要传宗接代的好吧？"她好担心啊，怕周徐纺被骗。

周徐纺被江织领去休息室……领去单独问话了。

江织关上门，去给周徐纺拿了一罐牛奶："你有没有吃亏？"

"没有，谢谢。"

她知道江织刚才是为了给她出头，才对骆颖和那么不客气的。

江织真是个大好人。

他把牛奶开好了才递给她："以后遇到类似的情况，不用忍着，打得赢你就打，打不赢你就来找我。"

周徐纺喝了一口奶："打坏了，我还要赔。"她力气大，一旦出手，就很难收场了，肯定要赔很多医药费。

"怕什么，剧组给你报销。"

就算她是职业跑腿人，把人打残了，他也能给她收拾好。

周徐纺被感动到了，用力点头："好。"

江织人真好！

不知道被发了好人卡的江织被她的乖巧哄得心头舒坦，去把柜子上的一箱棉花糖搬过来，放在茶几上："给你带回去吃。"

在周徐纺记忆里，从来没有谁对她这样好过。她觉得眼睛热热的，感觉很奇怪，就用手揉了揉，心里突然很想对江织好，用力地对他好，可江织出身富贵，什么都有，她不知道她可以给他什么。

"我送给你的鸡蛋吃完了吗？"

"没吃完。"

一个都没吃，全部存在了别墅的酒窖里，等过些时候，他就把蛋液捐出去，蛋壳留着。

"那等你吃完了再跟我说，我再给你买。"

如果江织再穷一点就好了，那她就可以给他买房买车，买钻石手表。

不过江织好哄，几个鸡蛋就把他哄得眼泛桃红，连忙点头说好。

然后周徐纺没说话了，盘算着下次送鸡蛋的量。

坐了一会儿，她喝完了一罐奶："那我走了。"她弯腰，去搬棉花糖。

江织突然捂嘴咳嗽："咳咳咳咳……"

周徐纺顿了一下，又坐回去："你到了冬天都会咳得这么厉害吗？"

他靠在沙发上，蔫儿蔫儿的："嗯。"

"治不了吗？"她听方理想说过，江织家里就是做医药的。

他半躺着，眼里被咳嗽逼出了雾蒙蒙的水汽，皮肤白，唇色红，眼眸里漾着桃花。

"暂时还治不了。"

"那怎么办？"

江织有气无力地循循善诱："你给我拍拍，拍拍就好了。"

拍拍？她怕一掌把他拍断气。

她犹豫不前。

"咳咳咳咳咳……"江织咳得更厉害了，用水蒙蒙的眼睛看着她。

周徐纺的心一下子就软趴趴的了，放下棉花糖的箱子，坐过去，僵着手放在江织胸口，然后一动不动地放了好几秒，才抬起来，再轻轻落下，一下一下拍着。

她几乎屏着呼吸，生怕一不小心力气使过头了，会把他拍坏。

江织抬头就能看见她的脸，隔得很近，他四周全是她的气息，肆无忌惮地入侵，扰得他心猿意马。

他吞咽了一下，口干舌燥。

"你脸好红。"周徐纺盯着他的脸，凑近了看，"是不是发烧了？"

他喘着气，握着的手心出了汗，手指不自觉地蜷了蜷："你摸摸。"

周徐纺的防备心很强，但不知道从什么时候开始，江织成了例外。她对他一点戒备都没有，眼里的孤冷与苍凉全部不见了，只剩江织的倒影，鬼使神差似的，她伸手覆在了江织的额头上，没有立刻拿开手。

"很烫。"

会不会是发烧了？要不要叫医生？她正想着，江织突然抬头。她的手还来不及拿开，他的唇就印在了她掌心。

轰的一声！她脑子里炸开了一朵烟花，烫得她面红耳赤，蒙了三秒，她猛地后退，可脚绊住沙发腿，趔趄了一下，一屁股坐在了地上。

她顶着两坨"高原红"，嘴巴微张，目光呆滞，那只被亲了的手不会动了，就那么举着，一直举着。

她太可爱了，还想再亲。

江织舔了一下唇，眉眼里荡漾着的春色怎么也收不住。

"咳咳。"

他装模作样地咳了两声，眼里含了桃花，像点了上好的水彩，颜色漂亮得过分。他起身蹲了过去，就蹲周徐纺边儿上。他两手伸过去，跟抱小孩似的，把她团成团，抱起来，放在了沙发上，然后蹲她前面仰头瞧她的脸。

她宛如石雕，眼皮都没眨一下。

江织笑得虎牙都出来了："怎么那么不小心，摔疼了没？"

她表情还是一愣一愣的，被亲过的手也还僵着不动，可细看，她五根手指轻微地蜷了蜷。

江织怕她手酸，把她的手摁下去，再用一根手指戳了戳她的脸："傻了？"

她傻傻地看他，脸越来越红，越来越红。

门毫无预兆地被推开，听到一口卷着舌的京片子。

"织哥儿~"

这不着调的样儿，还能是谁，薛小二爷呗。

这么一惊扰，周徐纺飘出去的魂儿回来了，她猛一站起来，膝盖直接把江织给顶出去了。

咚的一声。江织坐地毯上了，手打翻了茶几上的箱子，箱子里的棉花糖砸了他一身。

周徐纺就蹲下，随便捡了两包，拔腿就跑了。

这下轮到江织傻了。

"啧啧啧。"

薛宝怡瞧了瞧那脚下生风的姑娘："织哥儿，你这是做什么勾当了，看把人家姑娘吓的。"

他随手捡了包棉花糖，刚要拆开，江织一把抢回去，还坐在地毯上，忍着咳嗽把棉花糖一包一包捡回箱子里。

"阿晚。"

阿晚闻声而入。

"把这箱棉花糖给周徐纺送去。"

"哦。"

薛宝怡白眼都快要翻上天了，真想揍人，可瞧见江织正搁那咳着，眼泛桃花小脸白的，他这该死的怜香惜玉之情又开始泛滥了。

他这人吧，就是见不得美人受苦受罪，罢了，原谅他了。

薛宝怡坐下，二郎腿一跷，给江美人这小处男指点迷津："你家这个一看就是张白纸，你攻势别太猛，会吓跑的。"

这不，她跑了吧。

江织躺下："你来干什么？"

"你新电影的角儿，给你选好了。"薛宝怡调出手机里的资料，扔给江织瞧瞧，"这三个都还不错，你挑挑。"

前面两个都是宝光的招牌，一个影后一个视后，就最后一个是新人。

江织划了最后一页。

"就她了。"

那姑娘刚才揪头发的动作不错，有前途。

有前途的方理想这会儿正在吃灌汤包，一嘴塞一个，吃得满嘴油光。旁边，周徐纺揣着两包粉色的棉花糖，低着个头，一动不动像个石墩。

方理想把最后一个灌汤包塞到嘴里："徐纺。"

周石墩没动。

"徐纺。"

周石墩抬起头："啊？"

方理想瞅着不对劲啊："你怎么魂不守舍的，是不是江导对你怎么样了？"

她立刻摇头，攥紧右手，放到后面："没有！"

"你脸怎么那么红？"

她也不知道，有点热，她把护耳棉帽摘了，右手还攥着放在身后，用左手对着小脸扇风。

"徐纺,我跟你说,"方理想用老母亲的口吻跟她说,"江导那里你一定要提高警惕。"

"为什么要提高警惕?"

"他不是不喜欢女人吗?今年都二十四了,家里肯定会催婚催生,江家那样的家族,一定不会让江织娶个男人回去的,这样的话,他肯定会找个女人帮他延续香火啊。"

周徐纺扇风的动作顿住,然后恍然大悟了,哦,原来江织想要她帮他延续香火啊。

被江织亲到的右手让她攥出了汗,她往身上擦了一把:"我不会给他延续香火的。"

她自己都是个怪物,怎么能再生个小怪物出来。

方理想很欣慰:"我们徐纺真棒!"

周徐纺还沉浸在延续香火的事情里,表情复杂。

"哦,还有件特别重要的事。"

方理想勾勾手指,周徐纺凑过去。

"那个骆颖和,你一定要离她远点,那个坏女人很记仇,我怕她会找你麻烦。"

骆颖和难缠跋扈的名声圈子里都知道。

周徐纺用冰凉的手捂着滚烫的脸,试图降温:"我知道了。"

"不只是骆颖和,看到任何姓骆的,都要避开。"

周徐纺问为什么。

方理想眼神飘开:"我听说啊,"她悄悄地告诉周徐纺,"骆家的人,都是禽兽。"

如果不是禽兽,怎么会连个孩子都不放过。

"哦。"周徐纺点头,有点心不在焉。

方理想这才发现她脑袋上都是汗:"你脸怎么还那么红?"

"我也不知道。"她扯了扯衣领,"我好热。"

方理想仔细看她,发现她不止脸红,耳朵、脖子,连手腕上的皮肤都是红的,方理想赶紧摸了摸她的脑袋,一摸,不得了了!

"副导演,我们徐纺发高烧了!"

赵副导演问了句谁?方理想赶紧拉了周徐纺过去,问有没有随行医生。

赵副导演一看是周徐纺——江导最关注的那个群众演员,赶紧让助手去弄了个温度计过来。

一量吓一跳，四十度！

剧组没有随行医生，方理想急得都要跳起来了："徐纺啊，你坚持住，我现在就给你叫救护车！"

周徐纺一张脸红得滴血，但面无表情："不用了。"她背起她的双肩包，"我去买药吃就好了。"能不去医院就不去，她怕被医生查出异常来。

周徐纺请了假，要走，方理想死活要跟她去。

周徐纺就跑了，跑得很快。因为她要去买药吃，她心脏有点不舒服，不敢去医院，也不好拖着，就买了很多退烧药，偷偷躲起来吃了一把药。

可是药没有用。她的体温平时只有二十来度，这是第一次，她烧到了四十度。

今天有场戏，光是群演就五百多个，赵副导演费了九牛二虎之力才把群演们的位置安排好，刚打板，江织喊停。

赵副导演问："怎么了？"

他目光落在群演堆里，流转了一圈，眉头皱了："周徐纺呢？"

赵副导演很好奇，不知道大导演是怎么从五百群演里头一眼就能看出来少了某一个："她请病假了。"

江织一听，从椅子上站起来："她哪里不舒服？严不严重？人现在在哪？"

"她发高烧了。"其余的就不知道了。

"今天的拍摄暂停。"

大雪将至，天好像更冷了，赵副导演缩缩脖子："可、可是——"

江织根本不等他说完话，转身就走："阿晚，去开车。"

"哦。"

一群人全部撂那了，导演说走就走了，上到制片统筹，下到男主女主，没一个敢喊住江织的。

赵副导演抓头，叹气，又要损失好几百万了，好烦啊！

十五分钟后，阿晚已经把车开上了国道，车速飞快。

江织坐在后座，一言不发地拨号，因为打不通，一张清俊的脸冷得跟外头久积的雪一般。阿晚觉得气氛有点让他喘不过气来，应该要说点什么来缓和一下，说什么呢？

当然是说雇主大人的心头好。

"周小姐填给剧组群头的地址是假的。"

江织仍在拨号，一点反应都不给。

"不过不怕，上次咱调查了周小姐的住址。"

说到这，阿晚有感而发："周小姐好穷哦，房子都是租的，不过她住的那栋楼里没别人,房东移民去了国外,周小姐一个人住也清净。老板,我觉得周小姐好穷,您要不要送个房子给周小姐啊?"

说了这么多感人肺腑的话,江织终于抬了眼皮。

"能把嘴巴闭上?"

好吧,阿晚把嘴闭上了。

江织还在打周徐纺的电话,一遍又一遍,可她一直不接。

周徐纺在家睡觉,可她好像失眠了,怎么都睡不着,起来用特殊材质的温度计测了一下,二十八度。

她松了一口气,从床上爬起来,点了个外卖,又去开了电脑。

"在吗?"

屏幕里黄色海绵宝宝跳出来。

霜降打字过来:"在。"

"那个汽车挂件有线索了吗?"周徐纺把从江织那里捡来的两包棉花糖拆了吃,不知道是不是因为发烧了,她很饿,而且很渴,她又去拿了两罐牛奶。

"那是帝都凌渡寺的平安符,很多人都会去求,有登记名单,但数量太多,还在排查。"

"你把名单发给我。"

"好。"霜降问,"徐纺,你是出汗了吗?"

周徐纺找了一下电脑的镜头,凑近了照照自己,果然她脑门上的头发都被汗湿了。她点头说是,抽了两张纸擦汗。

"我还是第一次见你出这么多汗。"毕竟她体温那么低,而且外头还天寒地冻。

"今天生病了。"周徐纺摸摸自己的脸,已经不怎么烫了,就是还渴,她又喝了一口牛奶,"我也是第一次发烧。"

霜降是知道她的体质的:"吃药了吗?"

"吃了。"但是周徐纺也不知道是药效起了,还是她自己好了,她恢复能力很强。

"你不怕冷的,怎么突然生病了?"

周徐纺茫然摇头:"我也不知道。"

"要不要找个私立的医院看看?"

周徐纺坐那,没反应。

"徐纺。"

她还是不动,目光定在某处。

霜降没有打字了,换了合成声音:"徐纺,你怎么了?"

周徐纺动弹了:"我听见江织的声音了。"她聚精会神地细听,"他在咳嗽。"
咳嗽声都听得出来是江织?
"江织怎么会在这,你不是听错——"
电脑前哪还有周徐纺的人影,她跑了。

◆第七章◆
周徐纺,我喜欢你

御泉湾十七栋楼下,阿晚正贴在一楼楼梯口的门上,竖耳细听,啥也听不到。阿晚纳闷了,嘀嘀咕咕:"是这一栋啊,怎么门锁了?"

江织出来得急,穿得单薄,风很大,将他一头雾面蓝的短发吹得乱七八糟,他边咳着,边用脚推开杵门口的阿晚。

"你起开。"

阿晚退到边儿上去,江织抬起手就要捶门——

门自己开了,然后江织看见了那张他日思夜想的脸。

周徐纺套头卫衣外面穿着长到脚踝的羽绒服,拉链没拉,她也没戴帽子,头发刚刚长到肩膀,睡得乱糟糟毛茸茸的,一张脸很白,瞳孔却很黑。她正看着江织,眼神很亮,像沙漠里的星星。

"江织。"

江织还在发愣。

她扒在门框上:"你怎么来了?"

江织的目光在她脚下那双粉色兔头拖鞋上停留了几秒,然后看她,没说为什么来,他伸手就覆在她额头上。周徐纺呆住了。

江织把手心换了手背,又贴在她脑门上:"怎么这么凉?"不是发烧吗?

周徐纺眨了下眼睛,趔趔趄趄地后退了,她埋头,盯着鞋上的兔头:"我已经退烧了。"

"去过医院没有?"

周徐纺摇头:"我吃过药了。"

"我带你去医院。"

周徐纺说不去了。

江织拧着眉头生气,直呼她姓名:"周徐纺,"想骂她不爱惜身体,可还是舍不得凶她,话到嘴边轻了又轻,最后憋了许久,憋出别别扭扭的两个字,

"听话。"

周徐纺第一次听见这么好听的话,像隔壁三栋的小卷发老太太哄她家刚满月的小孙子,特别温柔,特别慈爱。

她吐了一口热气,觉得刚降下去的体温好像又有点卷土重来了:"我不用去医院,我身体很好,已经全部好了。"

打不得骂不得,江织又拿她没办法:"好,不去医院。"

那他得守着她。

"你不请我进去吗?"

周徐纺堵在门口没让开,露出为难的表情:"对不起,我家里不能待客。"

江织沉默了很久,拉住了她的手腕:"那你跟我走。"

"不行。"

她纹丝不动。

江织用了力,可拉不动。

周徐纺就轻轻地一抽手,江织被她带得一个趔趄,肩膀磕在了门上。

周徐纺立马道歉:"对不起,弄疼你了吗?"

他扭开头,一句话都不想说了。

周徐纺觉得很愧疚。

"阿晚,你可不可以回避。"她看向江织:"我有话跟你说。"

江织瞥了阿晚一眼,轰他走:"你去车上,没叫你不准出来。"

阿晚上车。

周徐纺领着江织去了小区的广场,广场的最里面有两个秋千,她走过去,把秋千上的雪用袖子拂掉。

她跟江织说:"你坐这。"

江织没坐,走过去,直接把她抱起来,放到秋千上,他红着脸蹲在她面前:"我就蹲这。"

他气不起来了。她只穿了双拖鞋下来,他怕她冷,把脖子上的围巾拿下来,包在她脚踝上。

周徐纺坐在秋千上,秋千一荡一荡,她一愣一愣。

这不是江织第一次抱她。

她很久没有回过神来,她不知道自己是怎么了,她的戒备心、她的防御反射到了江织这里全部不见了。她以前绝不会离别人这么近的,更何况是让人碰到她的身体。江织是不一样的,他和别人不一样。

"在影视城的时候,你亲了我的手,是故意的吗?"

江织蹲在她的秋千旁:"是故意的。"

"那你为什么要亲我?"

她没有亲人,也没什么朋友。当职业跑腿人之前,她几乎不出门,躲在暗无天日的屋子里,与外界断绝了所有干系,没有人教过她怎么和男孩子相处,也没人教过她为人处世。但她看过电视,看过所有江织拍的电影,她知道男孩子不可以随便亲女孩子,手也不可以。

江织扶着秋千的绳,轻轻地摇:"你说我为什么要亲你?"

他喉结滚了一下,紧张了。

"你是不是,"周徐纺脚点地,让秋千停了,"你是不是想要我给你延续香火?"

江织被她惊到了,他还只是想把她拐过来当女朋友,她都想到生孩子去了,他脑子里忍不住想,如果跟她生,也不错……

周徐纺打断了江织不着边际的浮想联翩:"对不起江织,我不能给你延续香火,如果你家里真的不同意你娶男孩子,你就,你就——"

江织扬起的嘴角瞬间被压下去了:"我就怎么样?"

她想说,你就去找别人跟你延续香火,可是不知道为什么,她说不出口。

不过江织算是听明白了,这个智商一百三十多的姑娘感情是有多不开窍,迟钝得让他没办法再循序渐进了。他等不了了。

他拉着秋千的绳子,用力一拽,把她整个人拽到面前来:"你以为我亲你,只是想给江家找个传宗接代的女人?"

不是吗?周徐纺不太懂男人的心思。

"周徐纺。"

周徐纺一动不动,觉得他好像生气了。

"我跟你说过了,我不是同性恋。"

他仰着头,睫毛上落了雪花,满世界都是银装素裹,他眼角却晕着淡淡的粉红,漂亮的眸子里映出了她的影子。

江织是周徐纺见过最好看的人。

她被他这样专注地看着,脑子里都是糨糊,混混沌沌,根本转不过弯来,也不知道自己在说什么:"你不是同性恋,那你为什么要找我给你延续香火?"

"谁说我要找你给我延续香火了,老子不育!延什么香火!"

他自己也傻了,他说了什么?

不知道过了多久,周徐纺磕磕巴巴地开口了:"你、你、你不育呀,对不起,我不是故意戳你伤口,我——"

她左手被拉住。

江织用力一拽,直接凑上去堵住了她那张喋喋不休的小嘴。

周徐纺宛如冰雕，江织呆若木鸡。足足半分钟，两人就那么眼瞪着眼，嘴贴着嘴，她脸红脖子红，他也脸红脖子红。

大雪越下越凶，冰天雪地的，江织满手心都是汗，一双漂亮的桃花眼水汽氤氲，所有影像都是模糊的，唯独她的影子一清二楚。

她睫毛颤个不停，脸越来越红。

江织倒导过不少激情戏，像这种吻戏，他一向兴趣不大，以至于他毫无经验。

于是，他扶住周徐纺的头，不让她动，然后就在她唇上磨。

周徐纺睫毛抖得更厉害了，手拽着秋千的绳子，越扯越用力。

正当江织想有下一步动作的时候，嘎嘣一声，秋千断了，周徐纺在上头，江织在下头，她压着他，一起倒在了雪里。

他下意识抱住她的腰，被她撞了个满怀。

风吹着雪，絮絮白花从她脸上落到他脸上，她绷着脸僵着身子一动不动，他有种抱了一尊冰雕的错觉。

她拳头攥着，居然还在憋气。

江织一只手撑着地，一只手戳她的脸："呼吸啊。"

周徐纺大大地喘了一口气。

江织直接往雪地里一躺，任由她压着，他嘴角的弧度越来越大，到后面，他笑出了声，眼里千树万树的桃花开了。

周徐纺就不同了，她呆着张脸，花了很长时间才弄清楚，然后她想要从他身上爬起来，可手脚竟一点力气也没有，整个人软趴趴地一滚，滚到旁边的雪堆里去了。

江织翻了个身，撑着下巴笑着看她。

周徐纺觉得他特别像电视剧里那种专门吸人精血的妖精，她往后挪啊挪，缩啊缩："你你你你……"

你了好久，周徐纺也没说句完整话出来。

江织从地上起来，蹲着又凑到她身边去："想问我为什么亲你？"

周徐纺手脚并用，爬起来，也蹲着，用力地点头。

白茫茫的天，白茫茫的地，被雪淋得白茫茫的他和她，面对面蹲着，远远望去，像两个嫩生生的蘑菇。

江织歪着头，问周徐纺："爱情电影看过吗？"

周徐纺点头。

"知道接吻是什么意思？"

周徐纺慢半拍似的，点了头，可马上又摇头，茫茫然地看江织。

江织用两只手捧住了周徐纺的脸。

"意思就是，"他眸若星辰，透亮透亮的光里倒映着她的脸，"周徐纺，我喜欢你。"七个字，掷地有声。

他的手是冰冷冰冷的，而她的脸在发烫，一冷一热冲撞得她头晕目眩。

风声呼啸，她却听不到了，耳边只有江织的声音，像是耳鸣了，他的话在不停地荡来荡去，钻来钻去。

从来没有人说过喜欢她，她就以为这世上不会有人喜欢她了，然后江织说，他喜欢她。

她忍不住想，是不是如果有一天，她要被烧死了，或者，她要被抓到实验室去，把她的器官和血液全部拿走，那时候，是不是就有一个人，会替她难过了，会舍不得她了。

"懂我的意思吗？"

呼啸的风声里，有江织的声音，轻轻软软地绕进她耳朵里。

他红着脸，压下所有羞涩，说得认真："周徐纺，我喜欢你，跟延续香火没有关系，只是我江织这个人，喜欢你周徐纺这个人。"

那我被烧死了，你会哭吗？

她突然想问他这个问题，可是她没有，她身体发热喉咙很干，发不出声音，一动不动地蹲着。

她一直不作声，江织就伸手去，碰她红得像颗苹果的脸，她往后缩了一下。

"别动。"她就没动了。

江织笑了一下，歪着头把一张好看的脸凑到她眼睛前："再给我亲一下，好不好？"

她被迷惑了，差点开口说，好呀。

江织也根本不是在征得同意，问完不等回答就凑近她，轻轻贴在了她唇上，还有更过分的，他伸了舌头，舔了她一下。

周徐纺再一次被吓到了，蓦地瞪大了眼睛，伸手就推他。真的，很轻一下。

江织整个人往后栽，陷进了一大团积雪里。

"周徐纺，你又打我！"

周徐纺红彤彤的脸上表情都僵了："我我我……我没有。"

江织还坐在雪里，不起来："你都不心疼我？！"

他头一撇，开始剧烈地咳嗽，风雪交加，越发显得雪地里唇红齿白的他娇弱又漂亮，因为咳得直不起腰。

周徐纺一下子就觉得自己太过分了，怎么能推这么柔弱这么漂亮这么娇气的江织呢？

她趿着拖鞋小跑过去:"你有没有摔坏啊?"

江织头一扭:"坏了,起不来了。"他把纤纤玉手递过去,方才还是狂躁的小狮子,秒变绵绵无力的小绵羊,"你拉我起来。"

周徐纺脑子是蒙的,思考不了,她擦了擦手心的汗,伸手去拉他。

手才刚伸出去,江织给她拽住了,用力一扯,又把她拖到怀里去,一起跌在雪堆里,不等她推他,他就先示弱,咳了两声:"别推,回答我两个问题先。"

周徐纺缩成小小的一团,把手放到后面去,她是真心实意的,不想误伤他。

江织翻身,两只手撑在她腰两侧:"周徐纺,你觉得我怎么样?"

他的人,还有他的气息,一起压过来了。

周徐纺呼吸不太顺畅了:"你很好。"

"我这么好那你要不要?"他俯身,再压近她一分,耳根子也袭上了薄薄一层红,"只要你点头,以后江织这个人,就是你的了。"

他声音又轻又软,尾音像把钩子,勾着人神魂颠倒。

"要我吗?"

月亮湾的气候湿冷,离最近的陆地坐船也要一天,到了冬天,水里结冰,或许还会有迁徙过去的兽群,最主要的是荒岛上没有医生,如果江织跟着她在那里定居……

她表情严肃,思考了很久,眉头一会儿舒一会儿皱,十多秒钟之后,她眼神难过地摇了头。她!不!要!他!

江织气得想把她摁在雪地里。

他深吸了一口冷气:"行。"他一只手撑在她手臂外侧,把身体压向她,"既然你不要,那我就只能赖着你了,你去哪我就追到哪。"

反正他认定她了,偷也好,抢也好,不择手段都要给弄过来。

周徐纺从他胳肢窝钻出来了,双手一撑地,麻利地给爬起来了,然后就离得他远远的。她顶着一张爆红但面无表情的脸,用正儿八经的语气说:"我的外卖到了,我要去拿外卖了。"

说完,她扭头就跑了。

江织坐在地上,开始怀疑人生,他竟还没外卖重要!

周徐纺垂头丧气地回了家,耷拉着脑袋,像只打架打输了的公鸡,眼睛里都是灰暗的,一点精神气儿都没有。

霜降发了一串嘀嘀嘀。

她没听见似的,魂不守舍、慢慢悠悠地走着,突然,脚步一定。

屋子里装修时用了特殊的隔音材料,其实已经不大能听得清外头的声音,可奇怪了,她还是听得到江织同阿晚说话。

"老板,你怎么坐在雪地上呀。"

"谁让你下车了!"

"我看下雪了,特地过来给您送伞,周小姐呢?她怎么把您一个人落这儿了?"

"快过来扶我。"

"啊?"

江织喘着吼人:"让你过来扶我,老子咳咳咳咳……老子腿冻僵了。"

腿冻僵了?周徐纺眉头狠狠一皱。

霜降用了合成声音,问她:"怎么这么久?"

周徐纺愣愣地坐到电脑前,低头揪着坐垫:"哦。"

楼下,风声呼啸。

"老板,那我们回去?"

不知是不是风吹久了,江织说话有点鼻音了:"不回去。"

"不回去搁这干吗呀?"

"追女朋友,没见过?"

"这雪越下越大,我怕您的身子熬不住啊。"

"咳咳咳……咳咳咳……"

江织咳了半天:"滚。"

像是冷风呛到了胸腔,他咳得特别凶。

江织会不会晕倒啊?周徐纺很担心。

霜降问她:"江织呢?走了吗?"

她把手里的外卖放下:"哦。"

"他同你说了什么?"

她还是回:"哦。"

霜降好笑,这人是回来了,魂还没回来呢。

"你脸好红。"

周徐纺哦了一声,把羽绒服脱下扔掉,又扯了扯里面的套头卫衣:"我好热。"说完,她摸摸自己的唇,摸一下弯一下眼睛。

霜降问:"是不是又发烧了?"

周徐纺用冰凉的掌心捂了一会儿,脸还是烫,就起身去拿了温度计,量了一下,四十一度。她又病了。

她这个身体也不知道怎么了,一会儿像冰一会儿像火,她倒也没觉得不适,就是热得她很躁动,想上蹿下跳。

然后,她猛地一跳,头顶的吊灯咣咣响。

霜降觉得周徐纺太不对劲儿了:"家里还有没有药?"

周徐纺仰着头看了一会儿,还好江织送的灯没有坏,她出了汗,很口渴,一口气喝了两罐奶。

"没有了。"

退烧药都被她吃光了,而且似乎除了热,她也没有哪里不舒服。

好热呀,她待不住了:"我出去一下。"

霜降问她:"去买药吗?"

周徐纺把衣服穿好,戴了个黑色毛茸茸的帽子:"江织的围巾还在地上,我忘记捡起来了。"然后,周徐纺又瞬间消失在房间。

七栋楼梯的门口,江织还站着,阿晚在他身后小心地撑伞。

"老板,您……"

阿晚再一次开口:"您……"

几番欲言又止,他都没胆放肆。

这扭扭捏捏的,惹人烦。江织回头冷了他一眼:"你是舌头捋不直,还是嘴巴闭不紧?"

阿晚就把舌头捋直了说:"您是不是被周小姐拒绝了?"

一句话,成功让江织满眼桃花结了冰。

"伞给我。"

阿晚打了个哆嗦,他赶紧把伞递过去。

江织一只手撑伞,一只手掸了掸肩头的雪,雾蓝色的头发被雪压得软趴趴的,眼睛里有潮湿的水汽,他一身戾气:"滚到伞外面去。"

阿晚抱紧自己,顶着风冒着雪,佝偻着背缩到一边去,饱受寒冷的摧残。正当阿晚在心里问候雇主的时候,楼梯口的门响了一声。

雇主的克星来了。

瞧瞧雇主,眼里冬天瞬间变春天:"怎么又下来了?"

就知道她还是舍不得他。

周徐纺顶着一张红透了的脸,一本正经的表情:"围巾。"

江织没听明白:"嗯?"

"围巾忘了捡。"

所以,她不是来寻他?

江织捏着伞柄的手指因为用力而泛白,眼里春意散了:"我这么个大活人你不捡回去,你下来捡围巾?"

周徐纺垂着脑袋不吭声。

一点都不乖！江织被她气得肺疼，叫了一声阿晚。

"啊？"

"你去捡。"

就会对他横！有本事跟周小姐横啊！欺软怕硬怕老婆！

阿晚腹诽完："哦。"

围巾也捡了，他看上去也不会晕倒，周徐纺就说："那我上去了。"

她刚转身，江织拎住了她的帽子。

"你真不带我？"

他哪里放心她一个人回去，而且，他就想去她家。

周徐纺停脚站了一会儿，把帽子扯回去："你回家去吧，天很冷。"她很怕他会病倒。

江织撑着伞，还站在门口，风很大，卷着雪花乱吹，落了很多在他身上，他唇色嫣红，衬得他脸越发苍白，他又开始咳嗽。

"不回去，想再看看你。"

周徐纺回头："江织——"

"你不是不要我吗？你要了我才可以管我。"

周徐纺就不吭声了，江织再次被她气到了。

半响，她低着个脑袋说了声："对不起。"

"谁要你说对不起了。"他弯下腰去看她的脸，顾不上生气了，"你脸怎么还这么红？是不是还在发烧？"

他伸手，想摸摸她的头，她一把捂住自己的脑袋，跳着后退了。

"吃药了吗？"

江织还是气恼的语气，可到底舍不得再说重话了。

周徐纺不诚实地点头："吃了。"

她烧得厉害，不止脸，连脑门都是红的。

江织也顾不上别的心思了，担心得不行："别管我了，你上去躺着。"

"你先回去。"

她都病成这样，还不忘赶他，可能怎么着，自己喜欢上的姑娘，给气不也得受着。

"好，我回去。"江织还是不放心，扒着门瞅了她许久，像个老妈子一样没出息地嘱咐，"好好睡一觉，如果药不管用，一定要去医院。"

"好。"

"一定要给我打电话。"

周徐纺犹豫了一小会儿，听话地点了点头："好。"

"那我走了。"

江织撑着把伞,行如龟速。

周徐纺喊他:"江织。"

他站在雪里,立马回头看她。

白茫茫的雪将视线模糊,黑色的伞上覆了厚厚一层雪,伞下的人用一双漂亮的眼睛,在看着她,所有风景都成了背景,他只看着她。

从来没有一个人,这样惦念着她,这样恋恋不舍。

周徐纺低下头,眼睛热了:"路上小心。"

江织对她摆摆手:"回去吧。"

她关上了门,没有上楼,站在门后,听他越走越远的脚步声。

阿晚把车停在了小区外面的路边上,他抖了抖身上的雪,帮着柔弱的雇主开了车门。

江织坐进后座。

阿晚身上全是雪,不敢把寒气带进车里,拿了条毛巾,擦干净了才进去。

"老板,回老宅还是回公寓?"

江织心不在焉,人是回来了,眼和魂儿还在外面:"找个车位停着。"

"您不回去吗?"

江织一言不发,盯着车窗外周徐纺家的方向。

雪一点儿要停的架势都没有,阿晚在主驾驶上坐得腰间盘都要突出了,终于,周徐纺的电话打过来了。

才响一声,江织就接了:"烧退了吗?"

"退了。"

她的声音听上去有点嘶哑,有气无力的。

江织怎么都不放心:"你视频过来,我看看你的脸还红不红。"

周徐纺就挂了电话,发了视频过来,她开口第一句话就是:"你回家去吧。"

江织极度不爽:"就知道赶我。"

手机那头的姑娘还是一如既往地找不到镜头,呆呆蒙蒙地也不知道看哪里,凑得手机很近,满屏都是她的脸,红是不红了,像发了汗,眼珠子是潮的。

江织看着心疼,不忍心再听她话了:"行了,别催了,等挂了我就回去。"

周徐纺立马把视频挂断了。

他气得不行,把她的微信拖出来,发了一条凶狠的语音过去。

"周徐纺!"

周徐纺回了一个句号。

语气还是软了,他背着阿晚的目光,对着手机喊她:"周徐纺。"

周徐纺还是回了一个句号。

江织越看越觉得这句号碍眼,他也怂,每次气她,都气不了几秒钟。他继续给她发语音,用他自己听了都鄙视的软调子温声细语地嘱咐:"别吃外卖了,晚上我让人给你送饭。"

"不用了。"

"我就要送,你不吃就扔掉。"

周徐纺还是回了一个句号。

"这几天好好休息,别出去打工了。"

"好。"

"待会儿我买补品来给你吃。"

"你别来了。"周徐纺发的语音,"天很冷。"

江织重复听了两遍,嘴角的弧度越扬越高:"我不去,我让人送去。"

她回了个句号。

这时,江织抬头睃了一眼阿晚的后脑勺,觉得碍眼无比,他没再发语音,开始打字。

"周徐纺。"他笑着打了四个字给她,"我喜欢你。"

并且,他将她的昵称更改成了我家小祖宗。

周徐纺回了他一个句号。

"我特别喜欢你。"

他有病,就是想说给她听,他以前没这样过,心都像飘着的,围着她荡来荡去,他戾得一点办法都没有,就想供着她。

周徐纺又回了他一个句号。

江织被那一连串的句号弄得不爽了:"再发句号,我就当你对我也有想法。"

周徐纺就发了个省略号,江织接不下去了。

发完最后一串省略号,周徐纺看着手机等了很久,确定江织不会再回复了,才把手机放下。

霜降一直没下线,目睹了周徐纺所有的表情,她一会儿愁,一会儿喜,表情复杂得特别有人气儿。

"江织和你表白了吗?"

周徐纺目不转睛地盯着手机,老半天才点了头。

"徐纺,你知道什么是喜欢吗?跟你喜欢吊灯喜欢棉花糖不一样的喜欢。"

周徐纺从有记忆以来,就是一个人,没有人教过她这些,她似懂非懂,点头又摇头。

"那我打个比方,如果你最喜欢的灯碎了,你会怎么样?"

她想了想，神情严肃地说："埋了它。"

"那如果江织没了呢？"

她皱眉："他为什么会没了？"

"假如他被别人害死——"

她听都没听完，立马变了表情："我不会让别人害他，谁敢害他，我打断他的手脚。"

周徐纺生气的时候，眼睛就会变红，还只是假设，她就动了怒，红了眼，或许她自己都不知道，她有多喜欢江织。

霜降很少见她眼红的样子："你现在明白了吗？江织和吊灯不一样。"

周徐纺像是后知后觉，点点头："他和吊灯不一样，吊灯可以挂在月亮湾上，他不可以。"

她舍不得，江织这么好，她希望他在最好的地方，和最好的人，过最好的生活，而不是跟着无趣的她，在冰冷又毫无人气的荒岛上流离颠沛。

她突然很失落："要是江织知道我是个怪胎，就不会喜欢我了。"

雪又连着下了两日，第三日才见日头。

这日，赵副导演接到了江大导演的电话，他一接江织的电话，就声儿抖："江导您说。"

江织状似无意："下午没有群演的戏？"

"没有啊。"

也不知道哪里惹江织不悦了，他语气不怎么友善："没有怎么不加？"

男女主谈情说爱的戏，怎么加群演？

"真不合适——"

不等赵副导演说完，电话就被挂断了，他都有点怀疑人生了，江大导演拍的不是大型谍战片，是群演的崛起吧。

周徐纺十一点的时候收到了群头的消息，问她接不接群演，只要在男女主接吻的时候，发出一声惊叹，然后从旁边走过就行，不用露脸，就一个镜头，价格可以随便开。肯定是江织照顾她工作。

周徐纺没有立马回复群头，坐在电脑前，表情有点沮丧。

霜降本来在和她谈这栋房子的房产问题，怕江织查到什么，房产得再过户一下，周徐纺这颓废的情绪说来就来了。

"怎么愁眉苦脸的？"霜降打字。

周徐纺脑袋一耷拉，很不开心："我不能去群演了。"

霜降发了一连串的问号。

"我以后要去月亮湾，不能带江织去，我应该跟他保持距离。"说到这里，她脸上露出了一蹶不振的表情，"电视里都有演，不能不在一起还吊着人家。"

"可是我很想去演戏。"周徐纺叹气，"钱给得很多。"

"徐纺，你要诚实，跟钱没有关系，你就是想去见江织。"

周徐纺脸一下子就红了，她低头，两个耳朵也红红的，然后手按在键盘上，手动回了一个句号。

霜降心想，这个姑娘是真的很喜欢江织呢，她有预感，月亮湾是去不成了。

"徐纺，"霜降的字体突然变成了红色，"有新的雇佣任务。"

周徐纺还是无精打采："哦。"

"让我们保护一个人。"

"哦。"

霜降用了大号加粗的字体："受益人，江织。"

周徐纺眼睛瞪大了："雇用人是谁？"

"是江织的奶奶，雇佣时间是一个月，佣金两千万，接吗？"

周徐纺眉头皱了皱，又舒展开，又拧紧，反复纠结了很久："接。"

"不和江织保持距离了吗？"霜降故意打趣她。

周徐纺不好意思似的，把头扭开，正正经经地说："我要赚钱，不赚钱就买不起月亮湾。"

霜降好笑，周徐纺学会撒谎了。

垂头丧气的周徐纺精神已经好了，她给群头回了个"去"，然后起身去更衣间里换衣服，带上两包江织送的棉花糖在路上吃。

她和往常一样，口罩帽子戴得严严实实，一件黑色羽绒服从头裹到脚，只是有一点跟以往不同，她今天在羽绒服里面穿了一件粉色的卫衣。

刚下楼，新来的门卫老伯伯叫她。

"徐纺。"

老伯伯人很热情，没来多久就和小区里的男女老少都打成了一片，甚至包括名声在小区里一直不好的周徐纺，她每次路过小区的时候，老伯伯都会跟她打招呼。

小区里的人都叫他老方。

周徐纺礼貌地问好："伯伯好。"

老方看她总是很慈爱："要去约会了吗？"

还是第一次见她穿粉色，跟他闺女一样标致啊。

周徐纺一听，立马郑重地摇头了："不是约会。"她红了脸，特别严肃地解释，"我是去工作。"

周徐纺害羞咯。

老方是过来人，也不点破，从军大衣里掏出一瓶揣热了的奶，塞给周徐纺："你拿着，在路上喝。"

　　周徐纺受宠若惊，愣了好一会儿才接过去，忙说："谢谢。"

　　老方发出了姨母笑："去吧去吧，路上小心哦。"

　　周徐纺说再见，然后抱着奶走出了小区，到片场的时候，才午后一点，还早。

　　她视力听力都很好，老远就看见嘈杂的片场外围，全是女人。是剧组男主角的女友粉们，在疯狂地喊"哥哥我爱你"。

　　周徐纺路过。

　　无野剧组的男主角叫肖麟书，是当下大红的男演员，他显然不认得群演周徐纺，见她包裹得严实，以为是自个儿的粉丝。

　　"最后一张了。"肖麟书签了字，把照片递过去。

　　周徐纺愣愣地接了。

　　然后肖麟书进片场了，周徐纺拿着签名照，蒙蒙然地跟着进去了。

　　方理想蹦蹦跳跳地过来找周徐纺，惊奇地发现了一件事："你今天居然穿了粉色。"

　　周徐纺虽然年纪不大，但穿着和处事像个与世隔绝的老干部，衣服除了黑色就是黑色。

　　方理想感觉有点微妙："我还是第一次见你穿粉色。"

　　周徐纺没作声，默默把羽绒服的拉链拉高，遮住了里面的粉色卫衣。

　　后面，有人突然喊她。

　　"周徐纺。"

　　方理想抬头就看见了一张美人脸。方理想冲周徐纺挤眉弄眼："江导叫你啊。"

　　周徐纺哦了一声，又默默地把羽绒服的拉链拉下去，露出里面的粉色卫衣，然后才转过身去，转得有点急，动作扯到了口袋，肖麟书的那张签名照掉出来了，刚好滚到江织脚下。

　　江织嘴角的弧度压直了几分："你跟我来。"

　　他怎么生气了？周徐纺捡起照片跟上去。

　　江织把人领进了自己专门的休息室，回头表情冷漠地命令阿晚："你在外面守着。"

　　阿晚是个兢兢业业的好助理："是老板。"

　　咣！门被江织甩上了，他转身面向周徐纺，两根手指把周徐纺揣在口袋却露出了一个角的签名照捏出来，脸上是嫌弃又气愤的表情。

　　"你是肖麟书的粉丝？"

185

周徐纺摇头:"他误以为我是他的粉丝。"

"那你怎么不丢掉?"

"丢掉不礼貌。"

不礼貌?江织两指一捏,直接把照片捏成了一团,然后顺手就扔垃圾桶里了,并且板着俊脸叮嘱她:"以后离那个姓肖的远点。"

他改口,强调:"以后你看见男的,都要绕开。"她这么可爱,情商又低,太容易被骗走了,得看紧!

周徐纺的确情商低,不明白:"为什么?"

江织面不改色地给了个理由:"男人都是禽兽。"

她不赞同:"不是,你就不是。"

"我也是。"

这一句,他倒没唬她,他早想叼她回家了。

周徐纺却很坚持,丝毫没有意识到江织眼神已经有攻击性了,也不懂那灼热又露骨的注视是几个意思,她还固执己见地说:"你是好人。"

江织笑了一声,然后便俯身,寻着她的唇就凑过去。

周徐纺睫毛一抖,立马后退,捂住了嘴巴。

江织也不退,还弯着腰,离她很近,说话的时候呼吸故意落在脖颈。

燥热的红爬上周徐纺的脸,她僵着没动,紧张得睫毛直抖,可她不躲,乖乖巧巧地仰着头看江织。

江织稍稍眯了眼睛,眼尾拉长,一身世家公子的清贵被他扔了个干净。

他呼吸全落在她脖子上,粉色卫衣下面露出的一小块皮肤以肉眼可见的速度在变红。

江织稍稍歪头,唇似有若无擦过她耳朵:"你觉得我是好人吗?"

她想了想,还是点头。

即便他怀疑她就是职业跑腿人,也从来不曾存过害她的心,他给了她最大的善意和包容,在她看来,他就是很好很好的人。

江织笑了,笑得很开怀。

周徐纺退开一点,想问他为什么笑。

"我才不是好人。"他把身体压向她,唇落在了她手背上,像猫儿一样舔了一下。

周徐纺是落荒而逃的,逃跑前,还不忘在桌子上留下一瓶被她捂热了的奶。

江织一边喝着奶,一边想着薛宝怡的话。

"你长了这么张脸,别浪费啊,色诱啊!"

江织陷入了思考,半响后,他起来倒了杯冷水,一股脑灌进喉咙,舔了舔唇,还是热。

毫无疑问，周徐纺又发烧了，不过不知道是不是她身体里产生了抗体，她只烧了一会儿就退了。

群演的戏份拍得很顺利，一遍就过了。拍摄结束后，江织也不管别人的注目，众目睽睽之下，走到了周徐纺跟前。

"你的粉色卫衣很好看。"

周徐纺刚演完群演，口罩帽子都没戴，她不喜欢这样被注目，不自觉地把头越压越低："谢谢。"

她现在没有穿那件粉色卫衣，而是穿着很有年代感的戏服。

江织又夸了一遍她很漂亮，然后问她："有没有男款？"

她说不知道。

"哪里买的？"

"网上。"

"把链接发给我。"

"哦。"

周徐纺偷偷地想，江织穿粉色，一定是天下第一好看。

然后江织出片场了，然片场开始了各种八卦。

"怎么回事？"

"江导是不是看上那个群演了？"

"不是传他是同性恋吗？"

"谁知道真假。"

"那个群演真有福气。"

"福气什么呀，你没听说吗，江导不举。"

"真的假的？"

"那还有假，江导那个病歪歪的身体，有那个心也没那个力啊。"

"长了那样一张脸，竟是个……啧啧，可惜了。"

"人长得怎么样？我都没看清过她的脸。"

"我也没看真，总低着个头，穿得黑不溜秋的，像个女鬼。"

她听力太好了，全部都听得到，说她像女鬼没关系，怎么可以说江织！她有点生气了，把头低得更低，怕眼睛变红了吓死她们。

人们三五成群的都在小声地议论纷纷，赵副导演就出来发话了："在这说没事，去了外面，嘴巴都给我闭紧了。"

这么一警告，群众们更确定不是空穴来风了，于是乎，大家都朝周徐纺投去了好奇又尊敬的眼神。

只有方理想忧心忡忡啊。

"徐纺啊。"

"嗯？"周徐纺低着头，把脸藏起来。

方理想拽她衣服，到边上去："你是不是被江织追到手了？"

周徐纺嘀咕："你别说江织。"江织是大好人。

方理想真的惊呆了："你居然没否认！"她摆出生无可恋的表情，"完了，我们徐纺被小妖精勾走了。"

周徐纺立马纠正："江织不是小妖精。"

周徐纺被小妖精彻底迷惑了！先不纠结这个，方理想还有个最重要的问题："你跟我说说，他到底是不是同性恋？"

周徐纺看看四周，偷偷地说："他不是的。"他喜欢她呢。

"你验证过没？"

周徐纺拿出口罩戴上，躲到一边去脸红。

方理想摸着下巴，陷入了思考。周徐纺这么单纯，不知道要被外面的人怎么骗。

下午还有两场戏，都是男女主的戏，江导临时改了戏，再次需要群众演员周徐纺的参与。

他拍摄结束后，夕阳都快落山了。周徐纺收拾好背包，要回家，方理想蹦蹦跶跶过来，兴高采烈的样子。

"徐纺，告诉你一个好消息！"

周徐纺背好包，转过身去，表情认真地听着。

"江导的新电影，我被选上了！"方理想激动地原地转了个圈，"是女主角！"

周徐纺两只手竖起大拇指，不苟言笑地夸："你好棒。"

这姑娘怎么就不能跟同龄人一样蹦蹦跳跳呢。

"徐纺。"

门口，江织叫她。

周徐纺向后歪头："嗯？"

江织双手插兜，依在门口，一副等人的样子："我送你回去。"

周徐纺想了三秒钟。

"好。"她回头对方理想说："理想，再见。"

说完，她蹦了几下，来到了江织身边。她蹦完后觉得不妥，她又把自己缩起来，脸藏到大大的羽绒服里，走得规规矩矩。

方理想揉揉眼睛，她刚刚是不是眼花了，她居然看见周徐纺蹦蹦跳跳了。

江织完全没打算偷偷摸摸，堂而皇之地把人领进了他那辆跑车里。

阿晚开车，老实当个哑巴，绝对不打扰雇主，而且特别懂事地故意开得非常慢。

周徐纺从坐进车里就没开口说话，坐得很端正，目不斜视，坐姿像个认真听课的小学生。不像江织，没骨头似的，半靠半躺，一双大长腿无处安放，便懒懒搭着。

"怎么不说话？"江织在看她，从上车到现在，满眼都是她。

周徐纺转过头去，眨巴眼，要说什么？

这副等着被教导主任训话的样子惹得江织很心痒，想逗逗她，算了，怕把人逗跑了。他换了个姿势，依旧没骨头地窝着，只是往她那边凑了，眼角红了，加之皮肤又白，三四分病态在脸上，娇得很，瞧人的时候总有几分楚楚可怜。

"你一个人住吗？"

周徐纺答："嗯。"

"家人呢？"

"没有家人。"

如果没有家人，她是怎么长大的？本来想探探她的底，才问了两句，江织就问不下去了，听着心疼。

他不说话了，她也安静，什么都不说，也不看他。

车厢太小，他觉得热，便把车窗摇了下来，风把他的声音吹进她耳朵里："没有想跟我说的？"

她说什么都好，愿意说多少就说多少。

可周徐纺摇头，依旧坐得端正，摆出了她平时的冰山脸，风吹在脸上，她往衣领里缩了缩。

江织把车窗又关好，动作自然得不能再自然，抬手就把她粉色卫衣的帽子给她戴上了，末了摸摸她的头："行，不想说就不说了。"

周徐纺肩膀僵了一下，才记得往后躲，垂着脑袋也不看他，小声咕哝："别摸我。"后半句三秒后才被她说出来，"我身上凉。"

她怕她一身寒气渡给他，怕冻了他娇弱的身子。

江织笑了，眉目似画，心道：哪是凉，简直就是冰块。

这姑娘到底是什么人呢，一身的谜。她力气很大，体温很低。她很怕人，一人独居一栋楼。她跑得也快，那次几秒便从路对面到了他身边。如果她是那个跑腿人的话，她伤口也愈合得莫名其妙。她的来历、职业、年龄与背景都是谜。

她到底是什么人啊。

都这样多的疑点了,他还在想怎么才能抱她,怎么才能亲她,怎么才能搬到她那栋独居的楼里陪陪她。

江织看着她,又笑了,眉目里盛了情,柔软得不可思议。

周徐纺被他一直看着,不自在了:"你别一直看我。"她把脸躲进衣领里面,不怎么敢看他。

江织模样是清贵的,只是两靥发红,尤其是这样瞧她的时候,模样十分好看。

好看是好看,跟妖精似的,要是多看一眼,会被勾了魂去。她有点怕,就往旁边的位子挪了挪,刚挪开——

江织开始咳:"咳咳咳咳……"

不一会儿,他眼角便红了,眸里也浮出一层薄薄的水雾来,特别惹人怜惜。

周徐纺就短短看了他一眼,心便软了,又挪回去:"怎么了?"

他没力气似的:"不舒服。"

主驾驶的阿晚嘴角直抽。

太可耻了,用苦肉计也就罢了,一个家教严格的世家公子居然对人家姑娘撒娇!偏偏贴膜的周小姐心地善良,很吃这一套。

周徐纺露出了很担心的表情:"你哪里不舒服?"

江织又咳了两声,病歪歪地倒在她身上:"让我靠一下。"

她就不动了,任由他靠着她。

冬天的夕阳很温柔,他眼里的影子也很温柔,主驾驶里的阿晚一脚踩了油门:哼,不要脸的浪荡子,尽用美色祸害良家姑娘!

托了阿晚的福,他们二十分钟就到了御泉湾。

车刚停下,周徐纺说:"我到了。"

江织眼睫毛垂得很乖,嗯了声,没动,还靠着她。

帽子底下的脸早红了:"我要下去了。"

他又嗯了声,捂着嘴咳嗽着坐起来,耳朵袭了红,也不知是羞的还是咳的:"你还欠我一顿饭,周六行不行?"

上次那顿饭被车撞没了,一直没补上。

"好。"

"就穿这件粉色的衣服,嗯?"

最后的一个字,十分勾人。

周徐纺上钩了,特别顺从地全部答应了。下了车,她朝车窗里探,摆摆手:"江织,再见。"

然后她背着背包走了。

车还停在路边，江织不吱声，阿晚也不敢开走，等周徐纺上楼了，才扭头问："老板，回去不？"

"再等等。"

"哦。"

今天的雇主也是一块望妻石。

约摸十多分后，江织电话响了，接通后，那边传来一声"织哥儿"。是许九如打来了，江织应了一声，懒得拿着手机，开了免提扔一旁。

许九如在那边说："你身边那傻大个你看着处置，留着在明处也行，奶奶另外给你又雇了个人，日后在暗处护着你。"

"雇了多久？"

"两旬。"

十日一旬，也就二十天。价格是业内天价，一旬便是千万。

"说是叫什么跑腿人，接任务有时限，你先用着，若是称心，奶奶再帮你把人买下来。"

江织笑而未语，那姑娘可买不下来，得骗过来。

挂了电话后，又过了十来分钟，江织才吩咐阿晚开车。

十七栋楼顶，周徐纺推门走到天台，已经换了一身行头，依旧是黑色。她将里头黑色卫衣的帽子扣在了头上，再戴了顶鸭舌帽，眼镜是三分透光的材质，很大，遮住了帽子下的小半张脸。

她调了调耳朵上的无线耳麦。

"我出发了。"

执行任务的时候，霜降就会用合成的声音与她联络，并非真人的声音："真要去吗？江织已经怀疑你了，或许他就是故意引你出来。"

她站在楼顶，俯瞰而下："那样也好，等他全部知道了，就会离我远远的。"

她戴好口罩，纵身跃向对面的高楼。

回去的路上，雇主吩咐开慢些。阿晚把跑车再次开成了龟速，第六次扭头看后面的雇主："老板，您看什么呢？"

江织懒得回答他，目光一直落在车窗外。

"您是在找那个 Z 吗？"

江织瞧完车水马龙的路上，又往高处瞧。

阿晚觉得雇主大人魔障了，反正他才不觉得那个淫贼就是心地善良、高风亮节的周小姐。

"又不是三头六臂，还能飞檐走壁不成。"

冬天的夜幕来得快，街上霓虹处处，帝都的大厦，座座都高耸入云，相连着远处的天边。今晚看不到星星，浓云遮了月光。

周徐纺便穿梭于高楼间，从一栋跳到另一栋，她眼睛都不眨一下，漆黑的夜下，她快速奔跑，像头矫捷的猎豹。

只是，天突然开始下冰粒子了，砸得她脸疼。

行到红绿灯路口，江织突然道："找个暖和的店歇歇，等冰粒子停了再回去。"

阿晚："啊？"

"停车，我累了。"

"哦。"

阿晚找了家高档的茶轩，那地方有点偏，他来过好几次，帝都有钱人去的地方他都载雇主大人去过，熟门熟路。

兴许是因为冰粒子来得急，茶轩里人满为患，独立的包厢没有了，阿晚就在外面要了僻静的地段，可还是挡不住雇主大人四处灿烂的桃花运。

一个很漂亮的年轻女孩子，过来要微信，江织没理，女孩子有点尴尬，埋头离开的时候不知是有意无意，趔趄了一下，手就刚好按到了江织膝盖上。江织冷着俊脸把脚挪开了，那女孩子差点脑袋撞到桌上。

茶轩外头，一双眼珠子死死盯着玻璃里头。

碰到了，那个女孩子的手碰到了江织的腿，她想把那只手扭下来。

周徐纺盯着女孩子那只手在出神，肩上突然被人一撞，鼻梁上的眼镜掉地上了。

对方连忙道歉："对不起啊，撞没撞到？"

周徐纺抬头。

撞到人的是位男士，他顿时瞠目结舌："你你你你……你是人是鬼？"

周徐纺一身黑，帽子口罩戴得严实，只露出一双嫣红的眼睛，她压着声音，目光森森："是鬼。"

男士眼睛一翻，晕过去了，躺在地上。

这下，周徐纺也愣在原地了。

如果江织看到她这个样子，是不是也会如此，会怕她、厌她。冰粒子砸在脸上，她觉得很疼，眼睛越来越红，她把眼镜戴上了。

茶轩的走廊上，风铃随风轻响，夹杂着轮椅滚动地板的声音。门槛到底有些高了，轮椅行不过。

轮椅上的男人拄了拐杖起身，只是身后的人不耐烦了："让一下。"

他回了头。

骆青和抱着手站在后面，嘴角噙笑："你挡我路了。"

周清让一言不发地让开，只拄了一根拐杖，支撑着假肢，一瘸一拐地到了一边，只是几步路，他额头便沁出了汗。

骆青和迈过了门槛，走了几步回了头："还有闲情逸致来这喝茶，看来小叔叔您在电台过得很惬意啊。"

周清让不言，目光冷冷清清，低着头将轮椅拉到一旁。

"既然腿都瘸了，就安分一些吧。"

说完，骆青和踩着高跟鞋走了，大衣下的裙摆撩动，只是到了拐角，她被人拦了路。

她笑意收了："陆二小姐，有何贵干？"

对方很年轻，不怒而威："骆青和，你知不知道这是谁的地盘？"

陆家老二，陆声，她二十出头，模样英气灵秀，只是一身气场，少有人不惧她。

这般嚣张与狂妄，她问，这是谁的地盘。

骆青和也不动气："你陆家的。"

这帝都的听雨楼，是陆家的地界。

陆声的京腔不是很重，可字正腔圆的："那你现在就给我滚出去。"

骆青和笑意冷了："为了那个瘸子？"

瘸子两个字彻底冷了陆声的眼："再讲一遍。"

这般架势，怕是她再骂一句，这陆二绝不饶人。周清让啊周清让，倒是找了个好靠山。

骆青和不欲与陆家交恶，只得收了脾性："罢了，何必伤了和气。"她拂一拂袖，转身时留了一句意味不明的话，"你我好歹是生意伙伴，有句话提醒你一下，周清让没多少日子可活了。"

笑了笑，骆青和缓步离开。

陆声还在原地，若有所思。

身后秘书寻来，唤道："二小姐。"

陆声神色稍稍敛了："同哥哥说一声，让他等我，我出去一趟。"

"不急的，星澜少爷又睡了，一时半会儿也醒不来。"

陆家的大少爷陆星澜有严重的嗜睡症，一日里醒着的时间并不多。

陆声又交代了两句，出了茶轩。

外头还在下着冰粒子，寒风凛冽，路面湿滑，轮椅行不稳，周清让上坡时打了滑，不停朝后，正要撞上灯杆之际，一只手扶住了椅背。

周清让回头，目光清浅："谢谢。"

道谢后，他扶着轮子转了方向。

陆声几乎没有思考，话就脱口而出了："要不要我推你过去？"她手上的雨伞不自知地朝他倾斜。

他摇摇头，又道了一句："谢谢。"

可路面终归太滑，轮椅上不了坡，往来的行人也上前问他是否需要帮助，他礼貌地婉拒，拿起了放在轮椅上的拐杖，撑着身子站起来，一瘸一拐地拖着轮椅上坡，十多米路压弯了他的腰，冰粒子落在他身上，湿了头发。

陆声就站在他后面，看着他步步维艰，几次迈出去的腿都收了回来。

她听过很多次他的节目，知道他是个骄傲的人。她也调查过他，知道他左肢被截，右腿里还有钢钉，他身体很不好，在医院里躺了十五年。

不知道为何，光是默念他的名字，她都会心慌，紧了紧手里的雨伞，还是跑了过去，追上他，拿伞遮了他头顶的冰粒子。

周清让回首看她，并不认得她，目光陌生又淡薄。

"有事吗？"

陆声一时不知如何作答，沉默了半晌才说："伞。"她十几岁就进了商圈，雷厉风行惯了，可遇到他，嘴有些笨，"伞给你。"

他说不用了。

"你、你拿着，我家就在附近。"她把伞塞到他手里，转身便跑，隐约听到他在道谢。

其实这不是陆声第一次见他，她以前就喜欢守在电视前，看他播的新闻联播，后来他被调去了电台，她就开始守他的电台直播。她有去电视台见他，偷偷地、远远地，只看了几眼，细算，这倒是第一次见面。

他的声音和电视里一样好听，他的人比她想象的还要冷，那样漂亮的眼睛里没有一点光，像大雪将至的夜，黑沉沉的。

冰粒子下了一阵便歇了，雪花开始似有若无地飘。

周五，江织买的周徐纺同款粉色卫衣到了。

周六，周徐纺约了江织，地点是江织选的，还是粥店，没别的原因，那地儿省钱，周徐纺赚钱不易，他不舍得花她的。

六点，阿晚开车载雇主去了御泉湾。

车停在小区外面，阿晚等雇主打完电话才开口："老板。"

江织懒懒应了一句。

阿晚欲言又止："这车……"

江织桃花眼睁开："你这吞吞吐吐的毛病，谁给你惯的？"

阿晚不吞吞吐吐了："这车太亮眼了，我开起来好别扭。"

一路上不知道多少人往这车里瞧。他净身高快一米九了，块头很大，四肢发达啊，整个车里全搞成粉色让他这身肌肉的面子往哪搁。

可显然，这句话惹到江织了，他原本搁在粉色公仔上的手突然搭在了主驾驶的椅背。

阿晚后背立马紧绷："我是说这车里太粉嫩了。"从坐垫到抱枕到公仔到车玻璃上的贴纸，全是粉粉嫩嫩的。

江织没说话，有一下没一下地拨弄着车座后背的粉水晶吊坠。薛宝怡说了，要投其所好。江织估摸着他家那小姑娘是喜欢粉色。

"这是谁的车？"

阿晚弱弱地："老板您的。"

"那就把嘴巴给我闭上。"

"好吧。"

这个点是下班的高峰期，来来往往的人都忍不住多瞧了两眼这辆车，再瞧到一米九两百斤的阿晚，最后露出了耐人寻味的偷笑，这让阿晚有点崩溃，所幸就等了一小会儿。

阿晚说："周小姐下来了！"

江织下了车，走去迎她。

周徐纺今天没有戴口罩，黑色的羔羊绒外套里头穿了粉色的卫衣，头发扎起来了，用一根黑色头绳绑成丸子，应该是不太熟练，有一点随意的凌乱，头绳上有一颗很小很小的粉钻，细看才看得到。

她当真喜欢粉色。

江织解了一颗大衣的扣子，也不怕冷，就那么敞着，指了指大衣里的同款卫衣："真巧，我们撞衫了。"

阿晚心想，江织好不要脸，他就没见过如此厚颜无耻之人！

不过，周徐纺不太识情趣，就愣愣地夸了句"你真好看"，然后低着头钻进了车里，她只坐了一点点地儿，留了很大的位置给江织。

被夸好看的江织烦躁地扯了一下卫衣带子，坐到了周徐纺旁边，然后慢条斯理地直接把外套脱了，瞧了一眼周徐纺身上的粉色，心情才舒坦了。

就是她一进车里，目光就没分给他，看完车玻璃上的贴纸再看坐垫上的公仔，最后，目光牢牢盯着座椅上的粉水晶吊坠。

她眼睛都弯起来了："车里全是粉色的，很好看。"她紧接着竖起大拇指，"特别特别好看，你的眼光真好！"

这乖巧的样子啊。

江织笑出颗小虎牙："送给你啊。"只要她想要，这样的车他能给她买一打。

也是薛宝怡说的，喜欢她就给她送车送房。

"不了，我可以自己买。"

周徐纺爱不释手地玩了一会儿座椅上的粉色吊坠，目光就转移到后面的玻璃糖盒子上了，礼貌地询问："我可以吃一点这个棉花糖吗？"

所以，她最爱的还是糖。

江织把玻璃盒子放到她手上，眼里的宠溺化成了春水，荡漾着："这么喜欢糖？"

她点头，他笑着把另一盒也给了她。

他家这个，不怎么走寻常路啊，车子不要，一盒糖就满足了，瞧着她乖巧吃糖的模样，他突然觉着，以后不当导演了，可以转行制糖，给她做个糖屋子，让她走哪啃哪。

车窗外，夕阳落了，霓虹与万家灯火一起。

挺不凑巧的，他们刚到，粥店里有个小伙子在求婚，一把鼻涕一把泪的，抱着一捧很大的玫瑰花，满地也都是花瓣。

周徐纺忍不住多看了几眼。

"喜欢？"

她回头："什么？"

"玫瑰花。"

薛宝怡还说，女人都喜欢花。要是她喜欢，他也可以送。

"不喜欢。"周徐纺眉头稍稍蹙起，"我不喜欢玫瑰花。"

"为什么？"

她目光放空了一下："玫瑰花的刺扎人很疼。"

江织骤然停下了脚。

后面的阿晚立马察觉出不对："老板，您没事吧？"

周徐纺一听就紧张了："怎么了？"

江织一言不发地在看她，眼里万簇的光凝成了焰火。

阿晚在一旁解释："老板对玫瑰花过敏。"

周徐纺没有多想，拉住江织的手："我们换个地方。"

她手真凉。

江织自然地牵住了她，带到身边去："不用换，我不过敏，和你一样，我只是讨厌玫瑰。"

他最讨厌的花就是玫瑰，几乎到了不能容忍的地步，旁人传着传着就成了他过敏，他也懒得纠正，总归是不想看到那带刺的玩意儿。

那年，他未满十六，正是意气风发的少年。

骆家的二夫人喜欢花。他第一次去骆家时，是玫瑰花的花期，隔着老远，便听得见花房里少女的谩骂声。

"痛不痛？"

"你叫啊，怎么不叫？"

满地都是玫瑰，只看得见花丛里颤颤巍巍的人影，还有少女嘴角挑衅又张狂的笑。

"哦，我忘了，你是个哑巴。"

少女抱着手俯身，看着地上的人，年少轻狂的她丝毫不掩饰眼里的憎恶："我说你还活着做什么呢？不会说话，也不知道疼，饿了都不知道要吃饭。"少女扔了手里残败的玫瑰，又折了两枝，"我要是你啊，我就自己去死了。"

"像你这种智障，活着都是浪费我骆家的粮食。"

"呀，流血了呢。"

"还是不疼吗？"

"果然是个小孽种，生下来就要遭报应。"

十几岁的少女生得张扬明媚，捏着两枝带了刺的玫瑰，一下一下地抽打着面黄肌瘦的少年，他倒在地上，不喊不叫，只是不停地抽搐，玫瑰花的花瓣砸了他一身，红得像血。

不会说话吗？

"他是谁？"

江家随行的管家江川回话："小少爷，那是骆家的大小姐。"

江织看着花房里："不是问她。"他指地上那个，"那个小孩儿是谁？"

那个小孩儿其实不小了，只是总是吃不饱饭，瘦得像个猴儿，留个光头，比同龄人矮小许多。

江川也看了一眼："他啊，是骆家的养子，骆老爷子没给取名，大家都叫他骆三。"江川收回目光，"少爷，我领您去客厅吧。"

可江织置若罔闻，朝着花房去了，步子稍稍急，他身体不适，也咳得厉害。

他喊了句："喂。"

少女转过头去，见他病容清俊，她便知是谁了，嫣然一笑："你就是江织吧。"

骆家的大小姐，骆青和。

那是江织第一次见她，他目光只停留了片刻，挪开，瞧着地上："你过来。"他指着那瘦骨嶙峋的孩子，"过来给我领路。"

少女扔了玫瑰，用精致的帕子擦了擦手："我给你领路啊。"

"我就要他领。"江织看都不看少女，只盯着地上瑟缩的那个孩子，"听得到吗？过来。"

江织只知道他不会说话，不知道他听不听得到。

他动了，是听到的，还在瑟瑟发抖，很慢地挪动，身上的衣裳大了一截，被玫瑰花的花刺扎破了，血迹斑驳。

他弓着背到了江织面前。

"你不会说话？"

他点头。

"也不痛？"

他还是点头。

"到前面来，给我领路。"

他擦掉脸上花刺扎出的血，一瘸一拐地走到江织前面，一路上，一直在发抖。

真的不会痛吗？一路上江织都在想这个问题。

后来江织听说了，骆家那个养子是个傻子，说是染色体异常，不会痛，不会饿，也不会说话，所以别人打他的时候，他从来不躲，从来不叫，也从来不求饶。

十四岁的男孩子又瘦又矮，骆家养了一园子的花，骆家人最喜欢用花抽他，尤其是带刺的玫瑰。

那时候江织已是少年，比那男孩子高了许多许多。

"江织。"

"江织。"

周徐纺喊了他两句。

江织才从回忆里回过神来："嗯？"

周徐纺看了一眼被他抓着的手，犹豫了一下，没有抽回来："你不舒服吗？"

他摇头，也不松手，拉着她进了包厢："要是哪天你想要花，我给你买，但不买玫瑰行不行？"

"我不喜欢花的。"

江织觉得薛宝怡说的全是废话。

订的房间在二楼，装修还不错，靠窗，抬头就能看见街角霓虹，只是江织爱干净，让阿晚把桌椅都擦了一遍他才肯坐。

周徐纺把菜单推给他，他又给推回去了："你点。"

"你有什么不喜欢吃的吗？"

江织说没有："点你喜欢的。"

阿晚一个白眼翻过去，让他来数数这嘴刁的祖宗有多少龟毛的臭毛病，不吃葱姜蒜，不吃有刺的鱼，不吃没剥的虾，粥太稀了不行太浓了不行，饭太软了不行太硬了不行，肥肉一点都不能容忍，瘦肉老了一点都要发脾气……

"没有不喜欢吃的？！"

周徐纺给江织点了跟她一样的招牌海鲜粥，她那份备注了不要放鸡蛋，另外还点了十几样点心与店里所有的招牌菜。

江织看得直皱眉头。

"不要点那么多。"一想到她要搬砖赚钱，他就舍不得多花，拿了笔，把她点的划掉了一大半。

周徐纺再去拿笔："我怕你不够吃。"

江织直接合上菜单，给了身后的服务员："我吃得不多，我很好养。"

阿晚又想笑了。

"你热不热？"

周徐纺点头。

江织无比顺其自然地就说了："那把外套脱了。"

屋里开了暖气，确实有点热，周徐纺便把外套脱了。

江织瞧了一眼她身上的粉色卫衣，越瞧越觉得顺眼，他满身惬意："你昨天怎么没有来片场？"

"我去给人刷玻璃了。"

江织眉头骤紧："刷什么玻璃？"

周徐纺指着窗外的高楼："那样子的。"

窗外大厦高耸入云，拔地得有上百米。江织只看了一眼脸就阴了，然后不说话，就看着她。

半晌过去了，周徐纺才察觉，他好像生气了。

"你为什么不说话啊？"

"你不知道高空作业有多危险？"

他是担心她了。

她耐心解释着："不要紧的，我有从业资格证书。"

还考了证书，江织又不说话了，说不得她，他就只能生闷气。

周徐纺看他不说话，她就也不说话了，倒了一杯甘甜的茶，小口地喝着。

她还喝得下去茶。

"周徐纺。"

江织表情很凶，因着今日穿了件粉色的衣裳，脸上病态三四分，倒不显得那么盛气凌人，反倒像赌气，像还没长出爪子的小奶猫，张牙舞爪也都没有攻击力。

周徐纺一点都不怕他，还答应了一句。

江织只觉得心尖被她挠了,又疼又痒:"我不理你,你就不能主动跟我说话?"

江织表情还是凶的,语气却软了。撒娇这玩意,江织觉得还挺上瘾的,因为她吃这一套,他也就越来越信手拈来了。

周徐纺表情又蒙又愣:"那说什么啊?"

"说你以后再也不会出去打工。"

这不行,她要买月亮湾。

怕江织生气,她就很小声地嘀咕:"工还是要打的。"

江织深吸了一口气,拗不过她,只能退步:"那别做危险的事行不行?刷玻璃不行,搬砖也不行。"

周徐纺想了想,答应了。不搬砖她可以打混凝土泵,不刷玻璃她可以刷厕所。

江织自然还是不放心的:"你要不要做艺人?"

周徐纺想都没想就摇头了。

相比较让她在外面打工,江织更愿意把她圈到自己的圈子里来:"演艺圈是暴利行业,为什么不做?"不就是挣钱,只要她想,他能让她收钱到手软。

"我演戏不好,唱歌跳舞也不好。"

"这些都不需要,我捧你就够了。"

周徐纺还是摇头,没有解释。她不同于常人,过多的暴露会让她有强烈的危机感,她只适合独居,最好是去月亮湾那种只有她一个人的地方。

江织倒了杯茶,灌下去,去火。不是气她,是气自己拿她没办法。

这时候,手机响了,是薛宝怡来电。

"什么事?"

江织语气呛得像吃了一吨炸弹。

薛宝怡还在那边吊儿郎当地调侃他:"火气怎么这么大?周徐纺给你气受了?"

江织懒得跟他说:"挂了。"

"别啊。"薛宝怡赶紧说正事,"华娱那边有点棘手,靳磊做了二手准备,要一口吞恐怕还不行。"

靳松的丑闻让华娱元气大伤,薛宝怡就想趁火打劫。

江织没回薛宝怡,按住手机的听筒,嘱咐周徐纺:"你不要走动,在这等我。"

"嗯。"

◆第八章◆
捉到一只醉酒的小可爱

江织拿了外套起身,出去接电话。粥店的一楼大厅里有小孩在啼哭,他听着烦,从口袋里掏了个口罩戴上,往屋外走。

服务员听到哭声,放下手里的托盘,去哄那孩童:"怎么了小朋友?"

刚好,江织推开门。

夜风刮进来,吹着托盘上的便笺纸掉了个头。小孩还在呜咽,抽抽搭搭地说找不到妈妈了。

服务员带他去了咨询台,交代好前台再回去继续送餐,瞧见那备注的便笺纸转个向,便以为是往来的客人不慎转动了托盘,没太在意,直接端去了包厢里。

"您的海鲜粥。"

"谢谢。"周徐纺问服务员,"哪一碗没有加鸡蛋?"

"左边那碗。"

周徐纺道了谢,把那一碗端到了自己面前。

江织十多分钟后才回包厢,回来就瞧见周徐纺一动不动地趴在桌子上。

"徐纺。"

她没理他,江织俯身:"徐纺。"

她还趴着不动。

江织把阿晚叫过来:"她怎么了?"

阿晚挠头,也是一脸迷茫:"我也不知道啊。"他是个体贴的人,为了不打扰他们谈恋爱,故意去了隔壁用餐。

江织拉了把椅子,挨着周徐纺坐:"徐纺。"

她抬头,愣愣地看着前面:"嗯?"

江织把脸凑到她视线里,看她迷迷蒙蒙的样子,忍不住摸摸她的头了:"怎么了?是不是困了?"

她脑袋一摇一摇的:"你别晃,我眼花。"

江织靠近她,嗅了嗅:"你喝酒了?"

她突然傻笑,脑袋继续一晃一晃。

阿晚嘀咕:"没点酒啊。"

江织又凑近点,再嗅了嗅,还是没闻到酒气:"徐纺,你——"

话还没说完,两只冰凉凉的小手就捧住了他的脸。

她转过头看他,眼睫毛潮潮的,一眨一眨,眼神茫然又专注:"你是江织吗?"

她醉眼朦胧,声音也软趴趴的。江织心软得一塌糊涂了。

他笑着摸摸她的脸:"嗯,我是江织。"

她呆呆地反应了一会儿,然后抬手拍他的脸,拍得特别轻,拍完脸手就挂在他脖子上,她靠上去,窝在他肩上蹭,乖巧地说:"你驮我回家好不好?我想睡觉。"

她脸凉凉的,贴着他的脖子,胡乱地动着。

江织心痒得手指都蜷了,扶着不安分的她:"不吃东西了?"

她摇头,脸蛋红扑扑的,眼睛里有水汽。

她好乖啊,也不发酒疯。

江织拿了她的外套,给她穿好,然后蹲在她前面:"你上来,我背你。"

她抿着嘴,笑了笑,趴到他背上去了。刚起来,江织就走不动了。

"徐纺。"唤她时,他声音哑了。

周徐纺埋头在他颈窝:"嗯?"

江织深吸了一口气:"别蹭了。"不知道是不是因为醉了,她唇有点热,软软的,贴着他皮肤。

这会儿,周徐纺对他毫不设防,他叫她别蹭,她就不蹭了,歪着头在他耳根处说:"我能咬你一口吗?"

这姑娘,是想气死他啊。

江织吞咽了一口,回头:"林晚晚,你出去。"

阿晚也不敢劝,心悬在嗓子眼上,一步三回头地出去了。

等门关上了,江织把人放在椅子上,他蹲到她面前,仰着头跟她说话:"想咬哪?跟我说。"他舔了舔唇,桃花眼里春色潋滟。

周徐纺歪着头,晃晃悠悠地伸出一根手指,戳戳他的脖子。

江织抓着她衣服的手移到了她腰上,扶好她,再腾出一只手来,把卫衣的衣领往下拉,凑近她,轻声地叮嘱:"要咬轻点,知道吗?"

他白皙的脖子早就是一大片红,喉结下意识地滚了一下。

周徐纺听了话,慢半拍地、蒙蒙地点头。

他笑了笑,扣着她的头,轻轻按在了脖颈上:"咬吧。"

她愣了半晌,然后张开嘴,用牙齿轻轻咬了一下。

"嗯~"江织叫的。

周徐纺听了，抬起头来，醉眼氤氲地看他："疼吗？"

不疼，很痒。

家里的老太太经常告诫，君子有所为，有所不为，江家的小公子，德行气度、风骨气节都要兼备。

他素来不赞同这一套君子之说，他奉行的是顺我者昌逆我者亡，只是平日里也会装一装，做个画卷里的翩翩公子。

今日便算了，在她面前便算了。

他抬起了手，罩在她头上，按着她，轻压下去："乖，再咬一口。"

二十多分钟，人才出来。

阿晚赶紧上前去，瞧了瞧雇主背上不省人事的人："老板，周小姐没事吧？"

江织背着人往外走："去结账。"

好强的攻击性，江织像只护食的狼。

阿晚条件反射地打了个哆嗦："哦。"

幸运的是，这一顿饭，终究还是没花周小姐的钱。

到了一楼，江织把自己那个口罩给周徐纺戴上，老板娘这时走过来："要回去了吗？"周徐纺一直在店里帮着送外卖，一来二去关系也还行，老板娘便顺口询问了句，"徐纺这是怎么了？"

"她醉了。"

"上次也是这样呢，不知道喝了什么就醉了。"

江织不欲多说，往店外走，背上的人儿突然动了，他停下来问她怎么了。

她醉醺醺地喊得不清楚："江织。"

"嗯？"

她仰头，指房顶："我想跳到上面去。"

江织往上看，被吊灯的强光刺了一下眼。

耳边，小姑娘悄悄地说："我告诉你一个秘密，我跳得很高很高的。"

江织没有急着出去："为什么想跳上去？"

她红着脸看上面，眼睛里装了光："我要把那个吊灯摘回家，它好漂亮，我想藏起来。"

她好像很喜欢漂亮的东西。

江织抬头看了一眼顶上那个瓷器雕镂的灯："想要这个灯？"

她重重地点头："嗯嗯。"

江织背着人折回收银台，问老板娘："能否把那个吊灯转卖给我？"

老板娘犹豫。

"价钱随你开。"

"行。"老板娘爽快地答应了。

周徐纺蹭着江织的脖子在傻笑。她笑得少,表情略僵,笑起来像个不经世事的孩子。

江织隔着口罩亲了亲她的脸蛋,背着她往粥店外走。阿晚被留下了,等粥店打烊,他就要联系人过来拆灯。

江织的车停在了马路对面,有一段路要走。周徐纺很轻,他走得慢,不过她不怎么安分,趴在他背上一直动,一直喊他名字。

"江织。"她歪着头,在他耳边喊,"江织江织。"

江织脚步停下来:"怎么一直叫我?"

她不说话,埋头在他脖颈里蹭,蹭了一会儿,才闷着声音嘀嘀咕咕:"以后我走了,你会想我吗?"

"你要去哪?"

她没有回答,还追着他问:"会吗?"两只手把他脖子抱住,她蹬蹬腿,催他回答,"会不会?"

江织掂了一下,把她背稳了:"会。"

她还能走哪去,走哪他就追哪。

周徐纺听了很开心,晃着腿说:"那我就游回来见你。"

她醉言醉语,软着调儿絮絮叨叨,气息全吐在江织耳根,那处皮肤被烫红了一片,灯下,他眼角已经有些泛红了,喘息不是很稳,身上燥得慌。

"为什么是游回来?"

"因为我在水里啊。"

她真是醉了,尽说胡话。

"还难受吗?"

"嗯。"她戴着口罩不舒服,就扯掉了,把它揉成团塞到江织的衣领子里面,然后抱着他脖子,把自己的脸埋在他衣服里,哼哼唧唧地嚷着说难受。

江织心都要被她磨化了。

"那不说话了,睡一会儿。"

她吸吸鼻子,有点奶音:"我不睡,我唱歌给你听。"她抱紧他脖子,晃着一双细细的腿,哼唱着,"正月灯,二月鹞,三月上坟船里看姣姣,四月车水戴箬帽,五月太阳底下蚤……"

这段童谣是江织上部电影里的插曲,她唱得一句都不在调上,只是不知道为什么,他听了心疼,也不知道在心疼什么,只觉得背上这个姑娘,好像受过很多苦。

他一时失了魂:"纺宝。"

"嗯。"

她答应了,没有人这么叫过她,江织也没有这么叫过别人。

周徐纺只睡了一小会儿,还没走到对面的马路,就被街头香樟树上骤然亮起的灯惊了梦。

快要冬至了,街边的树枝上都挂了小串灯,夜里一闪一闪,热闹得很。

周徐纺被小串灯的光惊走了瞌睡,精神地挺直了后背,兴奋地拽着江织卫衣的帽子:"江织,你看,灯亮了!"

她还真是喜欢灯,各种闪亮亮的灯。

"看见了。"

她很开心,眼睛眯成了两轮月牙儿,下巴搁在江织头顶,把他头发蹭得乱七八糟:"灯很漂亮,树也很漂亮。"

怕她摔下来,江织往上扶了一些:"趴好,别乱动。"

她对树上那些小串灯兴趣很浓,还在盯着看,拽着他帽子的手松开:"那你喜欢吗?"

见她欢喜,江织心软得不成样子:"喜欢。"

"那我去偷来送给你。"

她说完,一蹬腿,蹿老高了,眨眼蹿到树下,抱起香樟树,用力一拔——随后,砰砰砰砰。

一整条街的小串灯全部熄灭了。

"江织,江织!"拔树的姑娘很快乐地驮着近十米高的树,步伐矫健地跑到了江织面前,宛如驮着一包棉花,她不带一声喘,单手把树掉了个头,捧到江织眼前,"送给你啊。"

江织目瞪口呆了。

"谁!谁在那里破坏公物?"

交警拿着电棍,从对面岗亭里追过来。

江织就愣了五秒钟,快速做出了反应:"乖宝,快把树扔了。"

周徐纺蒙了几秒,听话地把树扔了,咚地发出一声重响。

江织把口罩掏出来,迅速给她戴上,并掸干净了她身上沾到的土,顺带一脚踹开那棵树。然而,他那一脚,树纹丝不动。

这时,交警大哥已经追过来了,约摸四五十岁,矮胖矮胖的,跑了一小段路,气喘吁吁了很久,扬着电棍凶巴巴地质问:"就是你们俩在破坏公物?"

江织把周徐纺藏到身后,面不改色地否认:"不是。"

还不承认?他分明在对面看到了!

交警大哥直接呼叫了附近的巡警:"刘警官,这里有两个醉鬼在破坏公物。"

十五分钟后,巡逻的警察把两人带到了警局。

值班的赵警官打着哈欠:"姓名。"

对面的男人模样出色,穿着讲究,倒不像犯罪分子,看着挺有贵公子气派,就是染了一头蓝毛,估计是个有品味的社会小青年。

小青年回:"江织。"

好耳熟的名字。

赵警官又打量了一眼:嗯,这张俊得过分的脸也有点眼熟,一时想不起来在哪见过。赵警官继续做笔录,扫了一眼窝在社会小青年怀里睡觉的年轻女孩:"还有她,名字。"

"我女朋友喝多了,做不了笔录。"怀里的人动了动,江织轻声安抚,"乖,睡一会儿。"

赵警官嗓门提了提,拿出绝对的气势:"身份证号。"

江织报了一串号码。

赵警官核对了一下身份信息,开始审人了:"为什么破坏公物?"

江织把身上的外套脱下来,披在周徐纺身上,又拉了拉她的口罩,将人遮得严严实实:"我们没有破坏公物。"

赵警官直接把监控调出来:"摄像头都拍到了,你还想狡辩啊?"

对面的蓝毛社会小青年这才抬起头来,随意拨了拨额前的发,雾面的哑光蓝衬得他肤色白皙,七分贵气里透着三分懒散,撩人的桃花眼里有一股子难驯的野性。

"那棵树有多重?"

赵警官一蒙,被问到了:"额……两百来斤?"

"你觉得,"声音吵到了怀里的人,他低声哄了两句才继续道,"要多大力气才能把那棵树连根拔起来?"

赵警官想了想说:"你在耍我吗?"正常人怎么可能把一棵近十米的树连根拔起!

"警官,是你在耍我们。"江织揽着怀里的姑娘,手扶在她后背,有一下没一下地轻拍着,"我女朋友就是个不到一百斤的小姑娘,弱不禁风的,哪来的力气破坏一棵十多米高的树。"

赵警官一想,好像有道理哦。

不过,赵警官也不好糊弄:"那监控怎么拍到她在拔树?"

江织将电脑转了个角度,指了指屏幕上,丝毫没有在警局的紧张感,气定神闲:"当时顺风,树被吹弯了,我女朋友好心才过去扶的,就是风太大,把树吹到了我女朋友肩上，你们警方不给我女朋友颁个好市民奖便罢了，还诬赖她破坏公物。警官，这是什么道理。"

赵警官一时无话可说了，瞧着这蓝毛青年，只觉得一股邪劲儿扑面而来啊，偏生还一副从容自若的气派，当真是气场了得。看来他不是一般的社会青年，是大哥级别的。

赵警官冷静了一下，换了思路："今晚的风还能把树连根拔起？"

江织抬了抬腿，给怀里的姑娘换个睡觉的姿势："那你觉得我女朋友能？"

赵警官无言以对。

对方依旧那副漫不经心的样儿："还有问题？"

这懒懒散散的调子，怎么就这么有气势。

赵警官声音莫名其妙就弱了："暂时没有吧。"这时，门口一阵风刮来，赵警官抬头，诧异，"乔队，你怎么过来了？"是刑事情报科的头儿来了。

这情报科的乔队啊，也是个传奇人物，年纪轻轻就干到了一把手，甭管他有没有靠家里的关系，就他这个人来说，的确有能力，上任没多久，就把情报科搞得有模有样，最重要的是，情报科的乔队一人拉高了警校的女子报考人数。这个看脸的时代就是这么无奈，刑侦队这次新来了两个实习生妹子，居然全部是冲着他来的。

乔南楚的长相是出色，但说实话，有点风流薄情相，眉目里总透着一股子薄情寡义的颓，还有一股子不解风情的坏。

他叼着根烟，笑得匪气又寡淡："我来领人。"他抬手一指，"这俩是我朋友。"

赵警官想起来了，乔队有个搞电影的发小，上过头条来着，难怪眼熟，竟不想这蓝毛居然还是个公子哥儿。

办完了手续，乔南楚把人领出了警局。

他瞧了瞧江织怀里的姑娘："怎么回事儿？"

江织生怕人摔着，仔细扶着人姑娘的腰，哄着她别动，哄完再抬头看自家兄弟，这眼神就不是那么温柔有爱了："别管。"

"她这是醉了？行啊织哥儿，进度还挺快。"

江织没接话，一心抱着怀里的姑娘哄，好像是人姑娘咕哝着说难受，他又是顺气又是拍背。大冬天的外套也在人姑娘身上，他倒出了一身薄汗。

乔南楚好笑，实在没见过江织这般地疼人，他点了根烟，将警服的拉链给拉到顶。

"怎么还给整来了警局？要是被拍了，有你麻烦的。"

导演虽然不如艺人的关注度高，但到底还是半个公众人物。

他叼着烟抽了几口,烟圈吐得很熟练:"要公开吗你?"

江织摇头:"现在还不行,江家那边盯得紧。"他倒不怕麻烦,就怕惹她烦,"帮我去你舅那打个招呼,拍我可以,我家徐纺不能露脸。"

乔南楚的舅舅是搞传媒和新闻的,要拦个消息倒不难。

"你家?"乔南楚咬着烟,慢慢悠悠地吐着白茫茫的烟雾,"到手了吗你?还你家。"

江织怀里那姑娘闻着烟味儿咳了两声。

江织便一副不满的神色:"把烟掐了。"

乔南楚掐了烟:"你可悠着点。"他从警服的口袋里掏出把车钥匙,扔给江织,"我局里还有事儿,先走了。"

"谢了。"

乔南楚摆摆手,先走了。

江织把人抱上车去,系好安全带,她睡得不安稳,翻腾了两下,噘着嘴说着什么梦话。

江织凑过去,认认真真地瞧了许久,伸手戳戳她的脸:"周徐纺。"

她嘟囔了声,没醒。

"你到底还瞒了我多少事?"

像是被惊扰了,她抖抖睫毛,睁开了眼,毫无防备地撞上了江织的视线,目光清澈,里面只映有他的轮廓。

她娇娇软软地跟他撒娇:"江织,我渴。"

江织笑着揉揉她的头发:"给你买喝的去。"

随她吧,说也好,不说也好,他不在意了,只要是她就成。

乌云遮了月,夜幕黑沉沉的。周徐纺的住处太远,江织带她回了自己的住处,她路上就睡醒了,可还没酒醒,哼哼唧唧的,也不知道在唱什么曲子。

江织开了门,扶着她进了屋。

她在他怀里歪歪扭扭地动,也怕摔,手就乖乖拽着他的衣服,醉眼惺忪地问他:"这是哪里?"

江织关上门:"我家。"

她哦了一声,又窝在他肩上不说话了,像只不安的动物,就紧紧扒着他,乖巧地不闹腾。

江织从鞋柜里拿了拖鞋出来,放她脚下:"把脚抬起来。"她不动。

江织只好把她抱起来,放在玄关柜上,弯下腰去给她换鞋,她腿一晃一晃的,几次踢到江织的手,他哄了几次别动,才给她换好鞋,然后把她从柜子上抱下来,捏她的脸。

"你真是我祖宗啊你。"

她笑吟吟地跟着重复:"是祖宗。"

江织笑,她也跟着笑,拽着他的手不肯走了,说要他背。

江织刚蹲下,她又不动了,也跟着蹲下,挨着他蹲,眼巴巴地瞅他:"江织,我又渴了。"

"是喝水还是喝牛奶?"

"牛奶。"

江织起身,她便也跟着起身,他去厨房,她就也跟着去厨房,走哪跟哪。

江织刚从柜子里拿出两罐牛奶,她就说:"我要喝冰的。"

"不行,"江织没依着她,开了罐,倒进杯子里,递给她,"天太冷,不能喝冰的。"

周徐纺不开心,捏着杯子不张嘴,手指挠了两下杯口,然后咣的一声,杯子被她捏了个稀巴烂,牛奶溅了一地。

这姑娘是大力士吗?

"你怎么用这么大力气!"

他刚说完,她脑袋就一耷拉,瞄他一眼,嘀咕:"江织凶我了,江织凶我了,江织凶我了。"

连续重复了三遍,她露出受伤的表情,像是天塌下来了一样。

喝了酒的姑娘,都这么招人?

他再不敢跟她大声说话了。江织摸摸她脑袋,他这次轻声细语地说:"不是凶你,是怕你受伤。"

周徐纺愣三秒:"哦。"

她很好哄,立马不悲伤了,也站不稳,晃晃悠悠着。

"手给我看看。"

她把两只手都递过去。

还好,她没有被玻璃扎到,就是沾了一手的牛奶。江织抽了几张纸,给她擦干净,再把她牵到厨房外面去,搬了个椅子让她坐着。

他折回厨房拿牛奶,周徐纺跟上去。

"坐在这儿等。"

"哦。"她坐回去了,自顾着摇头晃脑。

江织去厨房温了两罐牛奶,这次不让她自己拿杯子了,他喂给她喝,她小口小口喝得很斯文。

江织瞧着她移不开眼:"好喝吗?"

她舔了一下唇,眼睛眯成弯弯的两条缝,点头,说好喝。

她这个样子,一点都不像平日里板正严肃的样子,眼睛氤氲,像孤星染了水汽,不见了苍凉,不见了孤寂,只剩让人心坎发软的温顺。她是只披着狼皮、嵌着利爪的绵羊,假面之后,其实半点攻击性都没有。

她又舔了一下唇,舌尖红红的。

江织目光渐渐热了:"给我尝尝?"

她说好,推着他手里的杯子,送到他唇边。他却把她的手拿开,放下杯子,俯身,一只手撑着椅背,一只手抬起她的下巴,低头吻了上去。

她眼睛睁大了一圈,本就红的脸这下红了个透。

江织也没好到哪里去,耳尖袭了红,原本脸上的几分病态被情动染得艳丽了些,搂在她腰上的手有微微薄汗,他半含半咬着,嗫了她一下。

灯光在左边,落在江织衣领里,脖颈处不经意露出的皮肤上有三四块吮吸后留下的痕迹,那是在包厢的时候,周徐纺咬的。

江织想,他可以咬回来了,便张了嘴,可舌尖才刚碰上她的唇,她就不乖地推他。

"热。"

江织这才发现,手上碰到的皮肤有多烫,瞬间什么旖旎心思都没有了,退开几步,伸手摸了摸她的脸。

"怎么这么烫?"

她嚷嚷着很热,不止脸,露在外面的皮肤全红了。

"有没有哪里难受?"

"不难受。"

江织有点慌神,用脸碰了碰她额头,还是觉得烫得反常,便抱她去了主卧,脱了她的鞋子和外套,用被子裹着她,她嫌热要踹掉,脚刚抬起来,被江织按住了:"乖点,躺好,别踢被子。"

她就不踢了,像块木头,躺得四平八稳。

江织翻箱倒柜了很久,才找到医药箱,拿了体温计回主卧时,她眼皮子已经合上了,睡得迷迷糊糊。

"徐纺。"

她哼哼了一声。

江织坐到床头,捂暖了手才伸进被子里:"抬一下手。"

她乖乖抬手。

江织把体温计放在她腋窝,隔了几分钟才拿出来,就几个动作,他磕磕绊绊,出了一手心的冷汗。

四十二度,是高烧。

他把温度计扔下，俯身去抱她起来。

周徐纺翻个身，不让抱："别动我，我要睡了。"

"待会儿再睡，先带你去医院。"

"不要去！"

她侧着身，反手就是一推。

江织完全没有防备，被她推下了床，摔了个结结实实。

十二点，薛宝怡被手机铃声吵醒。

半夜扰人清梦，烦人得紧，薛宝怡拖拖拉拉了好一阵子，才从被子里伸出一只手，摸到柜子上的手机，眼睛都没睁开。

"喂。"

"发烧。"就两个字，是江织的声音。

薛宝怡抓了抓头发，磨蹭着从被子里爬起来，看了一眼手机上的时间："你不是停药了吗？"

"不是我。"

薛宝怡知道了："周徐纺发烧了？"

"怎么弄？"

光听语气就知道江织有多六神无主。

这家伙过去十几年进了不知道多少次重症监护室，也没慌过神，周徐纺一个发烧就让他乱了阵脚。

薛宝怡困意散了："什么怎么弄，送医院啊。"

"她不去医院。"

"那家里有没有退烧药？"

"有。"

"先给她喂药。"薛宝怡打了个哈欠，抹了一把困出来的生理眼泪，在电话里教江织物理降温。

那边，江织挂完电话就去给周徐纺喂药，她睡得昏沉，不肯张嘴，他只好把药丸碾碎了，混着水喂她。

刚尝到味儿，周徐纺就皱了小脸："苦。"

她应该是很怕苦，眉毛都拧得惨兮兮的，瞌睡也醒了一半，不过江织温声细语地哄了两句，她就张嘴把药喝了。

喂完药，江织挑了一颗粉色的棉花糖给她吃："还苦不苦？"

"还苦。"

他又给她喂了一颗糖，才起身去拿酒精和水，得用稀释酒精擦身体，这是薛宝怡说的。

江织脱了卫衣,有点热。等他弄好了酒精回房,周徐纺已经钻进了被子里面,睡得沉。她睡相很好,睡成了板板正正的一根木头。

江织把毛巾和盆放在床头柜上:"徐纺。"

她没有醒。

他亲了亲她额头,手钻进被子里,探到她腰上。

停留了很短时间,他又把手抽出来,覆在她额头上,哪里还有一点发烧的样子,她宛如一块冰块。

翌日,天微微晴,冬日初阳微暖,从窗缝里漏进来,洒了一地跳跃的斑驳,床上的人儿被阳光晃了眼,皱了皱眉,睫毛抖几下,掀开。

屋顶的吊灯真好看呀。

周徐纺揉揉眼睛,刚睡醒,还有点呆滞,盯着屋顶吊灯瞧了许久,眨巴一下眼,随后猛然坐起来。

这不是家里!

她的第一反应是双手握拳,挡在胸前,然后警觉地环顾四周,之后原本眼里的戒备全部卸下,她看见了江织,趴在她床边的江织。

他还在睡着,头发是乱的,东倒西歪地还翘了两绺,身上的衣裳薄,衣领滑到了一边,里头的锁骨若隐若现。他睡相不好,两条腿又太长,大大咧咧地伸着。

窗外透进来的斑驳刚好跳到了他脸上,唇红肤白,他这般闭着眼、不说话的模样,倒像一幅美人画,平日里那双不贪风月的桃花眼藏在柔软乖巧的睫毛下面,落几片影子,真一点公子气都没了,像个温顺的少年。

周徐纺鬼使神差地就把手伸过去了,想碰一碰他。

江织突然睁开了眼,她动作僵住。

他眼里哪有半分睡意,全是欢喜得意的笑:"要干吗?"手撑着床,他朝她凑过去,"是不是要摸我?"

周徐纺往后挪:"不是!"

她说得特别大声,虚张声势。

不逗她了,江织站起来,没管一头乱糟糟的头发,先碰了碰她的脸,又碰了碰她额头:"不烧了。"

等他后退坐回去,憋气很久的周徐纺才悄悄换了一口气。

"昨天的事还记得多少?"

昨天的事……一桩桩一幕幕迅速涌进周徐纺脑子里。好烦啊,她记忆力很好。

她有点心虚,垂下脑袋,顶着与江织同款的鸟窝头,小声地招供认罪:"我拔了树。"

江织靠着椅子背，右腿搭着左腿，嗯了一声，等她的下文。

周徐纺继续，态度很老实："我们还去了警局。"

"还有呢？"

"记不清了。"还记得她咬了他，咬了好久。

她偷偷看了一眼江织的脖子，好多咬痕。她懊恼地揪了一下衣服，面红耳赤挠手心，江织会不会以为她是淫贼呢？

"那你记不记得你吻了我？"

"我没有，是你——"

江织笑了："都记得啊。"

周徐纺突然觉得，江织有一点点小坏，就一点点。

江织寻着她的眼瞳，目光灼灼："那是不是得解释一下，你为什么能把一棵几百斤的树连根拔起？"

其实确切来说，她也不知道为什么，她的记忆停留在国外的那个疗养院，被喂了不明药物之后，她就成这样了。

她不再看江织的眼睛了："我力气大。"

"酒呢？谁给你喝的酒？"

"我自己买的。"

她耳尖红了。

这姑娘应该是不太会撒谎，心慌和心虚全写脸上了。

江织也不揭穿她："你昨晚还发烧了。"前后不到五分钟，从四十多度降到了二十多度，反常得很。

周徐纺垂下脑袋，抠着手指，不知道怎么解释好。她最近总喜欢发烧，以前没有出现过这个情况，她也还没弄明白是为什么。

"周徐纺。"

她立马坐直了。

还是什么都不肯说，让江织有种随时会被丢弃的无力感，他往前靠近，手肘抵在床边："我们是什么关系？"

"什么关系？"

江织拉了拉衣领，露出锁骨与肩："这是谁咬的？"

那几处咬痕红里带着紫，他皮肤又白皙，特别显眼。

周徐纺想把自己的牙都捏碎："是我。"

他理直气壮，控诉她："你还摸了我。"他语气强势，只是眼里一直有得意的欢愉，还特别强调了一下地点和时间，"在包厢，很久。"

周徐纺哑口无言,是他带着她的手放进他衣服里去的。

"亲也亲了,摸也摸了,你不得负责?"所以,他的目的是,"我们交往吧。"不坦诚没关系,先把人追到手再说。

周徐纺沉默不语了。

江织还不知道,她的眼睛会变成红色,她自愈能力是人类的八十多倍,她是双栖生物,她咬合力不亚于野兽。

江织还不知道,她吓晕过好多人,好多人想杀她,所以,她想买个岛,躲在水里生活。

江织也不知道,她真的好喜欢他,想带他去月亮湾,想把她最爱的灯、最喜欢的棉花糖和牛奶都送给他。

方理想说,江织怕冷、怕水,每到了冬天就要用药养着。江织有两个很好的发小,有最疼爱他的祖母,有一个专门给他治瘟疾的实验室。

"不好。"

她说,不好。

江织气恼了,气得一直咳嗽:"周徐纺……咳咳咳……你又拒绝我!"

她眼睛酸,低头不看他了。

江织真被她气着了,咳得脸色很不好:"嘴巴这么硬,气死我了!"他说完不理她了,气冲冲地出了房间。

周徐纺坐着,眼眶发热。

一会儿后,门外咣咣当当地响,她爬起来,开了门才看见江织放在门口的毛巾和牙刷,她的外套昨夜被牛奶弄脏了,门口的柜子上放了一件男士的卫衣,是她最喜欢的粉色。

周徐纺认得的人不多,两只手都能数过来,她不知道这个世界上有多少人,但她确定,江织是这个世界上对她最好的人。

她洗漱好了出来,江织还背着她坐在阳台的懒人沙发上,不回头看她。

"我回家了。"

江织哼了一声,不肯跟她说话。

"再见。"

站了一会儿,她往玄关走,还没到门口,江织喊住她:"回来。"

她就又走回去了。

江织还是不回头看她,就给她一个后脑勺:"把桌上的早饭带走,你不吃就扔掉。"

他的语气还是很生气,但周徐纺知道,他舍不得她饿着。

她把早饭带走了,出了江织家的门,在门口吃完了再走,走出小区的时候,

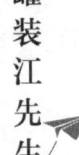

她眼睛是红的。

九点，周徐纺回到了家里，什么也不做，呆坐着，一坐就是一个小时。电脑开着，霜降的信息一条接一条。

"你名下的房产和资金我都帮你处理好了，江织不会查得到。"

"我给你做了估算，还差一个亿左右。"

"凌渡寺的平安符挂件，我试着做了一下排查，新名单发给你了。"

周徐纺毫无反应，眼睛虽盯着电脑，神却不在。

"徐纺。"霜降发了一声嘀。

她还在走神。

霜降又发了一串嘀："徐纺。"

她才抬头，目光无神，自言自语："江织生我气了，江织不理我了，江织不跟我说话了。"

连着三句，一句比一句心慌，一句比一句懊恼，她甚至把坐垫都扯破了，嘴也咬破了。

霜降发了个问号。

"我发了好多句号给江织，他都不回我了。"周徐纺越说越悲伤，表情像天塌下来了，"他不想理我了。"

霜降也不知道怎么劝她，见她又坐了一会儿，然后坐不住了。

"你去哪？"

她从椅子上站起来："我去执行任务了。"就算江织不理他了，她也要去保护他。

电脑屏幕突然切了监控出来。

霜降发来一句："门口有人来了。"

魂不附体的周徐纺这才分出一点点精神去听楼下的声音，听清楚脚步声后，去衣帽间套了件从头裹到脚的棉衣才下楼去。

她把外套的帽子戴着，开了门，只探出一个脑袋："找谁？"

门口是三个男人，都穿着物流公司的工作服，后面两人抬着箱子，前头的男人问："周徐纺小姐是吗？"

"我是。"

她脸很小，一半藏在衣服里。

送货的大哥瞧不清她长相，就觉得这姑娘眼睛透凉透凉的，有点不太敢直视，他把送货单递过去："您的吊灯，请签收一下。"

周徐纺闻言抬头。

送货小哥这才看清她的脸，漂漂亮亮小姑娘，浑身都是生人勿近的冷淡。

她接过单子,签了名递回去:"谢谢。"

"不用我们帮您送上去吗?"

"不用。"她从门后伸出一只手,把箱子接过去,轻轻松松就托举起来了,眼睫毛都没动一下。

送货小哥惊呆了:"那要不要我帮您安装?"

她摇头,说谢谢。她做过电工兼职,可以自己安装,她又道了句谢,关上了门。

送货小哥再次惊呆了,不由得问同伴:"那箱子多重?"

"一百多斤吧。"

"我瞅着那姑娘像抬白菜啊。"

周徐纺一只手把箱子搬进了屋,拆了箱子看了一眼,更失落了。她蹲箱子边儿上,垂着脑袋,又开始自言自语嘀嘀咕咕。

"江织给我买灯了,江织昨晚还背了我,江织对我太好了,他对我这么好,我还惹他生气了,我好坏,我是坏人!"

周徐纺特别难过,难过得觉得世界都灰暗了,她不跟江织在一起,怎么可以这么肆无忌惮地靠近他,更不可以这么肆无忌惮地接受他的好。

"我是大坏人!"

见周徐纺这么自我批评,霜降就建议了一句:"要不你哄哄他?"

周徐纺陷入了迷茫。

下午四点,热搜头条第一是著名江姓导演夜携美女上警局,第二第三条是圈内一对明星夫妻的婚礼。

婚礼在游轮上举行,受邀宾客几乎占了小半个娱乐圈,那位头条上挂着的江姓导演也在邀请之列。婚礼没有请媒体,保密性很高,记者朋友们只能蹲守在游轮外面的红毯上,来一个逮一个。

媒体朋友们发现啊,江导今天的心情很差,脾气特别爆!

"江导,能回答一下吗?您昨晚在警局——"

"关你什么事!"

"和您在一块儿的那位女士——"

"你是哪家报社的?"江姓导演直接推摄像头了,一张病恹恹的、漂亮的脸蛋上没有一点通情达理,全是不理俗世的疏冷。

媒体朋友们安静如鸡了。

婚礼现场布置在了游轮的顶层,底下三层都是为来宾准备的客房,这会儿婚礼在进行中,客房楼层没什么人,只在出入口安排了引路的工作人员。

二楼过道,一男一女正在拉扯。

"放开。"

女人身穿黑色礼服,裙摆曳地,长发束了高马尾,利索又不乏女人味,只是女人在气头上,怒瞪着眼,十分不好惹的样子。

男人却有恃无恐,一只手拽着女人的腕,一只手按着她的肩,牢牢把人桎梏在两手之间。

他笑:"我偏不放。"

他样貌生得俊朗硬气,只是眉目间有几分强势,眸光凌厉得教人不敢直视。

女人被他毫不讲理的话激得忍无可忍:"江孝林!"

男人正是帝都江家的长房长孙——江孝林。

素来成熟稳重的江家林哥儿倒难得这样泼皮无赖,抬了脚,直接用膝盖顶住女人的腿,笑得着实浪荡:"叫得挺好听,来,再叫一句。"

女人也是个性子刚的,气得面红耳赤:"你他妈有病是吧!"

"是有病。"他俯身,靠近她耳朵,"那年还是你向学校告的状,说我是专门偷人内衣的色情狂。"

"都多少年前的事了,你还来翻旧账。"

这时,江织的咳嗽声打断了两人对峙。

江孝林回头望了一眼,见来人便松了手,慢条斯理地整理着西装,抬眸换了个眼神,丝毫没了刚才"衣冠禽兽"的做派,解西装纽扣的动作优雅:"这么冷的天,还以为你不来了。"

江孝林大了江织四五岁,虽是堂兄弟,私下从来不往来,不在老宅的话,连应付都懒得应付。

江织不冷不热地嗯了一声,直接路过两人。

女人的目光一直追着他。

江孝林捏着她的下巴,把她的脸掰过来:"这么舍不得,怎么不追上去?"

女人一把推开他的手:"我正有此意。"说完,她扭头就走。

江孝林抓住她,她二话不说,直接挠过去。

他手背上瞬间多了三道血痕:"唐想!"

女人回头嫣然一笑:"叫得挺好听,来,再叫一句。"

唐想是何人?

骆家除了那位手腕铁血的骆大小姐,最为人知的就是这位雷厉风行的女管家,年纪轻轻,却是老爷子最得力的左膀右臂,在骆家,就是正经主子见了唐想,也要低几分头。

说起唐想和江孝林的渊源,那还得追溯到多年前,两人是同班同学,一个全年级第一,一个全年级第二,谁看谁都不顺眼。唐想是第一,江孝林是万年老二，只有一次他考过了她，却因为德行问题，被扣了五分的品德分，最后，又成了老二。

至于品德分怎么扣的，据说是从江孝林的书包里找到了唐想的内衣裤。

江织刚下楼梯，便被人叫住了。

"江织。"是骆青和。

江织置若罔闻，不回头地继续走。

骆青和抱着手依在门边儿："你好像很讨厌我，因为骆三？"

江织停下脚，回头。

"知道我讨厌你，怎么不知道离远点。"

骆青和也不气，撩了一下耳边的长发，她皮相称不上美，骨相却得天独厚，平直的锁骨十分精致。

"骆三都死那么多年了，还把他搁心尖儿呢。"

江织少年时，与骆家时常走动，骆家女儿生得多，正经出身的有骆青和、骆颖和这对堂姐妹花，不正经出身的就数不清了，燕瘦环肥什么模样的都有，可少年的江织只与那个光头小哑巴一处玩，其他人都不瞧进眼里。

"他在不在我心尖儿上你不用知道，你只需要牢牢记着，你骆家还碍在我眼睛上。"

说完，江织转身便走人了。

骆青和笑意渐收。

"小骆总。"是秘书韩封，刚从楼上下来。

她收了目光："骆常德在哪？"

韩封凑近，耳语了两句。

骆青和脸色大变："这个混账玩意。"

骂了一句，她掉了头朝楼梯口走，可才刚迈出脚，膝盖一麻，她毫无防备地直接跪了下去。

"小骆总！"

这一跤摔得结实，骆青和半天起不来，左脚膝盖以下火辣辣的疼，她一时动都动不了，距离她膝盖跪地不到一寸的地方，有只手柄严重弯曲的勺子。她捡起勺子，忍着痛，扶墙站起来。

韩封见状，朝过道的拐角逼近。

"出来！"

他喊完，毫无声息。

骆青和问："谁？"

韩封摇头，拐角没有人，只是地上有一摊水。

哼，坏女人，下次还用勺子打你!

周徐纺在心里骂了好几遍坏女人才作罢，蹲在船尾的楼梯口，拧着袖子上的水，蹙眉在思考，骆三是谁？江织的好朋友吗？

她想得出神，都没有注意到后面的脚步声。

"谁在那里？"是游轮上的侍应生，手里还托着一瓶红酒。

周徐纺转过头来，她没邀请函，只能从海里游过来，刚从水里爬上来没多久，一双眼睛还是红的，不是美瞳那种漂亮的红，是跟血一样的颜色。她知道，很吓人。

"咣!"红酒摔碎，女侍应腿一软，坐在了地上："妖、妖怪……"眨眼工夫，那红眼的"妖怪"就到了她眼前，她张嘴就要尖叫。

周徐纺捂住她的嘴："不要叫。"

那女侍应半条命都吓没了："我、我不不……不叫。"

不叫就好，不叫她就不打人。

周徐纺指着最近的一间客房："进去，把衣服脱给我。"

叩、叩、叩。敲门声响了三下，门内却毫无反应。

骆青和站在门口："是我。"

她开了口之后，门内才有人出声，不是很耐烦："什么事？"

门开了，骆常德衣衫不整，脖颈与胸膛上全是女人指甲留下的抓痕。

骆青和脸色顿时冷了，与秘书进了屋，用力甩上门："你还问我什么事，骆常德，你也不看看你做的好事。"

骆常德不过五十出头，眼睛浮肿，看着显老，因为身体缺陷，这些年更加不知收敛地折腾。

他嗤了一声："不就是个女人。"

骆青和朝房间里头扫了一圈，地上扔了支钢笔，笔尖有血，床上的女人躺着不动。

骆常德二十多年前被人废了那里，在那之后，他就不正常了。

"你还真是狗改不了吃屎。"

骆常德嗤笑，从床头抽了一张纸，包着钢笔擦了擦，扔进了垃圾桶里，他背稍微有些佝偻，头发黑白参半，身材精瘦，低着头把衬衫塞进皮带里："把这里，还有这个女人都处理干净。"

新人宣誓结束，游轮的顶层放起了烟火，空中千树万树开，一时亮如白昼。

周徐纺穿着侍应的衣服，脸上的口罩很大，遮住了她半张脸，她扶了扶鼻梁上的特殊眼镜。

"这里有监控吗？"

霜降回:"婚礼受邀宾客不是公众人物就是商界贵胄,保密性很高,一二两层的客房都没有开监控。"

"江织在哪?"

"他不在监控区。"

就是说,他在一层或者二层。这里就是二层,周徐纺直接一间房一间房地找过去。她刚到路尽头,一个浑身是血的女人突然从拐角里摔出来,她身上的礼服破烂,蜷在地上衣不蔽体,血顺着她的大腿流到地上。

"救、救,"她朝周徐纺伸手,指甲里全是血,"救……我……"

漫天烟花炸开,在毫无星辰的冬夜里,璀璨得让人睁不开眼,一船人的热闹和狂欢,真是吵人安静。

江织有些烦躁,往船尾走。

手机里乔南楚的声音有点懒倦:"我去见过那个纵火犯了。"

"改不改口?"

"嘴巴硬着呢,怎么逼也还是那套说辞。"

"撬不开他的嘴,那就从他身边人下手。"

"或许他就是凶手呢?"

海风很大,浪打着船身轻轻摇,听不见脚步声,唯有烟火在轰鸣。

江织凭栏站着,眼里有漫天火光和一望无际的海:"当年那场火骆家死了两个人,这都没判死刑,说得过去?"

"这件事,你真要管?"

"嗯。"

电话里有打火机的声音,乔南楚点了一支烟:"还惦记着骆家那个孩子?"

江织语气忽然郑重:"我已经有周徐纺了,这话以后不要讲。"

"那为什么?"

"我看骆家不顺眼。"

这时,一只手从身后慢慢伸出。

耳边烟花声声巨响,将所有声响都掩盖,方才提到了心上人,江织心绪不宁,想着若是周徐纺知道了骆家那个少年会是什么反应,要是能让她醋一醋……他想得出神,开始心不在焉了:"那个案子——"

背后伸来的手用力一推。

手机落在了甲板上,随后,是水花溅起的声音。

"江织。"

"江织。"

乔南楚在电话里喊。

那只手手掌宽厚,手背有几条抓痕,戴了手表,捡起手机后用力一掷,砸入深海。

这个时候,周徐纺刚驮着女人到了工作人员更衣的房间,耳麦里就传来了霜降发的警报。

"徐纺。"

周徐纺应了一声,打开柜子,把背上的女人放进去。

"江织的手机突然断了。"

她动作僵了一下,睫毛颤动,片刻失魂之后,迅速扯了件外套扔给那个女人:"这里很安全,等船停了再叫人。"

嘱咐完,一个眨眼的工夫就已经不见人影了,只有门咣的响了一声。女人捂着嘴,瑟瑟发抖地关上了柜子门。

客房门前的地毯被掀起,像一阵风刮过,灯下捕捉不到完整的轮廓,只有阴影一晃而过,是奔跑着的周徐纺。

"霜降,帮我排查一下江织可能在的地方。"

"好。"

十几秒之后。

"一楼船尾,或者二楼观景区。"

周徐纺身体变异之后,速度和力量是正常人类的三十三倍,听力和视力是二十八倍,自愈能力多年前是八十四倍,目前……好像更快了,甚至在水里可以呼吸。从二楼到一楼船尾,不过转瞬的时间,她顾不上被人察觉,一脚踹开了楼梯口的门,因为力气用得太大,整个船身都微微晃动了一下。

甲板上空无一人。

"他不在这。"

周徐纺有很不好的预感,她找了一圈,没发现异常,正要离开,霜降又发了一声警报:"刑事情报科入侵了游轮顶层上的监控,乔南楚发了一条求救消息,徐纺,江织可能出事了。"

只要人在船上,薛宝怡一定能第一时间营救,除非……

周徐纺转身,走向船尾,把耳麦摘下之前,她只说了一句话:"帮我盯着船上。"

"徐纺——"

连线断了,周徐纺扔了耳麦,纵身一跃,跳进了海里。

那年,也是寒冬,天儿特别冷,骆家别墅外的泳池都结了一层薄薄的冰,突然,冰破了,水花溅了起来,泳池里有人在扑腾。

花棚里忙活的下人们闻声跑来,围在泳池旁瞧热闹。

"怎么了，这是？"

"喏，落水了。"

"那不是骆三吗？"

"是啊。"

"他冲撞了二小姐，被罚下去洗泳池。"

"傻子就是傻子，都不知道要抽干水。"

大家或在议论，或在沉默，就是没有一个人下去救人，因为骆家高高在上的二小姐说了，泳池不洗干净，不准上来。

这时，又是扑通一声，不知是谁下了水。

等人捞起来，才知道那是来骆家做客的江家小公子。也不知是哪儿出了岔子，这位尊贵的小公子并不会游泳，却偏偏跳了水，那日天凉，池水冰冷刺骨，江小公子身子差、体质弱，喝了不少水。

冰水入肺，江家小公子因此大病了一场，去了半条命，就是那次之后，江小公子落了个怕水的毛病。

乔南楚问过他，不会游泳下去做什么。

他说："我不落水，就不会有人下水救人。"

后来，江家小公子每次来骆家做客，骆家那个傻子就会躲在屋子后面，偷偷地看他，若是被发现了，他就会把折了很久的小星星塞给他。

那个傻子他不会说话，但会对着江织傻笑，会偷偷把他藏的"宝贝"都埋在花棚的树下，等江织来了，他就去挖出来，全部给江织，有糖果、有漂亮的石头、有纸折的小星星，甚至还有包得严严实实的白面馒头和红烧肉。

那时候，骆家那个小傻子以为馒头和肉就是世界上最好的东西。

海风一刻都不停，吹得人耳膜痛，烟花还在炸，光影斑驳倒映在海面，忽明忽暗的，只能看见瘦弱的人影从水里冒起来。

她背着一个人，从水光里走出来，湿漉漉的一双眼血一样的红。她把人放在了一处干燥的草地上，让他平躺，她跪着，在他身旁。

"江织！江织！"

她怎么喊，江织都不醒，她就摘了口罩，通红着一双眼，不停地按压他的胸口，不停地给他做心肺复苏。

"江织！"

"你醒醒，江织！"

周徐纺从来没有这么怕过，如果江织没了，如果江织没了……她的手在抖，浑身都在战栗，她甚至连给他做人工呼吸的力气都没有，一低头眼泪就落下来，混着海水，从她脸上淌到了他嘴角，又咸又涩。

"江织。"

风声里,她嗓音哽咽了:"你别死……"

然后,江织一口水吐在了她脸上。

"咳咳咳……咳咳……"他蜷着身子,一直咳嗽。

周徐纺绷紧着的神经猝然松开,整个人就瘫坐在了地上,她大口大口地喘息,活过来了,活过来了……

"周徐纺。"

下一秒,冰凉冰凉的手抓住了她的手腕:"是不是你?"他只能看到她半个侧脸,夜里,视线模糊。

周徐纺猛地转过身去。

江织的手被挣开,整个人重重摔回地上。他缓了很久,才撑着地,伸手去拉她还在滴水的袖子。

"你转过来,让我看看你。"

周徐纺背身站着,刻意压着声音:"我只是个跑腿人,拿人钱财替人消灾。"说完,她戴上口罩,垂着睫毛,遮住了通红的眼睛,转身便走。

海风刮得人刺痛,耳边呼啸着风声,他在后面一直咳,周徐纺擦了一把眼睛,滚烫滚烫的。

等走远了,她借了个手机,叫了救护车。

救护车来得很快,因为江家的小少爷出了意外,这场游轮婚礼也草草收尾了。

十点,医院的门口列队站了两排医生。

十点一刻,两排医生挪步去了急诊室。

十点半,空旷的走廊里,拐杖拄地的声音越来越近,听着就让人不寒而栗。

孙副院长赶紧上前:"老夫人,您怎么来了?"

来人手拄拐杖,身穿盘扣刺绣大衣,头发梳理得一丝不苟,正是江家的老夫人,许九如。

"我孙子都进医院了,我能不来?"她由人搀着,走到急诊室门口,"我家织哥儿怎么样了?"

孙副院长战战兢兢:"还在里面急救。"

"是哪位医生在主治?"

"是薛医生。"

一同前来的还有第五医院的新晋院长秦世瑜,他站在许九如身侧:"老夫人,可需要我进去看看?"

江织的痼疾一直是他在治,是个什么情况,他最清楚不过。

许九如拂了：“不用，等宝怡出来再说。”

秦世瑜称是，未再多言。

急诊室里很安静，只有心电监护仪的声音，病床上的人刚做完急救处理，手指就动了。

"醒了？"江织醒得倒挺快。

江织盯着天花板发了一会儿愣，然后抬手去摘氧气罩。

薛宝怡没好气地说："还不能摘。"

他当耳边风，直接摘了，一张漂亮的脸蛋白得不像话，一开口就咳："咳咳……周……咳咳……"

江织睁眼就问周徐纺。

薛宝怡把氧气罩给他按上："你先别说话。"要不是看他美，薛宝怡都想揍他了，"你刚停药没多久，身体本来就没有复原，这次又喝了不少水，情况不是很好。"

最严重的是肺。江织这个身子病得太久了，五脏六腑都有损伤，得仔细养着，致病的药也才停了一阵子，底子还没养回来，这么一折腾，算是前功尽弃了。

"你要是还想要这条命，这几天就好好躺着，秦世瑜也来了，等会儿我给你用药，你就先在重症监护室里待着。"

秦世瑜信不过，也不知道是站了哪一派，得防着。

"帮我。"

薛宝怡听得不太清楚，凑近："什么？"

"我要出院。"

"江织，你不要乱来。"

江织直接撑着身子坐起来，拔了针头："别让老太太知道，你把我弄出去，我很快就回来。"

"要去见周徐纺？"

"嗯。"

十点四十，薛宝怡出了急诊室。

许九如由人搀扶着起身："宝怡，织哥儿怎么样了？"

薛宝怡一改平日的吊儿郎当："海水导致了吸入性肺炎，要进一步做抗炎抗病毒治疗。"

"那会不会有生命危险？"

薛宝怡表情凝重了："他心肺状况不是很好，还需要观察。"

许九如闻言身子踉跄。

桂氏连忙说宽慰的话,让许九如莫急坏了身子。

"您也不要太担心,等织哥儿的情况稳定了,我再通知您,凶手那边……"薛宝怡点到即止,后面不说了。

许九如听见凶手两个字神色便冷了:"阿桂,叫扶汐过来伺候织哥儿。"

"是,老夫人。"

许九如瞧向身后方:"林哥儿。"

江孝林上前,询问何事。

"我听下面人说,扶离今儿个也去了婚礼。"

"是去了。"

今儿个除了江织,受邀而去的江家人还有大房的江孝林、二房的江扶离,江家集团里的部下们都一道来了医院,偏偏不见江扶离。

"织哥儿都被人推下海了,她这个当堂姐的,怎么影儿都没见着?"

江孝林手拂西装,细看,手背有几道抓痕:"可能是公司有事,扶离中途就离席了,她刚才来过电话,说待会儿过来。"

许九如一敲拐杖:"叫她不用来了!"

江孝林道知晓了。

晚上十一点,病房外有脚步声。

桂氏听闻上前迎人:"是汐姐儿吗?"

来人将兜帽放下,她模样大方端庄:"是我,织哥儿他醒了吗?"

江扶汐只比江织大了月份,两人关系一般,平日里鲜少以表姐弟互称。

桂氏回答:"还没呢,老夫人去了警局,林哥儿回了老宅,走时老夫人留了话,说小少爷不喜欢生人,让汐姐儿您好生照料着。"

"我知晓了。"

随后,两人一同往重症病房处走,阿晚刚好在门口。

江扶汐上前:"林先生。"她说话总是温言细语,"我能进去看看织哥儿吗?"

这句林先生叫得阿晚内心舒坦,但他时刻记着雇主大人的吩咐:"我老板还在休息,现在不是探访时间,小二爷说最好不要打扰病人休养,外面有家属等候室,等我老板过了观察期我会第一时间通知您。"

江扶汐道谢,朝门内看了许久才离开。

再说溜出医院的江织,已经上高架桥了。

他第四遍催:"开快一点。"

肺里火烧似的,他裹着件大衣蜷在后座的椅子上,越咳越厉害。

薛宝怡从后视镜看了一眼,那张美人脸这会儿白得跟鬼一样,眼圈晕红神色恹恹,像朵开败的花,娇艳没了,只剩娇气的孱弱。看得让人心疼哟!

"已经很快了,再折腾,你这半条小命都要没了。"

哥们儿这么多年了,没见过他这样不要命的样子,女人能比命还重要?

薛宝怡理解不来,觉得江织有些过头了:"织哥儿,我说你至于吗?你要想见她,你打个电话不就成了,她要是不来,我绑也帮你绑来,用得着你拖着这副身体亲自上门吗?"

这么惯她,以后还不得上天。

江织捏着眉心,手指都没什么血色,透白透白的:"我头疼得很,别吵我。"

"好,我不说了,反正被女人折磨的又不是我。"

江织再一次催他开快点。

四十分钟的路,硬是开了不到半小时就到了,值班的门卫见是豪车,询问了几句便放行了。

薛宝怡把车靠边停:"我去帮你把人叫下来。"

江织直接推开了车门:"不用,我自己去。"

他拢了拢身上的大衣,走进了夜色里。冬夜的冷风刺人骨头,不消一会儿,便将他苍白的脸吹出了几分嫣红色,天寒地冻,夜里没有行人,路灯昏黄,打在雪松树的枝头上,透出星星点点的斑驳。

江织还没走到十七栋,一楼的门就毫无预兆地开了。

周徐纺在黑色卫衣的外面套了一件大棉袄,手里提了袋东西,站在门口,呆呆地看江织。

他也在看她,他身后有云散后的一抹月光,淡白色,与灯光交融,杂糅成了很漂亮的颜色,一分也不及他的颜色。

周徐纺看了他许久,撇开头:"我下来丢垃圾。"

江织没有揭穿她,站在原地,风吹着他的头发、他的衣摆,万籁俱寂里只有他无力又沙哑的声音。

"周徐纺,我没力气,你过来我这里。"

她说好,把垃圾袋放下,一步一步朝他走近,然后停在了离他一米远的地方。江织往前一步,伸出手,把她拉到了怀里。

不远处的路灯从左上方打来,在地上投下一对相缠的影子,他比她高很多,张开手可以把她整个藏在怀里。

他稍稍低头,下巴刚好蹭到她头顶软软的发:"有没有哪里不舒服?"

"没有,我身体很好。"

没事就好,江织拿脸蹭了蹭她的头,长长舒了一口气。

"你呢?"

"死不了。"

周徐纺还是担心他，仰头盯着他的脸一直看，总觉得他好像瘦了："外面风很大——"

"别赶我，我好不容易才过来。"

"江织。"

他弯下腰，脸埋在她肩上："再抱一会儿。"

这个姑娘怎么这么大胆啊，深海也跳。他喝了太多水，不记得细节，只记得她一直喊她，好像还哭了。

"江织。"周徐纺歪着头去看他，见他眼眶红了，"你怎么了？"

江织松开她，胡乱抹了一把眼睛，随口胡诌了个理由："风太大，吹得眼睛痛。"

她当真了，就踮起脚，用手去遮住他的眼睛，把风都挡在外面。

她明明是个聪明的姑娘，有时候又这么傻，江织抓着她的手，放到唇边。

她立马缩回去了，往后挪了两步，脸蛋开始发红："我们和好了吗？"

还记得他之前生气来着。

江织两手揣兜里，见她乖巧，心情大好，偏偏还要把上扬的嘴角压下去："没有，我不和女人做朋友，你要是不当我女朋友，我们就和好不了。"

周徐纺眉头一皱，失望难过的表情全部写在了脸上。

"除非……"

她立马抬头。

"你哄哄我，你哄我我就跟你做朋友。"

要哄才可以做朋友啊，霜降也说要哄一哄他。可怎么哄呀？她从来没哄过人，眉毛纠结地拧了很久："我有礼物送给你，你在这等我一下行不行啊？"

江织说行啊。

周徐纺跑上去的，很快又跑下来了，她给江织送的礼物有点特别。

"这是什么？"

她双手捧给江织："拖鞋。"

他家这个，还真不走寻常路。

"为什么送我拖鞋？"粉粉嫩嫩就算了，拖鞋上面还有一只硕大兔头。

周徐纺显然很爱惜这个拖鞋，她给兔头顺毛的动作都很轻柔："这个我也买了，粉色很好看，而且特别暖和。"

她觉得好的东西，就想都送给江织。

江织看了一眼鞋面上那对少女心爆棚的兔头，内心是抗拒的："这是女款。"

"不是的，我问过客服了，她说四十二和四十三码是男款。"

男人会穿这种鞋？罢了，总归是他家小姑娘的心意，他怎么能不顺着依着，颇为愉悦地收了礼物。

"你有没有给别人买过?"

"没有。"她只给他一个人买过拖鞋。

江织摸了摸那兔子头的毛,越看越觉得顺眼。

"喵!"三更半夜的猫叫声有点瘆人,江织扭头就看见楼梯间的旧家具里,有只灰色的猫钻出来:"哪来的猫?"

"是流浪猫。"

那只灰猫冲江织张牙舞爪了几下,然后走到周徐纺脚边,乖顺地用脑袋蹭她的裤腿。

真不凑巧,这只猫刚好穿了一身粉,粉色裙子上还有一只大兔头,那兔头跟江织拖鞋上的一模一样,一看就是同一家店的系列款。

"这只蠢猫身上的裙子也是你买的?"

周徐纺老实巴交地点头。

"你不是说没给别人买过吗?"

"它是猫,不是人。"

江织指着那只蠢猫身上的粉裙子:"它的裙子多少钱?"

"三百四十八。"

江织又把自己的拖鞋拎到她跟前:"我的呢?"

"一百九。"

他连一只猫都不如,他想宰了这只蠢猫。

刚才还龇牙咧嘴的猫儿,这会儿瑟瑟发抖地躲到周徐纺后面去了。

周徐纺摸不懂江织那颗善妒的少男心:"我们现在和好了吗?"

江织没骨头地靠着墙,再加上那副病恹恹的神情,娇贵气就十足了,赌气似的,语气一点都不好说话:"没有。"他阴恻恻地瞪着那只蠢猫,"我没那么好哄。"

周徐纺立马问:"那你还想要什么?"

江织撇开头,娇娇气气地咳嗽:"要你送我回去。"

"好。"

周徐纺直接去车库里开车了。

江织看到那辆车,拎着双拖鞋愣了几秒:"这是什么车?"

"电动三轮。"

她的越野和轿车都送去保养了。越野和轿车都有点贵,不敢在江织面前开,车库里只剩摩托、电动和自行车,就这一辆有防雨棚,江织不能吹风,所以她就把平时摆摊开的电动三轮开出来了。

江织站在风口,一头蓝发被吹得很凌乱,表情一言难尽:"我坐哪?"

周徐纺把后面的防雨棚打开:"你坐后面的车棚里,我铺了毯子在上面,很暖和。"

江织被那条粉嫩兔子头款的毯子吸住了眼球,他长这么大,第一次坐这种车。

回去的路上,薛宝怡一边开着车一边跟乔南楚电话。

"来了来了。"

"到了医院你出来接应一下。"

乔南楚让他直接把车开到医院的停车场里。

薛宝怡就说:"哦,江织没坐我的车。"

坐了谁的车?

薛宝怡把跑车开成了龟速,紧紧跟着前面那辆三轮:"周徐纺的车啊。"

"是辆电动三轮,江织就在后面那黄色的棚里。"

"还戴了个外卖专送的黄色头盔。"

真不是薛宝怡不厚道想笑他,是忍不住:"看见他裹着被子坐在后面的样子,我都想给他捐款了。"

"手里还抱着一双女款的拖鞋。"

"吓得我一哆嗦。"

"他怕他女人生气,还一直瞪我,老子憋笑都要憋出病了!"

"哈哈哈哈哈哈……江织简直蠢死了!"

◆第九章◆
我们做不了朋友,因为我太喜欢你了

五十分钟后,周徐纺载着"蠢死了"的江织到了医院。

她把车停在了隐蔽的地方,然后下车去打开后面的棚:"江织,到了。"

江织不动,等着她来扶。周徐纺伸手,他就乖乖扶着她,小咳小喘地下了车。

"要我送你进去吗?"

"不用。"他不想让江家人看见她。

"那我走了。"

江织还没松手,手搭在她肩上,没有将身体的重量都压给她,却把整个人都挨向她,他低头,与她平视着。

"周徐纺。"

"嗯？"

他摸摸她头上那个送外卖的黄色头盔："明天来医院看我好不好？"

"好。"

周徐纺走了。

江织还站在风口里，沐着夜色看他的姑娘。

薛宝怡催："行了，人影都没了，进去吧。"

江织再也忍不住，身子一晃，蹲在地上，咳出了一口血。

车窗外的霓虹在飞速后退。

周徐纺把耳麦戴上："霜降。"

霜降知道她要问什么，立马回复她："受邀的嘉宾资料、还有游轮上的监控视频我都复刻出来了，但一二层没有开摄像头，可用信息并不多。"

"江家人立案了吗？"

"嗯，江织的奶奶出面了。"

"能不能从警局那边入手？"

"我试试。"

道完谢，周徐纺打了方向盘，将车头调转回去。

病房里，薛宝怡刚给江织做完急救处理。

乔南楚也在："怎么样了？"

薛宝怡恨铁不成钢地瞪了江织一眼："肺里有积液，要做穿刺。"

江织的肺部状态很不好，又溺水了，有积液也在预料之中，如果不是他要赶着去见周徐纺，方才就该给他做穿刺。

也是江织能忍，拖着这病歪歪的身体还去见心上人。

江织半合着眼："你做。"

薛宝怡从商很多年了，对自己的医术没把握："我主攻的是中医。"

"别人我信不过。"

薛宝怡想了想："把衣服脱了，我先给你针灸。"

江织把外套脱了，直接掀起病号服。

薛宝怡目不转睛地盯着瞧："织哥儿，你好白啊！你居然有腹肌！"

江织瞥了他一眼："别乱看。"

"都是大老爷们，干吗呀。"

"喜欢老子的大老爷们还少？"

行吧，薛宝怡不吭声了。

乔南楚问了句："你怎么回事？"

江织手臂枕着脖子，拎了周徐纺送的那双拖鞋在手里把玩："什么怎么回事？"

"你不是练过吗？怎么还被人推到海里去了？"这么没有防备心，不像江织的作风了。

"失误了，当时在想周徐纺。"

乔南楚都不知道说他什么好了，周徐纺对他影响太大。

凌晨，江家老宅外有车鸣声，守夜的下人披了件衣裳，起身去开门。

下人一看是二房的车。

"扶离小姐回来了。"

江扶离下了车，与司机交代了几句，才进了屋，她往小楼走去，脱下外套递给了下人："在外头守着。"下人应了。

老宅主楼的南边修了一条游廊，游廊一侧，砌了观景亭和阁楼。她母亲还未歇下，在观景亭里候着她。

她走过去，落座："让人去查探了吗？"

骆常芳道："查了，江织那病歪歪的身子应该不是装的，这次落水恐怕去了半条命。"

"这样了都还不死，他的命也真够硬的。"

骆常芳环顾四周，见无人，低声问道："扶离，是不是你做的？"

"母亲，这可不能乱猜测，我可是有不在场的证据。"

翌日，因为气温太低，淅淅沥沥的雨冻成了冰粒子落下来。

上午九点，江织转去了普通病房。十点，他才醒。

刚巧，江扶汐端了水，推门进来："可还有哪里不舒服？"

江织坐起来，眼里一点方醒时的惺忪都没有："你怎么在这？"

"奶奶让我过来照看你。"

她放下水盆，取了干净的毛巾，打湿水，拧干后走到病床前，稍稍俯身，替江织擦手。

江织避开，让她动作落了空："你出去，让我的助理进来。"

江家这一辈只出了四个孩子，感情都不亲厚，即便是都在许九如膝下教养的江织和江扶汐，私下关系也很淡薄。江织不爱与人交往，江扶汐更是不出闺阁，两人不结仇怨，也没有什么姐弟情深。

她放下毛巾，取了挂衣架上的衣裳，脾气很好："我守在外面，有事你唤我。"

"回江家去，这里不用你照看。"

"奶奶她——"

"我会跟奶奶说。"

231

她颔首,穿好外套,大衣是定制的,与许九如一样。她也爱刺绣、爱旗袍、爱字画与书卷,身上总有一股青墨清隽的气韵。

"那我回去了,你好生养着身体。"

走时,她在门口刚好撞见了薛宝怡和乔南楚,颔首问候过后才出了病房。

等人走远了,薛宝怡回头瞅了一眼,摸了摸下巴:"江扶汐这种的,我妈最喜欢了。"

大门不出二门不迈的大家闺秀,豪门世家的婆婆都喜欢这种温柔贤淑的儿媳。

乔南楚笑他:"怎么,还惦记着她?"

薛宝怡立马变脸:"陈芝麻烂谷子的事,别拿来说。"

江扶汐是薛宝怡的初恋,那时候,薛宝怡才十几岁,还是个愣头青,整个大院就数他招摇了。

当时他和江织是哥们儿,时常跑江家,又是怀春的年纪,一来二往的,就看上了江扶汐,也没别的理由,那个年纪的少男只要是个女的,看久了都来感觉。

然后薛宝怡就挑了个花好月圆的晚上,拾掇着一群发小去当众表白,说了将近上万字的"你当我媳妇我罩着你"的话,结果亭亭玉立的少女就说了一句话:"说完了吗?我的花还没绣完。"

薛宝怡当时就愣了。

后来怎么了乔南楚就不大记得了,只记得薛宝怡拉着他们几个去酒吧买醉,然后就看上了酒吧一个调酒的姐姐。

总之,这是薛宝怡年少轻狂的一段黑历史。

"不过,她真挺漂亮的,可以出道了。"薛宝怡评价了一句,这是就事论事,谁让他是娱乐圈老总。

乔南楚进了病房,拉了张椅子坐下:"你妈没跟你说?越漂亮的女人越毒。"

薛宝怡不否认。

"这个江扶汐,"乔南楚伸长腿,"江织,你觉不觉得她有点怪?"

江织没说什么。

薛宝怡靠着柜子:"哪怪了?"

乔南楚把玩着他的打火机:"说不上来。"不再提江扶汐了,他说正事,"你家老太太已经立案了,待会儿程队会过来给你做笔录。"

江织垫了个枕头靠着,气色不是很好:"能限制出境?"

"你指谁?"

"整个游轮上的人。"

"难度很大,昨晚受邀的宾客一个比一个腕大,证据不够充分的话不好搞。"

"我看到了凶手的手。"

乔南楚把玩打火机的动作停住:"能认出来?"

"时间太短,只有个印象。"想了想,江织道,"左手,男士手表,手背上有三道抓痕。"

就这一个特征,凶手范围就能锁定了。

乔南楚起身,拨了个电话到刑侦队:"手背上有抓痕,立马做排查。"

又吩咐了几句,乔南楚刚挂电话,这时有人敲门。薛宝怡问了句是谁,插着兜去开门。

门外的人回:"是我。"小姑娘提着两大袋东西,"我是周徐纺。"

江织的小心肝来咯,薛宝怡回头,朝江织挤眉弄眼的。

江织根本没看他,一双眼就扎在人家姑娘身上:"你们都出去。"

薛宝怡啧了一声:"有异性没人性。"他回头,朝周徐纺打着招呼:"你好,周姑娘。"

周姑娘有点不习惯这种热情,躲开了目光:"你好,薛先生。"

她刚要跟另外一位乔先生问好,江织就在催了:"徐纺,关好门。"

周徐纺:"哦。"

啪!门关上了,薛宝怡和乔南楚差点被门碰一鼻子灰。

周徐纺小步上前了几步,目光关切地看着江织:"你好点了吗?"

江织柔若无骨似的躺着,架子端足了:"听不清,过来说话。"

周徐纺特别好骗,江织说什么她都信,真以为他听不清呢,她就大步走到他身边去:"你好点了吗?"

江织把咳意压下去:"没什么事儿,过几天就好了。"他拍拍床边,"坐上来。"

可能因为他病了,周徐纺比平时更乖顺,坐床边儿上,不过就挨一点点。

江织把她手里的大袋子接过去:"这是什么?"

"给你买的补品。"

她又买补品,费钱。

江织把袋子放到柜子上,忍不住唠叨了她一句:"我补品吃不完,以后别买了。"

"好。"

那她就买别的。

她把背包拿下来:"我还有礼物送给你。"昨天他说了,他还没被哄好,

233

要继续哄的。

她在背包里掏啊掏,掏出一个漂亮的粉色礼盒,又扯了扯盒子上面的蝴蝶结,让它端端正正的,然后捧到江织面前。

江织瞅了瞅那四四方方的盒子:"这是什么?"

周徐纺打开盒子:"暖宝宝。"

"过几天又要下雪了,天气会很冷,你只要把这个贴在身上,就不会冷了。"江织身体不好,怕冷,暖宝宝是方理想给她推荐的,她觉得非常适合江织,所以她买了很多,先送一小盒给他试用,要是好用,她就把家里屯的都带来给他。

不过,江织的表情好像有点复杂。

"你不喜欢吗?"

江织见她有皱眉的趋势,立马把盒子抢过去:"谁说不喜欢了。"

"你喜欢就好,那你会用吗?"

这玩意,江织见都没见过,他捏了片在手里:"你教我。"

"好,我帮你贴一个。"周徐纺就拿了一张,放进被子里压着,没敢碰到江织,"要先捂暖了,不然开始会很凉。"

"那你捂着。"

江织拿了他的棉花糖盒子,挑了一颗喂她,她张嘴吃了。

"还要吗?"

"嗯。"

他再喂一颗,再喂,继续喂,一直喂……

直到她嘴巴里塞满了糖,鼓着腮帮子:"已经捂好了。"

江织把棉花糖盒子放下,往后一躺,一副"随你怎么弄我我都不反抗"的表情,甚至有点期待:"贴哪?"

"你哪里冷?"

江织把被子拿开,外套衣摆一掀:"这儿。"

周徐纺盯着他里头的病号服看。

江织心情愉悦得不得了:"不帮我贴吗?"

"哦。"

她撕掉粘贴部分的膜纸,然后用两根手指头,拽了拽江织的病号服,把他露出来那一小截白皙的腰给遮住了,比对了两下,才方方正正地往他腹上贴。

她觉得有点热,不敢乱看,眼睛和手都很规矩,就盯着江织病号服的格子看,好像看到一朵花儿。

江织的角度就只能看见她个头顶,还有她两根无处安放的小手指,那样翘着,生怕碰到他似的。

她小手指在抖动。

江织笑:"你手抖了。"

"没抖。"

他笑得更欢了:"抖了。"

周徐纺没底气地狡辩:"没。"她不理他了,埋头给他贴暖宝宝,用四根手指捏着,一点一点贴平,最后戳了戳,加固好了,她就赶紧往后退开,"贴好了。"

江织摸了摸肚子上那个四四方方的东西,这玩意,还挺热乎,他正想再逗逗他家小姑娘——

"江奶奶!"是病房外的薛宝怡,他嗓门很大,"您怎么来了?"

"来看我家织哥儿。"

拐杖拄地的声音越来越近,还隐隐夹杂着江孝林与江扶离的声音。

江织来不及多想了,把被子掀开:"徐纺,上来。"

周徐纺有点蒙:"嗯?"

"藏被子里。"

"为什么要藏?"

江织摸摸她的头,像安抚:"因为有坏人。"

她便什么都不再问了,爬上去,钻到被子里,可她不敢碰他,拼命往边儿上蹭。

江织看着那一坨,好笑,隔着被子拍拍她的背:"别离那么远,纺宝,你挨着我。"

他又叫她纺宝了。

周徐纺躲在被子里,偷偷笑了,一点儿一点儿挪过去,挨着他。

这时,病房的门被推开。

江织弯起腿,将被子撑高了,顺手拿了枕头压在一侧:"您怎么来了?"

许九如拄着拐杖进来:"不来看看你这个祖宗,我哪里睡得了觉。"

不止江孝林和江扶离,二房的骆氏也来了,她在许九如身边伺候着,帮着接了外套,又拉张椅子让许九如落座。

"好些了没?"

江织精神不振地嗯了一声,稍稍侧身,手搁在身侧的枕头上。

见着他这副病态,许九如也着实心疼:"这几天莫要去拍戏了,你好生在医院养着。"

江织应下了。

"警局的人来没来过？"

"南楚来过。"

"那可有什么新线索？"

江织懒懒地眯着眼，不作声。

许九如是个人精，还能不懂他的心思，回头吩咐了一句："你们都出去等着。"

不比江孝林与江扶离的镇定自若，骆常芳脸色就有点藏不住了，神情不悦，却也不敢多言，带着两个小辈出了病房。

等他们几人都出去了，关上了门后，许九如才问江织："可是与他俩有干系？"

他俩，指的是大房和二房。

江织换了条腿弯着，没个睡相，把被子撑得凹凸不平："凶手的手背上有抓痕。"

"你是说林哥儿？"

江孝林并没有刻意遮着手上的伤，许九如昨晚便瞧见了，问他怎了他也不说，不想推江织入海的那人手也被抓伤了。哪有这般巧的事。

"这就难说了。"江织伸手拿了杯子，喝了一口温水润润嗓，"他要想弄死我，犯不着脏了自己的手。"

"或许他也料准了你会这么想，故意反其道而行。"

"扶离那丫头也是，早不走晚不走，偏偏你出事的时候她不在船上。"许九如面露愠色，"一个个的，都不是省油的灯。"

江家可不如外头说的那般光鲜亮丽，一家门几家事，分崩离析是早晚的事，就等她这个老太太闭眼了。

江织不再多谈，表了态："这件事，您别插手，万一真查到了我们江家自己人头上，您也有得麻烦。"

"有什么麻烦的，警方能治就给警方治，不能治，那人怎么搞你，我就怎么搞回去，别的还能关起门来解决，这杀人害命的手段，可不能纵着。"

"许女士，"也就江织敢这么跟她打趣，"什么搞不搞的，您不是常教育我说话要文雅吗？"

许九如被他气笑："你不照样学足了外头的流氓气！不扯这个，你倒跟我说说，给你雇的那个跑腿人是怎么回事儿？你出事的时候他在哪儿？"

被子底下那一坨很小弧度地动了一下。

江织换了个姿势，手顺其自然地放进被子里，摸到一个脑袋，揉了揉："跟她没关系。"

看把他家这个瘦的,缩成一团藏在被子里都不明显。以后啊,得盯着她吃饭。

"怎么就跟他没关系,拿了两千万的佣金,还让人钻了空子,我雇他还有什么用?"

"她下海救了我。"

江织语气强硬得很,一副谁都说不得的样子。

江织是个什么脾气,许九如还能不知道?他何时这么袒护过旁人,这犊子护得着实莫名其妙。

"你怎么还给他开脱?"

他摸到被子里小姑娘冰冰凉凉的小手背,这会儿很乖巧,任由他搓揉捏戳的,把玩得他心情大好:"就事论事。"

"还有你那个大块头的助理,怎么也没跟着你?"许九如到现在也没记住林晚晚的名字,总是大块头大块头地叫。

"他晕船。"江织催了,"您什么时候回去?"

"嫌我老婆子啰唆了?"

江织眼皮子一耷拉:"我累了,要睡觉。"

许九如笑骂了这小祖宗几句,就起身了:"林哥儿和扶离我会差人盯着,你也莫大意,晚上我再挑几个身手好些的人过来给你守夜。"

他嗯了一声,恹恹无力,许九如又嘱咐了几句才走。

等门关上了,病房里没了声音,枕头下那一团小小地动了动,又伸出一根手指,戳了戳江织的手臂。

"别动。"江织把枕头扔开,"蹭得我痒。"

"走了吗?"

"走了。"

"那我出来了。"

"出来吧。"

被子里那一团一点一点往后挪,脑袋也一点一点拱出来,刚冒出头,一张漂亮的脸就凑过去了。

"江——"

江织直接在她憋红的小脸上亲了一下。

周徐纺耳朵噌噌噌地红了,她愣了三秒,猛地往后一跳,嘎吱一声,床塌了。

江织只想偷个香,而此时他半个身子着地,半个身子吊在病床上。

这时,门外有声音。

"你好好提着,别把汤给我洒了。"

"哦。"

"江织他——"

门没锁，一扭就开。刚推门进来的阿晚和宋女士都愣住了。

宋女士的爱宠双喜："咯咯！"

大家都尴尬了！

点滴架在摇摇晃晃，周徐纺眼明手快，立马手脚并用地蹿起来，把输液袋扶稳了，她担心地看着江织："你有没有摔着？"

江织穿刺的地方有点痛。江织："没有。"

周徐纺很自责，扛着输液架主动过去搀江织："我不应该乱跳，这个床，"她声音越来越小，"它不牢固。"

她真的没有用力，她要真用力了，床就成渣渣了。好烦啊，她力气怎么这么大，以后一定要更加小心地呵护江织，绝不能再磕着碰着他。

"嗯，不是你的错。"江织看了一眼那张超豪华的、从中间断裂了的、木制的病床，面不改色地帮他家小姑娘推卸责任，"都是床的错。"

周徐纺懊恼地垂头。

门口的母子俩面面相觑之后，都拿出了过来人的处变不惊。

"老板，用不用我们回避一下？"

江织丝毫没有窘迫和心虚，穿着条格子病号裤，淡然处之。

"去给我换个床，要牢固点儿的。"

阿晚心想，他们是在床上打架了吗？

当然，床没有那么快就换，阿晚先帮雇主大人换了病房，在填病床更换表的时候，原因一列阿晚果断填了剧烈运动。

这是宋女士第一次见周徐纺，好奇得不行，明着暗着打量了这姑娘好久，唇红齿白的，她越看越喜欢。

"你就是周小姐吧。"宋女士的脸很圆，烫了一头洋气的泡面头，卷发上别了一个少女发卡。

阿晚的体型，原来是像他妈妈。

周徐纺站姿端正得宛如对面是面试官："嗯，我是。"

宋女士脸大，一笑呀，眼睛就眯成缝："我是晚晚的妈妈。"

周徐纺有点怕生人，一直不敢抬头："伯母好。"

她跟个小学生似的，真乖。

宋女士越看越顺眼，顺了顺怀里大公鸡的杂毛："双喜，快叫人。"

穿着粉色手工编织毛衣裙的双喜："咯！"

周徐纺不知该说什么。

宋女士很热情，很自然熟："我听晚晚说，双喜是你送给江织的。"

周徐纺看着这只穿着粉裙子的大公鸡，是有点蒙的。

江织看她杵得跟块木头似的，拉着她坐下："是你送的那只土鸡。"

原来是那只在江织身上拉过屎的鸡。

周徐纺盯着公鸡仔细看："它好像长肉了。"胖了好多圈，鸡腿也肥了几圈，宰了吃应该会很补。

宋女士温柔地轻抚着双喜："你和江织都忙，反正我在家也没事儿，就先帮你们带着，要是以后你们想自己养，就接回去，养上一阵子就亲了。"

阿晚越听越不对，怎么觉得他妈养的是孙子。

关于双喜的话题就说到了这里，宋女士开始说正事："推你的那个家伙抓到了没有？"

"还没有。"江织把周徐纺的手拽过去玩，她扯回去，他又拽回去，乐此不疲。

"天杀的狗东西！"宋女士脾气暴，火气直冲天灵盖，"晚晚，你明天就搬到江织那打地铺，以后，不能再让他落单了。"

阿晚真的很不喜欢他妈喊他晚晚，他拒绝，理由是："他有洁癖。"

宋女士的语气像吃了一斤小米椒，又辣又呛："你还好意思说，双喜洗澡都比你勤快。"

"我——"

"我什么我！要不是你晕船，江织能被人推下海？"

好吧，什么都怪他，他就不该晕船，他就不该不爱洗澡。

"他住我那不方便。"江织这么说了一句。

宋女士立马露出了微笑："不方便啊，那行，那就不住了，以后让晚晚早点去晚点回。"

阿晚觉得这不是他妈，这是江织他妈。从今天开始，他是孤儿。

"晚晚，快把汤倒出来给江织喝。"

阿晚倔强了三秒钟："哦。"算了，谁叫他长得丑。

阿晚倒了一碗汤出来，宋女士先端给江织，阿晚又倒了一碗，宋女士又端给周徐纺："小纺你也喝点。"

周徐纺接了汤，周徐纺还不适应这个新昵称。

第三碗汤，宋女士自己喝了，然后保温桶里没汤了，阿晚的心也跟着凉了。

宋女士是个善谈的人，就在病房里坐了十几分钟，从阿晚七岁尿床的事，说到了十七岁他打拳击比赛紧张得昏过去的事。

阿晚全程生无可恋。

等宋女士母子俩走了，周徐纺跟江织说："晚晚妈妈人很好。"

"晚晚？"这称呼很刺耳，江织不太爽，拽着周徐纺的衣服把人揪到身边来，"林晚晚有个外号。"

"啊？"

江织随口就瞎编了一个："叫林大壮。"

周徐纺深信不疑，并且改了口："哦，林大壮的妈妈人很好。"

她好乖。江织忍不住摸摸她的头："嗯，是很好，林大壮的妈妈原先有尿毒症，是我出钱给她做了手术。"林晚晚为此签了三十年卖身契的事，就不用说了。

周徐纺听了很动容："你真是善人啊。"

周徐纺看看时间，不早了，"那我回去了。"

江织不愿意她走："回去做什么？"

她把背包背上："要去打工。"

江织把她背包拎过去，连带人一起拎过去："别去了，在我这打工行不行？"

"那我做什么？"

他咳嗽，病弱地喘着，可怜兮兮的："给我当看护，我都没人照顾。"

她认真想了想："好。"

她答应得太快，江织倒没意想到："答应了？"

她很怕别人再来害他："嗯。"

他笑，小虎牙不是很明显，往病床上一躺，娇嫩白皙的玉手递到她面前："那先给我擦手。"

当然，江织没舍得真让周徐纺伺候他，反倒是他这个病人把好吃好喝的捧到她面前，他发现周徐纺似乎很喜欢吃零食，尤其是甜的，而且她很多东西都没吃过，跟没童年似的。

江织便差了阿晚去买了一堆零食回来，让周徐纺尝个够。

下午，乔南楚过来了一趟，老远便看见江织一手拿着个果冻，一手拿着根棒棒糖，递到周徐纺面前，说不能吃多，待会儿要吃饭，只能吃一个。

"喜欢哪个？"

江织的语气乔南楚觉着跟他堂哥哄女儿时一模一样。

周徐纺选了果冻："这个。"

她以前没吃过果冻，现在她发现果冻特别好吃，这是最后一个了。

江织帮她撕开外包装："林大壮，你再去买点果冻。"

这个世界上，林大壮最讨厌的人就是江织，第二讨厌的人是宋女士。林大壮满怀怨念地扭头，看见了乔南楚。

"你这个院住得倒舒坦。"

江织没理乔南楚的调侃,给周徐纺手上塞了几颗软糖:"你和林大壮一起去买果冻好不好?挑你喜欢的口味。"

他要支开她,周徐纺说好。

等人走了,江织才问乔南楚:"排查了吗?"

乔南楚拉椅子坐下,剥了颗糖扔进嘴里:"这个案子有点麻烦。"

"怎么说?"

"不凑巧了,光手背上有抓痕的,就已经逮到了三个,还有一个手背烫伤了的。"

江织倒不意外:"都是谁?"

乔南楚把手机上的照片调给他看:"更不巧的是,他们或多或少都跟你有点仇怨。"

四个嫌疑人,不是跟江家有关就是跟骆家有关。

这与江织猜想的差不多:"都有不在场的证明?"

乔南楚一个一个说:"黄沛东说当时他在游轮二层的客房里,和江扶离通电,通话记录查过了,时间是对得上,但不排除他开着手机在作案。"

黄沛东这个人他和江织都熟,是江扶离的左膀右臂。

"抓伤呢?怎么造成的,什么时候造成的?"

"今天上午,被他的小情人抓的。"乔南楚把糖纸揉成一团,扔进了垃圾桶里,"他的小情人也审了,暂时没什么问题。"

乔南楚继续道:"韩封和骆常德当时在一块儿,也在二层,没监控证明,他们俩相互作证。另外,骆常德的手是昨晚在家里烫伤的,因为烫伤比较严重,没办法证明烫伤之前有没有抓伤。"

黄沛东是嫌疑人一号,韩封和骆常德是二号和三号。不管是江家的还是骆家的,都是江织的宿敌,都有杀人动机。

江织枕着手靠着,外套的袖子往下滑,一小截白色的四方边角露出来:"韩封的手,谁抓的?"

"他说是骆青和,因为办事不力。法医对他做了活体取证,结果还没出来。"

韩封是骆青和的秘书,串通证词的可能性很大。

"只有江孝林没有任何证明,他说他在客房,就一个人,至于手上的抓伤,"那家伙,狂得很,"说私人问题无可奉告。"

除了江孝林,另外三个先不管真假,都有不在场证明,也都有一套说辞,表面上来看,江孝林的嫌疑最大。

乔南楚估摸着:"这几个嫌疑人,可能个个都有问题。"

"那就个个都盯着。"江织从柜子里拿出个记事本,给了乔南楚,"我简单画了几笔,先查一下这块男士手表。"

乔南楚看了眼,笑了:"织哥儿,你这画功……"一言难尽啊。

江织冷了他一眼。

乔南楚不打趣了,合上本子:"你手上贴的什么玩意儿?"

江织状似不经意地撩了撩袖子,眼里的得意都满出来了:"暖宝宝,周徐纺给我贴的。"这还炫耀上了。

乔南楚笑骂:"德行!"

次日,周徐纺没有出去打工,在医院照顾江织,给他当看护。不过林晚晚觉得吧,更像雇主大人在养女儿,牛奶、棉花糖供着,顶多就是雇主大人起来的时候娇气,非要"看护"扶着。

阿晚觉得雇主大人挺阴险的,正想着——

雇主吩咐:"叫人搬张床过来。"

阿晚去搬床。

周徐纺作为江织的"看护",晚上是要留宿的,她平时过得糙,找个坑都能蹲一晚上:"不用那么麻烦,我可以睡沙发。"

"不搬床也行,你跟我睡。"

江织用一双似醉非醉的桃花眼瞧着她。

周徐纺站直:"我去帮阿晚搬床。"

江织心想,坐怀不乱啊,他的小姑娘。

周徐纺就出了病房,去帮阿晚搬床,阿晚当然很开心了,觉得贴膜的周小姐是个体贴善良、和蔼可亲的人。

阿晚忍不住跟她交心了:"周小姐。"

"嗯?"

阿晚平时也没什么同事,一天到晚都跟着雇主大人,也没朋友,好不容易碰到个知心人,就想跟她倒倒苦水:"你不觉得我老板脾气很差吗?"

"江织脾气很好。"

"他还有洁癖。"

"没有,他很好。"

阿晚觉得贴膜的周小姐还是太善良了,不知道人心的险恶,所以,他觉得有必要点拨一下:"那你是不知道,他可奸诈了,自己做坏事儿还不够,他还怂恿三爷——"

周徐纺抬头了:"林先生。"

阿晚被这句见外的林先生给叫傻了。

已经停下脚步的小姑娘这会儿脸上的表情严肃极了,而且带着很大的怒气,甚至从来不与外人有眼神交流的她居然在瞪人:"你再这样诬赖江织,我就对你不客气了。"

林先生愣住了。

上午十点,江织有检查,周徐纺扶他进了检查室,在外边等他。

中途,有个年轻男孩过来要微信,刚好被出来的江织逮住了,他漂亮的脸立马冷若冰霜:"我女朋友没有微信。"

周徐纺想说不是女朋友,看江织病恹恹的就不忍心了。

年轻男孩悻悻地离开。

江织还有点妒火中烧:"经常有人找你要微信?"

"没有经常。"

"那你给吗?"

"不给的。"

江织满意了,往空中递了一只纤纤玉手:"纺宝,扶我。"

周徐纺被酸到了,她扶住江织的手。

江织顺其自然地把扶在她手背上的手,搁在她肩上,重量没真往她身上压,只是挨得她很近,往病房走去。

"口罩带了吗?"

他又闻到了她身上的奶味,有点心猿意马。

周徐纺从口袋里掏出来一个黑色口罩:"带了。"

他把口罩拿过去,给她戴上:"以后出门你就戴着口罩。"他有正当理由,"帝都这破天气,太冷。"

省得她被人惦记。

周徐纺没有多想:"好。"

江织把他家姑娘的帽子给扣上:"帽子也要戴。"

周徐纺又说好。

江织看了看,她太可爱了。

"帽子还是别戴了。"戴帽子显萌,不戴又太漂亮了,她脑袋都是顶顶漂亮的,江织越想越没有安全感,"不是一定要出门,你就少出门。"

周徐纺这次没有立刻答应:"可我要打工。"

"那你就戴你那个只露眼睛的头盔出去,帝都这破天气,总喜欢下冰粒子。"

周徐纺想起前几次被冰粒子砸脸的事,觉得江织说得很有道理:"你说得太对了!"

她这么好骗,得看紧了。

江织按着心胸,咳了几声:"我穿刺的地方有点疼,你扶我回病房。"

周徐纺一听他不舒服,架着他的手就往肩上放,双手扶着江织往病房去,想走快点,又怕颠着他,有点心急。

"你很疼吗?"

"嗯。"他咳嗽着,娇娇弱弱。

周徐纺很担心他会晕在路上:"我抱你吧。"

"不行。"她心疼就行了,他一个大男人哪能让喜欢的姑娘抱。

"我力气大。"

"也不行。"江织松了手,改牵着她,"你力气再大,也是女孩子。"

周徐纺不懂,她扛得起几千斤啊。

这姑娘也不知道谁养的,怎么养的,分明对什么都警觉,分明心防很重,眼里的风霜孤凉像受尽了苦,偏偏又教得她干净得像一张白纸,如果她愿意把眼睛露给你看,只要一眼,就能看透。

江织停下来,看着她:"没人心疼就算了,有人疼的话,可以娇气一点。"

周徐纺并不是很懂江织的话。

"不懂?"

她点头,没人教过她做人,更没人教过她怎么做女孩子,倒是有人教过她怎么把体内的能量最大化。

江织弯下腰来,耐心温柔地教她:"你是有人疼的,有人会舍不得你,所以你得多疼你自己一点,别光为别人想。"

周徐纺愣住,她长这么大,第一次听这么好听的话,在她单调简单的记忆里,没有人跟她说过,她也有人心疼。她眼睛都要红了。

次日,才五点多外头的天就黑了,万家灯火与满街霓虹都出来了,从高处往外看,满是人间烟火。

江织躺在病床上,看着窗外,不知道在想什么,可能因为降温,他肺部的问题也不是一天两天能养好。这两天他一直咳得厉害,刚咳了点血,这会儿脸色难看,白得像纸。

薛宝怡给他做了针灸:"昨天你二伯母来过。"来查他的病。

江织心不在焉:"嗯。"他问阿晚:"几点了?"

"五点四十三。"

从下午三点,他就开始反复问时间。

下午三点,贴膜的周小姐走了,回家去洗漱,说六点回来。周小姐人一走,雇主的魂也不在了。

"回魂了。"薛宝怡冲江织虚踹了两脚,"秦世瑜也调过你的病历。"

江织还是魂不在:"嗯。"

"应该查不出什么,医院里都是你的人。"

江织嗯了一声,还是魂不守舍。

薛宝怡翻了个白眼,掀开他的衣服,戴了手套,按压他的心肺处:"疼不疼?"

"不疼。"

"情况还好,再过几天应该就可以出院了。"

"先住着。"

他暂时不想出院,出院了他家小姑娘哪会那么乖地天天来报到。

薛宝怡哪能不知道他的打算:"织哥儿,你够不要脸的啊。"

江织又看阿晚:"几点了?"

"您刚刚问了!"

"几点了?"

屈服于雇主大人威胁之下的阿晚说:"五点四十五。"

江织心情有点不愉悦了,盯着地上那双粉色的兔头拖鞋,她怎么还不来。

他也不知道什么时候养出来的臭毛病,一看不到她,他心里就毛毛的,有点发慌。他等不了了,拨了个电话过去,可她没接!

他给周徐纺发微信,一连发了四条语音。

"周徐纺。"

"快六点了!你说六点回来。"

"你人呢?"

薛宝怡用看智障的眼神看江织,不得了了,江织喜欢个人,变化真大。

江织等了十几秒都没人回,一开始是恼周徐纺的,现在顾不上了,有点担心她。

他接着发:"为什么还不回医院?你回我一句。"

终于,周徐纺回了一句:"我在外面。"

"你在外面做什么?又去打工了?"

周徐纺打字,速度又慢,显示了很久的正在输入才发过来简单的两个字:"有事。"

江织:"什么事?"

周徐纺回了一个句号。

聊不下去了,这么不听话,他只想把她逮过来,咬一口!

咣的一下,江织把手机扔桌子上了,把身上周徐纺贴的暖宝宝全部撕了扔掉,从病床上起来:"我要出去一趟。"

薛宝怡哼了他一声:"你刚刚还说要多住几天。"

"去抓人。"

江织刚拔了针头,放在柜子上的手机响了,是乔南楚打来的。

"上次撞你的那辆车找到车主了。"

江织把病号服换下:"靳松?"

"嗯。"

第二次了,跑来招惹他,他这人可不好招惹:"我之前发你的那份资料,找个电脑厉害点的,帮我发给靳磊。"

乔南楚问:"为什么不直接给警察?"

"我家老太太教的,能脏别人的手,就不要脏了自己的手。"

一个小时后,一则财经新闻上了微博热搜:华娱副总靳松因涉嫌逃税与贿赂被紧急逮捕,举报人其兄靳磊。

周徐纺是在四个小时之前,收到了霜降的邮件,就一句话。

"凌渡寺的平安符挂件排查完了,是靳松派的人,要撞死江织。"

警局的逮捕令下来的时候,靳松不在帝都境内,晚上七点,靳松在律师的陪同下,前往警局接受调查。

靳松坐在后座:"情况怎么样了?"

闻律师开车,摇了摇头:"靳磊手里有证据,已经交给检察院了。"

"你不是最会打经济案吗,只要你能帮我脱罪,多少钱都行。"

闻律师正要回话,马路中间突然晃出来一个影子,他心下一惊,立马猛踩刹车。汽车骤停,靳松整个人往前倾。紧随着地上有金属物的摩擦声,越来越近、越来越响,刚入夜,万籁俱寂,这声音显得格外瘆人。

靳松朝车窗外看过去,就见一个模模糊糊的轮廓,那人穿着一身黑,帽子大得几乎要遮住整张脸,只剩两个眼珠子,发着光。

看不清男女,那人手里拖着一根铁棍,从黑暗里走出来。

靳松神经紧绷:"你是什么人?"

"下来。"

她的声音清冷,是女人。

"你——"

"我是黑无常。"她声音毫无感情,"来索你命了。"

话落,她举起手里的铁棍,眼睛不眨,狠狠砸下。

巨响一声,车玻璃四分五裂,应声而碎,渣子溅得到处都是。

靳松右脸被扎破了几道口子,早被吓慌了神:"你、你别过来。"

这来历不明的危险人物,正是周徐纺。

她把铁棒杵在地上,敲了两下:"出来吧。"鸭舌帽外面还戴了个大大的兜帽,口罩很大,就露两个眼珠子,她抬头,看了看遮蔽在乌云里的月亮,然后蹲下,搬起那辆车,再松手,把车里两个人震傻了,胆也震破了。

最后,她面无表情地念了一句:"阎王要你三更死。"

周徐纺最近在看一个捉鬼的电视剧,她记性好,记得很多台词。

夜深人静,路上空无一人,四周阒寂无声,只有阴风吹着树叶簌簌作响,靳松只觉得头皮发麻,高喊了两句。

"闻律师!"

闻律师在主驾驶,也吓白了脸,这个"黑无常"能空手抬车,太诡异了。他做了很久心理建设,才开了车门,不敢靠近,隔着几步距离:"这里离警局不远,你别乱来。"

她不乱来。

"你阳寿未尽。"她对这律师挥挥手,"走吧。"

闻律师壮着胆子挪步上前,伸手摸到了那根铁棍:"谁派你来的?"

对方眼珠子黑漆漆的,浑身上下包裹得不多露一寸皮肤,她声音犹如鬼魅:"阎王。"

这世上怎么可能有鬼。闻律师不动声色着,又往前挪了一小步,偷偷伸出去的手已经握住了铁棍,他一鼓作气,一把抢过去。

周徐纺根本没用力,就让他抢,见他抱着铁棍扬起来,她还站着纹丝不动,歪头:"你是要打黑无常大人吗?"

闻律师不再犹豫,大着胆子抬起棍子,一咬牙,狠狠砸下去。

他用了全力。

周徐纺抬起手,轻飘飘的动作,轻而易举就截住了棍子:"这是阴间的东西,你摸了要折寿的。"

闻律师直愣愣地撞上那双眼,下一秒,条件反射一般,拿着铁棍的手立马撒开了。人还是怕鬼的。

周徐纺把铁棍拿起来,没用力似的,一抬一落。

咣!棍子的一头敲在车顶,顿时砸出个坑来,闻律师正要往后缩,后颈被拽住了,回头一看,目瞪口呆。

她用两根手指捏着他后颈的领子,毫不费力就把他拎起来了,左晃晃,右晃晃。

车里的靳松已经被吓愣了。

闻律师腿软,蹬都蹬不动了,宛如一块纸片,被拎来拎去:"你你你要干干干什么?"

周徐纺又想起了捉鬼电视剧里的一句台词,用低沉的嗓音一板一眼地念出来:"你竟敢对黑无常大人无礼。"

说完,她拎着人,更用力地晃。

正常人类的力气,是不可能这么大的。

闻律师又怕又晕,都快吐了,整个人像从水里捞起来的,身上全是汗,抖着牙齿,哆哆嗦嗦地求饶。

"大、大人饶命,黑无常大人饶命啊。"

她从头到尾都没有表情,顶多两个眼珠子在动:"好吧。"

然后她就松手了,闻律师摔在了地上。

她把手指往身上蹭了两下,有点嫌弃,又拿着铁棍敲了两下地,俯视地上的人,冷冰冰、阴森森地说:"等你阳寿尽了,我再去索你的命,你走吧。"

闻律师瑟瑟发抖地爬起来,拔腿就跑。

她嘴角悄悄勾了一下。

可是那个"阳寿未尽"的男人一跑远,就开始大叫:"来人啊!救命啊!"

"来人啊!"

"快来人!"

这条路上晚上没什么人,周徐纺有点生气了,拿了棍子转身,一瞬间就到了男人面前。

"不许叫。"

闻律师彻底呆住了,这只"鬼"是飘过来的……他两眼一翻,吓晕了。

他真不经吓。

周徐纺怕往来的车把人压死,就蹲下把人拖到一旁,然后扛着她的铁棍,往回走。

靳松趁这个空当,拨了报警电话,他手一直哆嗦,也不知道按的什么:"喂,警察局吗?有有有人想杀我,我我在、在——"

不过眨眼工夫,远处昏黑里的人影已经到他面前了。

靳松瞠目结舌。

周徐纺用铁棍敲着车窗:"挂掉手机,下来。"

靳松手一抖,手机掉了:"别、别……"他手抖得像得了帕金森,推开车门,"别杀我。"

这个女人太古怪,那样的速度、力量,绝对不是正常人类。

周徐纺扛着棍子,黑漆漆的眼珠子一动不动:"看你表现。"

靳松腿软,靠在车上:"你要多少钱我都给。"

"我是地下使者,不接受贿赂。"她一棍子顶在靳松肺上,"阎王问你,最近三个月都做了什么亏心事?"

靳松被顶得一屁股坐地:"没有。"

"撒谎和隐瞒,都要受到惩罚。"周徐纺俯身,眼里的墨色逐渐褪去,取而代之的是一抹血红,慢慢浮出来。

"不相信我是使者?"

靳松惊恐万分,已经发不出声音了。

她突然伸出手,掐住了他的脖子,一跃,上了楼顶,他还没反应过来,她拎着他,纵身又是一跃,宛如平地一般,在楼栋之间穿梭跳跃。

靳松已经完全被吓蒙了,整个人像一具死尸,一动不动,眼睛都不会眨,耳边是呼啸的风,瞳孔里是飞速倒退的高楼,他被甩来甩去,身体忽高忽低。

这一趟,他是走在了鬼门关。

最后周徐纺停在了一栋大厦的楼顶,改拎着他,就站在高楼的最边缘,手朝外伸着,靳松脚下悬空,往下看,二十米之下,车辆都变得渺小。

"只要我一松手,"周徐纺松了三根手指,仅用两根拎着,"你就会摔成一摊肉泥。"

靳松如梦惊醒:"不!不要!"

他动都不敢动一下,就怕她松手,这么高摔下去,他肯定死无全尸。

"招,还是不招?"

靳松一秒都不敢犹豫:"招!我招!"

她这才拎着人换了个地,松手。

靳松被摔在了楼顶,骨头都吓得酥软了,整个人坐在地上,像脱水的鱼,大口大口喘息。

"快说。"江织还在医院等她,周徐纺没耐心等了。

靳松本能地就往后瑟缩:"上上个月,我弄伤了一个人,用皮带抽狠了。"

"还有呢?"

"我掳了江家的小公子。"

周徐纺语调提高:"为什么掳他?"

靳松语塞了一下。

她突然俯身凑近,殷红的眼睛逼视过去:"为什么掳他?"

靳松吓得肩膀一抖:"他换了电影的女主角,让我损失了一大笔,我也想玩弄他,而且,江家人让我试探试探,看他是不是装病。"

"江家哪个人?"

"江扶离。"

不知道江织知不知道？他那么聪明，应该也查到了，那为什么不把那个坏女人打一顿？能不能打一顿？她想打一顿。

周徐纺想了一阵，很多想不通的，用红色的眼睛瞥靳松："还有呢？"

靳松被吓怕了，不敢隐瞒："江织爆了我的丑闻，上个月，我让人撞了他，但没有成功。"

听到这里，周徐纺的眼睛已经彻底冷了，霜降查的果然没有错。

"继续。"

"房琪不是失踪了，是我玩过火了，她死了之后，我让人把尸体埋了。"

房琪是前阵子失踪的一个女艺人，华娱旗下的。

"埋在哪了？"

"唐红山。"

"继续。"

"上周，我让人绑了成连州的妻儿，逼迫他把股份给我。"

成连州是靳氏的老股东。

靳松被冷风吹得身体都僵硬了，动都动不了："前天，我使手段，签了一个十六岁的男孩子，想让他……让他以后伺候我。"

这个坏人！

周徐纺在心里骂他："还有吗？"

"没、没有了。"

"真没有？"

靳松拼命摇头："没有！"

周徐纺这才满意了，手伸到口袋，关了录音笔，俯身，伸出手去。

靳松猛地后退："别杀我！"

周徐纺用一只手把他拎起来，走到楼顶边缘，纵身往下跳。

"啊啊啊啊啊——"尖叫声，犹如鬼哭狼嚎。

着地之后，周徐纺把人往地上一扔，手在裤子上蹭了蹭："我暂时放过你，人间有正道，你就留在人间受罚吧。"

说完，她抬起手，直接把人敲晕了，然后拍拍手，捡起她的铁棍。霜降只能暂时控制监控，她不宜久待，刚要撤离，就听到车门打开的声音。

有人！周徐纺把帽子往下拉了拉。

声音从后面传来："黑无常大人。"

这个声音……她只要听一声，就知道是谁。

他在五米之外："帝都江家老幺，江织。"他脚步不疾不徐的，朝前走近，"还能活多久啊？"

他听到了！他的车停在了五米之外，晚上的风声很大，对她的听力有干扰，她在楼顶的时候，是听不见车声的。

他什么时候来的？来了多久？听到了多少？

周徐纺越想越懊恼，没转身，往车后面躲，她伪装声音，像只鬼："你会长命百岁。"

江织低声笑了，脚步停下来。

周徐纺背身站在车后，怕被他看见她的"恶劣行径"。她蹲下，偷偷拽住靳松的一条腿，把他拖到后面。

江织就站着不动，看她此地无银三百两的动作。

"你看见了？"周徐纺不知道他看见了多少。

江织裹着大衣，在咳嗽，风吹得他头发乱糟糟，灯下，暗哑的雾面蓝除了张扬竟显出几分温柔来："什么？"

周徐纺推了一把车，车就动了。

她力气真不是一般的大。

"看见了。"

"不怕吗？"

她跳到楼顶上并且像只猴儿一样四处窜的那一段，他应该没有看到。她至少能确定，他是在她上楼顶之后才到的，不然以她的听力不可能听不到。所以，江织只看到了她乱使蛮力。

不对，还有她粗鲁地装神弄鬼。

周徐纺好懊恼，她应该淑女一点，像电视剧里那个说话掐着嗓子捏着兰花指的娘娘。

江织的声音被风吹过来："怕什么？怕黑无常大人来索我的命？"

他笑了，眼里藏了星辰与灯光，远远看去，美人如画，风卷着他的衣角在动，满目都是漂亮精致。

"那我做了那么多亏心事，你怎么还不来？"他慢慢悠悠，含着笑，又喊了一声黑无常大人。

周徐纺有点蒙，有点不知所措。

江织试探地喊她："周徐纺？"

周徐纺掐了个浑厚低沉的声音："我不是周徐纺。"

江织也不跟她争论，改了口："那行，黑无常大人，转过身来。"

之后是沉默，只余风声。许久，周徐纺才转过身去。

"你只看到了表面。"她眼睛已经褪去了红色，隔着距离，隔着灯光，看他泼墨的眸子，"而我比你看到的，要危险一万倍。"

她浑身都是黑色，把自己包裹得密不透风，只看了江织一眼，就不敢再与他对视，不等他走过来，她把录音笔放在车上。

"我收了你奶奶的雇佣金，这都是我该做的。"

说完，她转身跑进黑夜里。

江织看着人影消失的方向，踹了一脚地上的石子："躲什么呀，我还能吃了你不成。"

月亮还藏在乌云里，阴风阵阵，吹得人毛骨悚然。

藏在主驾驶里的大块头这时候探出一个脑袋来，畏手畏脚地东张西望了一番："老板。"

江织还盯着远处瞧，没理他。

"你相信世界上有鬼吗？"

江织站在风里，咳嗽着："不相信。"

他本来是去找周徐纺的，御泉湾没人，听到靳松去警方接受调查的消息之后，总觉得周徐纺会来，果然，让他撞上了。

"我以前也不相信。"阿晚从后视镜里瞄了一眼靳松那辆车，"就在刚刚那一刻，我相信了。"

江织懒得跟他胡说。

阿晚越说越像那么回事，两指捏着，做了个横空飞过的动作，并配合音效："咻——"他咻了特别长的一声，"人就出现了，像从天而降，我都没看清她拎着个人从哪里钻出来的。"

"会不会是从土里冒出来的？"他有点肯定了，"老板，她可能真的是黑无常大人。"

江织冷冰冰地扔给他两个字："智障。"

阿晚不跟他计较："老板，黑无常大人真是那个跑腿人？"

雇主大人完全当他是智障，不回答他的任何问题。

没关系，他可以用他的聪明才智自己来推测："那她一定不是贴膜的周小姐，周小姐才没那么暴力，周小姐温柔善良单纯可爱高风亮节——"

江织坐进后座，咣地摔上车门："把嘴巴闭上，开你车。"

"哦。"

随后，江织又去了一趟御泉湾，那里依旧没人。回医院已经八点了，他远远便看见医院的大门口蹲了个人，黑漆漆的一团，耷拉着脑袋在玩地上的石子儿。

江织下了车，走过去，站着看地上那一团："蹲这儿干吗？"

她抬头，露出一个并不怎么自然的笑来："等你啊。"

她话说得好听。

这姑娘不会哄人，可有时候呆呆愣愣的话却专戳人心窝子。

江织蹲下，牵着她的手，把她拉起来，她这会儿乖巧，也不把手抽回去，让他带着走。

"不回病房吗？"

江织没回她："林晚晚，不用跟着了。"

正亦步亦趋跟在后面的阿晚："哦。"

江织把人牵去了医院后面的公园，因为是晚上，公园里一个人也没有，只有风吹树叶的声音。

夜晚气温很低，塘子里结了薄薄一层冰，路灯的光落在上面，像铺了一层光晕。

"为什么到这里来？"

江织按着她的肩，让她坐在一把木椅子上："有话跟你说。"

"江织——"

江织突然弯下腰来，喊了一声她的名字："你知道吧，我很喜欢你。"

周徐纺被这突如其来的表白搞蒙了，她还以为他要审问她。

"程度的话，"江织拧着漂亮的眉毛，思考了一会儿，"我都怀疑我有病，有点离不得你。"

江织挨着她坐下，把她的手拉过去，捏在手里玩，语气很随意，有种认命之后的随心所欲了："不出意外的话，我们以后会结婚，你会成为我的妻子。"

周徐纺被惊得睫毛一抖一抖。

他还是那个波澜不惊的语气，语速缓缓地同她说着："不会有意外，你愿意，我们就顺理成章，你不愿意，我就死缠烂打。"

"我们暂时不会有孩子，我不育，但如果你想要，我可以治，生多少都可以，我养得起。"

周徐纺的脸已经开始升温了。

"你怕人没关系，我可以跟你出去住，哪里都行，江家的人，你想见就见，不想见我就帮你藏着。"

"你喜欢钱，我可以都给你，要多少我给你赚多少。"

语气不轻不重，像在叙述再平常不过的事情，只是听在周徐纺耳里，是惊涛骇浪。

他靠着椅子背，一只手摊开放到了她背后，缠着她一小撮头发，卷在手指上把玩："我会活很久，现在还给不了你保证，但是你放心，祸害遗千年，我这么坏，一定比你活得久。"

她眼睛酸酸的，吸吸鼻子。

耳边江织的声音特别温柔："你和别人不一样没关系，我也不是什么好人，坏事做多了，胆子也大了，你吓不死我。"

"周徐纺。"

周徐纺认认真真地跟江织对视。

他伸手，罩在她脑袋上，摸她的头："好好想想，这样的江织，你要不要？"

问完，他也没等她回答，只是把自己的话都撂下，把他的心思和态度都撕开来，明明白白地摊在她面前。

"你若是不要，"他稍稍用力，揉了一把她的头发，弄得乱七八糟了才松手，"我就要对你耍手段了。"

不过，对她，他能拐就拐，能哄就哄。他长这么大没这么喜欢过一个人，也没说过这么多肉麻兮兮的话，栽在她这里，他认了。

他沉不住气了，怕她再跑了。

"我现在有点心急，不能慢慢来。"

他的脸也很红，甚至脖子都羞出了一层淡淡的红色，漂亮的眸子里，全是情动，可他不管不顾，对她步步紧逼。

"我们做不了好朋友，只能做情侣。"他低头，在她因为紧张而一直抖动的眼皮上亲了一下，"因为我太喜欢你了。"

周徐纺的脸已经红成了一颗红苹果。

江织说完，站起来，把她耷拉着的脑袋也抬起来："我给你考虑的时间不多，你要是答应跟我在一起，就来亲我一下，我不会等太久，你要是一直不来，我就去抓你。"他用手指戳了戳她的脸，"听明白了吗？"

周徐纺慢半拍地点头。

她这个迟钝，估计还要点反应时间。江织也不再逼她，把她拉起来，掸掉她肩上刚刚落下的雪花。

"下雪了。"很小的雪被风吹着飘下来。

"嗯。"周徐纺整个人还在着火，脑子里全部都是江织的话，一遍一遍，撞来撞去，撞得她脑袋都快要炸出烟花来了。

江织把她卫衣的帽子给她戴上，勒紧，不让风吹进她领子里："冷吗？"

"不冷。"

她好热，她觉得她的血在沸腾。

江织很满意她眼里波翻浪涌的样子，扬着嘴角笑："我冷。"他把手递过去，"牵着，给我暖暖。"

"哦。"

还在天翻地覆的冲击里的周徐纺傻愣愣地用两只手包住江织的手，就那么用她两只小手以极其怪异别扭的姿势牵着江织。

回了病房，周徐纺就不敢看江织了，一看就眼睛泛潮、耳朵通红。她脚步也有点飘，给江织一种错觉，好像她随时都要飞蹿上天，跟月亮肩并肩。

看她一愣一愣，江织帮她把外套脱下，挂在挂衣架上："你脸怎么还这么红？"

周徐纺捂脸："我可能发烧了。"

而且症状好严重，她好想上蹿下跳，好想去大海里打滚，不知道为什么，好兴奋，好沸腾，好热血！

江织让她坐下，一摸她脑袋，果然又是高烧。

"林晚晚，去叫医生过来。"

阿晚："哦。"

江织怕她受凉，把空调开高了几度，又把外套给她穿回去："你为什么总是发烧？"

"我也不知道。"她把衣服推开，"不穿，好热。"

"忍一下，不穿会受寒。"江织非给她穿上，还把拉链拉到顶，"你以前也这样？"

周徐纺摇头，她以前身体很好的，很少生病。

"那是从什么时候开始？"

她想了想，是从他第一次亲她手心的时候开始的。

她不好意思说，低头偷偷呼了一大口气，好像不那么热了，就又呼了一大口气，伸舌头呼气的样子，像只狗。

"我不在的时候，你也经常发烧？"

周徐纺脑袋有点晕："没有，都是你在的时候才发烧。"说完觉得不对，她就解释，"我不是赖你。"

江织没有再问，看着小姑娘红彤彤的脸蛋，若有所思。

"老板，医生来了。"

阿晚领了个三十多岁的男医生过来。

江织虽有不满，也没说什么："给她瞧瞧。"

那男医生就拿了个体温计，叫周徐纺放到衣服里。

周徐纺犹犹豫豫地没有动："可以不量体温吗？"她的体温跟常人不一样，怕量出来吓坏人。

男医生想了想，用手去碰病人脑门，想先大致估摸一下，可手还没伸到一半——

"往哪碰呢？"声音阴阳怪气的，瘆人。

男医生抖了抖手，收回去："量体温啊。"

当着他的面，摸他的人，当他死了吗？江织一个冷眼砸过去，站起来，把周徐纺牢牢挡在后面，完全不顾他世家公子的风度，凶神恶煞得像只护崽的母狼："走开，离她远点。"

江织把周徐纺的帽子都戴上，看都不想给人看一眼，他蹲下去，摸了一下她的脑门。

他又摸了一下她的脑门："你好像不烧了。"他回头，"你们俩出去。"

阿晚把医生又领出去了，用很大力气把门摔上，然后对医生歉意一笑，伸手指了指病房，又指了指自己的脑子，摇摇头。医生给了他一个同情的眼神。

最后医生走了，阿晚把耳朵贴在了门上。

江织蹲在周徐纺面前，盯着她的脸仔仔细细地看，伸出手指，在她脸颊戳了一个窝出来："你这个身体，是什么做的？"

她脸上肉不多，但软软的，一戳一个小窝窝，一戳一团红通通。

周徐纺被他弄得害羞，往后躲开："血和肉，还有骨头。"

江织笑了："我想试试。"

"什么？"

他突然凑过去，在她脸上亲了一下。

她愣住。他又凑过去，再亲了一下。

她脸爆红，然后是耳朵、脖子，连手背也红了。她整个人都在发热，刚刚降下去的温度又升上来了，她正要伸出舌头像狗一样喘，一只冰冰凉的手覆在了她脑袋上。

江织说："我猜得没错，你体温上升不是发烧，是被我亲的。"

动情，会高烧，周徐纺终于知道了。

◆第十章◆
江织，我喜欢你

冬至将至，天寒地冻。

这几天，发生了很多事情，涉嫌逃税漏税的靳松又卷入了杀人案件，华娱股价跌得一塌糊涂，薛宝怡趁机买入，将华娱并入了宝光。靳松涉嫌多起刑事案件，靳磊作为证人指证了靳松和唐恒旗下的数十位高管。

律师说靳松可能会判无期，此后，唐恒和靳氏就是靳磊一个人的天下了。

中午乔南楚来了一趟医院，他瞧着江织气色不错。

"你怎么还不出院？"

江织捂嘴，像模像样地咳了两声："病重。"

乔南楚一个果皮扔过去："少装。"他往嘴里扔了半个小橘子，说正事，"录音我已经给程队了，有录音，还有证人证词，二十年起步，那录音你怎么弄来的？"

"路上捡的。"

这人撒谎都不打草稿。

乔南楚也不跟他追根究底，又剥了个橘子，双腿一伸，活动活动脖子："谁那么大本事，能逼得靳松那只畜生乖乖招供。"

"可能是仙女。"

乔南楚被呛到了，笑骂他脑子有病。

手机响了。乔南楚把橘子皮扔在桌子上，接了，就听了一分多钟，挂了："有人替江孝林作了不在场证明，他的作案嫌疑暂时排除了。"

江织抬了眼皮："谁？"

"骆家，唐想。"乔南楚思忖，"你落水那案子总共四个嫌疑人，现在全部有不在场的证明，只能先查是谁做了伪证。"

总归推江织下海的不是江家人就是骆家人。

"那块手表呢？"

乔南楚摩挲摩挲下巴，笑了："就你那画功，我找线索跟大海捞针似的。"

江织直接砸他一块果皮，让他滚出去，乔南楚笑着叼了根烟出去了。

医院走廊的尽头，有人背着光在讲电话，窗前的光被挡住，地上有窈窕的影子。

"唐想？"

"你去查查她。"

她转过身来，是江扶离。

江扶离的长相偏硬朗，眼窝深鼻梁高，少了东方女子的柔和婉约，可组合在一起，却透着一股子张扬的美艳。她声音压得低，边走边吩咐电话那头的人："江孝林那里，你小心点，他能在你手背上整个抓痕出来，自然也能让你坐实了杀人未遂的罪。"

与她通电话的，正是推江织入海的嫌疑人一号，黄沛东。

又交代了几句，江扶离挂了电话，刚走出拐角，有人直接就撞上来。

咣的一声，手机摔在了地上，她重心不稳，整个人趔趄往后，狠狠撞在了墙上，半边肩都痛得麻了。

对方说："对不起。"

冷冰冰、干巴巴的一句，毫无诚意。

一个一身黑色的年轻女孩，垂着头，不看人。江扶离整了整身上的职业套装："路这么宽，你故意的？"

年轻女孩抬头，面无表情："不是。"

江扶离打量着："我们见过？"

"没有。"

"既然没有，为什么撞我？"

"无意的。"

江扶离笑了，眼里的凌厉劲儿透了出来："我看上去很好糊弄？"

一直耷拉着眼皮不与人对视的女孩这才露出一双眼睛的全貌，丹凤眼，眼尾细长，略微上挑，看上去冷漠又疏离："那你要告我吗？"

女孩半点理亏礼让的意思都没有，攻击性十足。

好大的敌意，江扶离倒奇怪了，何时得罪了这人。

"不告我，那我走了。"她扭头就走。

江扶离抱着手，站在原地："你叫什么名字？"

她回头，面不改色："我叫黑无常。"

哼，就是这个坏女人，欺负江织。

连续阴了几日的天，在午后终于放晴了。

唐想做完笔录，签了个字，才从警局出来。

江孝林还没走，站在门口，一只手插着兜，一只手正了正领带，今日还佩戴了一副无框的眼镜，骨相周正，皮相俊朗。

"我送你？"

外人对江家的长房长孙成熟稳重的认知怕是有错误吧，唐想觉着他就是个衣冠禽兽，绕开他："我开车来的。"

江孝林慢慢悠悠地跟在她后面："那正好，我没开车，你捎我一程。"

跟读书那会儿一模一样，他专门给她找不痛快。

唐想回头，冷漠脸："江先生，我们很熟吗？"

江孝林慢条斯理地扶了扶鼻梁上的眼镜："不熟你怎么还眼巴巴地跑来给我作证？"

唐想不想跟他说了，拿了车钥匙，闷头往前走："一码归一码，我只是做了一个公民该做的。"

她开了车门，坐进去，正要关上，江孝林抬手按住了："好公民，送我回家呗。"

唐想想把车钥匙砸他脸上。

江孝林上了车，唐想坐主驾驶，闷不吭声地开车。

"怎么不说话？"

她直视前方："跟你没什么好说的。"

江孝林单手撑着车窗玻璃，侧着身子看她，世家公子的斯文优雅被他扔了个干净，成熟稳重也喂了狗，他说："那来说说你的内衣裤。"

唐想扭头："江孝林！"

他嗯了一声，突然换了副神色，像个人了："不是我拿的。"

"这事儿能不能翻篇？"

那还是大二的事。

她在澡堂，被人偷了内衣裤，她裹了浴巾追出去，就抓到了在澡堂外面的江孝林，她消失不见的内衣裤就在他书包里。

她直接把人告到了教务处，江孝林因为这件事被扣了五分的德行分，还得了个色情狂的外号，从那之后，他就盯上她了。

他说："不能翻篇。"

"那行。"她就跟他好好掰扯掰扯清楚，"你要不是色情狂，大半夜的你在女澡堂外面干什么？"

他轻飘飘地回了个理由："我路过。"

路过？呵呵。

"不信？"江孝林突然凑近她，脸上没了笑，气场凌人，"我要是色情狂，你现在还能坐着跟我犟？"

车停了。唐想冲他吼："下去！"

江孝林倒也不恼，下了车，姿态闲散地站着，瞧车里的人。唐想拧着眉，手放在方向盘上，车半晌都没动，目光时不时地掠过后视镜。

"怎么还不走？舍不得我啊？"江孝林俯身，好整以暇地看她。

"黄沛东是不是凶手？"

与江孝林一样，黄沛东手上也有抓痕，同样是嫌疑人，而且，黄沛东是江扶离的手下，作案动机也足够充分。

江孝林抱着手站直了："这你得问警察。"

唐想直接把车窗关上，车玻璃还没全部升上去，一只手按住了："他不是。"

就是说，江织被推下海和江扶离无关。

唐想稍稍思索了一会儿，明白了，侧首看窗外的人："那他手上的抓痕，是你搞的吧？"

江孝林不置可否，笑得意味深长："色情狂说的话，你也信啊。"

唐想甩上车窗，一踩油门，开车走了。

一点耐心都没有，这么多年了，还是这个脾气！江孝林瞧着远去的车尾，笑了笑。

片刻后，一辆宾利停在了路边，车上下来一个中年男人，绕到后座去开门。

江孝林上了车："回老宅。"

约摸着两点，江孝林到了江家，一家子人都到了，江织也从医院过来了，就是平日里极少来老宅的几个旁支也来了，他江孝林姗姗来迟。

下人先一步进去通报："老夫人，林哥儿到了。"

屋子里静了下来。

江孝林进了屋："抱歉，来晚了些。"

许九如坐正前方，放下杯子，询问他："午饭吃过了？"

江孝林摇头："不打紧。"

"哪能不吃饭。"许九如吩咐，"阿桂，让厨房给林哥儿温点汤送过来。"

桂氏说好，去了厨房。

这时，江织咳嗽了两声，他在许九如的左手边，离炭火最近的位置，江家规矩多，一屋子老老少少的，不是坐着，便是站着，哪一个都是抬头挺胸的，只有他，半靠半躺着，窝在一张铺了厚厚一层褥子的摇椅上，他偶尔咳嗽，摇椅也偶尔摇着。

许九如宠着他，生怕他冻着，叫下人过来："再添点炭火。"她又催老管家，"暖手的炉子怎么还没送过来？"

"来了来了。"屋外头，桂氏端了汤进来，还拎了个精致的小手炉。

那小手炉是个古董。

许九如也舍得，在外头套了一层绒布，给江织暖手用了。

冬至快到了，天气是越来越冷，江织抱着炉子，避开人，咳嗽不停，声音都咳得有些沙了："去我屋里给我拿件毯子过来。"

阿晚刚要去，江扶汐过来给江织添茶："我去吧。"

整个江家，就这位扶汐小姐最好脾气，没什么架子，总是轻声细语的，对谁都很温柔，阿晚觉得她是个好人，但不知道为什么，雇主大人对她一直很冷漠。

"不用。"江织往后瞥了一眼，"林晚晚，你去。"

阿晚："哦。"

一屋子人相互寒暄了几句，许九如就进正题了。

"今儿个让你们过来，是有两件事儿。"许九如精神头好，说话中气十足，

"前几日织哥儿被人推下了海,伤了身子,到现在都还要在医院里头养着。"

这账许九如一直记着,现在开始算。

"生意场上的事儿,我这老婆子老了,管不动了,可以睁一只眼闭一只眼,随你们怎么闹,可用这腌臜手段害我织哥儿性命,那就得追究到底了。"

江家四房不太和,在生意场上,是竞争的关系。

许九如平日里也由着他们各自为政,手里都捏着股份,她也管不了,但底线不能碰,江织就是那条线,这是江家人都知道的。

"母亲您说得是。"

说话的是江孝林的父亲,江家长子江维开,他从政,家里的事管得少:"这样不入流的行径,是纵容不得。"

老二江维礼也连忙附和说是。

这兄弟俩,一个不苟言笑,一个逢人就笑,性子一点儿也不像,是两个典型的极端。

许九如扫了一眼兄弟二人:"四个嫌疑人里头,大房一个,二房一个,你们可有话说?"

江维开看了江孝林一眼,他喝着他的汤,不作声。

二房先说话了,是江维礼的妻子骆常芳开了口:"母亲,您这话我就不大赞同了,且先不说那黄沛东是不是谋害咱织哥儿的凶手,可即便他是,他与我二房有何干系?"

二房的骆常芳是骆家的三姑娘,像她父亲骆怀雨,精明得很。

许九如也不急,摊开来与她说:"黄沛东是扶离一手提拔到了现在的位置,给他作不在场证明的也是扶离,我这老婆子脑子愚笨,也就只能这么猜想,左膀右臂的,终归是你二房的手。"

骆常芳脸上笑意收了,刚要辩白,被女儿江扶离拉住了。骆常芳便收了话,让江扶离说。

"奶奶。"她斟了一杯茶,润润喉,"那您觉着我可愚笨?"

"你,"许九如笑了,"聪明着呢。"

她母亲的精明聪慧,父亲的八面玲珑,她都学了个透。

江扶离从容淡定地娓娓道来:"那便是了,我要真想谋害咱江家人,哪会蠢笨到用自己的左膀右臂。"她眼神一转,微微悲戚,"织哥儿可是我的亲堂弟,他身子也不好,一想到他兴许……"

兴许活不过二十五,哪里需要她脏了手。

她缓了缓情绪,才继续道:"这样想来,我这当姐姐的就心如刀割,哪还会这么狠毒,而且,这等手足相残的行径,不是平白惹奶奶您生厌吗?我就是再糊涂,也不会愚笨到这个地步。"

三言两语,推得一干二净,她真是生了一张巧嘴,能言善道得很。

许九如转头,又问长房长孙:"林哥儿,你有什么话说?"

他手背上也有抓痕,脱不了嫌疑。

他却回道:"没有,我方才就是从警局回来,奶奶您问问刑侦队就行,我不复述了,省了耽误您午憩。"

一个花言巧语,一个寡言少语,都有自己的一套。

许九如端起茶杯,拂了拂面上的茶叶,品了一口:"你们各执一词,都在理。我年纪大了,脑子也转得慢,没法子分辨你们话里几分真几分假,既如此,那就等警方的调查结果。在凶手抓着之前,除了织哥儿,你们就都在老宅落脚,有什么事儿要外出,也到我这来报备一下,可有意见?"

江维开道:"母亲您决定就是。"

许九如放下杯子:"话我搁这儿了,最好查出来跟你们没有关系,不然我便亲手清理门户。"

众人都不作声,只有江织在咳嗽,事不关己似的,一句话也不说,就病恹恹地窝着。

"我这儿还有一件事。"许九如把管家叫上前,"江川,把录音放给大家听听。"

录音不是原文件,用手机放出来,有些杂音,但还是听得清楚,是靳松的声音。

"我掳了江家的小公子。"

除了靳松,还有女孩子的声音,刻意伪装过,听起来很低沉。

"为什么掳他?"

靳松没有立刻回答,女孩又问了一遍:"为什么掳他?"

"他换了电影的女主角,让我损失了一大笔,我也、也想玩弄他,而且,江家人让我试探试探,看他是不是装病。"

"江家哪个人?"

"江扶离。"

"还有呢?"

"江织爆了我的丑闻,上个月,我让人撞了他,但没有成功。"

录音就到此停止,前后几句话,意思也很明确。

许九如目光定住:"扶离,你有什么要解释的?"也不等她开口,许九如又道,"你和靳松的往来,我差人查过了,也确有其事。"

查清楚了,也省得她狡辩了。

许九如脸色冷了："我们江家和靳家一直闹得不太愉快，我倒还不知道，你私下与靳松还有接触。"

江扶离也不慌乱，半点心虚之色都没有，心平气和地解释了："之前是有，生意上的事，也没什么交情。"

"没交情你托他去试探织哥儿？"

她连思考都没有，很快就回了话，有理有据："我不放心织哥儿的病，便托了他多注意些，没料到他还存了不轨的心思，若是知道他用这样的手段，我又怎么会同意？"她抬头，对视着许九如的眼睛，目光不闪不躲，坦坦荡荡，"而且，我也怕伤着织哥儿，还专门多差了一伙人去盯着。"

她说得头头是道，前言后语也都搭上了，一点破绽都没有。

"奶奶您若是不信，可以遣人去查查，我找的那个跑腿公司，是正经营业。"

许九如一时无言反驳了。

江扶离先前是做了二手准备，估摸着是信不过靳松，另雇了人，如今倒成了她开脱的理由，想来她也都打点好了，圆得天衣无缝。

"我不管你雇的人正不正经，你就给我一个理由，好端端，你试探织哥儿做什么？他病了十几年了，你怎么就觉得他是装的？"许九如气恼，有些咄咄逼人了，"再说了，就算他是装的，你又要打什么算盘？"

江扶离面露委屈："奶奶为何会这么想？织哥儿身体无恙了，我当然是让他来接我的担子，江家四房里头，三叔是股份最多的，那一部分也自然应该由织哥儿来接手，我能力有限，是打心眼里盼着织哥儿身子好，早些进公司帮我分担。"

许九如叹了一声："死的都能叫你说活了，我还有什么好说的。"估计也查不出什么，她这个孙女，做事一向滴水不漏。

她用玩笑的口吻说："奶奶，您明鉴啊。"

江家啊，就是聪明人太多了，一团糟。

许九如捏了捏眉心，歇了口气，顺着她的杆子将了她一军："既然你都说了，你能力有限，那酒店那块，就给林哥儿管吧，等织哥儿身子好些了，就让他接手。"

江扶离应承得很快："好，奶奶您做主就行。"

这下不行也得行了，酒店那一块也不小，够她脱一层皮了。

还没完，许九如又道："这事儿也不能这么算了，自家兄弟姐妹，有什么疑问不能当面说，要在背地里使手段，去我书房跪着吧，反省好了再出来。"

给江织出头呢，江家嫡出庶出一堆的子子孙孙，就江织是许九如的心头宝。

江扶离垂在身侧的手，握紧了一分，脸上还挂着笑："嗯，孙女晓得错了。"

她目光不动声色，扫了一眼摇椅的方向。

一屋子人都屏气凝神的，就江织，漫不经心地把玩他的小手炉。

他投了个好胎，他的父亲江维宣是许九如最疼爱的一个儿子，就是命不好，死得早。

江织那张脸，像他母亲，一样红颜祸水。

"今儿个你们都在，我就把话撂这了，生意场上各凭本事，我不管。"许九如厉声道，"但要是谁再敢在私底下动什么不该有的心思，我绝不轻饶。"

几个儿子孙子都连忙应了。

许九如这才拄着拐杖起身："织哥儿，你随我过来。"

江织懒洋洋地伸了个懒腰，一步一小咳，病病歪歪的，由人搀着走了。这场戏，他看看就罢，小打小闹，伤不了筋也动不了骨，没劲得很。

等到了卧室里头，许九如把下人差走，问江织："怎么回事儿啊？"

江织走了几步就没力气了，寻了个地方躺着，有点困顿："什么怎么回事儿？"

"扶离怎么会觉得你是装病？"

"这就要问她了。"江织有些低烧，脸颊透着一层薄红，"我有病您是知道的，她也有病。"

"什么病？"

"疑心病。"

许九如骂他没个正经，倒也没有再问了。

外头的厅里，人也散得差不多了，江扶离喊住了江孝林。

"堂哥留步。"

江孝林态度不冷不热："有事？"

她笑着上前："没什么事，就是好奇，你怎么布局的，消息这么灵通，警方才刚知道凶手的手背上有抓痕，你就给我手底下人也添了一个。"

他摊上了麻烦，转身就给她也弄了个麻烦，这下许九如也不会只盯着他大房一边了，还真是有难同当。

江孝林戴着眼镜，斯文沉稳的模样："祸从口出。"他用长辈的口吻，"扶离，没有证据，说话是要小心的。"

江扶离笑："多谢大堂哥提醒。"

江孝林挥挥手："去跪着吧，反省好了再来向我取经。"

她咬牙不语。

等江孝林出去了，骆常芳叨了句："他不是讨厌织哥儿吗？这又是什么意思？怎么跟你对上了？"

这江家的林哥儿亦正亦邪，他的阵营似乎随时都在变。

江维礼从座位上起身，提点了一句："扶离，别太心急了。"他见四下无人，道，"靳松那里盯着点，他要是敢乱说话……"

话点到为止，江扶离点头，会意了。

今天江织要在老宅留宿，他看了一会儿剧本就心不在焉了，一点都看不进去。他发现了一件事儿，自从这姑娘在他心上撒野开始，他对别的什么就都兴致缺缺了。

他摸到手机，给她发语音。

"周徐纺。"

周徐纺回了他一个句号。

"在干什么？"

周徐纺回了两个字："摆摊。"

因为江织今日要宿在江家，不需要她"尾随"，她才得了空，骑着她的电动小三轮去打工。

她真是一刻都闲不下来。

"你又去贴膜了？"

"嗯。"

"你就不能歇歇？"

周徐纺回了一个句号。

又是句号！他这么多话想跟她讲，她就没话跟他说？

江织心里十分不痛快，把剧本捏成了一团，忍着才没对她撒气："外面冷不冷？"

"不冷。"

"在桥下等着。"

周徐纺这下发语音了："你别来。"她是不怕冷，但江织可娇气了。

江织是蛮不讲理的口吻："我就要去。"

周徐纺又回了一个句号。

又是句号。

江织越来越忍不了这个句号了，让他有种被冷落、被敷衍、不被宠爱、不被重视的感觉："别发句号，以后你要是没话说，就给我发一个亲亲的表情包。"

"我没有表情包。"

"你上网去找。"

周徐纺回了一个句号。

好吧，江织自己去找了一个，发给她。

"给我发这个。"

"我不会。"

周徐纺从来不发表情，基本没有社交，对社交软件也一窍不通，只会最基本的打字和语音，她是个高智商的生活白痴，用得最好的软件是叫外卖的。

"你点这个表情包，然后添加。"江织对这个亲亲的表情包很固执，"再转发给我。"

周徐纺还在摸索。

"周徐纺，会了没有？"

"会了。"

"给我发。"

周徐纺就把那个亲亲的表情包发过去。

江织截了个图，原本烦躁的心情被她哄服帖了："等着，现在就过去给你亲。"

周徐纺回了一个句号。

江织拿了外套，边往外走，边发语音："不要句号，给我发表情包。"

强迫症晚期患者周徐纺，发了个省略号过去。

江织无奈，他家这个，撩不动啊。

从江家老宅到八一大桥开车得一个多小时，阿晚开车是个求稳的，特别慢，江织嫌他开得慢，把他赶出了主驾驶。

江织那车技，漂移似的，阿晚差点没吐出来。

不过他们来得很不是时候，老远就看见周徐纺的摊位前面，坐了个染了黄毛的青年，穿得很潮，耳朵上还戴了个小黑钻，看着很社会啊。

黄毛社会青年正好在撩周徐纺，脸上挂着自以为很帅的笑容："能给个微信吗？下次还来你这儿贴膜。"

江织顶着一头雾面哑光的蓝毛，脚步慢慢悠悠："行啊。"他从高定外套的口袋里掏出一条月白色的手绢，垫在椅子上，坐下，"直接找我，我给你贴。"

黄毛社会青年愣了，老半天才开口："你、你是谁啊？"怎么有点眼熟。

江织抬起手，敲了敲周徐纺贴膜的小桌子，腕上的手表磕到了桌子角，咣咣轻响："这个摊子的老板娘。"

那块手表，值八位数，黄毛社会小青年灰溜溜地撤了。

"你怎么来了？"周徐纺是很开心的，眼睛弯了。

江织面不改色地撩："来给你亲啊。"

周徐纺脸皮薄，生怕被人听见，东张西望，还没做贼就开始心虚。

天还没黑，摆摊的人就不少了，贴膜的摊子旁边是个炒粉的小摊，摊主是个五十多岁的大妈，悄咪咪地瞅了江织很久了："小周，你男朋友啊？"

她刚要解释，江织大长腿直接迈过了摊子，站到她身边："你吃饭了没有？"

周徐纺说没有，才四点多啊。

"我给你带了。"江织让阿晚去车上把保温桶拿来，自己搬了个凳子坐周徐纺边儿上，"你先吃饭，摊子我帮你看。"

阿晚去拿饭。

周徐纺说谢谢，开开心心地吃着排骨饭。中途，来了一位客人，江织让周徐纺吃饭，他给客人贴。

结果贴歪了，江织掀了，重新换张新的贴，结果满屏气泡。江织再掀了，再换一张，这次总算磕磕绊绊地贴好了，客人付了二十块钱。

江织把那二十块钱捧给周徐纺："纺宝，我给你赚了二十块。"

周徐纺没告诉他，那三张膜一共六十。

"你手都冻红了。"

心疼他啊，江织仰着头笑，把钱塞她口袋里，然后把冻红了的手递到她面前："那你给我暖暖。"

室外温度已经零下了，很冷。

周徐纺把饭桶放下，扭头去拿放货的两个大箱子，她埋头翻箱倒柜，找出前几天卖剩的暖宝宝，撕开一片，隔着衣服贴在了江织的手臂上，再撕一片，贴在他另外一边手臂，贴得左右对称、端端正正。

江织："……"

周徐纺把江织的袖子放下来，整理好，再看他，发现："你脸也冻红了。"

脸总不能贴暖宝宝吧。

江织把漂亮的脸蛋凑过去："你给我焐一下就好了。"

周徐纺呆呆看了他好几秒，然后露出了恍然大悟的表情，起身去三轮车里拿来那个只露眼睛的黄色头盔，立马给江织戴上："这样风就吹不到了。"

江织："……"

他喜欢上的，是个什么人？

周徐纺的微信来消息了，她点开看了一眼。

江织问："谁找你？"

"是薛宝怡先生，他找我买手机壳。"她看完消息，把手机塞回包里，脸上是很开心的表情，"我今天赚了很多钱，江织，我请你吃水果冻。"

周徐纺最近喜欢上了水果冻，觉得草莓味的水果冻是跟棉花糖一样棒的零食。因为今天生意很好，她早早收了摊，领着江织去买了两大袋水果冻，江织送她回家，她坐在车里吃了一路。

江织的车里是粉粉的，还有棉花糖和牛奶，周徐纺抱着水果冻吃得很满足。

江织好笑："这么喜欢？"

她点头，咬了一口草莓味的水果冻，眼睛弯成了月牙儿："我以前没吃过。"

"你爸爸妈妈不给你买吗？"

她弯弯的眼睛慢慢耷拉下去了，不作声，还不小心把水果冻的塑料盒子捏瘪了，果冻肉掉在了车座上。

"对不起，弄脏你的车了。"她伸手去捡。

江织把她的手拉过去，先给她擦手，没管车座："以后我给你买，还有什么没吃过的，都跟我说，我都给你买。"

她把脑袋抬起来，又笑了，一点也不失落了，笑得特别傻。

江织给她重新开了一个水果冻，喂到她嘴边，她小口地咬。

"甜吗？"

"甜。"

他凑过去，在她唇上嘬了一下："是很甜。"

周徐纺面红耳赤，嘴角还挂着点果冻。

"又发烧了吗？"江织把她嘴角的果冻舔掉了，然后伸手覆在她脑门上。

她又发烧了。周徐纺的魂在云端飘了很久才回来，手忙脚乱地从袋子里挑出来两个草莓味的水果冻，塞到江织手里："给你吃。"

她推开车门，小跑着进屋了。

一进屋，她就开始窜来窜去，像一阵风。她窜够了，像狗一样喘了几分钟，之后她才去电脑桌前呆坐，烧还没退，面红耳赤的，她很不舒服，呼吸不太顺畅，就灌了好几罐牛奶。

这时，霜降找她了。

"刑侦队的资料我调出来了，江孝林有不在场的证据，暂时排除了嫌疑，给他作证的唐想我也查过了，他们关系并不好，做伪证的可能性不大。另外三个嫌疑人里头，韩封和骆常德是相互作证，我觉得很可疑。"

周徐纺开了第四罐牛奶："我晚上去骆家。"

"去找手表吗？"

目前只剩这一个线索了。

周徐纺点头："嗯。"她又拆了一个水果冻。

"我帮你安排路线。"

她嗯了一声，朝着垃圾桶扔了个抛物线，本来想把空牛奶罐扔进去，可心不静，没扔进去，她起来，去捡垃圾，低着头突然说了句："霜降，我不想买月亮湾了。"

霜降发了个问号。

"我的钱，要存着养江织。"

霜降发了个感叹号。

今晚，月儿半圆，有风，树影斑驳，轻轻地摇。

骆家是独栋的别墅，入夜之后很静，风吹雪松，簌簌地响，地上落了一地四季海棠的枯叶，飘着来飘着去。

"剧本还行，我经纪人在谈。"

那边说了什么。

骆颖和轻笑一声："当然是女主，我会给人当配？"

这时，徐韫慈在屋里喊她："颖和。"

骆颖和挂了电话，应了一声："来了。"

周徐纺见她过来，一跃上了别墅旁边的二层小平楼，隔了十几米，她还听得到骆颖和与她母亲的对话声。

"青和呢？回来了吗？"

"在车库。"

"我炖了汤，叫她过来喝点。"

"我不去，她说了，叫我们别去打扰她，她一回来就把车库锁了，神经兮兮的不知道在干什么。"

周徐纺凝神听了一会儿，就没再听了。有点奇怪，今天的骆家安静得过分了。

"徐纺。"

周徐纺把耳麦调整了一下："嗯。"

霜降用了声音合成器："行动要立马取消。"

"怎么了？"

"我电脑被人入侵过，你的行踪有可能泄露了，你快出来，我怕会有埋伏。"

"好。"

周徐纺没有迟疑，准备撤了，却在这时，阁楼的门嘎吱了一声，被风吹开了，路灯与两层的平楼一般高，光漏进来，照在那小阁楼的门口。

那扇门上刻了一只胖乎乎的橘猫，不知道用什么刻的，也不知道刻了多久，刻痕很深、很旧。像小孩子的涂鸦，画得并不传神。

很奇怪，周徐纺就看了一眼，然后挪不开目光了，她鬼使神差地朝阁楼走去。

老旧的木门被风吹得咯吱咯吱，她站在门前，看了那只橘猫一会儿，伸手推开了门，灯光和月光一起照进去。里面很空，一张木床，一张桌子，都很老旧，除此之外什么也没有，蜘蛛网倒是爬了一屋顶。

周徐纺按了灯，里面顿时明亮了。

那木床的床头上也刻了东西，不是橘猫，是个……或许是个男孩子，头上有三根毛，很蹩脚的画功。

周徐纺想走近去看看，突然有画面撞进脑子里。就是这个地方，在这张床上，有个瘦瘦小小的孩子缩在角落里，红着眼睛。

妇人在床前，没有转过头来，在说话。

"不要跟任何人说话，知道吗？"

那孩子五六岁的样子，很小，因为瘦，眼睛显得特别大，留了光头，身上穿着不合身的衣裳，一件就从头罩到脚了。

他问妇人："为、为什么？"

他磕磕绊绊，说话并不利索。

他吐字很难，不是很清晰，一个字、一个字地说："我不是哑巴。"

"你是！"

他红着眼，忍着不掉泪："我、不、是。"

那个年纪的孩子，声音都是软软糯糯的，他不是，他像是从来没有开过口，嗓子是哑的，可是细听，还是听得出来，那是稚嫩的童声，怯怯的，带着对这个世界的惧怕和惶恐。

他伸手抓住了妇人的袖子，小心翼翼地扯了扯："秀姨，我会说话，我自己学的，我不用人教就学会了。"

他以为秀姨会夸夸他，因为从来没有人教他说话，他也学会了。

妇人却狠狠推开了他的手，冲他发了脾气："要是让他们知道你是女孩，会弄死你的，你还要开口吗？"

原来小光头是个女孩。

她哭着点头了，不敢哭出声，小小的身子在发抖："我知道了，我以后都不说话……"

像老旧的电影，这一帧突然抽离，又有一镜闯进来。

小光头变成了瘦骨嶙峋的小小少年了，还是很瘦，也很矮。她拽着一个漂亮的男孩子，进了这个屋子，那个男孩儿比她高很多，皮肤很白，在咳嗽。

她便给男孩顺气，踮起脚，偷偷地说："你要躲起来，他们给你喝毒药，他们都是坏人。"

她太久没有开过嗓，声音又粗又哑。

男孩很惊讶:"你会说话?"

她没有回答,去翻她那个破破烂烂的枕头,从枕头芯里翻出来一颗药,再跑到男孩面前,把药捧着给他。

"你吃这个,这个没毒。"

她声带很奇怪,发出的字音也很奇怪。

"咣!"

周徐纺趔趄着站不稳,撞到了桌角,画面应声而断开,让她头疼欲裂。断断续续的片段将她思绪搅得天翻地覆之后,又烟消云散了。就这么一瞬的时间,她这般好的记性居然想不起方才画面里的人,只有模模糊糊的声音,还在耳边荡。

那个孩子是谁?是幻觉吗?

楼下突然有人惊呼:"什么声音?"

"好像是阁楼里。"

周徐纺顾不上了,直接跳了窗,刚落地,耳麦里传来声音。

"徐纺,有情况,快撤!"

周徐纺摘了耳麦,细听,有脚步声,还有车轮压地的声音,由远而近,越来越清晰。

"围起来。"是骆青和的声音,"一只苍蝇都不要放出去。"

周徐纺循声望去,她视力好,能看见坐落在百米之外的骆家车库,升降门突然大敞,七八辆越野车开出来。

这个骆青和,精明得让人讨厌。周徐纺本来打算逃的,突然不想了,她想教训人。

"Z是吧?"骆青和从车库走过来,穿了条闷青色的裙子,"等你很久了。"

周徐纺一身黑衣,鸭舌帽的暗影把眼睛挡住了:"你调查我?"

她都找到霜降那去了,应该调查很久了,怪不得方理想说,骆家人都是狗,咬住了就不松口。

骆青和远远站着:"跟你这种人玩,哪能不做点准备。"

她查这人很久了,知道江家雇佣了她,也知道,她有多能耐。从江家立案调查开始,她就在等了,最好找上门来,她想会会这个跑腿人很久了。

果不其然,她代江家上门来了。

"是谁雇你来的?江织,还是江老太?"江织落水,骆家出了嫌疑人,她这一趟,肯定是替江家跑的腿。

周徐纺没有作声。

骆青和也不急,挥了挥了手,示意那几辆越野车靠近:"他们都说你能上天入地,今儿个,我就要瞧瞧,你怎么上天,怎么入地。"

他们是谁?是越野车里的那二十几位。

周徐纺看了一眼车上贴的标志,她的同行——至一,业内毒瘤一般的存在。

风有点大,她把皮衣外套里的卫衣帽子扣在鸭舌帽外面,把带子也系上,看向骆青和。

"我警告过你的,不要查我,也不要惹我。"周徐纺蹲下,捡了块拇指大小的石子,在手里抛了两下,"我是上不了天,也入不了地,但是弄死你,比上天入地容易很多。"

声音冷冷清清,没什么起伏,说完了,周徐纺就掷出了手里的石子。那石子走了个直线,划破风,擦着骆青和的脸,打在了她身后的一辆越野车上。

咚!那辆越野车的车玻璃裂了。

骆青和头甩到一边,侧脸迅速渗出血来,她伸手摸了摸那半指长的口子,沾了一手的血,伤口不深。

她顶了顶疼得有些发麻的腮帮子,眼里的火光燃了:"你不会弄死我,你接了那么多跑腿任务,从来没有出过人命,杀人,你敢吗?"

周徐纺磨了一下牙齿,这个女人太讨厌了,肯定查了她很久。

"把她给我抓了,谁得手,要钱还是要权都行。"

她一句话,叫越野车里的男人们全部蠢蠢欲动了。

周徐纺从口袋里掏出一副皮手套来,戴上,一只脚往后迈,点了点脚尖,刚要跳起来打人,动作就停顿住了,她听到了,咳嗽声。

咳嗽声由远及近,一阵一阵,然后是江织懒洋洋的声音:"干什么呢,这么热闹?"

周徐纺回头。

骆青和与她雇的打手们也回头。

栅栏之外的一处路灯下,虚虚晃晃地,走出个人来,他身影颀长,染一头暗蓝色的头发,脚步慢慢悠悠,背着光,他从夜色里走来,身后是一轮半圆的月,天上没有星辰,他眼里有。

骆青和用手绢擦去脸上的血痕,隔着栅栏看外头的人:"你有七八年没来过骆家了吧,今儿个是吹的什么风,竟然把你给吹来了。"

"你老子是推我下海的嫌疑人,我来认认凶手,不行?"

这么一头蓝色的发,本该不正经的颜色,叫他染了,倒不减他一身世家公子的贵气,反添了两分桀骜跟狂妄。

他是鲜衣怒马、意气风发的少年。

"你还没回答我,"江织问骆青和,"这是在干什么?聚众斗殴吗?"

"这小贼上我骆家偷东西,被我给逮住了。"

"抓贼啊,"江织瞧了那"小贼"一眼,桃花眼里几度回春,都是笑意,"正好,我把警察带来了。"

骆青和哑口无言了。

周徐纺呢,是有点蒙的,她只想安静地打架,安静地教训人,她不想去警局。

江织已经拨了电话:"南楚,到了没?过来抓贼。"

"小贼"周徐纺心想,现在逃来得及吗?

突然,警笛响。

不到一分钟,乔南楚就到了,一起来的还有刑侦队的程队。

江织进骆家大门前,给乔南楚留了话。

"放她走。"

乔南楚看他:"什么意思?"

"她是我的人。"

这话,听着怎么这么怪。

"你派来的?"

江织也不说是不是:"也不要伤着她了,不然……"

还有不然,乔南楚等着他的下文。

江织难得表情这么严肃:"不然,兄弟没得做。"

他哪是来认凶手的,是来英雄救美的吧。

江织不再啰唆了,进了骆家大门,上一次来骆家,还是八年前。

八年前,江家与骆家关系还不错,江家老二娶了骆家的三姑娘,两家是姻亲,经常有往来。

江织不怎么爱出门,第一回来骆家做客时,十六岁,瞧见骆青和在教训人,就管了回闲事儿,把骆家那光头小哑巴唤过来,点名要他领路。小哑巴也不知道被玫瑰花抽了多久,身上都是血,瘦巴巴的,不知道有没有十岁。

江织问他:"你叫什么?"

他捡了根树枝,在地上画了三杠。

还真叫骆三,也没个正经名。

"它叫什么?"他指他脚边的那只胖猫,方才不知道躲哪了,现在才出来。

"喵。"

那只猫是真胖。

当时已经十四岁了的骆家小哑巴却瘦得像根竹竿,他拿着树枝,在地上又画了四杠。

"四?"江织瞧着那一杠一杠的。

小哑巴歪歪扭扭地又写了一个骆字,骆四,橘猫叫骆四,而他叫骆三。

"你会写字啊。"

江织刚说完,他受了很大惊吓似的,立马把那个歪歪扭扭的骆字擦掉,指了一下前面的路,然后扭头就跑了。

小哑巴真是个奇怪的人。

江织那次很晚才起身回江家,在骆家待了大半天,没有再见到骆三,直到傍晚,他的司机刚把车开出骆家,就有人砸他的车玻璃。

司机停了车:"小少爷,是骆家那个养子。"

那个小哑巴啊,听说,还是个小傻子。骆家人还说他是弱智。

也不知道为什么,江织下车了,隔着栅栏看那瘦巴巴的孩子,对,顶多还是孩子,他就不忍心责怪了。

"你为什么砸我车?"

那小傻子也不会说话。他手腕很细,轻轻松松就从铁栅栏里伸出来了,摊开手,手心有一块红烧肉,油滋滋的。

他拿了块红烧肉,要给江织。

"你给我块肉干什么?"

他指自己的嘴巴。

"给我吃啊?"

他点头。

十六岁的江织,有点洁癖,自然是嫌弃的,可也不知道抽的什么风,他还是接了。

小哑巴放下肉就跑了。

江织看着手里的肉,又大又肥的一块红烧肉,还是头一回,有人送他一块肉。

司机知道他洁癖的毛病,赶紧递上手绢和水:"给我吧,您先洗洗。"

他放嘴里吃了,太肥了,腻得慌。

江织也是后来才知道,那块肉是偷的,骆家那个小哑巴为了偷那块红烧肉,还挨了一顿打,又是用玫瑰花抽的。

"织哥儿。"

骆常德放下茶杯,喊了声。

江织回神,把回忆压下:"织哥儿也是你能叫的?"

江家和骆家是姻亲,按照辈分,江织还要随他堂姐江扶离喊一声舅舅。

江织在骆家只待了十多分钟,骆常德很会打太极,一句有用的话都没有,江织懒得跟他浪费时间了。

他出来的时候,乔南楚还在骆家院子里。

"怎么这么快就出来了?"

他记挂着周徐纺,别的不关心:"她呢?"

"跑得贼快,翻墙也很溜,哪里需要我放她。"乔南楚叼着根烟,指了个方向,"喏,跑那边去了。"

江织去追人。

"江织。"乔南楚吐了一口烟圈,"你什么时候跟她一伙了?"居然还瞒着他。

江织回了头,站在路灯下:"你别管了,你都知道我跟她一伙了,以后别老盯她。"

他说完了就追人去了。

乔南楚抖了抖烟灰,江织很反常啊。

骆家的别墅坐落的地界有些特殊,隔着一条马路,对面就是待开发的贫民窟,深巷里,小径纵横,老旧的平楼分布得杂乱无章。夜里,有犬吠声。这里面没有监控,岔路口又多,适合藏身。

江织走到巷子口,停下了:"别跟着。"

阿晚严词拒绝:"那怎么行,万一遇到歹徒——"

江织回头,瞪了他一眼。

阿晚:"哦。"

江织独自进了巷子,挑了避光的路走,到了深巷处,他停下脚,看了一眼四周:"这里没有别人,你出来。"

周徐纺趴在某栋平楼楼顶,没动。狗吠声、猫叫声都有,可她只听得到江织的声音,像风一样,拂进来,把她耳朵和心脏都拂得软软的。

"你出来见我一下,我有话问你。"

她放弃了躲藏,跳下了平楼,从避光的小径里走出来。

江织听见脚步声,回头就看见了她,黑漆漆的一坨,眼珠子都被眼镜挡着,一点都不露。真是怪了,就是这副打扮,他现在都能认出她来。

他没靠近,站在原地:"为什么来骆家?"

"找手表。"

她查过这个案子,不然不可能知道还有手表这个线索,就是说,她背后一定还有一个很厉害的黑客。

那个黑客是男是女?

江织差点就问出口了。他用正经口气问正事:"你是受了谁的委托来找手表?"

她答不上来了。

"既然不是谁委托你来的,那是为了我?"

周徐纺不承认:"你奶奶付了我两千万,我帮你也是——"

"我也出两千万雇你。"

她愣了一下,反应过来:"要我做什么?"

江织背着路灯,往前了两步,眼里倒映出一团漆黑,是她的影子。

"把口罩摘了。"

"我不接受。"

周徐纺转身要走。

江织在后面叫她:"周徐纺。"

他到底怎么认出来的,怎么这么确定呢?

周徐纺脚步顿住。

她应该逃的,应该趁着还没有完完全全暴露藏紧一点,然后再也不暴露出这层伪装、这层保护色。可她却走不动了,像被钉在了那里,然后蠢蠢地,让江织走进了自己的防御圈内。

他就站在她面前,只隔了抬手就能碰到的距离:"你在怕什么?"

她怕很多东西。人群、社交,甚至只是简单的对视,所以她喜欢戴着帽子低着头,严防死守地戒备着。

"我——"她刚抬头,话也没说完,江织的手就环住了她的腰,压低身子,把唇落在她唇上,隔着口罩都是冰凉的温度。

她瞪着眼睛,怔了一下才回神,伸手要推开他,可手却被他抓住了。

"手都红了。"江织的手指在她手背摩挲,那一处皮肤迅速变得通红滚烫,他笑了,松了手,覆在她的额头上,"还不承认吗?不承认我就继续亲,亲到你高烧为止。"

她彻底暴露了。

"江织。"

她没有再伪装声音了,也不躲着江织的目光,因为不知所措,眼神茫然着,不知道拿他怎么办才好,看他一步一步走进自己的防御圈里,她一点办法都没有了。

投降吧,周徐纺。她不跑了,纹丝不动地站着,让江织摘了她的眼镜,摘了她的口罩,然后是帽子。月光落在了她白皙的脸上,覆舟唇,丹凤眼,不笑时冷而疏离。她眼睛很大,黑白分明,里头泼了最浓的墨,像沙漠里的孤星,沧桑地泛着冷。

周徐纺是一个很不爱笑的姑娘,一个不知道怎么笑的小姑娘。

江织把她被帽子压得乱糟糟的发拂好,没有惊讶,也不急切,就像往常一样的口吻:"你有没有哪里受伤?"

"没有。"

"受欺负了没?"

她还是摇头。

"骆青和——"

江织还要问,被她打断了:"你不好奇吗?"尽管她藏着,眼睛里还是透出了不确定的惶恐与小心,"我的身份、背景、来历,还有我这个人。"

江织见过她快速奔跑的样子,见过她徒手拔树的样子,也见过她突然高烧又突然退烧的样子。或许,在别人看来,她这已经称得上是怪物了。

他呢,怎么想?

江织站她对面,眼睛比星辰还亮:"好奇啊,怎么会不好奇。"

"那你怎么不问?"

从他开始怀疑她起,他就一次都没有追问过她。他接受了她所有的古怪和不寻常,只要她不说,他就点到为止,不问,也不查。

他真不怕她是妖怪吗?或者是夜间奔走的鬼怪?

江织抬手,把她后脑勺一绺呆毛压下去,可那一绺不听话,一松手又乱翘着,江织就干脆摊开掌心,罩在她脑袋上。

"我更好奇你什么时候来亲我。"

怎么会有江织这样的人呢?他眼睛里的影子满满的,全部是她。

周徐纺不想思考了,也思考不了,脑子里都是江织的声音、江织的样子,所以,没有经过深思熟虑,她就踮起脚,在江织脸上亲了一下。

"江织。"

他的喉结都红了,滚了一下:"我说的话,没忘吧?"他说话还算镇定,只是眼睫毛出卖了他,抖个不停,"你亲了我,我们就在一起。"

那天在医院后面的花园,他说过的,如果同意在一起,就过来亲他一下。周徐纺记性那么好,自然记得。

她踮脚,又亲了他一下,这次是唇,轻轻碰了一下,她就往后退,笔直地站着,用宣誓一样庄严郑重的语气说:"江织,我喜欢你。"

以前她想买个岛,一个人躲起来生活,没人的时候,她就在陆地上,人来了,就藏到水下面。

现在,她想跟着江织。

这些话,如果深思熟虑后她就说不出来了,所以要趁着风迷了她的眼睛,趁着江织的眼迷了她的心,她一次说完。

"我很喜欢你,我想一辈子都跟你在一起。"

"徐纺。"

江织的眼睛热了,星辰全部碎开,很亮。

"再说一次,刚刚的话。"

"我喜欢你,想一辈子跟你在一起。"

他终于等到了,小姑娘开了窍,说的话能甜死个人。

江织张开手,把她抱进怀里,笑得眉眼弯弯:"以后江织就是你的了。"

江织是她的了。

周徐纺很开心,把垂在两侧的手抬起来,抱紧他,她的江织。耳边,他在说话,声音低低的,轻轻柔柔的。

"热吗?"

"热。"她露在外面的皮肤全红了。她觉得特别热。

江织一只手抱她,用一只手摸摸她的脑门:"你又高烧了。"

"哦。"

高烧就高烧吧,江织抱她,烧死她都不难过。不行,她不能烧死,烧死了以后就抱不了了。

这么一想,周徐纺推开江织一点点,让她自己能喘过气来。

江织松一点点力气:"会不会难受?"

"不会。"

她有点耳鸣,晕晕乎乎的。

"除了高烧还有没有别的反应?"

"没有。"

她的心跳得飞快,但是不能说,说了会吓到江织,万一他以后都不抱她了,不能说!

江织还是松开了手,改牵着她了:"我知道你跟寻常人不一样,你不想说的都不用说,给我当女朋友就成,其他的都是次要,但你得告诉我,哪些能做,哪些不能做。"

他牵过她,抱过她,也亲过,就差传宗接代。江织不育。

对这件事尚且没什么概念的周徐纺是有点迷茫的:"我也不知道。"

他说:"那我们试试?"

"嗯?"

江织抱着她,稍稍往上托了一点,低头吻住了她,不再是蜻蜓点水,这个吻,急切又用力。

末了,他停下来看她。

"脸很红。"

周徐纺脸爆红。

"眼睛也有点红。"

他摸摸她脖子上的温度："你身上很烫。"估计不止烧到四十度了，"难受吗？"

周徐纺人还是愣的，嘴巴张着，蠢蠢地摇头："不难受。"

耳鸣、头晕、心悸……这些都不算什么，她兴奋得想跳到月亮上去打滚。

江织不放心了："不可以去医院做检查？"

她说不可以，又说不用。她在原地蹦了两下，克制着自己才没有一蹦几米高："我好好的。"

江织被她逗笑了："不舒服了要跟我说。"

"嗯嗯。"

江织把她又抱回怀里去，用脑袋磨蹭她头顶软软的发："再亲一下。"

周徐纺怯怯地说："好。"

他拉着她，躲进了巷子里，月亮也躲进了云里，只有一缕远处的灯光照进去。他借着光，在她眼睛上亲了亲，又在她脸上亲了亲，才压低身子去吻她的唇。

周徐纺僵硬地杵成了一根木头，攥着手，紧张地扣指甲。

他的唇还贴着她："手抱着我。"

她愣愣地说："哦。"

她抱住他的腰，隔得很近，江织漂亮的眉眼闯进她眼睛里，她眼皮一抖，赶紧闭上了。

江织笑了笑，吮着她的唇，有点软，凉凉的。他不怎么懂技巧，跟只缠人的猫似的，舔了一会儿说："张嘴。"

"哦。"她张开嘴了。

下一秒，江织伸出舌尖，碰了一下她。

她吓了一跳，牙齿一抖。

江织吃痛："纺宝，你别咬我。"

她眼睛睁开了，快哭了似的："哦。"

江织安抚地拍了拍她后背。

"江织……"她脸特别红，"江织。"

江织心不在焉地应："嗯？"

"你磕到我牙了。"

他这才抬头，一双桃花眼像饮了酒："疼不疼？"

"不疼。"

他就继续，半含半咬地在她唇上厮磨，卷着她怯怯的舌尖，轻轻地吮。他没亲过人，几次咬到她、磕到她。等他亲够了，她唇通红，他也好不到哪里去。

半晌，他才说话。

"你在这等我，我去支开林晚晚。"

"为什么要支开他？"

"他脑子太笨了，你跑腿人的身份，我不放心让他知道。"

"哦。"

江织把周徐纺的帽子和口罩又给她戴好："去那里藏着，等我。"

她听江织的，就去小巷子深处藏着，蹲在暗处等他。

江织从巷子口出来，到了大马路上，阿晚还在那里等着，等得无聊了，就在数地上的石头。

"林晚晚。"

"老板您终于出来了。"阿晚朝江织后面望了两眼，"那位跑腿人小姐呢？"

"走了。"

"啊？这就走了？"阿晚忍不住问了，"是周小姐吗？"

江织面不改色："不是。"

阿晚一听，很激动，很上头："我就知道是这样！周小姐那么好的人，怎么可能是鸡鸣狗盗之徒。"

鸡鸣狗盗？江织想踹他了："车钥匙给我。"

"啊？"

"车钥匙。"

阿晚就把车钥匙给他了："您要车钥匙干吗？"

"我自己开车，你先回去。"

"那怎么行，您这个身体哪能开车。"万一开到一半晕倒了……阿晚想想就怕，"不行不行，我要寸步不离地跟着您，不然您要是有个三长两短，先不说您家老太太，我家宋女士也会弄死我的。"

"你不走，我现在就弄死你。"

阿晚缩缩脖子："老板，您今天好奇怪啊。"

江织没耐心了，丢了个眼刀子："滚。"

"哦，我滚了。"

等人滚远了，江织才拎着车钥匙折回了巷子深处。

"徐纺。"

一个头从墙角歪出来:"嗯?"

她蹲那里,像个蘑菇。

江织走过去,把那个黑蘑菇拔起来:"还烧不烧?"

"不烧了。"

江织摸摸她的头,已经不烫了,她这高烧来得快,退得也快。

他牵着她往外走:"我送你回家。"

周徐纺乖乖跟着:"不去医院吗?"他还在住院。

"不去了,医院的床不舒服。"

"那可以出院吗?"

"可以。"

车停在巷子对面的马路边儿上,江织开了副驾驶的车门,周徐纺没坐进去:"我来开。"

开车很累,她男朋友身体不好。

江织说行,把车钥匙给了她:"你开慢点。"想跟她多待一会儿。

"好。"

一路上,江织啥也不干,就看她。周徐纺开车很专心致志,都没看江织,这让他有点生气。在红绿灯路口的时候,他在她脸上啄了一下,才不气了。

周徐纺开得特别慢,五十分钟的路开了一个半小时,到御泉湾的时候,已经十点多了。她把车停在路边,没有开进去。

"到了。"

江织眉头一拧:"就到了?"

"嗯。"

他没解安全带:"再兜一圈吧。"

周徐纺傻笑:"好。"

然后,她兜了三圈,车才又停在了御泉湾的小区门口。这会儿,已经十一点了,要是平时,江织早睡了。

他看了一下时间,给她解了安全带:"要是有哪里不舒服,给我打电话。"他刚刚亲得有点久了,不放心她,怕她有不良反应。

"好。"

江织下车,给她开了车门:"你什么时候让我去你家里?我已经是你男朋友了。"

女朋友家里都没去过,像话吗?

"现在已经很晚了,你身体不好,不能熬夜。"

她有时候挺乖,有时候又很有原则。江织也摸清她的脾气了,她原则性很强,但只要不破坏原则,她的容忍度也很高,还是要慢慢来。

他把她卫衣的帽子给她戴上:"上去吧。"

周徐纺挥挥手:"再见,江织。"

说完,她往小区里走。

江织靠着车门,看她进去,人影刚在视线里消失没一会儿,又窜出来了。

"怎么又回来了?舍不得我啊。"

周徐纺跑回来的:"我送你回家。"

"不用。"

她坚持:"我送你。"

这个世道坏人那么多,而且很多人想害江织,他一个长得这么漂亮的男孩子独自在外面很危险。

江织被她一本正经的样子弄得哭笑不得:"你送我了,我还得再送你回来,那还要不要睡了?我没那么弱不禁风,你乖,上去睡觉,我回老宅,我家老太太在,那里很安全。"

周徐纺纠结了很久:"那你路上小心。"

"嗯。"江织拉着她,有点舍不得,"抱一下再走。"

"好。"

她东张西望了一番,见没人,才紧张兮兮地缩到他怀里。

"徐纺。"

"嗯。"

江织笑了,眼里的光灿若星辰:"我今天很开心。"

她小声地说,说她也很开心。